作者近照　李静／摄

——　•　——

　　彭鑫鉴，原广州军区政治部记者，《人民公路报》主编，长沙市文联剧作家协会会员，发表过多篇影视戏剧评论及长篇报告文学。

　　退休后，潜心研习梦学，学习国内外梦学理论2300余万字，自学笔记90余万字，记录自己的原梦13000多个，解梦3000多个，历经20年潜修，深得科学解梦精髓。首创"梦学+"跨界交叉研究新模式，以"梦学+红学"模式解析《红楼梦》中42个梦中梦，出版《梦解红楼》一书，受到梦学界和红学界高度评价。

　　《汤戏梦语》是作者"梦学+汤学"跨界交叉研究新力作，立意新颖，鞭辟入里，有特色、有卓识、有深度、有拓展，为继承和深化汤学研究提供了一个崭新的视角，具有开创性学术意义。

TANG XI
MENG YU

汤戏梦语

献给伟大的中国古代梦学大师汤显祖
纪念汤显祖诞辰四百七十周年

彭鑫鉴 著

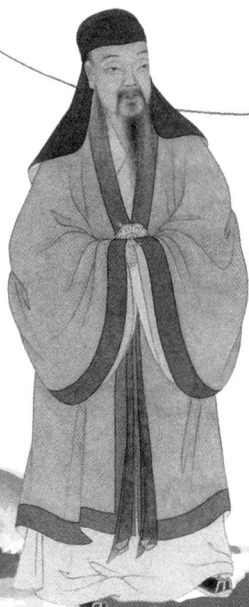

百花洲文艺出版社
BAIHUAZHOU LITERATURE AND ART PRESS

图书在版编目（CIP）数据

汤戏梦语 / 彭鑫鉴著 . –– 南昌：百花洲文艺出版
社，2020.2
ISBN 978-7-5500-3606-2

Ⅰ . ① 汤… Ⅱ . ① 彭… Ⅲ . ① 汤显祖（1550–1616）
—戏剧文学—文学研究 Ⅳ . ① I207.37

中国版本图书馆 CIP 数据核字 (2019) 第 286010 号

汤戏梦语　彭鑫鉴　著

出　版　人　章华荣
责任编辑　杨　旭
装帧设计　文人雅士
出　版　者　百花洲文艺出版社
地　　　址　南昌市红谷滩新区世贸路 898 号博能中心一期 A 座 20 楼
电　　　话　0791-86895108（发行热线）0791-86894717（编辑热线）
邮　　　编　330038
经　　　销　全国新华书店
印　　　刷　廊坊市海涛印刷有限公司
开　　　本　787 毫米 ×1092 毫米　1/32
印　　　张　11
版　　　次　2020 年 6 月第 1 版第 1 次印刷
字　　　数　248 千字
书　　　号　978-7-5500-3606-2
定　　　价　68.00 元

赣版权登字　05-2019-431

网址：http://www.bhzwy.com
图书若有印装错误，影响阅读，可向承印厂联系调换

前言

　　汤学，作为中国的汤学世界的汤学，它的主要源头是"临川四梦"。"临川四梦"不仅是中国古代戏曲史上的伟大经典，而且是中国古代梦文化史上一颗硕大的夜明珠，400年来静静地闪烁着人类认知智慧的熠熠光华。它的戏曲一面已然璀璨夺目，我只想做个小小文物清洁员，轻轻拂去另一面上400年的封尘，让它蕴含的中国古代梦学睿智重现光华。

一、不可或缺的辉光

　　历经汤学人万笔耕耘，人们清晰地看见了"临川四梦"戏曲艺术方面的政治之光、思想之光、哲理之光、情至之光、艺术之光、审美之光以及故土之光、民俗之光等等耀眼光芒，聊借范仲淹一句话说：前人之述，备矣。

　　然而，不可忽视的是，"临川四梦"之所以以"四梦"题名，突显出它不是一般的戏曲，而是具有极其独特性的"梦戏"。梦是戏的主要内容，戏是梦的表演形式；戏是外饰，梦是内核。研讨梦戏，谈戏而不谈梦，岂非偏颇乎？我在千篇万

卷汤学文字中，选取《汤显祖戏曲全集》（百花洲文艺出版社
2015年3月第一版）做了一个小小的统计，除剧本正文和注释
外，计有总序1条，述评5条，评析216条，合计222条，共16万7
千字，其中涉及梦学评点的内容只有区区8条，字不过千，显然
不成比例。这个统计结果并不会令我感到惊讶，恰恰相反，倘
若这个统计结果如实反映了汤学研究的"普通现象"的话，反
倒感觉它坐实了汤学研究对汤显祖辉煌的梦学成就以及汤显祖
在中国古代梦文化中所应拥有的崇高地位的严重疏漏和缺失。

如果，我们摘下"戏曲文化"的眼镜，换上一副"梦学
文化"的眼镜，便立刻会惊喜地发现，光谱发生了巨大的变
化，汤翁的戏曲艺术的光辉之中，还缠缠绕绕糅合着美妙绝伦
的空灵之光、虚幻之光、缥缈之光、冷艳之光、凄美之光、迷
离之光、怪诞之光、清幽之光、忧柔之光、皎洁之光、情愫之
光、侠义之光、啼血之光，甚至异域之光、乡俗之光、杀伐之
光、兵刃之光等等，这些光皆源自梦之光。正如杭州十景之一
"雷峰夕照"的"塔同夕阳，互相辉映"一样，"临川四梦"
的"梦同戏曲，互相辉映"。正是梦之光与戏之光互相辉映，
成就了"临川四梦"的璀璨光华。梦与戏，珠联璧合，比翼双
飞，梦是不可或缺的辉光。

二、不可或缺的寻问

汤显祖自谓"一生四梦"，以毕其一生之力，创作四部
传奇。然而，"四梦"并非原创，皆由改编创新而成。《紫钗
记》系改编唐人蒋防的传奇小说《霍小玉传》；《牡丹亭》系
改编嘉靖间进士晁瑮的《杜丽娘慕色还魂话本》；《南柯记》

系改编唐人李公佐的传奇小说《南柯太守传》；《邯郸记》系改编唐人沈既济的传奇小说《枕中记》。很有意思而且不可思议的是，汤显祖选择的原创本有三本都是唐人的传奇本，即使《杜丽娘慕色还魂话本》是同代的人创作的，但其中最核心的内容的原始素材，仍是取自前朝的《搜神记》和《搜神后记》。汤显祖为何这样钟情唐人传奇呢？其实答案很简单，因为"唐人善写梦"。唐人传奇何其多，汤显祖专心一意寻找以梦为主体内容的传奇来进行改编和再创作，这不由让人要设下一个寻问：汤显祖为何如此偏爱和倚重梦传奇呢？

也许，汤显祖是个生来多梦的人，又是一个喜爱梦的人，这不仅是没有根据的猜想，即便如是，也不足以说明他会生出这种独特的选择；要回答这个寻问，唯一之途，只有钻进"四梦"中去寻找蛛丝马迹。

我潜入"四梦"，从梦学角度对"四梦"进行细心的梳理，结果不仅令我惊喜万分，而且令我崇敬钦佩万分！原来汤显祖对梦认知的深邃剔透程度，一点也不逊色他对戏曲的精通，堪称有明一代的梦戏全才。在"四梦"中，他将梦学范畴方方面面的内容表现得淋漓尽致，演绎得炉火纯青。在梦的种类方面，展示了心灵感应梦、性梦、幽冥梦、灵感梦、警示梦、补偿梦、焦虑梦、气质梦、人格梦、动物梦、连续梦、系列梦、预兆梦、白日梦、转折梦、生死梦、梦中梦以及说梦、托梦、孵梦、忆梦、圆梦；在揭示梦的特征方面，突出了梦的普遍性、私密性、自私性、个体性、分裂性、双重性、感知性、反映性、逼真性、非理性、象征性、情感性；在梦的结构方面，揣摩了故事性结构、戏剧性结构、退行性结构、内外性结构、切换式结构、翻版式结构；在梦的情绪方面，刻意渲染了梦中情绪的冲突、压抑、宣泄、转化以及情绪承受度；尤其在梦学理念方面，广泛涉及到了梦的形成、梦的意义、梦的材料、梦的主题、梦的语言、梦的遗忘、梦应赦免以及梦与戏的关联等等。我忽然感悟，"临川四梦"不仅是我国古代戏曲史上的杰作，分明还是我国古代乃至世界梦学史上的奇葩，是一部以戏曲形式表述的梦学百科全书！至此，寻问的答案也出来了：汤显祖具有深厚的梦学底蕴，具有操控梦戏的自信和功力。正因此，汤显祖梦戏才显出了独特的魅力。

三、不可或缺的参与

汤显祖梦戏的特点是双翼齐飞，或曰两条腿走路，研讨梦戏固然要仰仗戏的支撑，但也不能让戏单打鼓独划船，梦学的参与不可或缺。汤学人之所以言梦者寡，非不为也，除选择角度不同以外，实宥于未配置"梦学眼镜"使然。梦学是一门专门的科学，并非人人都懂，也非一年半载就能一蹴而就，常言无有金刚钻，怎揽瓷器活，要想从梦学角度参与汤戏研究，还真得潜入梦海中去滚上几滚，因为领略梦不像领略戏那样直白，梦是潜意识语言，需要解析，需要精神分析，需要知梦知解梦，一句话，需要梦学修为。

也许是机缘凑合，我生来是个多梦的人，而且十分喜爱梦，自60岁退休后，潜心研习梦学，连续17年记录自己的梦境13000多个，学习国内外梦学理论2350多万字，做学习笔记92万字，解梦3000多个，颇得科学解梦精髓，曾尝试解析中国古典名著《红楼梦》中的42个梦中梦，由岳麓书社出版《梦解红楼》一书，得到红学界和梦学界朋友首肯，称赞是在梦学与红学之间跨界联姻的创新之举，为梦学参与红学提供了一个新模式，开辟了深入研究红楼的新天地。也许是为我配置了一副"梦学眼镜"吧，一旦戴上"梦学眼镜"，立刻便清晰地看见了"四梦"中闪烁的梦学辉光。

　　在历史的长河中，中国戏曲文化与中国梦学文化结下了不解之缘。《西厢记》中的"草桥店梦莺莺"、《长生殿》中的"雨梦"、粤剧《金胎蝴蝶梦》、湘剧高腔《覆水记》中的"痴梦"以及海派京剧梦本戏《熟识的陌生人》等等，真是演悲欢离合看台上戏中有梦，观抑扬褒贬座中常有梦中人。十分幸运的是，我不仅与梦有缘，与中国戏曲亦有历久弥新的深深缘分。早在上小学的孩童时代，就被中国戏曲文化精湛的艺术魅力吸引，深深爱上了中国戏曲，当时便学会了许多精彩唱段，如京剧《打渔杀家》、《捉放曹》、《甘露寺》、《借东风》、《武家坡》、《红娘》、《苏三起解》以及本土湘剧《打猎回书》，花鼓戏《刘海砍樵》、《小放牛》以及黄梅戏《牛郎织女》等，往返上学的路上，常常情不自禁地反复哼唱。我还自制了髯口、令旗、刀枪弓箭，珍藏在一个小木箱里，成为与小伙伴们扮戏的"行头"，甚至于还曾拜师学京胡。我尤其对"四梦"中的《牡丹亭》情有独钟，深为喜爱和叹服，在读高中时，还曾与一位高中同学特意到当时著名的长沙云芳照相馆，拍了一张"游园惊梦"的艺术照，至今难以忘怀，这一兴趣爱好，陪伴了我一生，在半个多世纪的岁月里，感悟着戏曲的魅力，欣赏着戏曲的瑰丽，陶冶在浓浓的戏曲氛围之中。我深知，对于参与汤学研讨而言，单凭一点小小的兴趣，压根不敢望其项背，所幸得到十余年梦学滋润，不免怀着景仰的心情，亦怀着浅陋的惶恐，斗胆参与。我个人的参与不值一提，关键是引入梦学的参与，引入更多梦学戏学双修者的参与。

汤显祖精辟的梦学理念和卓越的梦戏实践，是汤学的重要组成部分，堪称半壁江山，梦学的参与势必极大地拓展汤学研究的巨大空间，势必在更深层次挖掘汤学的丰富内涵，为汤学研究带来新成果新气象，亦为蜚声四海的汤学增添更多的梦学佳话。

源于梦而高于梦。任何一个梦像是一块原木头，只要削去多余的部分，都可以成为一尊佛——"临川四梦"就是这样的巅峰之作！

汤学是何其博大高深，汤戏是何其精美绝伦，唯以此涓滴，求教于方家，求觅于知音，若能见容则幸甚！

（2019/2/19元宵节）

目 录

中国古代戏曲大家汤显祖毕其一生，创作了《紫钗记》、《牡丹亭》、《南柯记》、《邯郸记》（包括未完成的处女作《紫箫记》），被后人称为"临川四梦"。"临川四梦"不仅是我国乃至世界戏曲史上的四颗明珠，在传承和发展中国古代戏曲上起到了承上启下的巨大作用，成为了中国古代戏曲艺术的一座丰碑；在另一方面，"临川四梦"还突出而集中地将"梦境入戏"的艺术构思发挥到极致，使"梦戏"占据了舞台的半壁江山，为后人留下了一部翔实厚重的"梦典"。

每当我们端坐案头细读"四梦"的时候，或者，每当我们端坐剧场欣赏"四梦"的时候，都会不由自主地感悟到梦的空灵，梦的幽香，梦的吊诡，甚至，梦的力量！

"梦境入戏"是汤显祖传奇著作特色之一，他秉持"因情成梦，因梦成戏"的创作理念，将梦和戏有机地揉合在一起，使"四梦"既有戏味，又有梦意；既有实写，又有虚描。展示出了一种朦胧悠远、空谷兰香的意境之美，使人仿佛进入了梦乡，与梦同行，人在戏中而不自觉，达到了情、梦、戏浑然一体的无上臻界。

让我们以深深的怀古之情，以孜孜的追梦之意，轻轻展开这部"梦典"，迤逦于琳琅满目、美不胜收的梦幻之中吧。

紫陌花灯涌暗尘，
惊心物色意中人。
此中景若无佳景，
他处春应不是春。

——《紫钗记》第四出

一、汤显祖梦戏

一、杜柳"同梦"与心灵感应梦

《牡丹亭》第二出"言怀"中，剧中男主角柳梦梅第一次出场亮相，在他的上场诗[鹧鸪天]中，唱出了他半月之前做的一个梦：

梦到一园，梅花树下，立着个美人，不长不短，如送如迎，说道：

"柳生，柳生，遇俺方有因缘之分，发迹之期。"

他的名字梦梅，便是因此梦而改的。

《牡丹亭》第十出"惊梦"中，剧中女主角杜丽娘游园后，睹景伤情，昼眠香阁，也做下了一梦：

忽见一生，年可弱冠，丰姿俊妍。于园中折得柳丝一枝，笑对奴家说："姐姐既淹通书史，何不将柳枝提赏一篇？"那时待要应他一声，心中自付，素昧平生，不知名姓，何得轻易交言。正如此想间，只见那生向前，说了几句伤心语儿，将奴搂抱去牡丹亭畔，芍药栏边，共成云雨之欢。两情和合，真个是千般爱惜，万种温存。欢毕之时，又送我睡眠，几声"将息"。正待自送那生出门，忽值母亲来到，唤醒将来。我一身冷汗，乃是南柯一梦。

《牡丹亭》第十二出"寻梦"中，杜丽娘独自一人来到后花园，在那一答湖山石边，这一答牡丹亭畔流连，看那嵌雕阑芍药芽儿浅，一丝丝垂杨线，一丢丢榆荚钱，触景生情，寻找她失落的美梦，回味两人梦里的无限欢欣。通过"寻梦"这一出，将杜丽娘与柳生"同梦"进行了更为详尽和细腻的补述。

这便是汤显祖正式入戏的"第一梦"。

男女青年做春梦乃是人之常情，也较为普遍，梦学上称为性梦。一般而言，性梦都是男女各做各的梦，与他人并无关联。汤显祖的这个"第一梦"却不然，两个从未见面，素昧平生的男女，居然在相同的时间里在相同的地点上做了相同的梦，不仅在梦中邂逅相逢，而且一见钟情，云雨际合，交欢甚恰。更为不寻常的是，两人"同梦"时，柳生系"河东旧族"，即今山西运城、临汾一带，而杜丽娘则随父母居在四川成都。一个岭南，一个西蜀，相距千里之外，如何能够"同梦"？戏曲评论将此"同梦"称为"传奇"，无奇不传，因奇而传；在梦学探讨中，却称这种"同梦"为"心灵感应梦"。

很显然，400年前的汤显祖对于这种罕见的梦境是十分憧憬和笃信不疑的，甚至于已经触摸到产生这种梦境的关键是二者之间的心灵感应，因此才会借杜丽娘之口唱出其中奥妙：

梦无彩凤双飞翼，

心有灵犀一点通。

对于心灵感应梦，梦学界的探讨十分热烈，众说纷云，既有不着边际的灵魂感应说，也有接近物理学的磁场感应说，兴趣大都聚集在相同时间相同地点相同情境的梦怎会发生在既不相识又相距千里的两人身上。而且，更为奇特的是，两人对梦境中的内容和感受居然完全一致，一旦有缘相会，便能够像杜丽娘和柳梦梅一样，畅述梦中情节，丝丝入扣，天衣无缝。

随着科学的发展，现代物理研究的前沿发现——"量子纠缠"，也许可以解释这种谜一样的存在。所谓"量子纠缠"，是指一个粒子发生变化，立即在另一个粒子中反映出来，这种相互纠缠，不受地域、时间、空间的约束，不管他们是在同一个社区，还是相距数千万公里。这是宇宙在冥冥中存在的深层次的内在联系，而且具有无与伦比的巨大穿透力。杜柳之间出现的心灵感应，可以视为两个心灵间的量子纠缠，或者更进一步说，杜丽娘因春伤情的"爱粒子"同千里之外的柳梦梅的"爱粒子"实现了"量子纠缠"，两人之间，起点是爱，引发的是爱，运行的是爱，又由于梦的特性是不受时空约束，与量子纠缠的特性不谋而合，如是出现杜柳同梦也是顺理成章似怪不怪了。

汤显祖创作的这个"同梦"，可以毫不夸张地称为心灵感应梦的经典，不仅在当时深受欢迎，争相演出，而且对后世剧作家产生了深远而深刻的影响。200年后曹雪芹创作的《红楼梦》中显而易见的能看到对"同梦"的继承和发展。在《红楼梦》第八十二回"老学究讲义警顽心 病潇湘痴魂惊恶梦"中，黛玉做了一个梦，梦见南京有人来接她回去，当一个男人的续弦，她不愿意，便去求贾母"救我"，一向百般疼惜她的贾母此时并不救她，她便想"寻个自尽"，这时见了宝玉，听宝玉说"你原是许了我的",又转悲为喜,问宝玉道:"我是死活打定主意的了。你到底叫我去不去?"这时梦境急转直下,宝玉道:"我说叫你住下你不信我的话,你就瞧瞧我的心。"说着,就拿着一把小刀往胸口上一划,只见鲜血直流。黛玉吓得魂飞魄散,忙用手握着宝玉的心窝,哭道:"你是怎么做出这个事来,你先杀了我吧!"宝玉道:"不怕,我拿我的心给你瞧。"还把手在划开的地方乱抓。黛玉又颤又哭,又怕人撞破,抱住宝玉痛哭。宝玉道:"不好了,我的心没有了,活不得了。"说着,眼睛往上一翻,咕咚就倒了。黛玉拼命放声大哭,后来一翻身,却原来是场恶梦。

黛玉是个多愁善感的弱女子,做个恶梦,原不稀罕。稀罕的是,在紧接着的第八十三回,宝玉听说黛玉病了,唬得连忙打发袭人去看黛玉,当袭人与黛玉的丫环紫鹃对话时,袭人说:"那一位昨夜也把我唬了个半死儿。""昨日晚上睡觉还是好好儿的,谁知半夜里一叠连声地嚷起心疼来,嘴里胡说八道,只说好像刀子割了去的似的。"黛玉在床上听到后问袭人:"刚才是说谁谁半夜里心疼起来?"当袭人回答"是宝二爷偶然魇住了"后,黛玉便"会意"了。黛玉会何意?宝黛二人的心灵感应梦也!这是一个宝黛二人的心都疼得见血的感应梦,发生在昨天的"半夜"里。一个心灵感应梦的主儿杜柳远隔千里,一个心灵感应梦的主儿宝黛咫尺天涯,唯有"爱粒子"和"情粒子",才能将两个心灵"纠缠"到一起,生出这样罕见的梦境。从这两个心灵感应梦创作的时间上不难看出汤显祖的艺术影响和曹雪芹的艺术继承,汤曹相距两百年,同心倾注于这一个梦种。

二、《惊梦》《幽媾》与性梦

《牡丹亭》第十出"惊梦"中，杜丽娘梦见柳梦梅，柳梦梅对她说：

> 小姐，和你那答儿讲话去。（旦作含笑不行）（生作牵衣介）（旦低问）那边去？（生）转过这芍药栏前，紧靠着湖石山边。（旦低问）秀才，去怎的？（生低答）和你把领扣松，衣带宽，袖梢儿揾着牙儿苫也，则待你忍耐温存一晌眠。（旦作羞）（生前抱）（旦推介）（生强抱旦下）

杜丽娘梦醒之后，通过回想，原来柳生抱旦下去之后是"共成云雨之欢"。

第二十八出"幽媾"中，柳梦梅梦见杜丽娘的鬼魂来到他的房中，欲"趁此良宵，完其前梦"，毅然表白"每夜得共枕席，平生之愿足矣。"柳梦梅更是"喜出望外"，"真个盼着你了"，"以后准望贤卿逐夜而来"。

第三十出"欢挠"中，杜丽娘感叹"这是第一所人间风月窝"，柳梦梅则更为忘情："娇娥，似前宵云雨羞怯颤声讹，敢今夜翠颦轻可？睡则那，把腻乳微搓酥胸汗帖，细腰春锁"，将性梦细节描绘得摇曳多姿，无遮无掩，坦然直白。

杜丽娘死后三年，由柳梦梅启棺回生，在梦境与幽冥中已经欢恰三个春秋的情侣才第一次在人间相见，两人在第三十六出"婚走"中的一段对话，直点性梦、冥梦交媾的真谛：

> （旦）柳郎，奴家依然还是女身。（生）已经数度幽期，玉体岂能无损？

> （旦）那是魂，这才是正身陪奉。伴情哥则是游魂，女儿

身依旧含胎。

之后，杜柳在远走临安的船上成婚：

（生）风月舟中，新婚佳趣，其乐何如！（旦）柳郎，今日方知有人间之乐也。

至此，一段前生、阴生、今生的"三生一梦"惊艳传奇完满结束，杜柳二人的"春梦"已变成了现实，真可谓鸾凤和鸣，美梦成真！

为什么将杜柳二人的三生一梦认定是性梦，而将一个"情"字忽略到一边去了呢？其实，以"情至论"自诩的汤显祖亦十分担心读者观众看走了眼，莫把他写的性梦当作情梦，特意再三说明杜柳二人"素昧平生"（"惊梦"），"相逢无一言"（"惊梦"），"不知名姓，何得轻与交言"（"惊梦"），"又素乏平生半面"、"恰恰生生抱咱去眠"（"寻梦"），"依稀则记的个柳和梅"（"诊祟"），"女囡不曾过人家"（"冥判"），"前系幽欢，后成明配"（"冥判"），"敢是游方的小姑姑么？"、"小娘子到来，敢问尊前何处，因何夤夜至此"、"不曾一面"、"俺全然未嫁"（"幽媾"）。汤显祖之所以不惜笔墨再三声明杜柳二人完全陌生，其意不在"情合"而在"性合"，杜柳二人分明是走的一条"先性后情"、"由性而情"的路子，正如电影《李双双》中一句著名的台词："先结婚后恋爱。"纵观古今夫妻，包括后来白头偕老的夫妻，有多少何尝不是走的这条"先性后情"的路子呢？

汤显祖这样坦然直白高调赞美性梦，是有其深意的。

我们知道，性本能和食本能是人类赖以生存和延续的两大基本本能，即"食色性也"。而这两大本能，在现实生活中，常常受到压抑，尤其是性本能。伟大的科学释梦先驱弗洛伊德说：没有其他本能像性本能及其各种成分那样从儿童时代就受到如此强大的压抑；也没有其他本能遗留下如此众多而强烈的潜意识愿望，随时在睡眠中形成梦景。

我们不妨平心静气地想一想，从原始社会到今天的文明社会，方方面面出现了数不清的翻天覆地的变化，然而，对性欲而言，本质上一成不变，变化的只是从原始的自由释放到现今的文明禁忌。被长期压抑的性力极需释放，安全的出路在哪里呢？唯有一个好去处，那就是——在梦里！

汤显祖所处的晚明时代，正是"存天理，灭人欲"的封建礼教甚嚣尘上猖獗横行的时候，汤显祖偏偏在这个时候写出如此惊艳、细腻、欢欣、期盼、美不胜收的性梦，表明他是与时代理念逆道而行的，仰天呼号"存人欲，灭天理"，他对杜柳的"人欲"自由，表达了毫无保留的支持与赞美，这样一种胆识，一种勇气，一种执着，一种追求，令400年后的人们依旧怦然心动。

汤显祖写性梦而不诲淫是他最值得称道的特色。性和淫，仿佛一对双胞胎，常发生混淆不清的情况。汤显祖稳稳把住了性与淫之间那条十分微妙的界线。在《惊梦》中，他创造了一个花神的角儿，借花神的一句话和一个动作，便将性与淫划得泾渭分明：

一句话是："呀！淫邪展污了花台殿。咱待拈片落花儿惊醒他。"

一个动作是：向鬼门丢花介。

这一个角儿的一句话一个动作，收获了什么样的效果呢？在《寻梦》中，杜丽娘道出了当时的情境。当杜丽娘春梦如饴，"美满幽香不可言"，"梦到正好时节，甚花片儿吊下来也"。正是这花片儿，打断了她"不可言"的美梦，使性梦终结，"寻来寻去，都不见了。"汤显祖酿杜柳既领略了人欲的销魂快感，又适可而止，不让二人陷入滥淫的泥潭，正因为准确把握住了这个度，才使此梦高雅而不鄙俗，具有了恒久的艺术生命。行笔至此，情不自禁要为汤显祖点个赞：

汤显祖德艺双馨熊虎胆，

织性梦高雅鄙俗咎上分。

三、《冥判》《冥誓》与幽冥梦

幽冥，就是我们常说的阴间。尽管阴间是既虚且幻并不实际存在的地方，但在人们的精神认知里，阴间却是神仙鬼怪包括我们亡灵聚集的场所，那里常常发生与人间相近似的故事和传奇，尤其在睡眠中，我们的神志常常会去探访阴间，这就是我们所做的幽冥梦。

《牡丹亭》第二十三出"冥判"和第三十二出"冥誓"，就是杜丽娘亡魂在阴间经历的爱情故事。

中国古代戏曲中，便有不少"幽冥戏"，如京剧《观音得道》，包公戏《铡判官》、《探阴山》等等。但凡有识之士都明白，所有的幽冥戏，不过是借阴间写阳世，或褒扬或贬诉，或挪揄或嘲讽，矛头所向，皆阳世之利弊。《冥判》与《冥誓》亦如是。

俗语说："入梦如小死。"我们不妨将杜丽娘"慕色而亡"当作她的一回"小死",而将她在阴间的经历当作一个"幽冥梦",这样更方便透过杜丽娘探秘汤显祖潜意识的真谛。

其实，我们对幽冥梦并不陌生，对它们的看法或感受也不尽相同，既有憎恶的，亦有喜欢的，因为它们都是梦者的心魔在梦中的变相再现。不知大家是否注意到，所有幽冥梦中出现的妖魔鬼怪几乎都有一个共同特点，那就是他们都有人形，都有头有脸，有手有脚，甚至讲的都是人话。《西游记》可以说是妖魔鬼怪的大本营，但不论男怪女妖，都有人形，只不过是眼睛突一点，嘴巴大一点，或头上有角，身上有鳞，显得狰狞可怕一些而已，他们想吃唐僧肉以求长生不老的思想却同人类是一模一样的，换句话说，梦中出现的妖魔鬼怪其实就是梦者自己的替身——心中有鬼，梦中才有鬼，心中有什么样的鬼，梦中就会出现什么样的鬼，所谓幽冥梦就是心鬼梦。

如果说《惊梦》与《幽媾》是杜柳二人"不知所起"的"性"，那么，《冥判》与《冥誓》就是二人"一往情深"的"情"。杜丽娘在阴间向判官提出"两查"，一查女犯"怎生有此伤感之事？"二查女犯的丈夫"还是姓柳姓梅？"杜丽娘身亡心未死，一灵咬住"柳""梅"二字，对梦中情侣生死不改痴情。在《冥誓》中，更明白宣示"前日为柳郎而死，今日为柳郎而生。夫妇分缘，去来明白。"当面向柳梦梅表明心迹："爱的你一品人才"，"是看上你年少多情"。通过双方深入了解，最终双双烧香盟誓："作夫妻。生同室，死同穴。口不心齐，寿随香灭。"至此，汤显祖以这两个朦胧幽眇的幽冥梦，将他潜意识深处的"情至观"演绎到了极致，正如他在剧本卷首的《题词》中所说："生者可以死，死者可以生。生而不可与死，死而不可复生者，皆非情之至也。"这是汤显祖创作《牡丹亭》的主旨和精髓，也是《牡丹亭》艺术魅力之所在，更是《牡丹亭》400年长盛不衰的旺盛生命力的源泉。

值得特别一提的是，在《冥判》中，汤显祖创作了一个类似花神的小角色"胡判官"。从精神分析角度来看，能够十分明显地领悟到这个"胡判官"实际上是汤显祖"扶弱锄强"的一个子人格。胡判官有支鬼笔，新官一上任，使鬼笔一点，就将枉死城中轻罪的四名男子赵大、钱十五、孙心、李猴儿判成了蝴蝶、蜂儿、燕儿和莺儿四个虫子，这并非闲笔，而是预示着杜丽娘的命运难测，不知这个判官会如何胡判一番。然而，随即便发现，这个判官并不"胡"，首先是没有因"猛见了荡地惊天女俊才"而听信小鬼奉承，收杜丽娘"做个后房夫人"，使杜逃过了"色劫"；接着，当与花神对质之后，原判"这女囚慕色而亡，也贬在燕莺队里去吧"，因看"杜老先生分上"，改判为"当奏过天庭，再行议处，"又使杜逃过了"虫劫"；当查看过婚姻簿后，又判"我今放你出了枉死城，随风游戏，跟寻此人"；又给她"一纸游魂路引"，准允她去一见在扬州的爹娘；更为至关重要的是，这位胡判官还叮嘱花神，"休坏了他的肉身也"。如此种种，胡判官一点也不糊涂，倒是十分清醒，事事处处都在呵护着杜丽娘，而且临了还谆谆叮嘱杜丽娘"欲火近干柴，且留得青山在"，"脱了狱省的勾牌，接着活免的投胎"，"那花间四友你差排，叫莺窥燕猜，倩蜂媒蝶采，敢守的那破棺星圆梦那人来"。这完全是汤显祖潜意识深处的心态，仿佛是对杜丽娘说：我让你死，出于无奈，你在阴间好好保重，我翘首等候你归来！

《惊梦》中的花神和《冥判》中的胡判官，都是在关键时刻出现的小角儿，实际上都是汤显祖的子人格，花神使杜丽娘"性而不淫"，胡判官使杜丽娘"死过还能复生"，杜丽娘这个经典艺术形象如果是一朵花的话，汤显祖就是恪尽职守的护花神。

四、《凿陕》《西谍》与灵感梦

在《邯郸记》中，卢生招贤夺元之后，做下了两件大功业，为后来封侯入相打下了坚实的基础。第一件大功业便是第十一出《凿陕》描述的到陕州开河，"开河三百余里，以备圣驾东游"；第二件大功业便是第十五出《西谍》描述的将番将热龙莽打得落花流水，大获全胜。一件河功，一件战功，使"万岁十分欢喜，着大小文武官员宴贺三日；封老爷为定西侯，食邑三千户。马上差官钦取还朝，掌理兵部尚书，加太子太保同平章军国大事"，这真是卢生大梦中两个喜悦的高峰。

然而，这两个喜梦却来之不易，全仗着梦中出现的灵感即潜意识智慧才得以成功。

先看开河。"陕州一条官路，二百八十八里顽石"，"工程一月有余，并不见些儿涓滴"，"山磊磊，石崖崖。锹锄流汗血"，"长途石块，转搬难耐"，"呀，怎的来下不得铣？""这两座山透底石，铣他不入的"。在这样顽石挡道，锹铣不入的艰难困苦面前，卢生一句"你道铣打不入，俺待盐蒸醋煮了他"，便将顽石"粉裂烟开"，将偌大河功一揽入怀。这个"盐蒸醋煮"是个什么神通大法呢？

（生）取干柴百万束，连烧此山，然后以醋浇之，着以锹推自然顽石断籽裂而起；后用盐花投之，石都成水。

再看战功。当时边衅危急，"河西大将王君奂与吐蕃战死，河陇动摇，朝廷震恐"，在这种险恶形势下，卢生"挂印征西"。卢生深知"臣主和同，国不可攻"的兵理，没有强攻猛打，而是采用"离间计"，"先除了悉那逻丞相，则龙莽势孤，不战而下"，此计果然灵验，随后便在第十六出《大捷》中，卢生将没有丞相支撑的热龙莽杀得"鬼哭神嚎"，大败而逃，卢生则旗开得胜，奏凯获功。

在这两项大功中，很显然卢生不是用"蛮"，而是用"智"，一个"盐蒸醋煮"的方法和一条"离间计"的妙招，都收到了事半功倍的效果；然而，我们应该清楚地看到，他的方法和计谋都来自他的梦，他是在梦中施法用计，或者说，他在梦中获得了灵感，在梦中打开了潜意识的睿智大门。

著名诗人兼画家威廉·布莱克说：梦是创造的源泉。梦时与醒时存在着无与伦比的优越性，梦超越了时空的限制，梦剔除了语言的障碍，梦冲决了习俗的思维，梦拥有了想象的天地。所有这些醒时所不具备的特殊条件，为梦的灵感敞开了大门。缝纫机的发明人伊莱亚斯·豪有天晚上梦见自己被敌对部落俘获了，部落人用长矛戳他，他发现这些长矛尖上都钻了个眼形的孔，觉得很古怪，醒来后，他联想到在缝纫针尖上也打个孔，结果，他实现缝纫机械化的想法就由于梦中矛尖上的眼孔而梦想成真了，他的这个梦，促成了后来的服装业革命。有很多这类灵感梦在社会上广为流传，如化学家弗里德里希·克库勒在睡眠中梦到一条咬住了自己尾巴的蛇，受环形蛇的启发，发现了苯类碳化合物不是开放结构而是封闭环形结构；著名医生弗雷德里克·班廷梦见自己从狗的退化胰腺管中抽取残液，从而发现了胰岛素。

梦的灵感性特征更普遍地展现在艺术创作上，很多艺术家都从梦中获取灵感，成就了自己的艺术创作。著名作家史蒂文森晚上梦见了好多鬼，他努力记下这些鬼怪的形貌与情节，创作出了名著《变形怪兽》；作家罗伯特·路易斯·斯蒂文森把一个有关过双重生活的梦改写成了著名小说《化身博士》；德国作家歌德说他的一些诗歌是在梦中创作的；瑞典电影界大佬莫格玛·欠尔格曼更直率，他说：我的电影都是梦！

梦总是出人意外地奉献出比梦者自己所能知道的更多的东西，让梦者获得有意识头脑所无法获得的灵感和睿智，因此，这是千百万年人类成功经验和失败教训在潜意识中的沉淀，人类的集体潜意识是梦中灵感取之不尽的源泉。

汤显祖深谙灵感梦是梦者获取潜意识智慧的坦途，在"四梦"中常常不失时机地给予充分的展示。比如在《邯郸记》第十六出《大捷》中，兵败如山倒的热龙莽在"锦江山乱起唐旗号，闪周遭天数难逃"的危急时刻，忽然"待我想一计来"，当闻到雁叫时，"有计了：不免裂帛为书，系于雁足之上，央他放我一条归路。万一回兵，未可知也"。这正是"雁过留声"的灵光一闪，助他死里逃生，躲过一劫。又如《邯郸记》第二十二出《织恨》中，卢夫人除织官锦之外，"又亲手制下粉锦一端，回文《宫词》二首，献上御览"，正是由于有了这个小小的智举，为后来卢生沉冤得雪起到了至关重要的作用。再如《邯郸记》第十九回《飞语》中，奸臣宇文融为陷害卢生通番卖国，以"通番卖国"的罪名强逼同平章事门下侍郎萧嵩在奏本上"押花字"时，萧嵩明拒不行，便"今日使些智术"，在奏本上押了花。乃至到第二十四出《功白》，他的这个"智术"揭开谜底，原来"嵩表字一忠。平日奏事画押，草作'一忠'二字，及构陷卢生事情，宇文融预先造下连名奏本，协同臣进。臣出无奈，押此一花，暗于'一'字之下，'忠'字之上，加了两点，是个'不忠'二字。见得宇文此奏，大为不忠，非臣本意。"正由于这个"智术"，不仅还了卢生功臣的清白，还由此一举将宇文融扳倒。上述"飞雁传书"、"粉锦回文"、及"花押智术"，皆梦中急智，看似是汤显祖信手拈来，实则是大有功底。看汤显祖的梦，如仰视夜空繁星，闪烁着睿智般的清辉。

五、《欢挠》《极欲》与警示梦

《牡丹亭》第三十出"欢挠"，写的是杜丽娘鬼魂在柳梦梅房中欢合，此时二人幽会早已数度，杜丽娘已从三年前的姑娘变成了少妇，出落得"酒潮微晕笑生涡"，在柳生眼中更觉至美至媚至性，忘情地催促"好睡也"，"劝奴奴睡也，睡也奴哥"。杜丽娘亦春情涌动，直呼"这是第一所人间风月窝"。当两人情款款意浓浓准备共赴"春宵美满"时，忽然听到有人敲门，原来是石道姑和小道姑来抓女客，硬生生将杜柳好事撞破，气得柳生直埋怨"一天好事，两个死姑。扫兴，扫兴"！

所谓"欢挠"，就是指某件"好事"被阻挠、冲散、破坏的意思，俗话常称为"撞破"。从戏曲结构来看，这一出是为上一出《旁疑》解扣，释去了石道姑怀疑小道姑私会柳生的疑惑，阻断了"节外生枝"的戏路，算不上什么关键情节；但若从释梦角度而言，这一出却十分关键，在塑造杜柳正面形象上不可或缺，实际上是汤显祖刻意安排的一个警示梦。

所谓"警示梦"，顾名思义，是一种带有警告意思的梦。但是究竟是谁警告谁？警告什么事？在什么当口提出警告？用什么形式提出警告？要明白回答这些问题，还必须具备一定的精神结构学说的基本常识。

在精神结构学说中，人的精神是由本我、自我和超我三个密切合作的系统组成，合称为人格。本我是精神活动的原始动力，实行快乐原则，不顾客观条件是否可能，要求立即实现本能欲望，达到完全满足，用以释放张力，解除紧张状态；自我一方面是本我的执行机构，另一方面又与外界接触，实行现实原则，它周旋于本我的欲求与外界的条件以及超我的严格监督之间，对精神活动起调节整合作用，是人类实现自我保护（包括生命）的保障；超我是社会道德是非标准内化而成的监督机制，实行完美原则，要求至善至美，一尘不染，相当于精神领域的中央纪委。本我的欲求与超我的监督都是潜意识的，自我亦是潜意识的，即自我保护的本能。但由于自我与外界交往，有时也表现为意识的。精神分析的主要对象，就是探求三者的活动状况及其内在联系。

很显然，在这一出的前半场中，杜柳二人的本我和自我达成了高度的契合，深陷"风月窝"，但求"春宵美"，已经到了忘乎所以的地步，此时，汤显祖潜意识中的超我已经看到了危急，已经敏感到"该出手时就出手"的紧迫性，于是置换成石道姑和小道姑，断然"撞破"杜柳的好事，防止杜柳滑进人类所不齿的"淫夫荡妇"行列，令自己呕心沥血塑造的才子佳人典范毁于一旦。尽管事后柳梦梅连呼"扫兴，扫兴"，这恰恰是汤显祖所期盼的效果——就是在你们的兴头上扫扫兴，要让你们从"色迷"状态回归到"情至"上来，这从另一角度看到汤显祖对杜柳二人爱之深期之殷，进而更看出汤显祖写此警示梦的深层次意义。

警示梦的形态是多样的。《欢挠》采取的是一种"断喝"式的警示，一声断喝，让人猛醒；而在《邯郸记》第二十七出"极欲"中，则采取了一种带有必然性质的"预后"式警示。

在"极欲"出中，汤显祖浓墨重彩放手极书卢生穷奢极欲的糜烂生活，从"宴摆千官拥门望"一路写到"南山开寿域，东海溢流霞"，最后直写到"金钗十二成行"，"一个个待枕席生香，落落滔滔取情儿玩赏。笑笑笑人生几百岁，醉煞锦云乡"。看这一出，仿佛是在看一场醉生梦死的"展览"，而这样人生的预后会怎么样呢？结论在随后的第二十九出"生寤"中以"必然结局"告诉大家——"呀，怎生俺眼光都落了，俺去了也。（死向旧睡处倒介）"。如果将视野稍加扩展，不难发现，《邯郸记》和《南柯记》同是两个大大的警示梦，都是告诫世人：荣华富贵虽如烈火烹油，转头来却是黄粱美梦一场空。警示梦犹如晴天霹雳，振聋发聩，直警人心，是最具反省价值的梦种。

六、《夺元》《拜郡》与补偿梦

现代梦学界有一句十分流行的话，叫做"梦是梦主最忠实的仆人"。当梦主的一些美好愿望在现实生活中不能实现甚至根本不可能实现的时候，梦就会想方设法让梦主的愿望在睡梦中一一实现，在形式上就是表达为一连串的喜梦，欢欣喜悦之梦，从而给梦主以精神上的补偿，使梦主在忧伤失望的精神状态中获得一种解脱，增强面对现实生活的自信心和努力奋斗的感悟。汤显祖深得此中精奥，在《邯郸记》中，以戏曲艺术的形式，作出了无与伦比的阐释。《邯郸记》从第四出后半场"入梦"开始，平白无故乱跑胡闯竟然得到了一个"世代荣华"的崔家小姐做妻子，这是第一个喜梦，补偿了现实生活中"婚不就"的懊恼；第七出"夺元"，又凭娇妻的"孔方兄"开路及崔氏亲戚的钻营，居然压倒天下才子，取得头名状元，这是第二喜梦，补偿了现实中"功不成"的颓丧；第八出"骄宴"是第三喜梦，补偿了现实中"家少衣粮应对微"的寒酸；第十一出"凿陕"及随后的第十三出"望幸"、第十四出"东巡"、第十五出"西谍"、第十六出"大捷"、第十七出"勒功"，是一连串的喜梦，补偿了在现实中大丈夫不能"建功树名，出将入相"的失意。乃至经历几番挫折之后，到第二十四出"功白"，又重新进入喜梦模式，通过第二十五出"召还"，第二十六出"杂庆"，第二十七出"极欲"直至第二十九出"生寤"上半场，非但做喜梦，而且将欢悦之情之态推向极致，在梦中完全实现了"大丈夫当建功述名，出将入相，列鼎而食，选声而听，使宗族茂盛而家用肥硕"的愿望，不禁心满意足地对夫人说："吾今可谓得意之极矣。"

汤显祖在《邯郸记》中写喜梦，一路写来，欢欣雀跃，如醉如痴，并非偶然为之，在之前的《南柯记》中，早已梦笔生花，璀璨于前了。

《南柯记》第十出"就征"，淳于棼刚入梦，就被大槐安国王"召请淳于公为驸马",真是喜从天降;第十三出"尚主",与瑶芳公主成亲,又是欢天喜地;第十八出"拜郡",被国王封为南柯郡守,"任命守南柯,恩光附女萝",夫妻双双奉命之郡,好不欢喜;第二十出"御饯",国王亲为淳于夫妇饯行,"看他们时至气化,一鞭行色透京华,似这样夫妻人世上寡";第二十二出"之郡",淳于夫妇"香车进,宝马连,一时携手笑嫣然","一对夫妻俨若仙";第二十四出"风谣",盛赞淳于为官二十年政绩卓越,"二十年事事循良,偏歌谣处处焚香";第二十五出"玩月",淳于封官晋爵,"特进封食邑三千户,爵上柱国,集议院大学士,开府依同三司",在"金屋人双美,瑶台月一轮"的良辰美景之中,夫妻共赏月,欢喜庆高升;第二十九回"围释",淳于大败包围瑶台城的檀萝四太子,"马敲金蹬响,人唱凯歌回";第三十四出"卧辙",淳于钦取回都,南柯郡父老夹道攀留,尽享"一郡清官"美誉,好不欣欣然也!

　　汤显祖这样擅长喜梦的创作,也许早在400年前,他就已经领悟到梦最重要的作用之一了,就是对不平衡的心理状况进行补偿,在新的情境下实现心理平衡,而心理平衡就是心理健康的标志。对于梦的这种补偿功能,也许大多数人都能够心领神会,比如说以爱与友谊治疗忧伤,以勇气与自信消除恐惧,以精神富有填补物质匮乏,以亲友相聚消却个人孤独等等。由于人的欲望无穷,因此,人的心灵总是悸动不安的,现实社会的种种禁忌,无情地压抑着人类的本性,欲望和恐惧占据着心灵,经常使心灵惴惴不安,疲惫不堪。怎样才能使我们可爱又可怜的心灵从现实烦恼中获得释放呢?补偿梦就是一种天然恢复剂！在梦中，尤其在喜梦中，文明的桎梏松懈了，我们体验到自由和满足的极大喜悦！每当我们心灵获得补偿，得到解放的时候，我们不是常从喜梦中笑醒过来吗？

现代科学释梦理论奠基人弗洛伊德的梦学理论，是他在1900年出版的《梦的解析》一书中问世的，而汤显祖的梦学理念，早在1601年《邯郸记》问世时已趋成熟，比弗洛伊德要早299年，而且，还以戏曲艺术的形式，绘声绘色作出了诙谐而精妙的阐述，由此足见，汤显祖不仅是中国古代伟大的戏曲艺术家，同时也是中国梦文化伟大的先驱。倘若弗洛伊德有幸看到"临川四梦"，说不定会屈尊称颂汤显祖是真正的世界级梦神！

七、《芳陨》《死窜》与焦虑梦

《南柯记》第三十五出"芳陨"，描写瑶芳公主"离南柯卒于皇华公馆"。瑶芳公主是因病亡故的，属于正常死亡，从剧情上来说，并非惊涛骇浪；然而，对于梦主淳于棼来说，却不啻晴天霹雳！我们不妨从头审视一番。

从第十出"就征"淳于棼入梦起，他就有了一个"驸马"的既高贵又特殊的身份，为醒时的"落魄之像"立判云泥。到第十三出"尚主"，正式与瑶芳公主成婚，更是坐实了"驸马"这个高位。正因为是驸马，才有"国家大阅礼成，驸马中宫留宴"的殊荣（第十五出"待猎"）；才有"俺入宫闱取礼和你送家书，见父王求一新除"的恩宠（第十六出"得翁"）；才有"公主入宫，替驸马求官外郡。则怕就点了南柯之缺"的美差（第十七出"议守"）；才有"新命守南柯，恩光附女萝"的抬举（第十八出"拜郡"）；才有"驸马荐贤为国，寡人嘉悦，依奏施行"的言听计从（第十九出"荐佐"）；才有"今日国王国母践送驸马公主之任南柯"的鸿恩（第二十出"御饯"）；才有"支分各色人，远远去迎接"的权势（第二十一出"录摄"）；才有"笙歌锦绣云霄里，南北东西拱至尊"的威福（第二十二出"之都"），才有"公主性柔佳，驸马官潇洒"，"加升驸马官爵门荫"的造化（第二十四出"风谣"），才有"公主瑶台养病身，一天恩诏满门新"的浩荡皇恩。

不难看出，淳于棼的种种"得意"皆因"驸马"而来，驸马的身后，则是瑶芳公主，而瑶芳公主的身后则是至高无上的国王国母。这就使瑶芳公主成为了淳于棼仕途上的护身符和保护伞，对于这一点，淳于棼颇有自知之明，自嘲"这等做老婆官了"，而且很是乐享这种"绿槐无限好，能借一枝栖"，"从来尚主有辉光"的吃软饭生活。

古代习俗是"夫贵妻荣"，而淳于棼则恰恰相反，是"妻贵夫享"，眼下瑶芳公主一命归西，拆去了"妻贵"的前提，"夫享"就岌岌可危了。正因为淳于棼十分清白自己的处境，在一边坦然接受"夫享"的得意之时，一种深藏的焦虑也随着瑶芳公主的病情日益加重而潜滋暗长；另一方面，瑶芳公主对这种"享妻富贵"的格局也洞若观火，在病危之际，一再叮嘱："驸马久在南柯，威名太重，朝臣岂无妒忌之心？""则恐我去之后，你千难万难哪！""淳于郎，你回朝去，不比以前了。看人情自懂，俺死后百凡尊重。"公主的叮嘱，无异于将淳于的焦虑从深处推到了眼前，想当初，"福从天降"，看眼前，"大祸临头"，福祸与公主生死攸关，禁不住痛呼："满拟南柯共百年，谁知公主即生天。"

焦虑是一种生物性本能，是人类赖以生存的一种能力，它能使人们对危险保持高度警惕。而且，梦中的焦虑与现实的焦虑具有一致性，能使人做出身体上的反应，比如一个人遇到危险时，就会心跳加速、呼吸急促、口干舌燥、手心出汗等，与其他痛苦情绪如紧张、疼痛、悲哀等不同，它有一种特殊的意识性质。

焦虑是一种痛苦的情绪体验，分为原始焦虑和后续焦虑。原始焦虑是后续焦虑的基础，后续焦虑的作用则是以一种信号表现出来。当自我在发展过程中遇到无法应对的情形或自我意识到眼前出现的状况可能使自己再次陷入危险境地时，就会以焦虑为信号表现出来，以引起人们调动内部能力来应付面对的状况。焦虑常常以三种不同类型表达出来，即现实焦虑、道德焦虑和神经质焦虑。从人格理论角度分析，自我同时受到本我、超我和现实三个主人的支使，因此，来自三个方面的威胁，使自我产生与三种危险相对应的焦虑，即来自本我威胁的神经质焦虑、来自外部世界危险的现实焦虑和来自超我监督的道德焦虑。淳于梦的焦虑就是属于后续焦虑和现实焦虑。

在精神分析中，焦虑有多种表现形态，如无名忧虑、无名烦恼、阉割焦虑、罪疚感、内疚感、恐惧感以及特定生活事件引发的特殊恐惧等等，而不少焦虑都是以噩梦的形式表达出来。

《邯郸记》第二十出"死窜"以及第二十二出"备苦"，就是以噩梦形式表达的焦虑。卢生自第四出"入梦"起，历经

"得妻"、"夺元"、"开河"、"靖边"、"勒功"、"加封"等等春风得意功成婚就的美梦，到第十九出"飞语"，形势急转直下，中书省平章军国大臣宇文融参奏卢生"通番卖国，其罪当诛"，于是便出现了"死窜"（第二十出）和"备苦"（第二十二出）两个极凶极险的噩梦。在梦中，卢生被"即刻拿赴云阳市，明正典型，不许违误"，猛一下鬼头刀就架到了脖子上，死在眉睫间，多凶险呀！后经妻子崔氏法场喊冤，救了卢生一命，转而贬谪到海南鬼门关烟瘴地方，又是一番出生入死，面对"四万八千"大小鬼，险象环生，备受难言疾苦。从哲理上看，乐极生悲，这两个噩梦反映了卢生对宦海诡谲官场凶险的深层潜意识焦虑，从中悟出"朝承恩，暮赐死。行路难，有如此"的道理，悔悟"吾家本山东，有良田数顷，足以御寒馁，何苦求禄，而今及此？思念衣短裘，乘青驹，行邯郸道中不可得矣。"当然，卢生的噩梦实质上反映的是汤显祖的现实焦虑，万历十九年（1591）他曾上《论辅臣科臣疏》而遭到严重的政治迫害，经历贬谪，后无心仕途，告归回家，所以有"足以御寒馁，何苦求禄"这样刻骨铭心的反思，正是他强烈的现实焦虑所致。

八、《尚主》《入梦》与气质梦

《南柯记》第十三出"尚主"中，淳于棼于梦中与蚁国瑶芳公主结为夫妇；《邯郸记》第四出"入梦"中，卢生于梦中与"世代荣华"的崔家小姐结为夫妻。通观《南柯记》和《邯郸记》不难发现，瑶芳公主和崔家小姐是汤显祖着力刻画的两位女性。

　　瑶芳贵为公主，对将门之后的淳于棼十分满意，很有"英雄配婵娟"之感，婚后不仅情投意合，十分恩爱，而且，长期以自己的公主身份扶持襄赞淳于郎的宦海仕途。大到帮他获得南柯太守的"黄堂之尊"，小至帮他寄书寻父表达孝心。及至病危的时候，还对夫君的前程表现出无限的牵挂，千叮咛万嘱咐，"俺死后百凡尊重"。在汤显祖笔下，瑶芳公主是一位美丽端庄、情深义重、贤淑孝顺、知书达理、坚毅果敢、临危不乱的"金穴名姝"，丽词妙韵中荡漾着对她褒奖赞美的一腔深情。

　　清河崔氏则是另一番景象。她原本是世代荣华深院重门的小姐，抓住穷酸的卢生后，不但没有将非奸即盗的卢生送清河县查办，反而以"私休"的方式，法外开恩，收留卢生做了个上门女婿，并称这个倒插门郎君"是俺和你五百岁因缘到了家"。成婚后的第一庄大事，便是"思想起我家七辈无白衣女婿，要打发他应举"，并且调动多在要津的四门亲戚和"奴家所有金钱，尽你前途贿赂"，使卢生钻刺抢了个头名状元，从此开始了飞黄腾达的梦幻人生。当卢生在外地开河靖边勒功受封之时，崔氏安于"忽地把人分破"的赘居生活，虽然感叹"春光去了呵，秋光即见多。扇掩轻罗，泪点层波"，却依然情丝缕缕，痴心守望着"天赐夫君"，对爱情表现出无限坚贞。特别是到了关节处，卢生云阳问斩，生死顷刻间，崔氏法场喊冤，硬生生将卢生从刀口下救回，表现出巾帼豪情，云天义胆。当她作为十年相国夫人而沦落为"内家奴婢"受尽凌辱之时，"抛残红泪湿窗纱，织就龟文献内家"，为卢生沉冤得雪起到至关重要的作用，表现得既忍辱负重又机心聪慧。乃至伴陪卢生"年过八十，五子十孙"，一方面"许金钗十二成行"，表现出女主的贤达，另一方面又规劝卢生"八十岁老人家，怎生采战那"，表现出清醒的理智与切肤的忧伤。从"私休"起直到送终，五十年风风雨雨心心念念全然扑在卢生身上。在汤显祖的笔下，崔氏是位既甘于以高就低，又乐于仗义疏财的豪侠之女，是位既深谙世故又深谋远虑的阅世之神，是位既圆融通达又高瞻远瞩的饱学才女，是位既敢赴法场又敏于周旋的聪慧之姝，更是一位举案齐眉相濡以沫携手白头的贤妻典范。

汤显祖极力塑造的这两位女性，在戏曲结构中并非主角，而只是两位主角淳于棼和卢生的妻子，但她俩的形象在剧中却十分突出，她俩的作用是在剧中给予了两位主角人生的一个具有决定意义的"契机"，换句话说，如果没有瑶芳公主和崔氏，两位主角的梦就做不下去了，戏也演不成了。极为值得深思的是，汤显祖在她俩身上，花的全是正笔新笔，一边倒的赞美与颂扬，没有一字一句的贬损，几乎成了两个人见人爱的"完人"。在众多议论中，有人认为这反映了汤显祖的女性主义意识。

笔者从心理分析和释梦的角度认为，这两位女性是汤显祖心理成分中的阿尼姆斯，即我们常挂嘴上的男性身上的女性气质，因此将与这两个女性有关的梦称为气质梦。

在我们每个人的心理成分中，男性都有女性气质成分，女性都有男性气质成分（称阿尼玛），而且都是最好最理想的，这是两种重要的原型，对人们的爱情归属具有决定性意义。它们很像阴阳共存的双鱼图，阴鱼中的白眼睛就是男性气质，阳鱼中的黑眼睛就是女性气质。哪怕是最强悍的男人，也有女性气质，最阴柔的女人也有男性气质，这两个原型就是心灵的阴阳两面。当二者处于平衡和谐状态时，人的心理就健康平稳，当突破常态，男子气质过度强悍时，男子的女性气质就会凸显出来，一个好端端的男子汉会变得娘娘腔起来；而女性气质变得过度强悍时，一个好端端的温柔女子会变得像女汉子一般，都有违男女的本色。

男子的女性气质和女子的男性气质不是僵固不变的，它们随着人的心理成熟程度，大约经历四个阶段，而这些阶段并不一定与年龄增长同步。男性心中的女性气质，第一阶段为原始女性，表现为迷恋丰乳肥臀的"原始女人"；第二阶段为"浪漫美女"，更加注重女性的精神和气质，如演艺明星；第三阶段提升为"伟大女性"，由性意向让位给更多的精神崇慕；第四阶段达到巅峰，成为"智慧女神"，像西方的圣母玛利亚，中国的观音菩萨。男性的女性气质达到什么阶段的时候，在现实生活中就会表现出对相应女性的追求、爱慕与崇拜；反之，倘若女性气质得不到发展而长期滞留在低水平阶段，那么他关注和追求的对象也不会出现提升。微信中常出现的所谓"老牛吃嫩草"之类的绯闻，表明的就是这种停滞，尽管年过古稀，在心理追求上仍是指向"原始女人"。女人心中的男性气质，同样也经历四个阶段，即"原始男人"、"浪漫男人"、"雄狮男人"和"智慧男人"。

无论男性女性，这四个阶段表述的是从生理需求向精神需求的进化，但这种原型及其进化过程是不能被直接观察到或意识到的，是一种潜意识过程，只有在它们投射的对象那里才可以捕捉到它们的魅影；另一个重要而经常的途径就是梦。男人梦中出现的一个女性，很可能就是女性气质的人格化，这也为我们深入探讨汤显祖的创作心理提供了线索和切入点。很显然，从汤显祖对瑶芳公主和清河崔氏毫无保留毫无做作毫无矫饰的褒奖推崇中，完全能看出汤显祖的心理成熟程度，已经提升到第三阶段和第四阶段，他心中追求的女性特质是"伟大"和"智慧"，已经远离"原始"和"俗美"。在瑶芳公主和清河崔氏的投射镜像中，我们仿佛看到了汤显祖强大的心理素质和高尚的潜意识情操，正因如此，汤显祖才能诞出这样两个高尚完美经得起历史检验的戏曲艺术形象。

九、《飞语》《朝议》与人格梦

《邯郸记》第十九出"飞语"中，当朝首相宇文融上场后有一段宾白道：

数年间，状元卢生不肯拜我门下，心常恨之。寻了一个开河的题目处置他，他倒奏了功，开河三百里。俺只得又寻个西番征战的题目处置他，他又奏了功，开边一千里。圣上封为定西侯，加太子太保，兼兵部尚书，还朝同平章军国事，到如今再没有第三个题目了。沉吟数日，潜遣腹心之人，访缉他阴事，说他贿赂番将，佯输卖阵，虚作军功。到得天山地方，雁足之上，开了番将私书，自言自语，即刻收兵，不行追赶。（笑介）此非通番卖国之明验乎？把这一个题目下落他，再动不得手了。

这段宾白，将宇文融如何恼恨卢生及两次三番构陷卢生的阴谋说得清清白白，同时也将宇文融一手遮天，把持朝政，心狠手辣，睚眦必报的奸雄面目暴露无遗。

《南柯记》第三十二出"朝议"中，汤显祖着力刻画了一个忌贤妒能、阴招叠出的蚁国右相段功，为了稳保自己在朝中的地位，一心一意只想着如何扳倒权威名望超越于他的驸马淳于棼，到第三十九出"象谴"，以"熊藩久镇，把中朝馈遗"，"豪门贵赏，日夜游戏"，"把皇亲闱门无忌"三宗罪参奏，引诱国王生出"非俺族类，其心必异"的关键思想转变，做出了"夺侍卫"、"禁随朝"、"居私第"、"还故里"的处置，还是由于这个"三宗罪责"和"四种处置"，终于把淳于棼从天上打落到了地下，到第四十一出"遣生"，国王"遣他回去"便已是彻底完蛋，段功大获全胜，真是"一日不朝，其间容刀"，段功就是这把刀。

在戏曲结构中，宇文融和段功都是反面人物，而且都是当朝宰相，具有与正面人物生死较量的巨大能量，正负相格，是推动剧情向前发展的两股主动力，不论最后结果是宇文融功败垂成或是段功阴谋得逞，这两个角色都是不可或缺的半壁江山。

在剧目意义中，宇文融和段功又是剧作家揭露批判鞭笞明代晚期社会科举到官场种种黑暗腐朽的标靶，将他俩的阴险凶残刻画得愈是入木三分，愈彰显了作品的警世意义。

然而，这些都是从"外部"角度的思考。

有一个基本事实不可忽视，那就是宇文融是卢生梦中的一个人物，段功是淳于棼梦中的一个人物，他俩都是"梦中人"，由此，我们不妨从梦的"内部"来作一推敲。

以《邯郸记》为例，从第四出"入梦"到第二十九出"生寤"，共二十六出全是梦境，占全剧六分之五，这是卢生的一个长梦。通观全剧，亦即是通观全梦，清清楚楚看见了一条卢生时而明媚欢欣时而惊涛咆哮的潜意识流，正是这条一路奔腾不息的潜意识流，将卢生潜意识深处的精神面貌、心理状态以及处世理念生动而清晰地呈现在人们的眼前。在这条潜流的舞台上，不但有卢生，还有宇文融，还有崔氏、萧嵩、裴光庭、皇帝、高力士以及文武百官、旦末净丑等等，满满一台人物，看似热热闹闹，人头攒动，枝枝蔓蔓，复杂纷纭，然而，从精神分析看，其实只卢生一人而已，道理很简单，全剧不过是卢生一人的一个梦，所有卢生以外的人物，都可以视为卢生的子人格。因为梦表现的每一方面，实际上都可能是在述说梦者的某一种个性，提供了梦者整体人格中方方面面的信息。我们之所以要探索梦解析梦，根本目的就是要从梦中（即"内在"）了解梦者整体人格的状况，进而有针对性地加以调节和维护。很多梦例都告诉我们，梦是以最简单的方式告诉我们整体人格中哪些方面出了错，需要我们加以关注。同时，梦又以它特有的方式，在梦的故事中通过满足、发泄、升华、疏通、压抑、宣泄、消弭、补偿等不以人知的巧妙渠道，像春雨润物细无声一般，帮助我们完善人格，实现精神正常健康。

世上没有一个人的人格是纯之又纯或坏之又坏的，人格只不过是许许多多的子人格的总汇而已。像卢生，他不安贫又不发奋，有鸿鹄之志又靠钻刺求荣，想开河立功又怕艰苦，去靖边卫国又贪生怕死，想标榜清高又胸怀积恨。在第二十五出"召还"中，当司户自绑请罪，活现一副前倨后恭反复无常的小人丑恶嘴脸时，卢生竟然笑着说："此亦世情之常耳。"这是一句点睛之笔，不仅仅是对"世情"的揭露与批判，更是对自身"认同"的辛辣讽刺与反思，仿佛是说："到这当口，我亦如是。"像宇文融、段功、司户这类反面角色，正是观照卢生负面子人格的镜子。看戏若读梦，只有把正面反面的子人格都读懂了，卢生的艺术形象才会丰满真实完整。

必须明白指出的是，这条梦潜流，与其说是卢生的，倒不如说是汤显祖的。汤显祖是一代伟人，却并不是一个完人。甚至于宇文融、段功等反面角色正是他负面子人格的镜像。比如他痛恨科举制度，却又是一考再考；比如他有匡时济世之志，却又辞官告归；比如他不肯趋炎附势，却又与东林党人交往甚密；比如他呐喊婚姻自由，却又向皇帝乞讨"结婚证"等等。金无足赤，人无完人。天下万物是相辅相成的，任何一种事物的形成，都是另一种事物对应的结果；任何一种人格的形成是另一种人格衍生的结果，双方互相激发，互相促进，直到形成一种更高尚更阳光的新人格。汤显祖开先有入世报国之志，后来有出世逃避之嫌。笔者倒认为，汤显祖并不是消极出世，而只是转移了一个阵地。他以戏曲艺术之笔，在深刻反省自身阴暗卑污的同时，无情揭露当时社会的黑暗腐朽，痛斥权臣的阴险凶残，鞭笞官场的尔虞我诈和血腥的生死倾轧，竭尽全力维护人性的纯洁和尊严，仍不愧为一个敢于正视淋漓鲜血的斗士。

十、《树国》《宫训》与动物梦

《南柯记》有一个神话般的开篇，第三出"树国"，描写大槐安国主偕同右丞相武成侯段功出宫廷游戏，原本稀松平常，岂料国王在自述身家时说："本为蝼蚁。别号蚍蜉。"这就不怪也奇了，堂堂一国之王，原来是只蚂蚁！而且他的这个王国竟然是"一年成聚，两年成邑，到三年而成都"，"列兰錡，造城郭，大壮重门。穿户牖，起楼台，同人栋宇"，且"北厥表三公之位"，"南柯分九月之官"，"右边宪狱司"，"左侧司马府"，"丞相阁列在寝门"，"大学馆布成街市"，真煌煌然一大国。到第五出"宫训"，更是新奇。堂堂大槐安国母，原来也是"初为牝蚁，配得雄蜉。细如蚍虱之妻，大似蚁虻之母"，居然还"有女瑶芳一人，号作金枝公主"。细数一下，还有蚁王侄女琼英、灵芝夫人、上真仙子皆为蚁族。原来淳于棼兴兴然所到之处是个蝼蚁王国，他后来与瑶芳公主成婚，居然是个不可思议的人蚁配，因而他所做的这个梦，也姑且称为动物梦了。

说怪也不怪。人类和异类混杂甚至通婚配，在中国文化中累见不鲜，像《牛郎织女》是人类和仙类，《追鱼记》是人类和鱼类，《张羽煮海》是人类和龙类，《刘海砍樵》是人类和狐类，《白蛇传》是人类和蛇类，至于《聊斋志异》，则更是人类与异类的大聚会，因而人类与蚁类交往通婚也就不足为奇为怪了。

在现实生活中，人类与动物有着千丝万缕密不可分的联系。在物质方面，动物不仅为人类提供了丰盛美味的食物和营养，还为人类提供了无尽的役力和战斗力。更为重要的是，在精神层面，动物给人类带来了友好、情谊、安慰、美好、诚信、忠实、智慧、启迪、温暖、遐想等等精神需求和享受，使人类的生活更加充实美满；当然，无需讳言，动物也给人类带来了伤害和恐惧，捣乱和麻烦，甚至还要人性命。正因为如此，动物出现在人类的梦境之中，是再自然不过的事了。比如饲养了宠物狗的人梦中遛狗，当过骑兵的人梦见骑着战马冲锋陷阵，农民梦见赶牛犁田，牧民梦见放牧牛羊，猎人梦见狩猎野兽，驯虎女郎梦见与猛虎一起散步等等，皆属自然。我们所要关注的，是这些动物出现在梦中时，与梦主的思想感情、心理状态、精神面貌有什么关联，换句话说，这些梦中动物具有什么样的象征意义，成为了哪一种梦思的载体？

人类对动物的认识，经历千百万年的积累，几乎形成了较为固定的共识，并且深深扎根于人类的集体潜意识中。这种共识延伸到梦中，很可能形成相对应的象征，这种象征还可以从本义扩展出众多的引申义，因此，动物的象征意义范围十分宽广，是其他任何象征载体所不可比拟的。特别是不少动物都突破了自身形态和个性来表现人类的个性特征和自然本能，从而突出体现出人类传统文化的人文意识，如梦中出现的狗，就不是动物意义上的狗，而是忠诚、侠义、知恩图报等人文意义的象征载体。也许汤显祖精通个中奥妙，特意端出一窝蝼蚁来作为他畅抒胸臆的载体，将犀利的笔锋藏匿于一群蝼蚁的游戏之中。

汤显祖挟蚁国臣民指点江山抨击时事，汤学已有精译高议，无需赘述，倒是这个动物梦中的一处细节，引起了笔者的兴趣，即蝼蚁公主招淳于梦为驸马，由此联想到清河崔氏坐堂招婿，进而想起杜丽娘在梦中与柳梦梅欢愉，及至于霍小玉对李益的痴情。临川四梦中描写的这四对男女在婚恋初期，似乎有一个共同之处，即"女追男"现象并非偶然的个案，倒呈现出"比比皆是"的倾向。著名的有织女追牛郎，英台追山伯，莺莺追张生，龙女追张羽，胡大姐追刘海哥，白素贞追许仙等等。为什么会出现这种"一边倒"的女追男现象呢？从释梦以及精神分析的角度看，这是由于在人类的集体潜意识中，男性是社会及家庭的主宰，女性只是男性的附庸，然而在现实生活中，男性却又常常处于"功不成，婚不就"的落魄状态，希骥有女子主动找上门来，这种女性的热烈追求，正是男性潜意识的期盼和愿望的满足。这种"趋同"的创作倾向，并不是从古至今的文学家剧作家事前约定，而是有此共通的集体潜意识使然；而这类作品之所以能获得大众的认同和喜爱，数百年传颂不衰，也是因为这些作品激活了他们内心深处的集体潜意识，产生了强烈的认同感和亲切感，因而爱读爱看爱传，甚至期盼哪一天当真有个可心的女子撞入自己的怀抱中来。要实现这种潜意识愿望，除了神话、幻想等艺术遐想外，最经济快捷的法门就是做梦，正如汤显祖笔下的淳于棼一样，不但娶到了女子，而且娶的还是金枝玉叶的公主，哪怕是异类也欣然接受，总归是改变了"婚不就"状态，开始享受"婚就"如饴的快乐人生，岂不美哉！快哉！

十一、《风谣》《卧辙》与连续梦

《南柯记》第二十四回"风谣"，是淳于棼长梦中的一个片段，在这个片段中，淳于棼并没有出场，而是由朝廷的紫衣官承国王国母之命，送《血盆经》给公主而来到南柯郡，通过紫衣官的亲见亲闻，反映南柯郡在淳于棼二十年治理下的风土民情。这个梦的整体韵味是十分优美欢愉的，所有见闻都十分养眼悦耳。首先入眼的是山清水秀的环境和老少交头一揖的人文：

才入这南柯郡境，则见青山浓翠，绿水渊环。草树光辉，鸟兽肥润。但有人家所在，园池整洁，檐宇森齐，何止苟美苟完，且是兴仁兴让。满街平直，男女分行。但是田野相逢，老少交头一揖。曾游几处，近见此邦。

作为朝廷的紫衣官，走南窜北，见过多少世面，而他的一句"近见此邦"的感慨，包含着对南柯郡"政通人和"的高度赞赏。接着，在粗线条的浏览之后，连用四支[孝白歌]，通过描写父老、村妇、秀才、商人捧香进奉淳于棼生祠的虔诚，赞美"征徭薄，米谷多，官民易亲风景和"，"行乡约，制雅歌，家尊五论人四科"，"多风化，无暴苛，俺婚姻以时歌伐柯"，"平税课，不起科，商人离家来安乐窝"的具体美政，最后紫衣官惊叹："奇哉！奇哉！真个有这等得民心的官府。"梦境到此，突然断了，随即转移到"玩月"、"起寇"等别的场景与思路上去了，期间经历了夫妻情、边战以及朝中阴谋等多侧面的梦境，直到间断九出之后，到第三十四出"卧辙"，居然又回到赞颂美政的思路上来了。

"卧辙"一出是写淳于棼奉旨回都时，南柯郡父老乡亲夹道送行的盛况，汤显祖以极其饱满的热情浓墨重彩的笔触，将这个片段推向了美梦的高潮，"百里内都是南柯百姓送行"，"众父老拥住骏雕鞍，众男女拽住绣罗襕。车衣带断情难断，这样好民风留着与后贤看"。

将"风谣"与"卧辙"两个梦片段联系起来看，在抱负上是汤显祖美政理想的尽情释放；在因果上淳于施政是因，百姓攀留是果；从梦境结构上却是一组"断而又连"的连续梦。

当我们日常生活中有一个问题没有获得答案或者某一情绪没有解开时，梦就会连续地以同一个主题、同一个场景、相同的人物甚至相近的时间做相类似的梦，像连续电视剧一样，一集一集往下放演，这时，我们的感觉像是坐在影剧院里，看了上集看下集，看完下集还想看续集，一直看到有个结局为止。

梦的连续性结构是比较容易判断识别的，一般它都具有一个鲜明的中心主题，一个强烈的情感中心，一个明确的信息指引以及一班同台的演员。在梦境出现的时间间隔上，既可以是同夜的多个梦境，也可以是数天内甚至更长时期内的分散的单个梦境的组合，就像你的某一特定看法（即梦剧本）会随着时间的递进一样，梦会连续地一集一集演下去。从本质上说，连续性结构的梦是梦者情感或欲望的连续性释放。

连续梦除了"断——连"模式之外，还有一种"直连"模式，即几个同一主题内容的梦片段直接连缀在一起，在戏曲上表现为连续几出连诀演出。如《南柯记》第十出"就征"、第十一出"引揭"、第十二出"武馆"、第十三出"尚主"，接连四出亦即接连四个梦片段没有间隔地连接在一起，完成了"公主招驸马"这样一个情节。

汤显祖对梦的连续性这一特征具有深透的认知，巧妙地与戏曲结构实行无缝对接，在时连时断的运用中，将戏曲主线、副线、又副线有机地迂回穿插，多线交织，跳跃起伏，变化无穷，防止了平铺直叙，增添了飞来悬念，使人产生期盼"下回分解"的艺术效果。

十二、《玩月》《闺喜》与系列梦

《南柯记》第二十五回"玩月"，描述淳于棼驸马与瑶芳公主在十五月明之夜带领二子一女在瑶台上赏月。这座瑶台，是淳于驸马单单与瑶芳公主一人避暑特意垒筑的一座台城，城门都有玉石玲珑的高台，淳于自诩地说："我为公主造此一城，都是白玉砌裹，五门十二楼，真乃神仙境界也。"此时此刻，夫妻共赏月，儿女绕膝前，几阵微风，一茎清露，半缕残霞，淡写明抹，好一幅夫妻和谐美满的赏月图画，难怪夫妻合唱："好大槐安，团圆桂影，今夜满南柯。"

堪与此称为双碧的是《邯郸记》第十八回"闺喜"，清河崔氏原本"夫贵妻荣堪贺"，却又因为卢生为官，"忽地把人分破"，"今生情为谁？去关西，渡河西。你南望相思，我向北相思"，"盼雕鞍，你何日归来和我，渺关河，淡烟横抹"。崔氏思夫，望眼欲穿，扇掩轻罗，泪点层波。夫妇分离两地时，相思相念愈深，愈表明夫妻和谐情重，相比淳于夫妇朝夕相处又是一番恩爱景象。当听到卢生用兵得胜，封侯晋爵，早晚得见的喜讯时，立即转忧为喜，"喜珠儿头直上吊下到裙拖，天来大喜音热坏我耳朵，则排比十里笙歌接着他"，真是"去时儿女悲，归来箫鼓竞"，不由喜迭连声"谢天谢地"，好一幅思妇迎夫图画！

这本是两个剧目中的两个毫无关联的片段，或者说是两个毫不相干的梦境，如果再将也无关联的《牡丹亭》中的"惊梦"、"冥誓"两出都联系到一起探讨，就不难发现，这是汤显祖梦戏中的一组系列梦，共同的主题是歌颂赞美人间的美满婚姻。

系列梦与连续梦有一个共同特点，就是都具有一个相同的主题，或者说具有一个相同的动力强劲的梦思；但二者之间却有显著的区别。系列梦除有一个共同的主题之外，包括时间、地点、人物、事件、结果等其他要素都各个不同，是一个个表面看去完全没有关联的单独的梦，或者说是一个个可以单独成篇的梦，这很像中国中央电视台播放的《大国工匠》，一个又一个各行各业的顶尖巨匠，讲述一个又一个毫无关联的登峰造极的故事，其中的人物时间地点事件结果各不相同，他们完全可以单独成篇，但一旦以大国工匠精神这个主题串联起来，就形成了一部震撼人心的系列剧。

梦的系列性结构首先表现在同一个夜晚的多个梦上，梦学界有个相当接近的共识，认为同一晚上做的梦都属于同一个梦思系统，多数情况下，同夜的几个梦虽然各敲各的鼓，各唱各的调，表面看上去毫不相关，但仍可能是在述说同样的梦思，只是述说的角度不同，方式不同，调门高低不同而已。

梦总是一步一步地朝着有意的转移方向在蜕变。当一个梦思的原始动力十分强劲的时候，同一个夜晚的好几个梦很可能以系列性结构来表达梦思，形成由多个梦组合而成的系列梦；另一种情况是，也许梦思的原始动力并不十分强劲，但却具有惊人的坚韧性，特别像情结这类梦思，它总是死死缠住梦主不放手，今天生出一个梦，明天生出一个梦，过几天又生出一个梦，甚至数月后数年后，仍围绕这个情结百折不挠地不断生出新的梦境来，从而出现时间跨度很长的系列梦。

汤显祖有多少强劲的梦思，在他的"四梦"中就能发现多少系列梦。比如"功成名就"系列梦，就有《邯郸记》中的"夺元"、"凿陕"、"望幸"、"东巡"、"大捷"、"勒功"、"功白"、"召还"和《南柯记》中的"侍猎"、"拜郡"、"之郡"、"风谣"、"围释"、"帅北"、"卧辙"等；又如"抨击时政"系列梦，就有《南柯记》中的"还朝"、"象谴"和《邯郸记》中的"夺元"等；再如"追求享乐"系列梦，就有《邯郸记》中的"杂庆"、"极欲"、"友叹"、"生寤"和《南柯记》中的"生姿"等；再如"争权倾轧"系列梦，就有《南柯记》中的"象谴"、"遣生"和《邯郸记》中的"死窜"、"谗快"、"备苦"等；再如"靖边卫国"系列梦，就有《南柯记》中的"伏戎"、"议守"、"启寇"、"闻警"、"围释"、"帅北"和《邯郸记》中的"虏动"、"边急"、"西谍"、"大捷"、"勒功"等。

如果展开思想的翅膀，飞到很高很高的位置上，俯视《南柯记》和《邯郸记》，会发现原来这是一组展示人生旅程的超长的系列梦！

十三、《雨阵》《象谴》与预兆梦

《南柯记》第二十八出"雨阵"中，淳于梦与武友周弁文友田子华在审雨堂饮酒听雨，其间，淳于梦向二友人说了一个梦，梦见他的大儿子吟诵了两句《毛诗》："鹳鸣于垤，妇叹于室。"询问二友是何征兆。这两句诗出自《诗·幽风·东山》，按《传》注释是："垤，蚁也。将阴雨则穴处先知之矣。鹳好水长鸣而喜也。"按《笺》注释的是："鹳，水鸟也。将阴雨则鸣，行者於阴雨尤苦，妇念之，则叹于室也。"田子华擅文，引经注典作了这样的解析："诗云。天降雨而蚁出垤，鹳喜食蚁，故飞舞而鸣。'妇叹于室'，似是公主有难，要于老堂尊相见。此乃《东山》之诗，主有征战之事。"在这个解析中，有两个关键词，一是"公主有难"，二是"有征战之事"。现实的情况是淳于棼与二友在饮酒听雨，"公主有难"及"有征战之事"并非眼前已经发生之事，而只对未来可能出现的事的一个预测，对于淳于棼来说，这个梦便是一个预兆梦。

第三十九出"象谴"中，右相段功，十分妒忌淳于棼"尊居左相，位在吾上"，日夜惊恐淳于棼威胁自己的地位，利用太史令上奏天象异常的机会，以"客星犯于牛、女、虚、危之次"原由，构陷淳于棼"衅起他族，事在萧墙"，拨弄国王生出"非俺族类，其心必异"的念头，而断然决心"少不得唤醒他痴迷还故里"。古代星宿学家认为客星侵扰主要是指客星侵犯了主星的地界，是一种不祥的征兆，段功则将其具体化，一面危言耸听地说"虚、危主都邑宗庙之事，牛、女值公主驸马之星"，将矛头直接对准淳于棼，另一方面又添油加醋数落驸马之过，"近来驸马贵盛无比；他雄藩久镇，把中朝馈遗；豪门贵党，日夜游戏"，"还有不可言之处，把皇亲闺门无忌"，搧得国王火起，大骂"乱法如此，可恶！可恶！"终于借国王之手，将自己的劲敌淳于棼扳倒。

这仅仅只是淳于棼长梦中的一个片段。其实，淳于棼正在与琼英郡主、灵芝国嫂及上真仙姑三人过着"乱惹春娇醉欲痴，三花一笑喜何其。人人久旱逢甘雨，夜夜他乡遇故知"的放荡淫乐生活，遣归的事情尚未发生，也许是他酒醉性足之后做了这么一个噩梦，梦到右相构陷于他，梦到国王遣归与他，"被陷"与"遣归"是他预测可能将会发生的事，因此这个梦亦是他的一个预兆梦。

预兆梦又称为先兆梦，意即"先进行的事"或"将来会出现的人或发生的事"。在人类万紫千红的梦国之中，是否真的存在预兆梦这样一个梦种呢？梦学界对此出现了巨大的分歧。有的认为，梦是退行性结构，为人们提供过去时的经验和回忆；也有人认为，梦具有前瞻性，可以预示未来。发现集体潜意识的精神分析学大师荣格，综合两种意见，强调梦具有既指向过去也指向未来的属性。他认为梦有一种预期能力，这并不是说梦有一种预测未来的神秘能力，而是说梦有显示种种可能的能力，梦也是一种有关未来潜力的幻想。这种向前展望的功能，是在潜意识中对未来成就的预测和期待，也是对未来可能发生的困难危险的预演。可以将预兆梦视为一张蓝图，或一份冥冥中拟就的计划，甚至于还会以象征的方式提出解决某种冲突的方法。广为传颂的美丽动人的嫦娥奔月神话，原本只是华夏子孙大众的一个美梦，这个梦对于现代人类登月的现实而言，不是一个经典的千百年前就出现了的预兆梦吗？

令人肃然起敬的是，早在400年前，亦即比弗洛伊德、荣格等现代梦学家早近300年前，汤显祖对预兆梦已经有了十分肯定的认知，而且在戏曲创作中得心应手，游刃有余。

且看"雨阵"中的第一个预兆"公主有难"，在饮酒听雨尚进行时，淳于棼儿子打马急报"檀萝兵起，一半攻打堑江城，一半向瑶台城来了。"瑶台是公主居所，檀萝发兵攻打，且不应了"公主有难"的预兆么？且不同时也应了第二个"有征战之事"的预兆么？淳于棼"昼寝"之梦，当时便兑了现，难怪淳于自己也惊呼："梦之响应如此！"再看"象谴"中的两个预兆，在随后的第四十出"疑惧"中已开始兑现，淳于棼对于"被陷"的现实只能无可奈何地痛斥"呀！段君何诳人至此？"到第四十一出"遣生"中，则是"酒尽难留客，叶落自归山"，"遣归"的预兆也兑了现。汤显祖不仅将这两个预兆梦写得活灵活现，而且还将之归结为"淳于梦中人，安知此预兆"则更为预兆梦传神了。

十四、《转情》《情尽》与白日梦

《南柯记》最后两出"转情"和"情尽"，描述淳于棼被送回故里后的现实生活。在他掘蚁穴寻梦踪之后，参加了契玄禅师的水陆无边道场，当契玄禅师持剑引导淳于棼登上天坛时，只见"金光一道，天门开了"，看见"檀萝国蝼蚁三万四千户生天"，接着又接连看见"大槐安国军民蝼蚁五万户口同时生天"、"父亲生天"、"段相国、周弁、田子华生天"、"国王、国母生天"、"宫娥彩女拥着上真仙姑灵芝夫人和琼英国嫂生天"，最后看到妻子瑶芳公主，一面将妻子从天上扯抱下来，一面又"我定要跟你上天"，正当夫妻二人扯哭不止难舍难分之际，被契玄禅师挥剑一砍，将淳于棼跌倒尘埃，公主也不见了。到这时，淳于棼才猛然惊醒，清白"我淳于棼这才是醒了"。

此处之"醒"，有两层意思。一层是醒悟，即悟出了"人间居住君臣，蝼蚁何殊？一切苦乐兴衰，南柯无二。等为梦境。"是指思想理念上的觉醒，这亦是汤显祖的原意；另一层是梦醒，是从梦境中醒觉过来，这恰恰是汤显祖用梦幻之笔创作出来的一个白日梦，淳于棼在幻觉中遭剑砍而从梦中惊醒过来。这个白日梦是从契玄禅师引导淳于棼"蹬上了天坛"开始入梦的，直到遭剑砍"跌倒"才出梦，期间的所有情节，皆是梦境的内容。对于这一点，并非勉强往梦学上强拉硬拽，其实在汤学界，早已有"后二梦"的定论，只是立论的方向存在理学与梦学之分而已。

之所以将这个梦界定为白日梦，是因为它与寻常的夜梦具有明显的区别，并不是简单地因为这个梦是在白天做的就叫白日梦。

白日梦最初叫清醒梦，是由荷兰医生弗雷德里克·范·伊登于1913年提出来的，后来有人又叫清晰的梦、清明梦和白日梦。尽管在名称上不尽相同，但在特质认定上并无重大区别，最重要最显著的与夜梦相区别的特征是意识参与了白日梦的制作，梦主是故事的主角，具有明显的自我满足功能，最核心的区别，是参与梦境制作的意识具有驾驭操纵梦程前进方向的功能，以此满足意识的而非潜意识的愿望。

一般而言，白日梦是指人们在半清醒半迷糊状态下出现的一条带有虚幻情节的心理活动意识流，这类幻想可以是潜意识的，也可以是意识的，这些幻想都是挫折与欲望的变相反映。当淳于棼两次"燃指为香"时，他有"焚烧十指连心痛"的剧烈痛感，说明他的意识是清醒的；当他登上天坛时，却看到金、银、琉璃、碎碟、玛瑙、珍珠、玫瑰，惊呼"天也么天。真乃是七宝悬。"说明他的意识又是模糊的。人们意识完全清醒时，不会做白日梦；人们意识退出思维时，也不会做白日梦；唯有处在这种半迷半醒状态时才有可能做出白日梦来。

淳于棼做这个梦时有一个十分明确的意识，那就是希望实现"图得三生见面圆"的愿望，而且以这个愿望为动力，操纵整个梦境一步一步向前推进，让他在大槐安国交往过的人群，分批按序在他眼前一一生天，直到与瑶芳公主生死决别，完全实现了"三生见面圆"的愿望。更为重要的是，深藏在意识或潜意识中最核心最机密的愿望、恐惧、希求以及念念在兹的心结，白天不敢说，尤其不敢当面说，甚至在其他梦境也难说，一旦到了白日梦中，就恍如大河溃堤，汹涌而至，都敢于口无遮拦地大胆说出来。淳于梦见到公主后。直言快语地说"还要与你重做夫妻"，听到瑶芳公主说"快忉利天夫妻，则是空来，并无云雨。若到以上几层天去，那夫妻都不交体了，情起之时，或是抱一抱儿，或笑一笑儿，或嗅一嗅"后，仍义无反顾地坚持"我是要跟你上天"，这不但完全真实倾吐了他对公主的一片真情，而且在情境上由当初的性欲原始阶段提升到了至情的高级阶段，实现了艺术的升华。

值得特书一下的是，汤显祖这个白日梦创作于1600年，比荷兰医生弗雷德里克·范·伊登提出白日梦要早了313年，而且对后世产生了深远影响。200年后的古典名著《红楼梦》中，就出现了三个白日梦。其一是第三十二回中，宝玉在大白天里，把给他送扇子的袭人当成了黛玉，将一肚子要对黛玉讲的心里话对着袭人讲了，把袭人吓得魂飞魄散，直呼宝玉中邪了；其二是第二十四回中，贾瑞大白天睡在床上看"风月宝鉴"，与宝鉴中凤姐的镜像滥淫脱精而死；其三是第一百零一回中，凤姐在黄昏时去秋爽斋的途中一边走路一边做的，在迷糊中看见一只大狗"回身就向凤姐拱爪儿"，复又看见已死去数年的秦可卿。这三个白日梦的梦主儿皆有一个共同特点，就是当时的精神状态都处在"心跳神移"、"神魂飘荡"、"恍恍惚惚"

甚至"魂不附体"的半痴半醒之中，都具备了做白日梦的最基本条件。由此可见，中国的梦文化源远流长，代有传承，与现代西方梦学相比，显得更其久远、丰富、精深。

十五、《入梦》《召还》与转折梦

《邯郸记》第四出"入梦"中，表述卢生跳入吕洞宾的磁枕后，走进一座红粉高墙的深院大宅，忽听有人叫喊"什么闲人行走？快拿！快拿！"又听到"掩上门，快拿！快拿！"卢生惊慌失措，慌不择地躲藏到旁边的芙蓉架里，被清河崔氏家的老妈子发现，直叫嚷"那汉子还不出来，拿去官司打折了他"，并上前将卢生捉住，逼卢生跪在地上，呵斥"俺这朱门下，穷酸凭的无高下，敢来行踏，敢来行踏！"经过一番诘问，知道卢生尚无妻小时，崔氏大怒，斥责卢生"你没妻子，在这里狗头狗脑"，"俺世代荣华，不是寻常百姓家。你行奸诈，无端窥窃上阳花"，随即指令梅香"和俺快行拿"，"秋千索子上高悬挂"，"掐杖鼓的鞭儿和俺着实的挝"。当卢生叫苦告饶时，崔氏怒斥"非奸即盗，天条一些去不的"，非押他到清河县衙去吃官司。所谓天条，就是诸夜无故入人家者按律笞四十。眼看着卢生面临吃官司挨板子山穷水尽疑无路时，忽然崔氏提出官休私休，转眼间柳暗花明又一村，崔氏屈尊低就，坐堂招婿，卢生则祸兮福所倚，转眼得个妻，这就是一个祸福转折梦。

第二十五出"召还"中，卢生经历了云阳问斩、贬窜烟瘴的大惊大骇之后，在流配之地崖州，又遇上了崖州司户接到宇文融的密旨，要"结果了他的性命"，被司户拖下去直往死里打，一边打还一边数落卢生的罪行："打你个老头皮不向我门下参，打你个硬骹儿不向我庭下跕，打你个蠢流民尽着嚛，打你个暗通番该万斩，打你个骂当朝一古子的谈，打你个仗当今一块子的胆，打的你皮开肉绽还气岩岩也，打了呵，还待火烙你头皮铁寸嵌。"这一连八个打，直打得卢生痛不欲生求饶不止："你打得我血淋侵达喇的痛鑱鑱也，怎再领得起你那十指钻钳泼火燂？"然而，司户早已铁了心，就是要整死卢生，不顾卢生哀求，"铁铃生头，火烙生足"，非置之死地而后快。在卢生命悬一线的紧要关头，救星天降："天使到来，钦取宰相回朝"。卢生死里逃生，这便是一个生死转折梦。

转折梦结构是经常使用的结构之一，同时也是常被人们忽略的结构之一。这种结构的特征是在梦程进展过程中，忽然出现一句话或一件道具或一个情节，使前面的梦境发生明显的甚至是巨大的转折性改变，比如喜庆梦境转折为悲哀梦境，和平梦境转为厮杀梦境，成功梦境转折为失败梦境，优雅梦境转折为喧嚣梦境等。这种种转折常常因为一个细小的不甚为人关注的情节出现而出人意料之外地发生，既突兀又自然，梦者常常不理睬更不追究突兀而顺其自然随之转折，并不觉得有何不妥，因而也容易忽略这种转折给梦境带来的巨大改变。

其实，许多包含戏剧性变化的梦境，都是运用转折性结构的佳作。在临川四梦中，汤显祖梦笔生花，创作出了众多运用转折性结构的梦境典范。

《牡丹亭》中，一个如花似玉的青春少女杜丽娘，在"闹殇"一折为情而死，死了也就罢了，却又在"回生"一折为情而生，正是这个生死转折，营造出了"至情"的旷古意境。

　　《紫钗记》《牡丹亭》原本是才子佳人戏，理应"梦随彩笔绽千花，春向玉阶添几线"，卿卿我我，风流倜傥，却偏偏发生"节镇登坛"、"雄番窃霸"、"边愁写意"、"虏踪"、"牝贼"、"淮警"、"折寇"这类"冰河铁马入梦来"的打打杀杀戏，从故事背景上来说，是和平与战争的转折，从舞台表演上来看，是文戏与武戏的转折，使剧情起落有致，悬念丛生。

　　在《南柯记》与《邯郸记》中，转折性结构更是运用得炉火纯青，使淳于棼和卢生时不时山穷水尽，时不时又柳暗花明，时不时如日中天，时不时又一落千丈，转折使他俩的梦中人生波涛凶险，却又往往绝处逢生。

　　转折性结构在保持梦的延续上具有举足轻重的意义。

　　精神分析理论中最具活力和灵动感的概念，就是精神能量的能量贯注和反能量贯注。一个梦的整个进程，本质上就是精神能量的贯注和反贯注交织进退的过程。本我的精神能量是变动不居的，自我的心理功能就在于将变动不居的本我能量提升到受约束的能量，达到适应现实环境的能动水平。人类的任何一个梦，都存在于并体现于精神能量的贯注与反贯注的相互作用之中，人们通常将这种能量贯注与反贯注之间的对抗，称为"内部冲突"或"内心冲突"。像卢生在睡梦中将精神能量向"求功名"贯注时，就生出了"夺元"、"外补"、"凿陕"、"望幸"、"大捷"、"勒功"这类功名成就的无比喜悦畅快的梦境，然而当这种能量贯注达到极限时，很可能出现"爆棚"的情况，就像一旦空气球灌的气过满，就会不堪重压而破裂一样，卢生很可能会从梦中笑醒过来，这样的话梦就中止了，结束了；如果在此时恰如其分地进行反贯注，也就是来一个转折，从"求功名"转移到"遭陷害"上来，使卢生"洩洩气"，正如将气球洩洩气就不至于破裂一样，卢生的梦就可以延续做下去。同样的道理，当卢生命悬一线，说不定会从惶恐中惊醒过来而中止梦境的时候，又来一折"召还"的贯注，梦又可以做下去了。换成戏曲创作的语言说，来一个"戏曲性"转变，戏又可以继续演下去了。而且，还可以通过种种转折，清晰地理出梦主心理冲突的脉络，加深对梦戏的理解。

十六、《回生》《情尽》与生死梦

《牡丹亭》第二十出"闹殇"中，描写杜丽娘在"奴命不中孤月照，残生今夜雨中休"的中秋之夜悲戚地死去，她是因春动情，因情而殇的，对于死，她只是命不济，其实是心不甘。"恨苍穹，妒花风雨，偏在月明中"。至此以后，她便行走在"旅榇梦魂中"。漫漫三年冥梦之中，杜丽娘一灵不灭，在第二十三出"冥判"中，烦请判官查了"断肠簿"又查"婚姻簿"，得知自己与新科状元柳梦梅"前系幽欢，后为明配，相会在红梅观中"，幸好判官是个极通人情世故的好鬼，"我今放你出了枉死城，逆风游戏，跟寻此人"，而且还叮嘱花神"休坏了他的肉身也"，"敢守的那破棺星圆梦那人来"。这样魂牵梦绕到第三十五出"回生"，破棺星柳梦梅在石道姑疙童的帮助下，破土开棺，看见杜丽娘"端然在此，异香袭人，幽姿如故"，连忙将她扶起，"俺为你款款偎将睡脸扶"，"在这牡丹亭内进还魂丹"，又灌热酒"玉喉咙半点灵酥"，终于"天开眼了"，杜丽娘"整整睡这三年"得生还。"闹殇"中，杜丽娘是"真死"，"回生"中，杜丽娘则是起死回生，"随君此去出泉台"。

从描述状态来看，杜丽娘的生死梦颇具"现实"色彩，而瑶芳公主的生死梦却具有鲜明的"神话"色彩。《南柯记》第三十五出"芳陨"中，瑶芳公主因养育病损，在先行回朝廷途中"卒于皇华公馆"。到四十四出"情至"，淳于棼在天坛上与瑶芳公主人仙相会，生生死死，魂梦依依，又是一个生死梦。

常言"醉生梦死"。我们很多人都有做梦梦见"人死去"、"死去的人"、"死而复生的人"等等类似的体验，都明白做生死梦与清醒生活之间的关系不是单向的，而是一种彼此牵挂相互影响的过程。一般而言，死亡是一种不幸，死亡梦恰恰反映了梦者对待这种不幸的态度、情感和处置方式，死而复生梦则反映了梦者内心深处的一种希冀与企盼。梦学界研究工作者经过长期广泛的研究，探索出了生死梦的一般特征，梦者对死去的人会出现四个不同阶段的反应，而每个阶段都与悲痛过程中的不同程度相对应。第一阶段是梦主对死亡的否定，不相信不承认死亡已经发生，极度的悲痛化为痴心妄想，在梦中不仅梦见已死之人，甚至梦见这个人又死而复活。淳于棼不仅梦见了瑶芳公主，而且瑶芳公主"坐的是云车，走的是云程，站的是云堆"，"金莲云上踹，宝扇月中移。辗破琉璃，我这里顺天风响霞帔"，淳于棼还听到了"隐隐环佩之声"，明明一个活脱脱的公主妻，哪曾死去哟！柳梦梅开棺见到的杜丽娘也是"异香袭人，幽姿如故"，何曾死去，只不过"劣梦魂猛然惊遽遽"而已。第二阶段是对故主的追忆，在理智上开始相信死亡这个事实，但在情感上依然难舍难分，亡者常在梦中出现，仿佛还活着一样，两人共同追忆生前相处的日子，特别是常出现亡者向梦者提出某种劝告的片段，这类梦常常表露了梦者清醒时惦挂的心事，也可能是追忆亡者活着时直言帮助梦者的往事，因为带有劝告之意，第二阶段也称"劝告之梦"。第三十三出"召还"中，瑶芳公主病重之时，谆谆劝导淳于棼："驸马久在南柯，威名太重，朝臣岂无妒忌之心？""则恐我去之后，你千难万难哪！""淳于郎，你回朝去，不比以前了。看人情自懂，俺死后百凡尊重。""我去之后，驸马不得再娶呵"等等，瑶芳公主的这些忠告，乍看是她临终前的"现实"中说的，并非"梦境"中的语言，但千万不能忘记，"召还"一出是淳于棼人生大梦中的一个片段，仍是梦中的劝告，十分可惜的是，淳于棼没有听取这些劝告，以致在后来的日子里，瑶芳公主的这些高瞻远瞩的预言都一一兑现了——官场上遭右相段功妒忌陷害；遣归时遭紫衣官羞辱；生活上则与琼英、上真和灵芝在宫中淫乱。可以说，瑶芳公主的种种劝告实质上是淳于棼丢官去势之后的深刻而沉痛的反思。第三阶段是与亡者道别，或亡者将去某个远方，回来与梦主道别，一般称为"告别之梦"，这类梦在感情上已经没有刚去世时那么悲痛激烈，梦主逐渐能够接受亡者已经死去的现实。淳于棼在天坛上与瑶芳公主告别即属告别之梦。第四阶段为"比照之梦"，在这类梦中，已死之人在梦中也是已经死亡的，而且展现出死亡时的状态，或是安详的寿终正寝，或是突然的横祸暴死，或是被杀戮死，或是被病魔缠死。这类梦中，梦主的关切点基本上已经从死者身上转移到自己身上，对自己终将一死表现出极大关心，而且对于自己将会如何死去想入非非，常常将这种关心投射到已故人的身上，以此调整自己的心态，适应亲人死后的新环境，从而开始新生活。

十七、《备苦》《雨阵》与梦中梦

梦中梦是一种非常有趣也很特殊的梦结构，恰似小说中的插述或电影中的闪回，是一种具有说明性质或加强性质的表现手法。出现梦中梦时一般有两种情况，一种是梦者可能意识到自己处于做梦状态，能够感知自己是在梦中做梦；另一种则浑然不知是在做梦中梦，反以为前梦是真梦，而后梦是清醒行为，直到最后彻底醒转过来了，才恍然大悟原来后梦是个梦中梦。《邯郸记》中，卢生被贬鬼门关，是"邯郸梦"中的一部分梦中经历，当梦中落海后又尽力跳上岸，"靠着石亭子倒了去"时，很可能因疲惫不堪而昏睡了，此时便做了个梦："（扮众鬼上，各色随意舞弄介）（末扮天曹上）众鬼不得无礼！呀，此人有血腥气。（看介）原来颏下刀伤，将我一股髭须，替他塞了刀口。（鬼替捋须塞口浑介）（天曹）卢生听吾吩咐：二十年丞相府，一千日鬼门关。（下）"天曹与众鬼这一段剧情，正是卢生的梦中梦。卢生醒来后，回忆梦境，"哎哟，好不多的鬼也！分明一人将髭须塞了颏下刀口，又报我二十年丞相府，一千日鬼门关。"其实，卢生醒来后对梦境的回忆，仍是在"邯郸梦"中，是在梦中回忆梦中梦的情景。这便是后一种情况，浑然不知自己是在做梦中梦，不到彻底醒转，还会以为是真实的经历。《南柯记》第二十八出"雨阵"中，淳于棼与司农田子华、司宪周弁一起，在审雨堂饮酒听雨，兴致之中，淳于棼向田子华说："司农，我昼寝，忽然一梦。大儿子诵《毛诗》二句：'鹳鸣于垤，妇叹于室。'是何详也？"此时的淳于棼与田周二人饮酒听雨，是在南柯大梦之中，梦中言昼寝之梦，这个梦便是梦中梦。与其他梦中梦更显得别开生面的是，淳于棼不但做了梦中梦，而且还煞有介事地在梦中听田司农解梦，听到田司农说"似是公主有难"和"主有征战之事"后，还信以为真，不但"多谢指教"，还自警有那么一回事。随即剧情发展"檀萝兵起"，更使淳于棼对这个梦中梦坚信不疑，大呼"司农，司农，梦之响应如此"。梦中梦常常反映了梦者的一种心态，而且属于加强版。卢生在流配鬼门关这样险恶的环境中，尽管前途凶多吉少，但求生求发达的愿望依然十分强烈，天曹吩咐的"二十年丞相府"便是他潜意识深处的期盼，即便死在临头，丝毫也不放弃，仍在顽强地追逐"建功树名，出将入相"的核心追求，梦中梦在绝望之中强化了这种追求，也由此而生出了巨大的求生张力，鼓舞他继续前行。淳于棼的梦中梦，则从另一个角度表达了他对公主安危的牵挂和作为郡守必备的居安思危的深度焦虑，是他家国情怀的加强版。汤翁对梦中梦这种梦的特殊结构，不仅极具深透的感悟，而且运用起来娴熟自如，与戏剧情节自然融合，不露痕迹地起到剧情转换和推动情节发展的作用，使观众在不知不觉中由"听雨"的文戏一下转到"排兵布阵"的武戏之中，因有梦中梦做中介，不仅不觉得突兀，反倒觉得尽在情理之中而欣然领受，由此亦可感受到汤翁梦笔的委婉神奇。

十八、《寻梦》《寻寤》《生寤》与忆梦

忆梦并非某一个梦种，而是指回忆梦境。《牡丹亭》第

十二出"寻梦"、《南柯记》第四十二出"寻寤"、《邯郸记》第二十九出"生寤",是百难一见的忆梦佳作,弃之不论,殊为可惜,故在述说梦种之余,特添此节。

我们很多人都有这种体会,一觉睡醒之后,知道自己做了梦,可是,眼一睁开就全忘了,有的梦甚至连影子也找不到,不由感叹梦如脱兔,转眼不见;又如退潮,想挽留也挽留不住。梦为什么很快就会被遗忘呢?客观上有些梦的痕迹很浅,只是轻轻地从意识层面一划而过,仿佛用指甲在皮肤上轻轻划过,那道浅浅的划痕很快就自行消失一样,划痕消失梦也就遗忘了;主观上是清醒意识对梦的忽视,无论做了什么梦,一概漠然处之,这便是我们常说的对梦没有上心,你不去关注梦,梦自然很快遗忘。然而,除了主客观原因外,从理论高度探讨,还有一个重要原因,那就是梦的遗忘还具有自身的法则,这条法则几乎不以人的主观愿望为转移,这就是"艾宾浩斯遗忘曲线"。简单地说,德国波恩大学哲学博士赫尔曼·艾宾浩斯先后用了两个连续4年的时间,背诵无意义无关联的长短音节,进行艰苦卓绝万分枯燥的测试,终于发现了遗忘的规律,并制作出了能够一目了然的"艾宾浩斯遗忘曲线",用文字表述就是我们所感知的材料(包括梦境)在最初几小时里,遗忘速度是最快的,随着时间的推移,遗忘的数量减少。具体而言,在几秒钟内便遗忘的叫"瞬间记忆",如果感知材料此时受到关注,就进入"短时记忆",如果对短时记忆的内容加以复述、运用或进一步加工,就会形成"长时记忆",长时记忆可以持续数日、数周、数年乃至终生永久记忆,几乎不再遗忘。认识了遗忘的规律,就知寻梦的重要了。

　　杜丽娘是在"惊梦"后的第二天"丫头去了，正好寻梦"。她沿着梦境中的路线，在"湖山石边"，"牡丹亭畔"，看"雕阑芍药芽儿浅，一丝丝垂杨线，一丢丢榆荚钱"，回味"生就个书生，恰恰生生抱咱去眠"，"好不动人春意也"，甚至连梦中的细节也"寻"了回来："他倚太湖石，立着咱玉婵娟。待把俺玉山推到，便日暖玉生烟。挨过雕阑，转过秋千，捱着裙花展。敢席着地，怕天瞧见。好一会分明，美满幽香不可言。"这一段寻梦，有两层意义。在戏曲结构上，前出"惊梦"中写到"生强抱旦下"戛然而止，生旦都下场去了，去做了什么，观众看不到，这段寻梦便是对"下场后干了什么"的补述，相当于将一个梦做两档写，一虚一实，既突出了典雅，又回避了庸俗；从遗忘理论上讲，正是通过对梦境的回忆，使短时记忆变成永久记忆，"从此时时春梦里"，让自由释放原欲的快感在心中长久荡漾，"美满幽香不可言"。

　　《南柯记》中的"寻寱"却是别开生面，颇似人们幼时的恶作剧，挖掘蚂蚁窝看稀奇。随着挖掘向前推进，淳于棼依次看见了梦中槐安国的宫殿、南柯郡、灵龟山、蟠龙冈、檀萝国等场景，触景生情，又仿佛看见了国王、国母、蝼蚁百姓和瑶芳公主"吾妻"，进一步回想起南柯二十年的种种情事，真是"步影寻踪，皆如所梦"。实际上是汤显祖帮助读者和观众重温梦境，加强对剧情的记忆从而深化理解。

　　《邯郸记》中的"生寱"，则是卢生刚刚死去，即刚刚从梦中醒来，立即对梦境进行回忆，此时回忆梦境的新鲜度最高，仿佛还在梦中一样，眼一睁开便问："夫人那里？""卢傅、卢惕、卢俭、卢位，小的卢倚呢？""三十匹御赐的名马"呢？"我脱下了朝衣朝冠"呢？"我的白胡子哪里去了"？当发现夫人、儿子、名马、白胡子都不见了，总觉得"太奇，太奇"，又进一步回忆起"俺一径的抡中了唐家状元，替唐天子开了三百里河路，打过了一千里边关"；"恁大功劳，还听个谗臣宇文丞相之言，赐斩咸阳都市。喜得妻儿哭救，远窜岭南，直走到崖州鬼门关外"；"后来有得萧裴二位年兄辩救，钦取还朝，依旧拜为首相。金屋名园，歌儿舞女，不计其数。亲戚惧是王侯，子孙无非恩荫。仕宦五十余年，整整的活到八十多岁"。几乎是一口气，将"六十载光明唱好是忙"。卢生对梦境的及时回忆，并与眼前现实作比照，完成了对人生认识上的升华，无限感慨地说道："卢生如今醒悟了。人生眷属，亦犹是耳。岂有真实相乎，其间宠辱之数，得丧之理，生死之情，尽知之矣。"

汤显祖以三种廻然而异的手法回忆梦境，不仅格调清新，与戏曲表演实现无缝对接，体现了高超的艺术性；而且，从梦学角度对忆梦的重要性规律性表现出了深刻而成熟的认知，比1850年才出生的艾宾浩斯后来提出的遗忘法则要早了300年，标志着中国古代梦文化的科学先知。

武陵何处访仙郎？
只怪游人思易忘。
从此时时春梦里，
一生遗恨系心肠。

——《牡丹亭》第十二出

二、汤显祖情结

一个思想简单，情感贫乏的人，是断然写不出"四梦"的；唯有汤显祖这样阅历极其丰富，思想极其精致，情感极其激越的人，才能奉献出"四梦"这样光芒四射的瑰宝。然而，他并没有向世人直白地袒露胸襟，他将自己的理念与胸臆，深深地隐匿在笔下的梦境之中。我们知道，每一个梦，都是梦的显像与梦的隐思的结合，唯有通过对梦的解析，我们才有可能触摸到他内心深处的种种块垒，才有可能感悟到他拳拳于心的种种情思，笔者冒昧地将这些块垒与情思，冠名为"汤显祖情结"。

情结，是现代精神分析学中的一个专用名词，是指个人潜意识中，有一种重要而有趣的特性，就是一组一组的心理内容可以聚集在一起，形成一簇心理丛，这一簇心理丛就称之为情结。情结可以强有力地控制我们的思想并固执地影响我们的言行举止，通俗地说，当我们说某人具有某种情结时，意思就是指这个人执拗地沉溺于某种他所心向的东西而不能自拔。我们不妨通过对"四梦"的梳理，来探究一番汤显祖的情结，亦即他深藏于潜意识中的心理丛。

一、叛逆情结

汤显祖所生活的明王朝嘉靖、万历年间，已是民不聊生、风雨飘摇、千疮百孔、腐朽不堪，尤其在社会思潮方面，正是"存天理，灭人欲"甚嚣尘上的时代。所谓"存天理"，就是维护封建社会制度下的一切湮灭人性的规范；所谓"灭人欲"，就是灭绝人性中最具活力的生命激情和自由。天理与人欲这对矛盾就是社会规范与个体本性之间的矛盾，矛盾斗争导致的社会结果无非是两极：顺承或逆反。无数社会现实千百次反复证明，逆反的结果无不以悲剧告终，其间湮灭了多少人性，剥夺了多少作为人的最起码的自由，扼杀了多少人的生命，而这些恒河沙数的悲剧在"存天理"的猎猎旗声中被掩饰、被遗忘，昏昏者不明究里，瑟瑟者畏而不语，唯有叛逆者，才敢于冲决礼教罗网，为人性的尊严与自由鼓与呼。

汤显祖就是这样的叛逆斗士。他13岁即师事泰州学派的三传弟子罗汝芳，后来又非常敬仰被封建统治者视为"异端"的思想家李贽和名僧紫柏禅师（达观），并提出著名的"至情说"，与"存天理"的教义相抗衡，扛起了扬人性灭邪理的战斗旗帜，这既是他的抱负，也是他萦绕一生的情结。汤显祖用笔战斗，《牡丹亭》就是他发射的一枚重磅炸弹。他将满腔激愤倾注在这部传奇上，他塑造的杜丽娘形象，就是从现实与虚幻两个侧面进行揭露与鞭笞的。

杜丽娘原本是堂堂紫袍金带南安太守杜宝之女，才貌端妍，亭亭玉立，充满青春活力的少女，然而，在"西蜀名儒"

父亲的训斥下，在迂腐不堪的塾师管教下，在号称贤妻良母甄氏的"慈戒"下，杜丽娘的闺房竟成了囚禁她的牢房，"女孩儿只合香闺坐，拈花剪朵，问绣窗针指如何"，以至于活到十六岁，竟不知自家近处还有座后花园！父母与塾师织就了一张封建礼教的大网，紧紧束缚住杜丽娘，这就是社会现实的缩影，直到将她窒息而死。与其说杜丽娘主动为情而死，倒不如说她是被动地被"存天理，灭人欲"逼勒而死的，这便是汤显祖以一个活生生少女之死的典型个案，深刻揭露封建礼教杀人不见血的残酷和对人性肆无忌惮的剥夺。汤显祖至此并未浅尝辄止，他将杜丽娘的魂灵引致冥界，让杜丽娘的"人欲"在没有"天理"的梦境中，得到无拘无束无忧无虑自由自在地尽情抒发和享受，让她和柳梦梅炽热而执着的爱情自由奔放，遂心遂愿，畅呼"每夜得共枕席，平生之愿足矣"！这样的虚幻之笔，犹如反手一巴掌，重重地击打在封建礼教的脸面上，相当于厉声质问：为什么本来在人间完全可以实现的美满爱情只能在幽冥中出现呢？到此汤显祖仍不歇笔，又浓墨重彩地写了一出"回生"，让杜丽娘死而复生重返人间，完成了"为情而死，为情而生"的"至情"境界。实际上，杜丽娘的死而复生，正是汤显祖的一篇"叛逆宣言"，他深信人性的磅礴伟力，终将战胜腐朽没落的"天理"，正如他在《牡丹亭》"题词"中所言："人世之事，非人世所可尽。自非通人，恒以理相格耳！第云理之所必无，安之情之所必有邪！"

　　也许，在我们当今所处的时代，提倡自由恋爱甚至自由恋爱已成为社会常态而不足为奇的时候，回顾400年前当时的社会常态，在完全没有恋爱自由的情境下，汤显祖在梦中在幽冥中甚至在现实中，公开高举自由恋爱的旗帜，不可谓不奇，不可谓不险，不可谓不夺人先声，没有灭天理的胆识和捍人欲的魄力，是断断不可落笔的。也许，当时他并没有意识到"自由恋爱"这个现代概念，但他必定十分清楚是从人类本性追求性爱出发才创作这个传奇，也必定十分清楚是个体对性爱自由的觉醒与整个封建礼数的禁锢的尖锐对立和不可调和的冲突，他只是凭借着对杜丽娘的生命礼赞，高奏一曲叛逆的赞歌。正因为他呼喊出了压抑在万众心头上的块垒，才会在当代就出现"家传户诵"、"《西厢》减价"的盛况。完全可以说，他释放叛逆情结的《牡丹亭》，获得了空前的巨大成功，并经受了400年的历史检验，他提出的个人的人性欲望应该成为一个合理存在的理念，成为了代代人为之奋斗的永恒主题。

二、忧患情结

静读"四梦"，在姹紫嫣红、良辰美景、赏心乐事的幽雅娴静氛围中，忽然看见"十万生兵不可挡，划骑单马射黄羊。阴山一片红尘起，先取凉州作战场"的边塞战争，在战旗猎猎，硝烟滚滚之中，分明弥漫着惴惴的不安和浓浓的忧伤，这便是汤显祖浓且烈的忧患情结。

《紫钗记》中，第十九出"节镇登坛"、第二十八出"雄番窃霸"、第二十九出"高宴飞书"、第三十出"河西款檄"、第三十四出"边愁写意"、第三十五出"节镇还朝"共六出，描写关西镇新任节度使刘济点将出征西羌，镇守玉门关外，推毂几年，拓地千里，直至"落日已收番帐尽，长河流入汉家清"，奉旨还朝。

《牡丹亭》中，第十五出"虏谍"、第十九出"牝贼"、第三十一出"缮备"、第三十七出"骇变"、第三十八出"淮警"、第四十二出"移镇"、第四十三出"御淮"、第四十五出"寇间"、第四十六出"折寇"、第四十七出"围释"共十出，描写夷虏完颜亮起兵百万，利用淮安贼汉李全招兵买马，骚扰淮扬地方，被杜丽娘之父南安太守杜宝劝降李全夫妇归宋，解除了对淮安的围困。

《南柯记》中，第十四出"伏戎"、第十五出"侍猎"、第二十六出"启寇"、第二十七出"闻警"、第二十八出"雨阵"、第二十九出"围释"、第三十出"帅北"、第三十一出"系帅"共八出，描写槐安国在国名前加上一个"大"字，惹恼了檀萝主发兵攻打南柯郡，欲强抢公主为妻，驸马淳于棼领兵驰援，打败檀萝兵，解除了包围，救出了公主。

《邯郸记》中，第九出"虏动"、第十二出"边急"、第十五出"西谍"、第十六出"大捷"共四出，描写吐蕃赞普派遣吐蕃大将热龙莽领兵十万，壮马千群径取瓜沙，由吐蕃丞相悉那逻从后策应，被卢生巧施反间计，诳吐蕃赞普将丞相悉那逻锤杀，使吐蕃热龙莽失去了依靠，被卢生杀得大败而逃。

其中，《南柯记》《邯郸记》中的十二出边战是梦境，《紫钗记》《牡丹亭》中的十六出边战是实境，合计二十八出，具有相当分量。发生战争的地点是边塞，缘由是外藩入侵，结果是外藩兵败，当朝获胜，边塞得保。汤显祖贯穿"四梦"的这种大同小异的构思，并非无源之水，与他所生活的明代晚期边塞多战事密切相关联。在他所处的万历朝，北部和西北边境的俺答杜立克、火落赤部落等少数民族政权经常骚扰边塞进犯边镇，弄得狼烟四起，喊杀喧天，边境不宁，生灵涂炭，民怨沸腾，朝野震动。然而，当朝君臣却束手无策，往往是一味求和，凡主战靖边者，反倒遭受迫害。汤显祖身历其时，深为边患忧虑不已，于万历十九年（1591）毅然上书，其震惊朝野的《论辅臣科臣疏》中，便涉及此事，也因此遭到严重的政治迫害，被谪贬广东徐闻县典史。

在探讨汤显祖作品中的"边塞"戏时，有学者将尚未完成的《紫箫记》排除在外。其实，在《紫箫记》中，第二十二出"惜别"、第二十四出"送别"、第二十五出"征途"、第二十六出"抵塞"、第二十八出"夷讧"、第三十出"留镇"、第三十二出"边思"、第三十三出"出山"共八出，写的都是戍边戏，其中大部分构思都在重新创作的《紫钗记》中得以保留并进行了更细微的加工改造。如《紫箫记》第三十出"留镇"的结束诗："秦时明月汉时关，绣纛人看相国还。但使龙城飞将在，不教胡马度阴山。"此诗出自唐王昌龄《出塞》之一，原诗第二句为"万里长征人未还"，汤显祖将此句在《紫箫记》中改为"绣纛人看相国还"，到《紫钗记》第三十五出"节镇还朝"中则改为"绣纛人看上将还"。从"人未还"到"相国还"最后到"上将还"，足见汤显祖心思缜密用笔细腻，在才子佳人戏中楔入边塞戏，并非插科打诨或调节舞台气氛，实在是心中块垒在此，不写不足以抒胸臆。

汤显祖的戍边戏，写得有特色、有智慧、有豪气，有忧患而不气馁，充满壮志凌云的豪迈情怀。"日日风吹虏骑尘，三千犀甲拥朱轮。胸中别有安边计，莫遣功名属别人。"他对戍边之战充满必胜的信念："大将从天阵卷云，虎符初出塞西

门。参谋到日飞书去，定报生擒吐谷浑。"汤显祖用壮怀激烈
豪爽奔放的笔触，驱赶脑海中的阴霾，释放心中的忧患，期
盼边境和平，国泰民安。之所以在他流传下来的"四部半"书
中，都无一例外地出现边战情节，显然不是巧合，也非闲笔，
而是他忧患情结的自然流露，或者说，是忧患情结操纵他写
下这些惊心动魄的篇章，这样"五篇一律现象"，也许算得上
是古今文坛一绝！更值得重注一笔的是，《紫箫记》这部未完
成的处女作，只是他未仕之前与友人诗酒唱和之作，创作时间
大约在万历五年（1577）秋至七年（1579），汤显祖生于1550
年，此时年方二十七岁——二十九岁，莘莘学子，便汹涌边
愁，可见他的忧患情结源远流长，萦绕心头非一日半日，愈积
愈深，愈结愈显，如炽热的熔岩非喷发而不可遏。

三、美政情结

汤显祖的美政情结，在《南柯记》第二十四出"风谣"、
第三十四出"卧辙"和《邯郸记》第十四出"东巡"、第
二十四出"功白"中展现得淋漓尽致。

"风谣"中，汤显祖用［孝白歌］和接连三曲［前腔］，
以老父、秀才、村妇、商人捧灵香敬生祠的虔诚盛举，极力颂
扬淳于梦太守二十年来的美政和功绩，表达"二十年中，便一
日行一件，也有七千二百多条，言之不尽"的感激之情，对南
柯郡"雨顺风调，民安国泰。终年则是游嬉过日，口里都是德
政歌谣"的升平幸福日子，表示极为满意满足的欢愉之心。汤
显祖以"你道俺捧灵香，因甚么"的反问句式，重章叠沓，一
咏三叹，畅快恣意释放纠结于心的美政理想，获得了精神上的

极大满足。

"卧辙"中，则是用另一番景象宣示美政深得民心。淳于棼奉旨离郡还朝时，送行的百姓"塞路的人千万"，在"百姓怎生舍得"之际，"众父老商量，尽南柯府城士民男妇，签名上本，保留淳于棼再住十年"，并且"央及参军爷，拨下快马十数匹，一日一夜三百里，飞将本去，万一令旨着驸马爷中路而转，重镇南柯"。百姓对淳于棼的执意挽留，本质上是执意挽留他施行的美政。在君命难违，实在挽留不住的无奈之下，最后仍以"俺只得，倒卧车前，泪斓斑，手攀阑"，"众父老拥住骏雕鞍，众男女拽住绣罗斓。车衣带断情难断"的深情之举，表达对深得民心的淳于爷的惜别之情以及对美政的深深眷念。

"东巡"上半出，原本只是叙说唐玄宗皇帝御驾东巡的奢华及群臣"牙盘献水陆珍肴，菱歌奏洞庭天乐"的俗套，显然汤翁之意不在此，汤翁之意重在将"开河"作为一项美政，给天下百姓带来翻天覆地的深刻变化。汤翁着意将"开河"前后进行对比，彰显美政赐福万民的实惠。开河前，昔日陕州之路，"石岭崎岖，江南运粮至此，驴驰车载，万苦千辛"，开河后，不仅"山色水光相照"山河美，更为现实的是"船只数千队"，"各路的货郎儿分旗号白粮船到了"，还有那"番舶上回回跳"。营造出"江汉来朝，都到这河宗献宝"的太平盛世景象，不仅将帝子巡河写得"绣岭宫前鹤发翁，犹唱开元太平曲"，更是将期盼美政"稳情取岁岁江南百万漕"表露无疑。

"功白"主旨是写为卢生洗清通敌冤案，汤显祖仍见缝插针，不失时机地趁吐蕃大将派子前来朝见大唐天子的机会，将他的美政设计提升到"顶层模式"，不仅朝中大小官员都应实行美政，就是大唐天子，也应从国家层面恩威并重，让"自外王化"的边境部落诸国，"知萤火难同日光"，"讴歌来朝献"，真正实现"花舞大唐年，馨欢心太平重现"。汤显祖渴望结束边战，万方来朝，国泰边安，万民同乐的美好理想和强烈愿望尽现字里行间。

以上四出皆是梦境。梦是愿望的满足，汤显祖的美政理想只能在梦境中得以实现，之所以只能寄希望于梦境，是因为在现实中他的美政理想与实践，都遭到了严重的挫折与摧残。他四十二岁时，由谪贬广东徐文县典史移任浙江遂昌知县，在任五年，他清廉俭朴，体恤民情，下乡劝农，兴办书院，抑制豪强，平反冤狱，驱除虎患，除夕放囚徒回家与亲人团聚，政绩斐然，深受百姓拥戴，其情其景，仿如"风谣"、"卧辙"一般；然而，事与愿违，他却受到上级官吏的欺陷和地方势力的反对。黑暗的现实既堵塞了他施展个人抱负的道路，也浇灭了他依赖明君贤相匡正天下的政治热情，倒是硬生生地使他形成挥之不去的美政情结，坚韧不拔地在他的文字中顽强地挣扎出来。《牡丹亭》第八出"劝农"正是他在遂昌知县任上祭春、赏酒、打春鞭等场景的再现；《紫箫记》第十七出"拾箫"、第十八出"赐箫"、第十九出"赐归"和《紫钗记》第五出"许放观灯"，都是他"君明后贤臣勤民乐"愿望的呼唤。他在"劝农"中描绘的"南安县第一都清乐乡"，"你看山也清，水也清，人在山阴道上行。春云处处生。正是：官也清，吏也清，村民无事到公庭。农歌三两声"。是否可以说，这就是汤显祖美政图中的"样榜乡"呢？

初读《邯郸记》第四出"入梦"时，对吕洞宾向卢生吟诵《岳阳楼记》颇感疑惑，花这么大个篇幅关切主题么？现在重读"至若春和景明，波澜不惊；上下天光，一碧万顷；沙鸥翔集，锦鳞游泳；岸芷汀兰，郁郁青青。而或长烟一空，皓月千里；浮光跃金，静影沉璧，渔歌互答，此乐何极。登斯楼也，则有心旷神怡，宠辱皆忘，把酒临风，其乐洋洋者矣"时，忽然有一种顿悟的感觉涌上心头，原来范仲淹所描绘的这番景致和心态，正是汤显祖基于美政情结的蓝图和宣言！

四、济世情结

汤显祖并非郎中，却也悬壶济世，他的药方就是梦，或更现实一点说就是梦戏。《南柯记》和《邯郸记》是两部梦本戏，《牡丹亭》中则有若干梦折子戏，在这些梦戏中，深蕴着他的济世情结，以鲜明的形象和鲜活的案例劝导和警醒世人，世道险恶，人生艰危，转眼祸福，贫富云泥，令人观后看罢，如醍醐灌顶。

《南柯记》是汤显祖五十岁时的作品，按四百年前的人均寿命看，已属老年人，他对自己一生仕途的坎坷以及政治抱负人生理想的彻底破灭，进行了深刻而冷静的反思，以一个"过来人"的责任担当，将自己的经历幻化为梦境，既似现身说法，又如促膝长谈，娓娓道来，却如闻春雷滚滚，警钟长鸣。

《南柯记》主人公淳于棼，原是个"因使酒失主帅欢心，被免官"而落魄郁闷之人，日复一日倍感无聊，借酒浇愁。后来大醉入梦，便开始了他的梦幻人生。梦幻人生的开局便卓尔不凡，一到大槐安国，就被招为驸马，与瑶芳公主结为夫妇，从此平步青云，拜郡南柯太守，婚成名就，好不体面得意，八面威风，与当初"名不成，婚不就，家徒四壁"的潦倒酒徒相比，贫困富贵两重天。然而，富贵来如风去如电，从第十三出"尚主"，转眼第三十五出"芳陨"，淳于梦运转于斯人，运蹇于斯人，旋即被"遣生"出局，重堕困境。淳于梦人生中的这种瞬息巨变，不仅令人拍案惊奇，更警示世人深思富贵如浮云以及富贵不能淫的人生哲理，进而修持不以物喜不以己悲的人生境界。

《邯郸记》主人翁卢生是个贫民子，"前世落在人之后，衣冠欠整，稂不稂，莠不莠，人看处面目可憎"的穷酸文人，二十六岁还处在"人无气势精神减，家少衣粮应对微"的落魄潦倒境地，偏偏一入梦，就闯下了个弥天大祸，误入清河崔氏大院，当狗头狗脑的贼子被抓了起来，要以非奸即盗的罪名送官严办，当此人生紧要关头，不料因祸得福，因崔氏私休，坐堂招婿，卢生竟与世代荣华的崔家小姐结为夫妻，这个祸福之变，成为了卢生飞黄腾达人生的一个契机，此后的"夺元"、"凿陕"、"大捷"直至封侯拜相，真是"将军天上封侯印，御史台中异姓王"，建功树名，出将入相，列鼎而食，人生如此，好不得意！然而，物极必反，祸从天降，由于宇文融构陷，被绑赴云阳法场问斩，后虽死罪可免，活罪难饶，又被贬到海南烟瘴之地，被司户官打得皮开肉绽，钤头烙足，直往死里整，眼看命垂一线，忽然传来圣旨，钦取还朝，尊为上相，兼掌兵权，授以先斩后奏之柄，瞬间死鱼翻身，重又威风抖搋起来，真是从地狱到天堂，从天堂到地狱，复又从地狱到天堂，然而，卢生总是好了伤疤忘了痛，不思为国建功，为民致富，反倒穷奢极欲，荒淫无度，乐极归天，重堕地狱。汤显祖通过卢生一生的起落祸福循环反复，警醒世人"福兮祸之所伏，祸兮福之所倚"的人生哲理，告诫世人百事不可极，极则必反的至理。

《牡丹亭》中的"惊梦"、"冥判"、"魂游"、"幽媾"、"欢挠"、"冥誓"六出皆是生梦与幽梦，加上"闹殇"和"回生"两出，就形成了杜丽娘"为情而死，为情而生"的完整链条。对于这样一个完整的生死轮回，世人包括汤显祖自己，都侧重于落脚在"情至说"上，这无疑是十分准确的，也极富宣教启迪意义。笔者通观全剧，特别是将这些梦境与"回生"以后的"大尾"对照来看，感觉还可以落脚在一个更为深刻却又极为普通的亮点上，即追求理想与客观现实的冲突上。自古至今，戏曲舞台上"为情而死"的女性可以列出一个长长的"烈女谱"，就是"为情而生"的女性也可以数出不少，所不同的是她们不像杜丽娘那样还生为人，而是化作了象征生还的蝴蝶、杜鹃等，因此说，杜丽娘生还并非孤本，"情至说"也非主旨的全部。第三十六出"婚走"中，杜丽娘的一句话，倒是点出了另一个主旨。杜丽娘说："怕天上人间，心事难谐。"汤显祖心中的济世情结，由这一句话点得透亮。仿佛是在提醒世人说，尽管杜丽娘为情死过，又为情还生，那又何必呢？在梦境中追求的"心事"，出梦后回到人间能"谐"吗？美好的理想追求与残酷的现实禁锢之间的矛盾，唯有"革命"才能改变，不冲决黑暗的牢笼，终究看不到曙光。杜丽娘生还后与柳梦梅的婚姻，已经是变了味的梅子，又涩又酸，只不过是封建礼教羽翼下一对可怜的屈辱的小夫妻而已，他们那种敢以生死抗争的精神却已荡然无存了。

五、科举情结

科举是清明时期文人武士芸芸众生追求富贵人生的独木桥，也是华夏子孙的报国之门。汤显祖出身书香之家，从小天资聪颖，刻苦攻读。他不但爱读"非经"之书，更爱广交义士，关心国事，涉足党争，铸就了正直刚强、不畏权势的独特个性和强烈的报国忠心，他深知要实现自己的政治抱负，唯有闯进科举之门，因此从青年时代起，便积极参加科举考试，由于不肯接受首辅张居正的笼络而两次落第，这使他在心理上无比纠结，科举弊端如刺哽喉，逐渐形成科举情结，直到三十四岁时，在张居正死后的第二年，才得中进士。

这种万人拥挤独木桥钻营科举门的"鱼贯"之象，在"四梦"中得到了充分的表现。《紫箫记》第二十一出"及第"，"圣旨钦点了陇西名士李益为状元"；《紫钗记》第二十一出"杏苑提名"，"圣旨钦点了陇西李益书判拔萃，堪为状元"；《牡丹亭》第五十一回"榜下"，圣旨"其殿试进士，于中柳梦梅可以状元"；《南柯记》第十三回"尚主"，虽然没有明说淳于棼高中状元，但凡能被招为驸马的人，皆属"绛台高选"，与中状元无异；《邯郸记》第七出"夺元"，"经御览裁，看上了山东卢秀才"。似这般看来，说"四梦"是状元戏也不为过了，汤显祖殷切期盼跳龙门中状元的科举情结显露无遗。

其实，在当时社会背景下，这是非常正常也非常正当的，甚至是别无他途的唯一选择。中国古代戏曲充分反映了这种社会现实。在四大古典名剧《西厢记》中，崔老夫人就是以"崔家三代不招白衣女婿"为由，逼迫张君瑞进京应试，不中不得迎娶崔莺莺。《状元媒》、《女驸马》、《秦香莲》、《玉堂春》等等，皆是状元戏，舞台上到处都是"打马御宁前"的状元形象，为什么会这样呢？单从戏曲需要而言，许多戏剧冲突无法合理解释时，"高中状元"便是解决戏剧矛盾的通用钥匙，它能毫不费力地打开万把锁，男女可以成眷属，冤案可以得伸雪，离散家庭可以得团圆，因为"高中状元"意味着权势加身，再加上"圣旨赐婚"、"圣旨刀下留人"之类的渲染，无不折服屈从，营造出水到渠成皆大欢喜的结构。

然而，高中了就铁定能万事如意吗？汤显祖中举后的亲身经历作出了否定的回答。一是三十四岁好不容易中进士后，由于秉性刚烈而不肯趋附新任首辅申时行，结果大材小用，只给了个南京太常博士的闲官；二是四十一岁时上《论辅臣科臣疏》，遭到严重政治迫害，被谪贬广东徐闻县典史，一腔报国热情被一盆冷水浇灭；三是四十二岁时在浙江遂昌任知县，历时五年，百废俱兴，政绩斐然，深受百姓拥戴，不但未获嘉奖，反而受到上司的欺陷。残酷黑暗的现实不仅堵塞了他施展爱民报国才华的通道，还彻底浇灭了他依照明君贤相匡正天下的政治幻想，由此反思科举制度并非治国坦途。特别是他在应考经历中的种种所见所闻所历，使他的科举情结在性质上发生了翻天覆地的逆转，由梦寐以求的期盼渴望，反转成为对科举的无情揭露和猛烈抨击，甚至直接以剧中人代言，呐喊出心臆中的愤怒。《牡丹亭》中第四十一出"耽试"，柳梦梅赶赴考场，但试期已过，按例就无资格再考了，但主考官苗舜宾凭着在香山早就赏识他，竟然违例开恩，允许补试，甚而状元及第。科举乃是为国家选拔人才的头等大事，制度森严，但在苗主考官眼里，视同自己的私塾一般，随心所欲，简直近于荒唐的儿戏，尤其由苗舜宾亲口说出只因柳梦梅在香山能辨番回宝色，"说起文字，俺眼里从来没有"，表明柳梦梅能中状元，并不是"文字"出色，而是能辨番宝而已，这样说来，随便弄个古董商人来考也可状元及第了，把科举的荒诞昏聩徇私舞弊揭露抨击无遗。

汤显祖最显著的特色，是运用他的梦戏无拘无束地释放在科举情结上的逆反心理，将科举制度一刀一刀剥得体无完肤。《邯郸记》第六回"赠试"中，以清河崔氏之口说出："有家兄打圆就方，非奴家数白论黄。少他呵，紫阁金门路渺茫，上天梯有了他气长。"下场诗更直白地道出："开元天子重贤才，开元通宝是钱财。若道文章空使得，状元曾值几文来？"把当时科举考试由黄金白银开路的黑箱操作暴露在光天化日之下。紧接着第七回"夺元"，借太监高力士之嘴一一点明"也非万岁爷一人主裁，他与满朝勋贵相知，都保他文才第一。便是本监，也看见他字字端楷哩"，把个独霸朝纲奸谗专行的主考官宇文融蒙在鼓里，不由气愤愤酸溜溜地哀叹"咱看定了的状元，谁想那卢生以钻刺抢去了，偏不钻刺于我"！还直言"则这黄金买身贵，不用文章中试官"。对于科举而言，这是多么辛辣尖刻的讽刺，对于汤显祖心灵深处的块垒而言，又是多么痛快淋漓的宣泄。单单这一出梦戏，就像一支火炬，将科举黑箱照得通明透亮，真可谓笔锋过去入木三分。

六、功白情结

汤显祖三十四岁中进士，四十八岁告归，为官十四载，期间可书可歌者有两件大事，一是四十一岁时上《论辅臣科臣疏》，二是遂昌知县任上实施五年美政。上疏是以赤子报国之心，揭露时弊，抨击朝廷，弹劾权臣，以匡国事；施美政是为官一任，造福一方，以样板为药医治王朝的痼疾。汤显祖为国为民建功，用时上披星戴月，用心上披肝沥胆，赤胆忠心，天地可鉴。然而，正是在这两件大功上，非但没有得到嘉许，反而遭到迫害，功过是非，完全黑白颠倒，这叫他如何想得通，更如何想得开，萦绕于心，日夜纠结，便在心理上形成情结，笔者以《邯郸记》第二十四出"功白"之名，称之为功白情结。

汤显祖的功白情结，大致上分为两个阶段，前期阶段为殷切的建功之心，后期阶段为迫切的功白之望。《紫钗记》第三十出"河西款檄"、第三十五出"节镇还朝"；《牡丹亭》第三十一出"缮备"、第四十二出"移镇"、第四十三出"御淮"、第四十六出"折寇"、第四十七出"围释"；《南柯记》第十五出"侍猎"、第二十四出"风谣"、第三十四出"卧辙"等都描画出了一颗不甘寂寞的建功之心，而《邯郸记》则对悸动不安的功白之望作出了最突出最强烈的展示。

《邯郸记》中，卢生二十六岁时入梦，一直活到八十岁，"仕宦五十余年"，其间鸡毛蒜皮七零八碎，不值一提，唯有两件大事可圈可点，恍如汤显祖仕宦中做过的两件大事的变版一般。第一件大事是凿陕开河三百里，为国计民生立下了天大功劳；第二件大事是平番开边一千里，为国泰民安立下汗马殊功。立下第一功后，卢生邀功心切，竭尽全力，铺张排场，煞费苦心，准备皇帝东巡，唐玄宗皇帝正好是个好游之客，欣欣然来看了新开河道，还兴兴然赐名永济河，更使卢生喜出望外的是，皇帝钦许"卢生刻之碑铭，汝功劳在万万年，不小也。"对于卢生而言，功劳大，奖赏也大，丰功厚赏，心足意满，君臣都沉浸在和谐喜气之中，这是何等的盛世之景之情。此处之卢生，实汤翁自己，此时的厚赏，实汤翁之期待，现实中得不到的东西，先在梦境中享受一番吧，而且，正能量加正能量，肯定能获得大于两倍的新能量，岂不是利国利民皆大欢喜的国之良策吗？实际上，这是处在功白情结中的汤显祖对论功行赏的正面价值取向，换句话说，朝廷无论何时何地何人何事都应当坚持论功行赏，而不应该像自己经历的那样因功获罚。紧接着卢生又立下开边一千里的殊功，命人"削天山石一片"，亲题"出塞千里，新房百万，至于天山，勒石而还"。卢生开边勒功之梦，将他标榜的"大丈夫生当建功树名"的雄心壮志推向了顶峰，然而，令他万万没想到的是，靖边大捷招来了图谋不轨的杀身大罪！第二十出"死窜"，卢生云阳问斩，"十大功劳误宰臣，鬼门关外一孤身"，虽被免死，仍被贬配，由功臣到阶下囚，由死囚到流臣，皆因功勋卓著而起，哪一个能甘心？卢生不甘心，汤显祖不甘心！在现实中，汤显祖于四十八岁告归，毅然从仕途上抽身，但窝在胸中的那腔怨恨之火，却在梦戏中猛烈地燃烧起来，他要伸雪，他要平反，他要论功行赏！很显然，朝廷顾不上对这个并不算老的告归落魄者瞟上一眼了，他唯一能做到的，就是将自己热切的期盼和理想的追求，一股脑儿寄托在卢生身上，仿佛卢生能获得功白也就似自己获得了功白一样。就这样，他殚精竭虑，奇思巧构，终于写出了"织恨"（第二十三出）和"功白"（第二十四出）这样两出奇峰突起妙不可言的梦戏。在"织恨"中，卢生妻子崔氏，十年相国夫人，零落归坊，淋漓当户，织处寸肠挑尽，却能急难见慧心，临危生急智，利用"伊轧机中语"，巧织回环锦，为卢生鸣冤叫屈，吁请"锦成双望天，人泣赦生还"，唐皇看后，果然"伤哉此情，可以赦之"。在"功白"中，被卢生大败的吐蕃大将热龙莽特意派侍子入朝面见唐皇为卢生洗清通敌的冤案，老朋友萧嵩又趁机替卢生申辩，认定"卢生乃功臣"，以崔氏、侍子、萧嵩三箭齐发，一举击败始作俑者奸相宇文融，终于使皇上看清原来是宇文融"掩蔽其功，谮以大逆，欺君卖友"，传旨"差官星夜钦取卢生还朝，拜为当朝首相；妻崔氏即时放出，复其一品夫人，仍赐官锦霞帔一裘；诸子门荫如故"。

君可见，没有极其强劲的功白情结底蕴，卢生不可翻身，汤显祖也写不出这样惊天地泣鬼神的逆天大梦！

七、傲世情结

汤显祖的傲世情结是非常显著的，并且将自己心灵深处的这些块垒移置到他所塑造的戏曲人物身上，毫无遮掩地展示给世人，仿佛告白一个事实：剧中人怀才不遇，报国无门，嫉恶如仇，直面交锋，养浩然之正气，行傲然于浊世者，即汤显祖是也。

　　《牡丹亭》第二出"言怀"中，柳梦梅自叹"二十过头，志慧聪明，三场得手。只恨未遭时势，不免饥寒。"又道："贫薄把人灰，且养就这浩然之气。"巧不巧？汤显祖二十一岁中举，且不是"二十过头"么？汤显祖于古文词而外，通天官、地理、医药、卜筮、河渠、墨、兵、神经、怪牒诸书，且不是"志慧聪明"么？汤显祖以柳梦梅自况，可见不虚。

　　大凡能"傲"者，总有卓尔不凡的过人之处作为深厚的内涵，一般平庸散淡的凡夫俗子岂能言傲，而且，偏又怀才不遇，报国无门，郁郁不得志而又于心不甘，傲世情结便油然而生，特特的又挥之不去，愈聚愈强烈。

　　《牡丹亭》中的柳梦梅，"在广州学里，也是个数一数二的秀才，挨了些数伏数九的日子。于今藏身荒圃，寄口髯奴。思之，思之，惶愧，惶愧。""思想起来，前路多长，岂能郁郁居此。"（第十三出"诀谒"）"生员柳梦梅，满胸奇异，到长安三千里之近，倒无一人购取，有脚不能飞！""小生倒是个真正献世宝。我若载宝而朝，世上应无价。"（第二十一出"谒遇"）"小生是个擎天柱，架海梁。"（第二十二出"旅寄"）；《南柯记》中的淳于梦，"精通武艺，不拘一节，累散千金。养江湖豪浪之徒，为吴楚游侠之士。""一生游侠在江淮，未老芙蓉说剑才。"（第二出"侠概"）"敢于世上明开眼，肯把江山别立根。"（第三曲"树国"）；《邯郸记》中的卢生，"大丈夫生世不谐，而穷困如是乎？""大丈夫当建功树名，出将入相。"（第四出"入梦"）"加鞭哨马走如龙，斩将长驱要立功。"（第十二出"边急"）"走马御宁游趁，雁塔标题名姓。"（第八出"骄宴"）看汤显祖塑造的这三位主人公，非文才即剑才，个个身怀瑰宝，非卧虎即藏龙，志向高远，气势如虹，跃跃欲试者，皆代作者立言尔。

问题出在命运不济，出师不利，事不由心，四处碰壁的现实上，简言之，生于浊世。

何谓浊世？浊世就是《牡丹亭》中的南安太守杜宝、《南柯记》中的右相段功和《邯郸记》中的当朝宰相宇文融，这三个人物就是浊世的化身，是怀才报国人的克星。

面对浊世的淫威，三位主人公最突出最耀眼的应对之举是敢于直面淋漓的鲜血，敢于直面针锋相对，敢于抗争到胜利。

柳梦梅为了自由爱情，与顽固至极的岳父大人做出了三次直面交锋，第一次"闹宴"，"冲席而进"，被杜宝拿下，逆解临安候审；第二次"硬拷"，被杜宝"高吊起打"，仍唇枪舌剑，据理争辩；第三次一直闹到皇帝驾前，仍威武不屈，列举杜宝有"三大罪"，使他的抗争到底的性格得到了升华；淳于棼在公主死后明知即将失势的情况下，仍与权重一方势倾朝野的右相段功为选择公主葬地正面交锋，以置于死地而后生的豪气将段功击败；卢生则更是以一句"天子门生带笑来"将自己与宇文融划清界限，把个当朝宰相羞辱得无地自容，又以一句"嫦娥不用老官媒"，当面拒绝了宇文融的笼络，表达了自己绝不趋炎附势的高傲人格。即使后来遭到宇文融三番五次陷构迫害，仍是至死不低头，宁死不入流，凛然之气贯长虹。

君是否发现，柳梦梅、淳于棼、卢生三人在剧中的身份都不低，淳于棼是驸马，柳梦梅和卢生都是状元，为什么要这么设置呢？除了剧情需要之外，笔者从傲世情结角度揣摩汤显祖有更深层次的思量，他的上疏不仅未被重视反遭迫害，正是浊世人微言轻使然，七品知县太芝麻了，在官大一级压死人的情境里，他必须让他的主人公有足够重的身量，方有可能方有机会形成半斤对八两的权势对峙，方能与浊世抗衡，显出英雄本色，不这样的话，侯门深似海，也许连门都进不了，谈何交锋，谈何面斥？从人物身份设计上也可以看出汤显祖的傲世不羁。

汤显祖傲世情结最强烈的举措是弃官告归，或者说是强烈的傲世情结驱使汤显祖采取了与浊世分道扬镳的果毅行动，这是他为官十四年后主动终止仕途的壮举，与颓废厌世消极弃世具有天壤之别。告归相当于一篇汤显祖宣言：我的聪明才华从此不再货与帝王家！在告归后的短短四年中，奋笔疾书，写出了《牡丹亭》、《南柯记》和《邯郸记》，加上之前的《紫钗记》，以"临川四梦"，笑傲千古。

八、爱民情结

爱民情结与傲世情结，是硬币的两面，组成了汤显祖精神人格的一个重要侧面，即嫉恶如仇，爱民如子，一生光明磊落，爱恨分明。

汤显祖从小居住在临川城东文昌里的家中，在社会底层长大，二十一岁中举后，多次前往京城应试，当时既无飞机又无高铁，穿乡过村，往返数千里，多少耳濡目见，让他看到了社会底层的真实面貌。后谪贬广东徐闻，经广州，过澳门，一去一返途中，两度经过大庾。历经十余年跋涉奔波，民不聊生的凄惨境况对他的心灵产生了巨大的冲击，一方面是苛政猛如虎，恶吏横行，一方面是贫民无生路，哀苦盼青天。在与恶政权奸殊死拼搏的同时，他立志将自己一颗火热的仁爱之心奉献给受苦受难的普罗大众，拳拳此志，便形成了他的爱民情结。

在封建礼教铁蹄之下，女性是受压迫最深重受践踏最凄惨的群体，也是汤显祖倾心为之鼓与呼的群体。

《紫钗记》中的霍小玉，自陈"妾本轻微"，实为"倡家"，尽管汤显祖有意维护，并在剧中坐实霍小玉的"郡主"身份，但霍小玉是社会最底层一员则是错不了的。汤显祖对这样的"贱民"，非但没有丝毫歧视亵渎，相反赋予了深切的同情。霍小玉与李益新婚之后，因权重一时的卢太尉弄权，使霍小玉成为了守活寡的怨妇，忧思成疾，进而病势沉重，一病经年，几近于死，汤显祖在如泣如诉的委婉笔调中，仿佛与霍小玉同悲同哭："一别人如隔彩云，断肠回首泣夫君"，"流泪眼随流泪水，断肠人折断肠枝"，寄予了极大的关爱。在第二十七出"女侠轻财"中，汤显祖赋予霍小玉女侠之风，高度赞扬霍小玉富有主见、不吝财货的胸襟气度，极力推崇霍小玉维护和挽救爱情的自救精神，指出改变自身命运的奋争之途。

《南柯记》中的瑶芳公主，倘若撤出去"公主"的尊贵光环，实则为一家庭妇女，承担着生儿育女的危险与艰辛，因养育操劳而落下病恙，直至病重而亡。第三十六出"还朝"中，淳于棼与右相段功针锋相对，坚持将公主入葬蟠龙冈，表面看是权势较量，往深处看则是汤显祖对天下母性劬劳一生的敬重和感恩，"爱者是真龙，蟠龙冈十二分贵地哩"。

《邯郸记》中的清河崔氏，则是汤显祖心中的女中豪杰，极尽赞美和颂扬。第二十出"死窜"中，崔氏毫不念及一品夫人的尊贵，抛头露面，临危不惧，领着孩子们午门叫冤，从鬼头刀口下救得夫君一命，可谓之勇；第二十三出"织恨"中，织锦回文，可谓之智；第二十四出"功白"中，"锦成双望天，人泣赦生还"，可谓之情。汤显祖满腔热情，不吝笔墨，讴歌这位重于情而又智勇双全的女性。

让汤显祖废寝忘食牵肠挂肚的是《牡丹亭》中的杜丽娘，他把一个活生生的美少女硬生生地写死了，这绝非他的本意，他是以杜丽娘之死，代天下千万个杜丽娘发声，控诉封建礼教对女性的扼杀；然而，这还不足以抒发他的愤怒，继而以梦幻的神奇的如椽巨笔，又脆生生地将杜丽娘写得活了过来，在现实生活中明明是不可能的事，他却执意还魂，完全是以杜丽娘的死而复生，为天下所有屈死、冤死、逼勒而死的女性作最虔诚的祈祷，为她们描绘最美好的新生愿景，只有这样，才能使他大海一样深邃的博爱得以释放，才能使他悸动不安的爱民情结得以舒缓而使心境得以稍许平静。

汤显祖的爱民之心还鲜明地表现在对民生的关切上。《牡丹亭》第八出"劝农"写南安太守杜宝下乡鼓励春耕，得到农民的热烈欢迎和歌颂，其情其景，正是汤显祖任遂昌知县的五年间多次下乡劝农、祭春、赏酒、打春鞭、插春花场景的重现，为的是农业丰收，农民富裕。

常言细微之处见真情。汤显祖的爱民情结，常于细微之处流露出来，自然而然，毫无矫柔作态，卖弄虚情。《邯郸记》第二十五出"召还"中，卢生奉召还朝，"海外流人去，朝中宰相归"。黑鬼们来送"老爷"，此时卢生已是官复原职，当朝宰相，一人之下，万人之上，面对底层黑鬼，他毫无轻辱之意，倒是知恩图报，诚恳地说"劳苦你三年了"。当司户官说要为卢生起生祠时，卢生毫不犹豫地说："要立生祠，立在他狗排拦之上。生受，他留我住站。我梦魂游海南，把名字他碉房嵌。"临离别时，又特意交代司户官，"我去后好看觑黑鬼，要他黑爷儿，稳着那樵哥担；胥夫妻，稳着那渔船缆"，表现出同黑鬼们的深厚感情，依依不舍，对他们日后的生计牵挂于心，足见爱之深关之切。就是对这个将他连续"八个打"直往死里整自缚阶前请死的司户官，他只用一句"此亦世情之常耳"，轻轻将死仇放过，究其因，司户官不过底层衙役爪牙而已，为混口饭吃养家糊口，不得不随波逐流，趋炎附势，汤显祖将他的仁爱之心惠及这样遭万人唾的群体，可谓胸怀宽广，仁爱广博。

九、失落情结

纵观汤显祖一生轨迹，他产生失落情结尽在情理之中。在他的一生中，出现过多次有关人生发展的重大机遇，或者可以说，每一次机遇都极有可能改变他的人生发展方向，称为青云直上飞黄腾达的契机；然而，他与这些机遇一次又一次的失之交臂。每一次的机遇丧失，在心理上势必留下阴影，阴影的重叠再重叠，便产生了不由意识为转移的强烈的失落情结。

1571年二十一岁的汤显祖中举，年少才子，文名显赫。这时，当朝首辅张居正十分青睐于他，特地邀请他与其子交游，还先后两次请他为儿子陪考。对于对前途踌躇满志、渴望平步青云的书生士子而言，这样的邀请无异于天上掉馅饼，千载难逢，求之不得；然而，汤显祖对科举弊端十分憎恶，加上刚正不阿的个性，断然拒绝了张居正的邀请。这样一来，不但平白失去了最易获取的进身之阶，而且得罪了拥有判卷大权的张居正，尽管他后来两次进京应试，怎过得张居正这一关，两试两败，直到张居正死后的第二年才中进士，此时已是三十四岁，由于与第一次机遇交错，其间十余年人生最旺盛年华便付于蹉跎，叫他如何不发出失落之情的长叹："人才本领，不让于人。到今三十前后，名不成，婚不就，家徒四壁。守着这一株槐树，冷冷清清，淹淹闷闷。想人生如此，不如死休。"（《南柯记》第十出"就征"）看得出，失落感十分浓重，甚至连死的念头都有了。

1584年三十四岁汤显祖中进士，终于熬到了出头之日，而且，又有一个大机遇从天而降。继任辅臣申时行十分欣赏他的才华，有意将他招致自己的圈子里，只要他一点头，官运亨通的仕途便在向他招手；然而，他像拒绝张居正一样拒绝了申时行，结果可想而知，只得了个南京太常寺博士的闲职，虽说进了报国之门，只觉得浑身的劲道无处使，眼睁睁落个英雄无用武之地的处境，失落之感徒然剧增。

1591年汤显祖四十一岁时，明王朝已是千疮百孔，腐朽不堪。万历十六年（1588年）南京在连遭饥荒之后，又发生大疫，汤显祖目睹朝廷的救灾大员饱受地方官贿赂反而得到升迁的事实，以赤子报国之心毅然上疏，抨击朝政，弹劾权臣，期望力挽狂涛，作中兴砥柱，这篇影响巨大，震惊朝野的《论辅臣科臣疏》应该成为他的一个转机，倘若能被明君贤相采纳，不仅于国有利，就是对汤显祖的仕途也应是个好兆头，说不定一举成名天下知也并非没有可能；然而，时不利兮，昏君奸相给了他当头一棒，不仅没有一丝褒奖，反而将他贬谪到广东徐闻县当个比芝麻官还小的典史，叫他如何想得开，叫他如何不失落！

1592年汤显祖四十二岁移任浙江遂昌知县，他脚踏实地，勤政为民，历时五载，把遂昌县治理得政通人和，百废俱兴，政绩斐然，深受百姓拥戴。按最寻常的用人原则，汤显祖理应得到论功行赏的升迁，然而，他实际得到的却是上级官吏的欺陷和地方黑势力的反对，将他最后一次机遇无情地掐灭无遗，他不仅对黑暗的现实完全失望，他的失落感也跌到了冰点。1598年四十八岁的汤显祖决计向吏部告归，早早结束仕途之旅，完全可以说是强烈的失落情结使他作出了这样决绝的选择。

现实意识中形成的失落感，必然要在潜意识中寻找双倍的补偿。在"临川四梦"中，尤其是在《南柯记》《邯郸记》两部人生大梦中，我们清晰地看见了汤显祖渴望补偿的内心世界。

失落情结在潜意识中寻求的第一个双倍补偿是极端的自命不凡狂傲不羁。李益状元、柳梦梅状元、淳于棼驸马、卢生状元，李柳淳于卢何人？皆是我汤显祖之替身，这些个状元驸马非我莫属，舍我其谁？一个刚中举人刚中进士的愣头青，居然敢于冲撞当朝首相，对权臣的青睐不屑一顾，自号天子门生，目空一切，岂不狂傲至极么，唯有这样，才能补偿心中的失落，哪怕是在梦中，亦可以望梅止渴，画饼充饥。

失落情结在潜意识中寻求的第二个双倍补偿是极端的权欲熏心骄奢淫逸。在现实生活中，汤显祖会是这样的人吗？这是毫无意义的猜想。汤显祖自陈："步影寻踪，皆如所梦。"（《南柯记》第四十二回"寻寤"）都梦见了什么？《南柯记》第三十一回"系帅"作了极为生动的描写，当淳于棼吩咐兵将们"拿周弁监了"时，周弁不服，"拿，拿，拿，拿的俺怒气冲天舞剑晖"，当堂挥剑拒拿，淳于梦喝道："住了！你道俺拿不得你么？挂起令旨旗牌来。"一下就镇住了周弁，将他拿下收监。可见梦中也在想着拿了鸡毛当令箭，不服我者刀下亡。至于骄奢淫逸，只需看看《南柯记》中"御饯"、"粲诱"、"生恣"以及《邯郸记》中的"骄宴"、"杂庆"、"极欲"、"友叹"、"生寤"这些梦境片段，就能看出汤显祖潜意识里翻腾着一些什么样的"豪门贵党，日夜游戏"，"把皇亲闺门无忌"以及"金钗十二成行"，八十岁还采战无度。如此评论并无贬责汤翁之意，封建士子都有"建功树名，出将入相，列鼎而食，选声而听"的理想与愿望，一旦功成名就，剩下的似乎除了享乐还是享乐，所以卢生才会得意地对妻子说："夫人，向后呵，我则把这富贵荣华和咱慢慢的享。"更何况，张狂也好，淫逸也好，都是在梦中，在潜意识中，仅仅只是一种精神上的补偿，此处倒非常适合汤翁的一句名言："此亦世情之常耳。"不必为怪。

十、出世情结

汤显祖传世的四部半作品，是我们梳理他的出世情结的缘起以及潜匿张扬情状的重要依据，理清出世情结的来龙去脉，对于科学客观评价汤显祖具有重要意义。

汤显祖自幼天资聪颖，又能刻苦攻读，除应试的古文诗词诸史百家之外，他兴趣广泛，还涉猎了许多非圣贤之书，如"卜筮"、"神经"、"怪牒"等书籍，使他对"世外"的仙道亦有知闻，并自号"清远道人"。

　　《紫箫记》是汤显祖二十七岁至二十九岁其间，与临川友人吴拾芝、谢廷谅、曾粤详等朝夕唱和之作，此时尚未出仕，只当家居闲趣，作品主题不过风花雪月才子佳人而已，正因此，作品中所流露出来的思想情愫，应当是自然流露的"原装货"，而非刻意矫揉造作的赝品，作为论据当真实而可信。

　　在三十四出的半成品中，有两出集中而突出地写了修仙问道的出世情结。第七出"游仙"，出名就直言远离尘俗，心游仙境，隐居深山，修仙学道。内容是借霍王与宠姬郑六娘、杜秋娘等人在望春台登高设宴唱和，表达霍王"虽然画毂朱丹，爱炼紫金黄白"的炼丹求仙隐居修道思想，以及二姬"愿逐淮王之仙鸡，备彭公之采女"的追随霍王隐居求仙修炼的意愿。行文之中，大量引用修仙成道的词语，如"藏书等汉，闲参礼乐三雍"说西汉河间献王刘德修学道术之事；"寡人老矣，若不修仙，无缘再少"说霍王求长生不老之道；"俺便做寻仙不到，也强似在尘中相处。绕碧落朝敲，明星夜醮。胜高唐闲梦，洛浦空挑"说霍王厌弃凡尘一心修炼长生不老之法，醉心于仙家的晨钟与道场的诵经声；"待我有白鹤之归，汝再响青鸾之唱"说霍王期盼修成正果；"尘娇自浣"说杜秋娘自洗尘世之心，将到西王母观修道；"紫阳宫女带花冠，他日相逢海上山"说杜秋娘在道观中修行；"北渚淮南去学仙"说西汉淮南王刘安学仙之事等等，整出都弥漫着离弃红尘修仙学道的氤氲之气，一方面表明汤显祖对仙道之学具有厚实的底蕴，另一方面似乎也流露出对仙道的希骥与心仪。

　　第三十一出"皈依"具体描述了邠国公杜黄裳"恭舍玉带，供养名香，皈依十方尽虚空界一切诸佛"的情景，并诚惶诚恳"多谢禅师，救我残生！"

除"游仙"、"皈依"两出集中描写修仙问道之外，还有"霍王入华山修仙"（第二十九出"心香"）、"杜秋娘于西王母观修道"（第二十七出"幽思"，第二十九出"心香"）、"尚子毗避居昆仑"（第三十三出"出心"）以及"杜黄裳辞官出家"（第三十一出"皈依"）等散见于文中，可见佛道消极出世思想已经在影响汤显祖的思绪了。不过，据此而论断汤显祖已经具有浓厚的出世思想却是不妥也不公的。汤显祖此时正值年轻气盛时期，满怀报国济民抱负，接连三次参加京城会考，表现了他跃跃欲试的强烈的入世愿望。在剧本中，他还通过女冠善才之口，喊出了"空教俺咽下甜津，怎禁凡心火自煎"的激越胸怀，汤显祖此时的思想主流明显是"入世报效"，但剧中流露出来的黄老之气也不容忽视，如果说《紫箫记》是汤显祖传奇创作的发轫之作，那么剧中的出世情结亦是汤显祖精神世界的朦胧之始。

八年之后，汤显祖在《紫箫记》基础上重新创作《紫钗记》，像是换了个人换了一支笔，一扫黄老仙道，全书中没有一丝一缕香火之气，《紫箫记》费了不少笔墨的"游仙"、"皈依"两出被一笔勾销，扫地出门，极力书写的是"春闱赴洛"（第十七出）赶考，"青云路有，赋就凌云奏，望朝云徘徊意久"。此时汤显祖三十七岁，正值壮志凌云时节，仕途上也已入仕，在南京任上，正是他踌躇满志，渴望平步青云一展抱负的亢奋时期，强烈的入世建功立业思想成为绝对主流，而青年时期朦胧的出世思想被压抑，藏匿到潜意识深处去了。

《牡丹亭》不仅是奠定汤显祖作为中国古代戏曲大家的巅峰之作，而且在探讨汤显祖出世情结上具有"划时代"的时间节点意义。此时汤显祖四十八岁，历经十四年宦途风雨之后，看透了封建官场尔虞我诈腐败透顶到了无药可医无方可治的地步，对国家前途信心丧失殆尽，扶危救国之心已降至冰点，无意再作匹夫之争，愤而弃官回乡，早早终结了他的仕途之旅。《牡丹亭》正是在这种忧心与愤怒交织中急就而成，杜丽娘仿佛是他那颗赤子之心的象征，生而死，死而生。杜丽娘之死，是他对现世完全失望的表达；杜丽娘之生，是他对入世报国的最后一丝念想，也是他"居庙堂之高则忧其民，处江湖之远则忧其君"的最后一次呐喊，更为重要的是，也由此重开了出世之门，让青年时期遭到禁锢的朦胧意念冲破樊笼，从潜意识层面上升到意识层面，像喷射而出的火山熔岩充斥胸臆，出世情结占据了整个精神世界！杜丽娘之死，成就了叛逆者形象；杜丽娘回生，成就的却是低头族形象，人在矮檐下，怎能不低头，实际上，《牡丹亭》成为了汤显祖对现世最后一次回眸的出世之作。

两年之后，汤显祖在五十岁时完成《南柯记》，在五十一岁时完成《邯郸记》，两年两部戏，成为了汤显祖出世情结的总爆发：《南柯记》中主角淳于棼"立地成佛"；《邯郸记》中主角卢生接过仙姑扫帚，当了天上扫花童子。这两本戏实际上反映了汤显祖对"现世"的否定和批判，也确立了"出世"为他晚年精神世界的主题。更加上遭遇人生三大不幸（少年丧父，中年丧偶，老年丧子）之一的老年丧子，于国于家，双重失望，失子之痛，犹似在出世情结上加上一个加固铆钉，在凄惶中度过最后岁月。汤显祖的出世情结，贯穿"四梦"创作的始终，这一点，由在"四梦"的题词中，一直自号"清远道人"、"临川居士"可见一斑。

十一、享乐情结

中国古代孩子自懂事起，被灌输的第一个也许是唯一一个理念就是读书。诸如"万般皆下品，唯有读书高"、"书中自有黄金屋，书中自有颜如玉"、"十载寒窗无人问，一举成名天下知"这类座右铭似的训示；诸如"悬梁刺股"、"凿壁偷光"这类劝学的经典故事；诸如"甘罗十二为宰相"这类励志的典型范例，充斥于耳，像熏香一样弥漫缠绕，陶冶着每一个学子的心灵。封建社会的体制，为人们设计出一条"读书——秀才——举子——进士"的人生路线，任何人若想出人头地飞黄腾达，唯有读书一途。一旦学业有成，等待你的便是高官厚禄，荣华富贵，享乐无穷，否则的话，便将永远被抛弃在社会最底层，白衣寒士，穷愁潦倒，凄苦一生。汤显祖亦不例外，他出身书香之家，从小天资聪颖，刻苦攻读，21岁（1571年）便中举，由"白衣"变成了"举子老爷"，但随后的进展并不顺畅，历经12年磨砺才在33岁（1583年）中进士，正式成为了"官老爷"，然而由于秉性刚直不阿，于41岁（1591年）上疏遭贬，阻断官运，仕途坎坷，愤而于48岁（1598年）告归，仕途之旅戛然而止。汤显祖在官场跌跌撞撞15年，政治抱负未展，荣华富贵未享，大有余恨存焉。官场失意，顺带而来的是荣华富贵享乐人生的丢失，所谓的"黄金屋"、"颜如玉"等等，一概皆成泡影。尽管汤显祖当的只是小官、闲官，但毕竟也少不了要享受一些小富小贵，一旦退出官场，连小富小贵也没有了。在《邯郸记》第二出"行田"中卢生有一句感叹："再不能够驷马高车"。这句话也许是发自汤显祖内心深处对曾经拥有过的富贵生活的栈念。读书当官的终极目标是什么呢？除了为国为民的崇高使命之外，对于个人而言，岂不是有权有钱，荣华富贵，尽享人间之乐事么？所谓"先天下之忧而忧，后天下之乐而乐"，并不排斥"乐"，只不过分点先后而已。汤显祖之上疏，何尝不想"一举成名"，"先忧天下"而后带给自己"乐而乐"的机会呢？追求享乐也许是人生正道，无可厚非，从小接受"读书——享乐"理念的汤显祖并不是一个甘于清贫的人，享乐情结在他的心灵深处已经根深蒂固，在他创作的"四梦"中，不经意间有许多的自然流露，尽管他选择了不同的代言人，说出来的却都是相同的心里话。首先表露了不甘穷愁潦倒的处境。《南柯记》第十出"就征"中，借淳于棼之口说："到今三十前后，名不成，婚不就，家徒四壁。守着这一株槐树，冷冷清清，淹淹闷闷。想人生如此，不如死休。""我可甚打起头脑来？止有一醉而已。"值得玩味的是，"到今三十前后"正是汤显祖创作《紫箫记》之时（1577-1579），因不受当时首辅张居正招揽，累试不第，闲居家中，朝夕与友人饮酒唱和，舒愁解闷，独处之时，不仅生出了消极出世之想，甚至于涌上了"不如死休"的念头，真个是借酒浇愁愁更愁，抽刀断水水更流。《南柯记》成书于50岁时，20年前的穷愁潦倒历历在目兹兹在念，至今依然于心不甘。不甘低俯者势必期盼高就，这种胸怀得意之志的心态，接着就强烈地表露在戏文的字里行间。《紫箫记》第一出"开宗"曰："幸生还一品当朝"，"李十郎名标玉简"，第二十一出"及第"曰："人中选出神仙，总送上蓬莱殿"，

"铃索一声花满院，这清高富贵无边"；《紫钗记》"题词"曰："人生荣困，生死何常，为欢苦不足，当奈何！"第二出"春日言怀"曰："渐次春光转汉京，风流富贵是生成。"第二十一出"杏苑题名"除全文保留前本"及第"之说词外，更有"青云已是酬恩处，莫惜芳时醉锦袍"的自勉之嘱；到《南柯记》第一出"提世"更是发出了"有情歌酒莫教停"的忘情呼唤，甚至于不耻于以做老婆官换来享乐，还借瑶芳公主之口振振有词地诡辩"便做老婆官，有什么辱没你这于家七代祖"，只要能获得享乐，"能借一枝栖"也是好的。最为直截了当的表露，在《邯郸记》第四出"入梦"中坦言无遗。当吕洞宾问卢生"何等为得意乎"时，卢生大言不惭地回说："大丈夫当建功树名，出将入相，列鼎而食，选声而听，使宗族茂盛而家用肥饶，然后可以言得意也。"也许，这正是汤显祖的"得意观"附着在卢生身上，只要看一看他对种种享乐的热衷铺陈和细致入微的描绘，便知此判并非荒谬与强加。且看《南柯记》中的奢华描述：第十出"就征"曰："且就东华馆，通宵习礼仪"，第十一出"引谒"曰："素锦雪袍，朱华玉导，红云晓"，第十二出"贰馆"曰："你看：一路上摆列金羔银雁各二十对，鸾凤锦绣各百二十双，妓女丝竹之音，车骑灯烛之艳，无不齐备"，第十三出"尚主"曰："天然，主第亭园，王家锦绣，妆成一曲桃源。宧窔幽微，乐奏洞天深远"，"淳于沾醉晚，灭烛且留残。试取新红粗如人世显，浑似遇仙还，云雨间"，第十八出"拜都"曰："这是有缘千里路头长，富贵荣华在此方"，第二十出"御饯"曰："摆天亍色色珍奇，出关外盈盈车马"，第二十二出"之郡"曰："笙歌锦绣云霄里，南北东西拱至尊"，第二十五出"玩月"曰："我为公主造此一城，都是白玉砌裹，五门十二楼，真乃神仙境界也"，第三十八出"生恣"曰："满床娇不下得梅红帐，看姊妹花开向月光。俺四人呵，做一个嘴儿休要讲"，甚至将这种恣情纵欲的乱伦享乐毫无廉耻地比喻为"人人久旱逢甘雨，夜夜他乡遇故知"。最为直白的表露是《邯郸记》第二十七回"极欲"卢生自述道："我卢生出将入相，五十余年。今进封赵国公，食邑五千户，四子尽升华要。礼绝百寮之上，盛在一门之中。"在绘声绘色地描画各种享乐之后，卢生对夫人说："夫人，向后呵，我则把这富贵荣华和咱慢慢的享。"并赋诗以赞："美景天将锦绣开，升平元老醉金杯。夜夜笙歌归院落，朝朝灯火下楼台。"这些贯穿"四梦"的享乐描写，将汤显祖心灵深处的享乐情结坦露无遗。君还记得杜丽娘"良辰美景奈何天，赏心乐事谁家院"的哀鸣吗？答案且不就在"夜夜笙歌归院落"之中吗？一问一答，自问自答，正是享乐情结的缘起和归结。汤显祖是位伟人，本论绝无玷污抹黑伟人之意，同时，也绝无替伟人避讳之理。好在"四梦"中所有恣情享乐的情结，皆发生在梦中，而恰恰梦又是内心深处潜意识的表白，只是由此而从梦学角度揣测，汤显祖具有根深蒂固的享乐情结，只是在现实生活中未能"出将入相"，无从获得尽享其乐的机会，因此只得到梦中寻求释放，梦尽可能满足了他的愿望，所以他对夫人说："夫人，吾今可谓得意之极矣。"汤显祖不仅十分期盼获得物质类型的享乐，更看重精神类型的享乐，这一点在《南柯记》第二十四出"风谣"、第三十四出"卧辙"和第四十二出"寻寤"中得到了最集中而突出的反映。他迫切期盼民众对他的仁政给予肯定和赞扬，甚至幻想"各乡村多写着太爷牌位儿供养。则这是大生祠，祠宇前后九进，堂高三丈。立有一丈五尺高的几座德政碑，碑上记他行过德政。二十年中，便一日行一件，也有七千二百多条，言之不尽"；期盼"偏歌谣处处焚香，立生祠字字纪实"；称颂他"这等得民心的官府"；他期盼"尽南柯府城士民男妇，签名上本，保留淳于爷再住十年"；离别南柯时，他期盼"众父老拥住骏雕鞍，众男女拽住绣罗阑"，"百里内都是南柯百姓送行"；甚至于还期盼流芳百世，"车衣带断情难断，这样好民风留着与后贤看"；及至梦醒之后，在挖掘蚁穴时，还念念不忘蚁子们"见了淳于兄来，都一个个有举头相向的，又有点头俯伏的"，仿佛还在接受万民膜拜一般。细节拽出灵魂，在挖掘蚁穴时，淳于显然得意地向沙溜二人说："适才送我的使者二人，他都是紫衣一品。"好家伙！连接送他出入蚁国的赶牛车的两个黑巾使者，都是响当当的"紫衣一品"，岂不是反衬出自己的尊荣？不错，这就是"荣"，这就是"贵"，这就是比绫罗绸缎山珍海味更高层次的精神享受。汤显祖在现实生活中稀缺之物，在梦境中得到了充分的满足，这也反证了汤显祖的潜意识深处却是隐匿着深厚的享乐情结。

十二、忠君情结

汤显祖的忠君情结，大多在关键时刻或终局之时自然流露出来，尽管他有不满时局，抨击朝政，弹劾权臣的一面，却也有"只反贪官不反皇帝"的一面，通览"四梦"便不难发现，他对君王一直保持颂扬、敬畏、臣服的心态，忠君是他的不贰情结，所谓"处江湖之远则忧其君"，在"四梦"之中，竟然找不出一句忤逆抗上甚至不敬之词，足见其对君王的虔诚。

《紫箫记》中，霍小玉看灯失侣，怕落少年之手，宁可落在宫中，拾了太真娘娘紫玉箫，被人拿住，送官审问，生死关头，圣上"明白了她的气节"，着女官送她回府，"并赐她原拾紫玉箫一管，内科一道"，令霍小玉"谢恩"不已，"蒙圣恩多劳了！"这些描写分明是在颂扬明君。《紫钗记》中，李十郎参加殿试，"圣旨亲点了陇西李益书判拔萃，堪为状元"，又令李十郎谢恩不已，"圣天子，圣天子，万寿临轩"，"谢皇恩，今朝身惹御炉烟"，这些描写，分明是称颂皇恩浩荡，令人感激涕零。即至到了李十郎和霍小玉的婚姻遭到卢太尉的阻梗岌岌可危时，又是一篇"皇帝诏曰"，从天而降，不仅惩治了卢太尉，还封李十郎为"贤集殿学士鸾台侍郎"，封霍小玉为"太原郡夫人"，使这对患难夫妻"今日紫诰皇宣，夫和妇永团圆"，多好的皇帝呀，都要成为救苦救难加救急的观世音菩萨了！《牡丹亭》中杜丽娘与柳梦梅经历三生之恋后，在现实生活中受到了代表封建礼教的杜宝坚决而固执的阻挠，这原本是一对在当时不可调和的矛盾，结局只有以死殉情一途，像梁祝一样，双双化蝶，到另一个世界去寻求自由幸福的婚姻，然而，具有强烈忠君情结的汤翁，在处理这个冲突时，不仅没有维护自己反礼教反封建的初衷，将杜丽娘和柳梦梅的叛逆坚持到真正的胜利，反而请出了封建礼教的总代表皇帝来调和矛盾，消弭冲突，"便君王使的个随风柁"，先是"朕细听杜丽娘所奏，重生无疑"，"着父子夫妻相认，归第成亲"，接着又封柳梦梅为翰林院学士，封杜丽娘为阳和县君，更为吊诡的是，还封平章杜宝进阶一品，妻甄氏封淮阴郡夫人，真是刀切豆腐面面光，冲突双方都有封赏，得了个杜柳成婚全家团圆的喜庆大结局，殊不知，当杜丽娘柳梦梅"齐见驾，齐见驾，真喜洽，真喜洽。领阳间诰敕，去阴司销假"时，他们向皇上跪下的是曾经叛逆的双膝，弯下的是曾经逆天的脊梁！说句痛心疾首的话，正是汤翁的忠君情结，几乎毁掉了自己呕心沥血搭建起来的最为得意的《牡丹亭》！《南柯记》则从另一角度反映了汤显祖对帝王的敬畏。第三出"树国"大槐安国主蚁王出场时，众官员行礼并山呼"我王千岁"，自此以后，对蚁王皆以千岁称之，对国母皆以娘娘千岁称之，山呼时也只呼喊"千岁千千岁"，显然，这里面有汤显祖特殊的用心：一方面，为了防止影射刺激当朝而不称万岁；另一方面，对当朝皇帝的九五之尊心怀敬畏，不敢亵渎，即使是蚁王，也是一国之主，怎能与当朝皇帝分庭抗礼称万岁哩，给他一个异姓王的待遇即异族王千岁就是够意思了，这正是他忠君情结的刻意构架。而《邯郸记》则将他的忠君情结在最后一梦中作了最直白的最后一次袒露。第二十九出"生寤"中，当皇帝遣骠骑大将军高力士赴第省候重疾中的卢生时，卢生临死前向高力士表达了对帝王恩宠的无限感激之情，同时表达了永生永世对帝王的忠诚。卢生慷慨陈词道："顶戴皇恩，没身无报。书生何德，毫发圣恩光。垂老病，赐仙方。微臣要挣挫做姜公望。八旬外惷的郎当。老公公，老臣不能下床，只在枕头上叩首谢恩了。（三叩首介）万岁万岁万万岁，天恩敢忘，愿来生做鬼也向丹墀傍。"随后又亲笔以"皇上最所爱重"的钟繇法帖写下遗表，表达"弥留沈困，殆将溘尽。顾无诚效上答休明，空负深恩，永辞圣代。臣无任感念之至，谨奉表称谢以闻"的至诚至敬之心，就是死了做鬼也要陪侍皇上左右，为皇上效犬马之劳，真是死而无憾，而且，果然在写完遗表之后便气绝身亡，成了一个真正死心塌地的不二忠臣。当然，这些言词都是卢生的，卢生只是一个艺术形象，我们不能讲卢生对皇帝的称颂和眷念都直截指认为代表了汤显祖的思想；然而，有一个十分重要的提示，那就是卢生的还包括霍小玉、李十郎、杜丽娘、柳梦梅、淳于梦等艺术形象对皇帝的称颂、敬畏和臣服的描写，都发生在"梦"中，不是现实的而是梦幻的，因此，从梦是潜意识的表露这一特质而言，完全可以认为这些艺术形象对皇上的表现恰恰反映了汤显祖的内心深处的潜匿的甚至是十分强烈的忠君情结，正因为是潜匿的，也许连汤显祖自己的意识层面也茫然不知，反以反礼教反封建斗士自居。其实，说汤显祖具有忠君情结，一点也不玷辱他作为戏剧家的伟大，在长期的天地君亲师礼教熏陶下，作为一个封建时代的学子和官员，具有忠君思想是十分正常的，倘若毫无忠君思想，反倒显得离经叛道，超越时代脉动，凛凛然成为一个近代的自由斗士了。

通过对梦戏的解析，在一种空灵缥缈的氛围之中，探访一位四百年前的封建进士，倾听他的心声，感受他的苦乐，观察他的进退，按摸他的脉动，也许是一件颇有意味的乐事，这个人便是生活在明朝末世的汤显祖。封建主义末世的腐朽没落与资本主义先进思潮的激烈碰撞，在他胸中激荡，个人的宏伟抱负与社会的没落现实尖锐矛盾，造就了他这个情感充沛，思想深邃，爱恨分明，喜忧交织，心理活跃，精神亢奋的非常实在非常丰满非常有嚼头的个性鲜明的人物，他那矛盾重重的心理和重重叠叠的情结，如一份波浪起伏的"心电图"报告呈现在我们眼前——

　　　既才华横溢，又怀才不遇；

　　　既借重科举，又怒斥科举；

　　　既赤心报国，又报国无门；

　　　既美政济民，又功败垂成；

　　　既侠肝义胆，又失魂落魄；

　　　既心可对天，又每蒙冤屈；

　　　既仕途攀援，又怒别官场；

　　　既情之可至，又深恨无缘；

　　　既追随先进，又眷念黄门；

　　　既拳拳入世，又落落出世。

　　真个是：良辰美景奈何天，

　　　　　赏心乐事无汤院！

　　正因为如此，一句话总归：没有这样磁实的汤显祖，断然写不出这样不朽的临川梦！

万物从来有一身，
一身还有一乾坤。
敢于世上明开眼，
肯把江山别立根。

——《南柯记》第三出

三、汤显祖梦戏路线图

汤显祖写梦戏并非与生俱来的奇才，并非一蹴而就的奇遇，他经历了艰难跋涉和千锤百炼，方得以成就中国古代戏曲史上的创作梦戏翘首，只要将他传世的"四部半"梦戏依时序加以仔细剖析，就能清晰地看到一幅由浅入深由表及里的"梦境入戏"路线图。

氛围：

一、《紫箫记》——诗词言梦，营造梦境入戏氛围

在三十四出的《紫箫记》中，并没有一个实写的梦境，但在戏文的曲牌唱词、科介、宾白中，却总有"梦"的幽灵萦绕其中，一个"梦"字总是唱不离口，营造出了一种虽无实梦却又如虚如幻的梦意入戏氛围，我们不妨进入戏中，一一感悟这种迷人而又迷离的意境。

（1）郑六娘："哪管得桂从人老，香梦无聊！"（第三出"探春"）香梦，即甜蜜的美梦。唐·武元衡《春兴》诗曰："春风一夜吹香梦，梦逐春风到洛城。"

（2）鲍四娘："寒峭晓春残梦，柔晕怯东风。"（第四出"换马"）诗意为料峭的春寒惊醒早春的残梦，女子娇柔的身躯和疲惫的面容甚至畏惧东风的吹拂。

（3）鲍四娘："竹叶留连，梅花同梦。"（第四出"换马"）古人常借梅、竹比喻高洁之士，同梦指夫妻恩爱情深，亦喻指知己、密友。宋·曾几《次镇江守曾宏甫见寄韵》诗曰："夜雨思同梦，秋风辱寄音。"

（4）花卿："四娘，今宵梦里，不要错唤了人。睡醒时，休乔认，别是梨花梦也。"（第四出"换马"）此是花卿用伎妾鲍四娘换得汾阳王孙子郭小侯的宝马后，鲍四娘啼怨花卿薄幸时，花卿对她的劝慰。元宋《金陵送倪水西之江陵》诗曰："《桃叶歌》残秣陵酒，梨花梦断景阳钟。"

（5）鲍四娘："无人处向晓窗圆梦，暗损婵娟。"（第六出"审音"）此是鲍四娘向霍小玉传教唱曲时演唱［北折桂令］中的一句唱词。圆梦即析梦、解梦，词意是对着透着曙光的窗户回思刚刚梦中的情景，不禁引起女孩幽思。

（6）鲍四娘："梦笑转红腮，展银襜戏蝶回，申腰小立回阑外。"（第六出"审音"）此是鲍四娘与霍小玉合唱中的一句词。指在梦中笑得香腮都转红了，做了个春闺美梦。

（7）霍王："绕碧落朝敲，明星夜醮。胜高唐闲梦，洛浦空挑。"（第七出"游仙"）此是霍王决意弃世求仙，追寻修炼长生不老之法时对二姬发出的哀叹，意即哪怕是只听听仙家做早课的晨钟声以及夜间道场上的诵经声，也要胜过楚王高唐遇神女的闲梦与曹植洛水逢洛神的空挑逗。

（8）宫姬杜秋娘："悲悄，辟邪旗，珠络裸，荣华梦

杳。"（第七出"游仙"）此为杜秋娘得知霍王决意修仙后的
哀鸣，意谓陪侍霍王二十多年的荣华富贵日子到此终结，往日
的美好生活都变成遥远的梦了。

（9）鲍四娘："残啼醒梦湿冰寒，赖是惊魂似蝶，暗飞
还。"（第九出"托媒"）此是鲍四娘被花卿以人换马之后，
被国舅郭小侯置于闲庭时不安的心情。意谓常常醒来后发现自
己在梦中啼哭，冰凉的泪水浸湿了枕垫，幸好梦中的惊魂像蝴
蝶一样飞去又飞回来了，指魂魄虽然不安，却好未曾出壳。

（10）鲍四娘："成娇倩，开书选日行婚聘，管取那女儿
呵，障袂为云感梦情。"（第九出"托媒"）此是鲍四娘应允
为李益说媒时对霍小玉闻知后的猜想，会像古时思妇扬起衣袖
蔽日远望所思一样，顿生儿女之情。

（11）鲍四娘："青楼那到瑶山静，花醒柳梦浑难醒。"
（第九出"托媒"）瑶山，指传说中的仙山。醒，指酒醒后神
志不清。花醒柳梦指沉醉于花前柳下、追欢逐笑的生活。全句
意为世俗的富贵豪宅哪有仙家的幽静，整天沉醉在追欢逐笑的
生活中丝毫不知道觉醒。

（12）郑六娘："一自残雪飞画栋，早罢瑶华梦。"
（第十出"巧探"）瑶华是"瑶华圃"的省称，是传说中神
仙居住的地方。此是郑六娘自言自己曾想追随霍王爷修道成
仙，但一看到尘世景象就从修仙之梦中醒悟过来。

（13）郑六娘："不似湘灵还拾翠，那堪鸣佩到仙峦，梦
回新试小龙团。"（第十出"巧探"）此是郑六娘被霍王撇下
后独步芳庭时的感伤之情，意为自己不是神仙，却梦见自己像
湘夫人一样拾翠，像佩戴玉佩的女子来到仙山，直到醒了才知

是梦，好不令人伤感。

（14）郑六娘："老去真成梦，欢悭笑慵。"（第十出"巧探"）此为郑六娘哀怨自己不能跟随霍王一起修仙，连做梦都梦见自己老去了，感叹昔日富贵不再来，整日落落寡欢，精神懒散，沉溺在感伤之中。

（15）鲍四娘："敢怕郡主晓得做梦了，失笑暖云偷梦。"（第十出"巧探"）暖云，指春天暖和的云气。此是鲍四娘与郑六娘谈论郡主已经春心萌动时，猜测郡主会做春梦了，甚至于在美梦中失声欢笑。

（16）霍小玉："残梦到西家，风吹醒迟日窗纱。"（第十出"巧探"）西家，指女子心中思恋的男子。此是霍小玉自言晨梦中梦见了李十郎，被晓风吹醒，美好的梦境被打断。

（17）李十郎："旅思欲萋迷，梦远春迢递。"（第十一出"下定"）萋迷，指凄凉而模糊。迢递，指时间长久。此为李十郎昨日央鲍四娘为媒求霍郡主小玉，归来春宵枕上，睡得不沉，醒得不快，好像梦见小玉，却不知她在第几朱桥，梦做得很长却又模模糊糊，真假难辨。

（18）李十郎："襄王呵，这样神女，只梦一梦也够了，醒后又想他怎的？"（第十一出"下定"）此是李十郎看《神女赋》时的神思，只望在梦中能够梦到与神女相会，亦即与他心中的神女霍小玉能够在梦中相会。

（19）樱桃："苏姑子作了好梦，有几分肯，只要瞒过他些。"（第十一出"下定"）此是李十郎问樱桃"可是霍小玉姐允许？"时樱桃回答的一句俏皮话，犹似长沙俚语"你尽做好梦"，意为你做了好梦可能会有好消息。

（20）李十郎："今宵暖梦游何处？十二楼中玉蝶飞。"
（第十一出"下定"）十二楼，指神话传说中的仙人居处，玉
蝶，即蝴蝶的美称。意为李十郎得到樱桃的实信后，喜不自
胜，感觉自己已得到了一位仙女一样的夫人，想象着今夜要做
一个温暖如春的美梦，携同霍小玉游览仙境，同看玉蝶双飞。

（21）霍小玉："娇酣困媚，唤醒梦轻难记。"（第
十三出"纳聘"）此是霍小玉屏外笼身倚，睡觉唇红退，魂
香睡足时，急切盼望樱桃回话李十郎是否允婚时内心愁闷的
表现，如睡如眠，如梦如幻，天欲斜阳，心如残梦。

（22）李十郎："报道合欢红欲开，携手佳人和梦来。"
（第十四出"假骏"）此是李十郎将聘仪送去霍府后，焦急等
待霍府回音时的心情，充满对美满婚姻的期待，甚至遐想与霍
小玉双双携手入梦。合欢又名马樱花，羽状小叶对生，夜间成
对相合，俗称"夜合花"，合欢红欲开，寓意李十郎与霍小玉
即将实现天作之合。

（23）霍小玉："章台梦悄，横圹路杳。"（第十七出
"拾箫"）章台，汉长安名，因多妓院聚集，故泛指妓院聚集
之地。横圹，古堤名，在唐宋文人诗词中，横圹多作寄托游子
与所恋歌妓相思情感的意象。此是霍小玉拾箫后被抓进宫，回
答郭娘娘叩问如今不是教坊中人时的说辞，意为过去的歌妓生
涯已如梦一般悄然逝去了。

（24）霍小玉："坐冷烛花偏，啼残香梦远。"（第十八
出"赐箫"）此系宫女奉旨护送霍小玉回府时霍小玉的唱词，
感叹观灯奇遇，像一场香梦一样有惊无险地过去了。

（25）霍小玉："宝簪敲折凤辞弦，梦里湘云过雨痕。"

（第二十出"胜游"）此是霍小玉陪同李十郎在花园游玩时，霍小玉向李十郎透露的内心担忧，怕女人过了二十八九后年老色衰，被夫君抛弃，好似钗簪敲断了，琴弦也弹断了，欢乐的日子都成为过去，只有在梦中还留下了美好的记忆。

（26）郑六娘："谩银泥印仙掌，香云结梦长。"（第二十三出"话别"）仙掌，指承露仙人；香云，指年轻女子的头发；银泥，指用银粉调成的用以涂饰衣物和面部的颜料。此是李十郎即将远征，郑六娘为之送行时的惜别之情，意为在梦中随意地将银泥涂抹到金铜仙人的脸上，这是一个像少女头发那么纤长的美梦呵。

（27）霍小玉："送君南浦恨何如？想今宵相思有梦欢难做。"（第二十四出"送别"）南浦，南面的水边，常指送别之地。此是李十郎出征，霍小玉在灞桥驿为十郎送行时，小玉柔肠寸断，依依不舍的离情别绪，甚至哀怨在梦中相思也难成欢。

（28）李十郎："分明残梦有些儿，睡醒时好生收拾疼人处。"（第二十四出"送别"）此是李十郎临别时向霍小玉说的体贴话，叮嘱她一个人睡时不要着寒了，安安稳稳地睡，睡时做点梦，不必回肠转辘轳地思念。

（29）杜黄裳："金戈未偃不言家，弦管纷纭杂暮笳。关山海上飞明月，相思天边梦落花。"（第二十六出"抵塞"）此是李十郎抵达边塞与杜黄裳会合后，两人在帅帐中畅谈，一方面是慷慨激昂豪情万丈，"金戈未偃不言家"，另一方面却也亲情万缕，"相思天边梦落花"，唯有梦能消弭时空阻隔，远在天边尽在梦中。

（30）霍小玉："浅眉微敛注檀轻，一夜春絮残梦悔多情。"（第二十七出"幽思"）注檀即檀注，指胭脂、唇膏一类的化妆品；一奁春絮即一盒柳絮。此为霍小玉送走李十郎后，一个人行孤影吊，无情无绪，无心粉黛，独守空房之时，不免后悔自己之前的多情，即使在梦中，也是"悔教夫婿觅封侯"。

（31）善才："闺阁正娉婷，夫婿去专征。愿持身透梦，愿作影随行。"（第二十九出"心香"）此是善才女冠在西王母观为郡主作的祷祝词，一方面祝愿李十郎在外平安，一方面倾诉相思之苦，只有在梦中才能如影随形。

（32）杜秋娘："谁料一声《河满》，双泪君前？今昔相看，真成一梦！"（第二十九出"心香"）《河满》即《河满子》，舞曲名。此是杜秋娘回忆二十年间与郑六娘同为霍王姬妾时尚有娇妒之心，一听到《河满》这支舞曲，不由珠泪双流，回首往昔事，恍如梦一场。

（33）法云小僧："酒也空，酒池魂梦醉乡中。"（第三十一出"皈依"）此是法云小僧以酒色财气四事所作上半偈中的第一句，指酒后入梦，魂魄仍在醉乡之中。

（34）杜黄裳："圣贤不能度，何得久存我？回想前事，只是蜉蝣一梦。"（第三十一出"皈依"）蜉蝣为昆虫名，幼虫生活在水中，成虫褐绿色，有四翅，生存期极短。此是杜黄裳听了四空禅师说法后，顿生人生短暂之感，仿佛像蜉蝣一样朝生夕死，似梦似幻，梦醒即逝。

（35）李十郎："你忆辽西月残灯映，咱梦临邛风吹酒醒。"（第三十二出"边思"）辽西，指辽河以西的地区，泛指朔方边塞地区；临邛，古郡名，借指霍小玉居住的长安。此是李十郎在边塞对家中妻子霍小玉挥之不去的思念之情，与前文"你那秦中天气正暑，俺这塞外入夏犹寒"相对应。意为当我梦见你的时候，塞外朔风一吹，把我的酒吹醒了，把美梦也吹跑了。

（36）尚子毗："断金兰雁帖全无，鹤梦模糊，还记取来时路。"（第三十三出"出山"）金兰，指契合的友情；雁帖，指书信；鹤梦，指超凡脱俗的向往。意为尚子毗与李十郎、石雄、花卿等十年来音讯断绝，但友情长存，只是在梦中还能记忆起当年相好的情景。

（37）尚子毗："昆仑山除是梦中可游，终南山或有闲时可到。"（第三十三出"出山"）此是尚子毗被吐蕃赞普逼请出山时，对他隐居修道的昆仑山无比眷念，以后想要重游昆仑山，除非是在梦中了。

（38）李十郎："夫人，俺在朔方，卿居南国。虽无日夕之会，长有往来之魂。"（第三十四出"巧合"）此是七夕之夜，李十郎与霍小玉巧逢之时，感叹夫妻两地分居，受了多少相思离恨之苦，幸好常有梦魂往来，聊解相思苦。

通过对以上梳理的分析，我们可以清楚地看出汤显祖写梦词入戏的鲜明特点：

（1）种类丰富，范围广泛：

在三十八处涉梦的表述中，汤显祖用上了"香梦"、"同梦"、"梨花梦"、"高唐闲梦"、"荣华梦"、"残啼梦"、"柳梦"、"失笑梦"、"残梦到西家"、"梦远春迢递"、"暖梦"、"章台梦悄"、"落花梦"、"临邛梦"、"鹤梦"等，涉及的梦境范围十分广泛，令人大开眼界；涉及的梦境用词典雅古朴，明快流畅，令人眼顺心仪。

（2）众星拱月，主次分明：

三十八处涉梦戏文，由十二位剧中人唱出或说出，其中主角霍小玉七处，李十郎七处，两人合计十四处，占总处数百分之三十七；次等主角鲍四娘八处，郑六娘五处，两人合计十三处，占总处数百分之三十四。四位主角共二十七处，占总处数百分之七十一。其他次要角色分别为杜秋娘二次，杜黄裳二次，尚子毗二次，花卿、霍王、樱桃、善才、法云各一次，八位次角合计十一次，只占总处数百分之二十九。由此可知，汤显祖将写梦的主要笔墨花在主角上，同时又不忽视给次角一些光亮，形成众星拱月主次分明的和谐格局。

（3）惜梦如金，至情方用：

在三十四出中，有十三出没有出现"梦"字，计有第一出开宗、第二出友集、第五出纵姬、第八出访旧、第十二出捧盒、第十五出就婚、第十六出协贺、第十九出诏归、第二十一出及第、第二十二出惜别、第二十五出征途、第二十八出夷江、第三十出留镇。这些出目中为什么没有"梦"呢？其实原因很简单，其中有五场为过场戏，有四场为剧情介绍戏，有四场为调适舞台氛围戏，一句话，凡言事的场次不用梦，唯有情才用梦，唯至情才写梦。像"旅思欲萋迷，梦远春迢递"（李十郎）、"报道合欢红欲开，携手佳人和梦来"（李十郎）、"今宵暖梦游何处？十二楼中玉蝶飞"（李十郎）、"坐冷烛花偏，啼残香梦远"（霍小玉）、"宝簪敲折凤辞弦，梦里湘云过雨痕"（霍小玉）、"竹叶留连，梅花同梦"（鲍四娘）等。由此可知，汤显祖写梦基于一个情字，无情无涉，有情有梦；无情写梦便有矫揉造作故卖文字之嫌，有情无梦则是情之未至。

通过对以上的梳理及分析，我们可以看到汤显祖对梦境兴趣浓厚，研究深透，运用灵动，效果佳美，这为他之后的"梦境入戏"打下了坚实的基础，特别重要的是，《紫箫记》的创作实践，为之后的"梦境入戏"厘清了创作思理，可以说《紫箫记》是汤显祖传奇创作的发轫之作，也可以说是汤显祖"梦境入戏"的初见端倪之作。

二、《紫钗记》——从说梦起步，酝酿梦境入戏灵感

《紫钗记》是汤显祖在八年之后，在南京任上时对未完成的处女作《紫箫记》进行彻底改写的定稿之作，将《紫箫记》未完成的故事讲述完整了，除其他在主题思想、戏剧结构、人物设置、情感冲突等等诸方面都有许多可圈可点的长足进展之外，格外突出的是保留和发扬了《紫箫记》中诗词言梦的特色，以更其充沛的感情、以更其多彩的笔墨、以更其集中的贯注，将主角霍小玉和李十郎置身于梦幻萦绕之中，使他们言不离梦、行不离梦、动不离梦，梦幻为这两个艺术形象徒增了令人神魂震撼如醉如痴的迷离色彩，营造出了与众不同的如仙如幻的意境。

我们不妨先看看霍小玉的言梦诗词：

（1）枕屏山梦断魂遥，

强起愁眉翠小。（第十七出）

（2）春愁无绪拖金缕，

梦袅余香不去。（第二十出）

（3）怎愁随绣线初回，

梦绕香丝欲住。（第二十三出）

（4）商量不定，暗风吹罗带轻䌤。

柔情似水，佳期如梦。（第三十三出）

（5）心儿记，

梦魂中有路透河西。（第三十六出）

（6）咱也曾记旧约，点新霜，

被冷余灯卧除梦和他。（第三十九出）

（7）真成薄命久寻思，

梦见虽多觉后疑。（第四十七出）

（8）睡红姿，梦去了多回次。

为思夫愁病死。（第四十九出）

（9）咱思量梦伊，

他精神傍谁？（第四十九出）

（10）梦浅难飞魂遥欲坠，

人扶越困。（第五十二出）

再看看李十郎的言梦诗词：

（1）梦随彩笔绽千花，

春向玉阶添几线。（第二出）

（2）梦初回，笙歌影里，

人向月中归。（第六出）

（3）客舍悄无人，

梦断月堤归路。（第七出）

（4）好是观灯透玉京，

如魂如梦见飞琼。（第九出）

（5）渐魂移带眼，梦飘旗尾，

玉聪嘶紧，画鸾飞竖。（第二十四出）

（6）便千金一刻待何如？

想今宵相思有梦欢难做。（第二十五出）

（7）掩残啼回送你上七香车，

守着梦里夫妻碧玉居。（第二十五出）

（8）心随岳色留秦地，

梦逐河声出禹门。（第四十出）

（9）河阳不似旧关西，

夜夜城南梦故妻。（第四十出）

（10）绛罗高卷春正永，

浑自倚玉楼香梦。（第五十一出）

全剧中，还有大量言梦诗词，像繁星点缀夜空一样，在戏文中闪烁；仅从上列两位主角的部分言梦诗词中，不难看出，汤显祖刻意将他的佳词丽句用在一个"梦"字上，使整部剧作格调优雅，梦意盎然，是同代甚至后代剧作家中翘楚，至今难有出其右者，追根溯源，唯其承袭并光大了《紫箫记》中诗词言梦这一大特色使然。

然而，在"梦境入戏"路线图上，真正迈出了一大步的是《紫钗记》中的"说梦"。

"说梦"，简而言之，就是将自己做的梦说出来，说给别人听。梦的最显著的一个特征就是它的私密性，只要梦者自己不说，其他任何人都不会知道自己做了什么梦，甚至连是否做了梦也不知道；换言之，说梦就是梦者向外部世界公示自己在夜间曾经敞开的心扉，和盘托出自己的隐思。"说梦"具有了"梦境"的实体，较之"诗词言梦"只有空朦的意境而言，实现了从"虚"到"实"的跨越，更关紧要的是，实现了从"案头之书"向"台上之曲"的靠近。

让我们一起来领略"说梦"的风韵吧！

（1）霍小玉："昨梦儿夫洛阳中式，奴家梳妆赴任，好喜也。"（第二十三出）

霍小玉说的这个梦，向观众框定了好些具体的因素：时间是"昨晚"；地点是"洛阳"和"小玉家"；事件是李十郎"中式"和霍小玉"梳妆赴任"；心情是"好喜"。在这些框定之内，我们完全可以展开想象的翅膀，将小玉未曾说出来的梦中细节加以扩充，使梦境变得更加充实而增加感染力。其实，这件事汤显祖在随后的戏文中已经为我们做了，比如写李十郎中式，"正东风人在洛桥花影"，"十郎终日游于耍子哩"；写霍小玉梳妆，"试着春衫松扣颈"，"几回纤手，重砌金倪烬冷"；写夫妻相逢时，"好似旧香荀令语偎停"，"衫袖儿翠腻，酒痕香进"；写霍小玉喜悦的心情时，"恁雨丝烟映弄喜蛛儿晴，逗风光展翠眉相领"，"好流莺，数声堪听"；写赴任时，"趁新妆游画省"。这些生动跳荡的补述，好似将一个完整的梦境呈现在观众面前，"教人几番临镜"。较之"诗词言梦"，这个说梦能够使人产生亲临其境的感觉，而不会出现三百六十度的漫天猜想了。

从梦学角度而言，这是一个愿望满足梦。封建时代的女子，靠纺丝织绢也许只能养家糊口，要过上荣华富贵的好日子，唯有夫婿高中封侯一条路。霍小玉作为一个郡主，之所以乐意嫁给李十郎，是因为看中了他的才学，"盼到洞房花烛夜，图他金榜挂名时"。完全可以揣测，霍小玉成亲后，绝不止只做过一次这样的封侯梦，在她潜意识深处，无时无刻不在期盼着夫婿封侯这个日子的到来，无日无夜不在憧憬着随夫赴任的风光日月，这个梦，完全满足了她的愿望，叫她如何不"好喜也"。

事实上，霍小玉美梦成真，李十郎果然状元及第，荣归燕喜。当霍小玉完全沉浸在美梦与梦事融为一体而喜不自胜时，卢太尉帐下使客的到来，使剧情急转直下，霍小玉惊问"门外那官儿，报状元那里去？"李十郎回说"朝命催俺去玉门关"。汤显祖突然一个雷霆，惊醒霍小玉美梦：刚想随夫赴任，且料顷间分离！由此我们不由眼睛一亮，原来汤显祖表面上写了一个喜梦，骨子里却是在写一个反梦！喜极而泣，一个极反之梦。

霍小玉梦中的"随夫赴任"，不仅是她一个热切的愿望，同时也是她心灵深处的一个隐忧，一份沉重的焦虑，她非常害怕与李十郎分离。在第十六出"花院盟香"中，李十郎次日赴洛应试，霍小玉面临第一次分离，深感"新婚未几，明日分离，如何是好？"她非常直白而坦诚地向李十郎道出了自己的忧虑："妾本轻微，自知非匹。今以色爱，抚其仁贤。但虑一旦色衰，思移情替，使女萝无托，秋扇见捐。"小玉这一段自剖心迹的话，不仅是她的肺腑之言，也是封建社会女性的共同忧虑。一方面又担心夫婿身贵之后移情别恋。男子负心，女子无托，仿佛是当时社会的一种常态，类似《秦香莲》这样的悲剧，中国古代戏曲小说屡见不鲜，正是封建社会女性这种深层焦虑的深刻反映。在霍小玉"好喜也"的背后，隐伏着"好悲也"的分离恐惧。而后面的剧情正是沿着喜极而悲的路子发展的，清晰地表明，汤显祖写这个喜梦的深意恰恰不在喜上，而在渲染喜庆的氛围中隐隐伏下悲剧的预兆。从区区十七个字的说梦中，我们可以深切地感悟到四百年前的汤显祖，对梦的理解何其"得心"，对梦的运用何其"应手"。

（2）霍小玉："**浣纱，咱夜梦见也。心情宛旧，绕定咱身前后。咱低声问还去否？问他这般不凑，那般不抖。便待窗前，窗前推枕儿索就。呀！回首空床，斜月疏钟后。猛跳起人儿不见，不见枕根底扣。**"（第二十七出）

这是霍小玉向贴身丫鬟浣纱说的一个梦。原来霍小玉与李十郎阳关一别才几日，便"嫌单爱偶，迭得腰肢瘦。离愁动头，正是愁时候。首夏如秋，这冷落谁生受？"

霍小玉禁不住形单影吊的煎熬，思绪万千，不禁"想起当初"与李十郎"花灯会偶，蓦地情抛受。短金钗斜鬓溜，姻缘那般辐辏，那般圆就。不枉了一对，灵心儿聚头。翠浅红深，揉定花间手。看他取次，取次儿偎融个透。"正是在这种柔肠迤逗得情意缠绵时做了这个梦。可是，梦中的李十郎像个木瓜一样，问他"还去否？"他既不搭话也不动弹，及至追到窗前索问，不但不见回答，反而"猛跳起人儿不见"，不由捶枕痛哭。

霍小玉实梦实说，观众从她的说词中很容易在脑海中构建一个霍小玉与李十郎相会的梦境，而且很容易看出这对夫妻在梦中发生了很大的变化：霍小玉是痴情不改，"心情宛旧"，连问句话都是低声软语，款款情深；而李十郎却"这般不凑"，"那般不抖"，甚至无声无息一晃就"人儿不见"，比起当初"看他取次,取次儿偎融个透"判若云泥,恩爱夫婿如同陌路,这叫霍小玉如何不捶胸顿足从梦中哭醒。

从梦学角度而言,这是一个十分清晰的警示梦,是霍小玉将潜意识中对李十郎的深刻认知以梦的形态发给自己意识的一个警告,即你所深深眷念的李十郎已经不是当初花灯时节的李十郎了。霍小玉这个梦并非空穴来风的胡思乱想,而是早有底蕴潜藏心底。在第二十五出"折柳阳关"中,汤显祖写了一个古今中外戏曲史上极为罕见的情节,即霍小玉向李十郎提出的"八年之约"。在阳关话别时,霍小玉对李十郎直言道:"李郎,以君才貌名声,人家景慕,愿结婚媾,固亦众矣。离思萦怀,归期未卜,官身转徙,或就佳姻,盟约之言,恐成虚语。"明确指出了在归期未卜的时候,李郎很可能另就佳姻,使盟约成虚的外因与内因,在这种预期下,霍小玉向李十郎提出了一个令人潸然泪下的"八年之约"。霍小玉说:"妾年始十八,君才二十有二,逮君壮室之秋,犹有八岁,一生欢爱,愿毕此期,然后妙选高门,以求秦晋,亦未为晚。妾便舍弃人事,剪发披缁,夙昔之愿,于此足矣。"这个"八年之约"真是字字血声声泪,低声下气,乞讨哀求,封建社会女性何其如此卑微凄惨!

霍小玉对封建社会负心郎的普遍性具有非常清醒的认识,因此,她并不奢望白头到老之类誓言,只是非常现实地提出"一生欢爱,愿毕此期",八年之后,任你"妙选高门,以求秦晋,亦未为晚。"真不知汤显祖是怎么想出"八年之约"这个情节的,想必写时声泪俱下,令今人读来仍有剜心泣血之感,然而,霍小玉梦中的李十郎却像个木头人,看不出丝毫新婚燕尔的夫妻温情,这不就是对霍小玉退而求其次的

"八年之约"打上了一个大大的疑问号,连八年欢爱的愿望只怕也要成为泡影。设想一下,一个年方十八的新婚女子,甘愿只求过上八年的夫妻生活,硬生生二十六岁就去"剪发披缁",连这样的"夙昔之愿"也不能得到满足,怎不叫霍小玉一下子跌撞到精神崩溃的边缘!汤显祖并非为写梦而写梦,是他发现了用梦的形式更能深刻而准确地揭示角色的内心世界。霍小玉梦中李十郎呆若木鸡的形象,并不是现实中李十郎的真相,恰恰是霍小玉自己的心理镜像。封建社会女性对于薄幸郎具有异乎寻常的敏感性,哪怕一点点风吹草动,都能引起思妇的疑心和忧虑,李十郎离别才几天不见回音,霍小玉就"离愁动头"了;而且,一般思妇都有钻牛角尖的倾向,一旦往不妙处想,便愈想愈不妙,霍小玉便把一个风流夫婿想象成了一个无情无义薄幸郎,将自己的心结结了又结,以至心疾上身,"迭得腰肢瘦"。

（3）霍小玉:"梦儿中可疑,记邂逅分明,还似那回时。"(第十一出)

霍小玉说的这个梦是"日昨已许李郎定亲,佳期早晚,好闷人也"当口,"屏外笼身倚"、"枕痕一线摇红睡"时做的。从她的说词来看,似乎是做了一个她和李十郎"邂逅"的梦,而且还梦象清晰分明,十分有意思的是,她还特意提到"还是那回时"。可是,除了"邂逅"这两个字能稍窥梦境内容外,并无如何邂逅的具体描写,而且无头无脑地冒了一句"还是那回时",究竟"那回"是哪一回呢?这个梦的具体梦境细节,也许只藏在霍小玉的脑海中,换句话说,也许只藏在汤显祖的脑海中。不过,笔者对这回邂逅的情节有一种强烈的似曾相识的感觉，似乎也藏匿在笔者的脑海中。正待苦思寻觅，忽觉灵光一闪，原来在这里！在本剧的前身《紫箫记》也是第十一出"下定"中，李十郎说了一个梦：

"呀！恰睡着，有一佳人，貌甚奇丽，含笑含颦，如来如去，在咱跟前。

四顾青衣，向前相讯。正交接间，只听得红蕉转雨，翠竹敲风，原来就是阳台一梦。"

李十郎说的这个梦，是他请鲍四娘为媒求聘霍小玉归来后，"春宵枕上，睡得不沉，醒得不快"时，读了《昭明文选》的《高唐赋》、《神女赋》、《好色赋》、《洛神赋》四篇情赋，思想"小玉姐呵，不知你为是瑶台客？为是宋家邻？为是章华绝？为是洛川神？"在焦急盼望鲍四娘早早回音时入睡后做的。此时尽管有鲍四娘在霍小玉与李十郎之间穿针引线商议婚事，但两人尚未谋面，即便在第三出"探春"中浣纱提了一句"你看陌上游郎，好不娇俊！"但那是浣纱对樱桃说的，并没有写明霍小玉也看见了，也没写明陌上游郎便是李十郎，因此推测霍小玉和李十郎在此梦之前尚未见过一面，因而才有樱桃假扮鲍四娘女儿来到李十郎住的旅馆"看他才貌怎的"之举。这就是说，梦中的"佳人"是李十郎想象中的霍小玉，或者说是李十郎将四赋中的四位美女"兼美"而成的霍小玉。而霍小玉记得分明的邂逅人理应是李十郎，因为她"日前已许李郎定亲"，而且"着意东君"，非李郎还能有谁？最为关键的要点，是"这回"梦见的李郎分明"还似那回时"的李郎——这就提出了一个令人惊喜的新课题——"那回"的"邂逅"梦，是李十郎和霍小玉同时做的，他俩同时在梦中经历了一次邂逅，而且记忆深刻，两人相向而立，"含笑含颦，如来如去"，温馨融洽，情意缠绵。霍小玉之所以有"梦儿中可疑"之感，一点也不奇怪，正如李十郎梦醒后的感叹一样："真个梦里不知身是客，醒来那辨雨为云。"

从时间节点上来看，"那回的邂逅梦"，无论李十郎或霍小玉都是在"下定"时节做的，从戏曲出目上来看，恰好都是第十一出，因此判定霍李二人同时做了这个邂逅梦当不离谱。两人在不同地方在相同时间做内容相同并且同为梦中人的梦，梦学上称这种梦为心灵感应梦，但是，在此时，这个"邂逅"梦还仅仅只是一个心灵感应梦的雏形，或者说只是一个心灵感应梦的先声，直到《牡丹亭》中，才发展扩充与完成一个完整的心灵感应梦，在《牡丹亭》的杜柳"同梦"中，能够很清晰地看到这个邂逅梦所蕴含的主要基因。（参见本文第一部分第一题：杜柳"同梦"与心灵感应梦）

霍小玉与李十郎的这个"邂逅同梦"，是笔者通过对《紫钗记》前世今生的寻觅，才找到它的来龙去脉与内在联系，不由冒昧地揣测，《紫箫记》是400年前汤显祖与友人诗文酬和之作，其中这个梦也许是无心插柳之笔，从写梦角度而言，主体手法是诗词言梦，而说梦并非主要表现手段。过八年之后重新改写时，对此梦仍有印象，时常在脑海中沉浮，写到第十一出"妆台巧絮"时，忽然想起了此梦，一时间又派不到李十郎出场，便改由霍小玉说了出来。在他脑中显然是有邂逅这一梦的，只是在行文中"模糊"了来龙去脉，倘若不找出"前生"中李十郎的说梦，难说不会成为一个千古无头疑案。现在看来，本剧的写梦手法的巨大进展是由诗词言梦向"说梦"跨出了一大步，而当初的"无心插柳"倒变成"柳成荫"了。

（4）霍小玉："正好梦来时，户通笼一觉回。"鲍四娘："可梦到好处？"霍："阳台暮雨愁难做，"鲍："李郎可来梦中？"霍："咱思量梦伊，他精神傍谁？四娘，咱梦来，见一人似剑侠非常遇，着黄衣。分明递与，一辆小鞋儿。"（第四十九出）

霍小玉说的这个梦，是她"自闻李郎卢氏之事，怀忧抱恨，周岁有余，羸卧空闺，遂成沉疾"，"为思夫愁病死"时做的，当时的身心状态是怀忧抱恨愁回首，思妇伤情病捧心。

这个梦的具体情节是霍小玉梦见一个着黄衣的剑侠送给她一双小鞋儿。有意思的是，听到这个梦的鲍四娘立即当起了解梦师，作出了一语道破式的解析："鞋者谐也，李郎必重谐连理。"鲍四娘采用的是"谐音解梦法"，可见至少在400年前此法便在民间流传，汤显祖亦深谙此法，顺手拈来自然贴切，而且以鲍四娘之嘴，又作了进一步的解释和肯定："此梦不须疑，是黄神喜可知。一尖生色鞋儿记"，"同谐并履，行往似锦鸳齐。"鲍四娘对霍小玉的遭遇非常同情，是专门来探望小玉病体的，听到小玉说的梦之后，深知心病还需心药医的哲理，作了一个喜梦的解释，以宽慰小玉思夫愁苦之心。严格来说，谐音释梦法并无确切的科学依据，但该法从体贴梦者心理出发，寻找适合的谐音，将不着边际的梦像转移到有利于缓解梦者心理压力，达到从精神上慰藉梦者疲惫绝望的心灵还是具有一定的积极意义，因而能够延续至今，像霍小玉梦中的"鞋"，是物质的"鞋"，一旦转变成"谐"，就成为精神的"谐"，"一双鞋"就变成"一对夫妻同谐并履"了。

汤显祖写这个梦及对梦的解析，除了满足霍小玉的精神需要外，很重要的一点是为了突显黄衣客这个角色。黄衣客在剧中虽然连个姓名也没有，但却贯穿全剧。从第一出"本传开宗"起，就点出了"黄衣客强合鞋儿梦"的戏路，这个梦说的正是"鞋儿梦"，可说是全剧结构中的"关节梦"，直到最后第五十三出"节镇宣恩"，仍不忘称赞"此豪客之功也"，并祈愿"豪士埋名万古传"。这就表明，梦中的豪客是汤显祖心中设立的一个象征，即"伤道哀，故啸吟"而至的黄帝之神，是一位锄强扶弱济困救贫拯民于水火的正能量神祇，也是现实中霍小玉婚姻出现转机的力挽狂涛大力神，本质上是汤显祖处在风雨飘摇时代的精神寄托与升华，并期盼正义的正能量万古长存。

霍小玉刚说完梦见黄裳客的梦，戏路马上转到黄裳客的代表即豪奴持钱找上门来"送钱十万，求做酒筵"。中国古代将这样的梦称为直梦，也叫直应之梦或直叶之梦，简称直叶梦。直梦的显著特点是晚上梦见了什么，第二天或稍后不久便看见了所梦见的什么。中国古代梦学家陈士元对直梦有非常清晰的解释，他说：梦君则见君，梦甲则见甲，梦鹿则得鹿，梦栗则得栗，梦刺客则得刺客，梦秋驾则得秋驾。一句话，梦见什么得见什么。这种梦境与现实出现的一致性，并非偶然，恰恰验证了梦的预见功能，与现代所称的预兆梦颇为类似。由此可见汤显祖对中国古代梦学研习深透，运用自如，在戏曲实践中为古代梦学添上了精彩一笔。

霍小玉无论婚前婚后，梦见最多的人是李十郎。如"记邂逅分明"（第十一出）、"梦枭余香不去"（第二十出）、"梦绕香丝欲住"（第二十三出）、"儿夫洛阳中式"（第二十三出）、"咱夜梦见也"（第二十七出）、"梦魂中有路透河西"（第三十六出）、"梦去了多回次"（第四十九出）、"佳期如梦"（第三十三出）、"被冷余灯卧除梦和他"（第三十九出）、"梦中来故人千里"（第五十二出）等等。然而，在她说出此梦之前，鲍四娘问她"李郎可来梦中？"时，她却回说"咱思量梦伊，他精神傍谁？"满腔愤怒难平之气，而且待梦说出来后，梦见之人果然不是李十郎而是黄衫客。汤显祖为何不一如既往地写梦见了李十郎而反其道不让李十郎入梦呢？这不但是汤显祖写传奇的一绝，也是他写梦的一绝，他非常善于在乐境中埋下悲剧的预兆，也非常善于在绝境中伏下意外逢生的转机。霍小玉做此梦时，对于李十郎的婚姻能否存续已经到了绝望的地步，精神上的状态已经到了崩溃的边缘，梦中没有出现李十郎，使她的信心几乎完全丧失，在这种悲绝望绝心绝的绝境时刻，汤显祖派了一个象征喜讯的黄神入梦，便是神来之笔，神来之梦，柳暗花明，绝处逢生；用现实手法难于转机时，一个梦轻松办妥，且非大师乎！

　　以上四个"说梦"，所说的梦都具有实在的情节，比如"梳妆赴任"、"绕定咱身前后"、"记邂逅分明"、"分明递与，一辆小鞋儿"等，我们姑且将这类说梦称之为"实说"。其实，在全本戏文中，汤显祖还写了好些梦境，也都具有具体的情节，只是没有用"说"的形式说出来，而是用"诗文"的形式表达出来，我们姑且将这类梦称为"虚说"，只要我们打开"虚说"这扇大门，便可体悟到更多的

"说梦"。

（5）李十郎："梦初回，笙歌影里，人向月中归。"
（第六出）

李十郎与霍小玉首次相会是在上元节"许放观灯"之时，小玉遗钗，十郎拾得，小玉寻钗而与十郎巧会。两人在月下梅前，笙歌影里，两情相悦，喁喁私语。李十郎惊叹"玉天仙罩得住梅梢月，春消息漏泄在花灯节。"而霍小玉亦含情脉脉地低声叮嘱："明朝记取休向人边说。"李十郎归来之后，思想"婵娟此会真奇绝"，不免"睡眼重惺春思彻"，接下去便做了一个思春的梦："他飞琼伴侣，上元班辈，回廊月射幽晖。千金一刻，天教钗挂塞枝。咱拾翠他含羞，启盈盈笑语微。娇波送，翠眉低，就中怜取则俺两心知。恨的是花灯断续，恨的是人影参差。恨不得香肩缩紧，恨不得玉漏敲迟，把坠钗与下为盟记。"这分明是一个有人物、有景緻、有动作、有情节、有感情、有期盼的梦境，"笑语微"、"娇波送"、"翠眉低"将小玉含羞描摹得活灵活现，两个"恨的是"两个"恨不得"将李十郎的心态刻画得淋漓尽致。当李十郎醒来回忆梦境时，还只觉得小玉像仙子一样"人向月中归"。

这个梦是梦学界常说常见的"思梦"，即日有所思夜有所梦。晚上李十郎与霍小玉观花灯巧遇，归来做梦还流连在观灯奇遇之中，意牵牵的还舍不得小玉归去。现代梦学论及梦的材料来源时，其最重要的来源即是做梦前一日或近几日的经历，李十郎刚刚拥有的观灯会玉经历，立即作为原材料编入了梦中，这表明汤显祖对织梦的材料来源是十分清楚的，而且比现代梦学关于材料来源的理论要早两三百年。

（6）霍小玉："枕屏山梦断魂遥，强起愁眉翠小。"（第十七出）

此唱文是说霍小玉与李十郎新婚才几日，就要赴京兆府应试，虽只有短短半个月之程，对于一时一刻也不愿意分离的霍小玉来说是太长久了，其中缘故，便是霍小玉担心"分离生变故"。霍小玉自恨自己出身卑贱，而李十郎偏又倜傥才高，万一高中，怕他经不住高官美女的诱惑，抛弃自己，美满婚姻成泡影；另一方面也担心世态无常，凶险莫测，李郎一去如黄鹤，从此杳无音讯，独守空房。万般焦虑的心情使她坐立不安，寝卧不宁，头一接枕就做梦，一梦就梦见两人新婚燕尔，极其欢乐，可是还来不及享受新婚的欢乐，李郎又要赶考去了。好梦不长，一做就断，总是魄不归位，魂不守舍，心理承受煎熬，即便勉强醒来，仍是愁眉双锁。汤显祖在这里不仅写出了霍小玉做梦的具体内容，更要紧的是写出了霍小玉做梦的状态，即"梦断"。一个"断"字，将霍小玉心理自救的努力表达得至真至切。

一个新婚燕尔的梦，为什么不欢欢喜喜地做下去，而要"断"呢？梦中的表象是因为李郎要去"赶考"引起的，这个梦象却是"分离"的象征，指向是霍小玉精神上的焦虑，而梦中的焦虑与现实的焦虑具有一致性，能使人作出身体上的反应，这就是现代梦学理论中的防御机制又称自卫防御机制，是精神分析中运用十分频繁的一个概念。当站在你面前的人突然伸出拳头向你眼睛直捅过来的时候，你的眼皮会不假思索地迅速闭合以保护眼睛；当一个男子不怀好意将手伸向女性的隐私部位时，女子会下意识地抢先闪避。这种"不假思索"或"下意识"的避闪动作，就是人启动自卫防御机制的结果。防御机制是对内部和外部危险压力的抵抗，特别是当压力带来的危险以焦虑为信号发出时，防御机制就会及时启动以应对出现的状况。客观上，防御机制是人们对危险采取的保护措施，用伪造或曲解现实的方式，尽量减轻心灵上的痛苦，避免出现精神崩溃，是一把不折不扣的心理"保护伞"。霍小玉的好梦之所以不宜一直做下去，因为愈是欢恰的美梦愈会加重"分离"的焦虑，当精神压力叠加到不能承受时便会出现精神崩溃，即变成精神病，为了避免发生这样的悲剧，霍小玉的自卫机制采取了"熔断"方式，立即将梦给中断了，不继续做下去了，帮助自己躲避或逃离眼前的痛苦和危险。400年前的汤显祖似乎对人的自我防御机制经常在梦中出现深有察觉，当霍小玉愁绪万千，神魂摇荡当口，给她的新婚燕尔梦采取"熔断"机制，给她一个"京兆眉儿向昼锦描"的新期待，从而缓解一些精神上的焦虑。

（7）霍小玉："梦忪惺。背纱窗，教人几番临镜。"（第二十三出）

这句唱词的意思是霍小玉刚从春梦中苏醒过来，背倚纱窗，三番五次地回忆梦中的情景。梦见了些什么情景呢？"凭阑定。正东风人在洛桥花影，试着春衫松扣颈。几回纤手，熏砌金倪烬冷。好是旧香荀令语偁停，趁新妆游画省。"霍小玉对梦境的"几番"回忆，不仅回忆出了"人在洛桥"、"新妆游画省"等大场面，甚至于还回忆起了"试着春衫松扣颈"这样特别细微的情节。很多人做过梦之后，一起床就忘记了，霍小玉为什么能将梦境回忆得这么完满呢？这就牵涉到梦学中一个重大课题即梦的遗忘特征。

笔者做过很多梦，眼一睁开就遗忘了，有的梦甚至连影子也找不到，不由感叹梦如脱兔，转眼不见；又如退潮，挽留不住。梦为什么这么快就会遗忘得一干二净呢？在客观上，与我们觉醒的时间有关。如果我们在非眼快动睡眠中醒来，此阶段做梦的几率只有20%，而且这时做的梦，本身就难以记忆；即使是在眼快动睡眠中醒来，其中有些梦的痕迹很浅，只是轻轻地从意识层面一划而过，仿佛用指甲在皮肤上轻轻划过，那道浅浅的划痕很快就自行消失一样，划痕消失梦也就遗忘了；在主观上，是清醒意识对梦的忽视，一觉醒来之后，对晚上做没做梦，做了什么梦，一概漠然处之，这便是我们常说的对梦没有上心，你不去关注梦，梦自然很快遗忘。

除了个体的主客观原因外，还有一条重要原因，那就是遗忘还具有自身的法则，这条法则几乎不以人的愿望为转移（本质上也可以归入客观原因），这就是被誉为记忆之父的德国人赫尔曼·艾宾浩斯发现的"艾宾浩斯遗忘曲线"。艾宾浩斯遗忘曲线深刻、科学、直观地揭示了记忆和遗忘的规律，简而言之，就是我们所感知的材料在最初几小时里，遗忘速度是最快的，随着时间的推移，遗忘的比例会越来越小，即遗忘的速度减慢，遗忘的数量减少。具体而言，在几秒钟内便遗忘的称瞬间记忆，又叫感觉记忆、模像记忆；如果感知材料此时受到关注，就进入短时记忆，短时记忆一般不超过1分钟即会遗忘；如果对短时记忆的内容加以复述、运用或进一步加工，就会输入长时记忆中，记忆时间不仅超过1分钟，而且可持续数日、数周、数年乃至终生永久记忆，几乎不再遗忘。这就使我们明白，醒来之后要想记住梦、留住梦，必须抓住醒后黄金1分钟，实施抢梦！汤显祖的"梦松惺"三个字，指的就是"刚醒时"，即"黄金1分钟"内，"几番临镜"，就是多次回忆梦境，这样的多次复述，便使梦境成为了长时记忆而被存留了下来。

艾宾浩斯发现遗忘规律是十八世纪末年，《紫钗记》成书于十五世纪末年，我们不能因此武断地说汤显祖比艾宾浩斯早300年便发现了遗忘规律，但至少可以说，汤显祖对于梦的遗忘特性已有很深切的感悟，深知必须在"梦松惺"时节，即醒后第一时间里才能抢到梦、留住梦。

（8）霍小玉："柔情似水，佳期如梦，碧天莹净，河汉已三更。"（第三十三出）

七七乞巧之夜，霍小玉与母亲郑六娘及鲍四娘一起，设香烛果筵同拜双星，在交谈时不经意间说出了她做的一个梦，梦见了天上的银河，一层一层的波浪在夜空中炯炯闪烁，在空蒙雾染银河边，她远远地看见了一位水仙郎，高兴喜悦得懒顾梳妆，立即停机罢织，倚傍着水仙郎沿银河漫步！此情此景，大有"千金纵买相如赋，脉脉此情谁诉"的意味，她真希冀这个水仙郎就是自己的如意郎君李益啊！现实处境是李益在边塞，小玉居家中，远隔千山万水，恩爱夫妻两离分。小玉一边经受着分离的煎熬，一边希冀能像牛郎织女一样在七夕相聚，表达了她对夫君深深的思念之情。然而，哪怕是一年一度的聚会也是"商量不定"的啊，怎不令人"恨沺西风不尽"，无可奈何之下，只得从梦境中回到现实中来，"忍顾河西人远，断河难倩。重归向旧鸳机上，拂流莹残丝再整。"

一般而言，独守空房的怨妇做梦梦见与夫君聚首是比较普遍也比较平常的，无非是将思念之情化为梦境聊释焦虑之苦，原本不必细言，然而，此梦却另有一个不寻常之处，即做梦的时间是七七"佳期"。中国古代梦学将这类与"佳期"相关联的梦称为"时梦"。时梦是指与时令季节相适应的梦，如春梦发生，夏梦生长，秋梦收获，冬梦收藏。也有与重大节气、生日、忌日、结婚日等等有关时日相适应的梦。七月七日自古以来就是牛郎织女鹊桥相会的日子，汤显祖选择在这个日子里让小玉做上一个与"水仙郎"银河相会的梦，说明他对中国古代梦学中梦的分类是十分熟知的，而且对此时此景此情此意拿捏得恰到好处，足见其驾轻就熟的织梦功力。

（9）霍小玉："心儿记，梦魂中有路透河西。"（第三十六出）

好一个"心儿记"！记下了什么？记下了去河西的梦境。霍小玉与李十郎分别三年，"三秋杳无一字。正是丛菊两开人不至，北书不寄雁无情也"。霍小玉满腹幽思哀苦，"畅好处被闲愁占断"，连身体都消瘦一半了，常常秋夜倚危阑，思想那关山一点，遥望那平沙落雁，想着望着，"泪来湿脸还谁见，愁至知心在那边"。正当她苦思至极时，阳关哨卒给她送来了李十郎寄给她的小屏风，令霍小玉由悲转喜，感叹"三年一字三千里，非同容易，非同容易。"这件小屏风确实不寻常，上面是李十郎亲画的边塞"沙似雪，月如霜"，还画着"征人闻笛望乡也"，更为珍贵的是上面还有李十郎亲题的七绝诗一首："回乐峰前沙似雪，受降城外月如霜。不知何处吹芦管，一夜征人尽望乡。"道尽了李十郎强烈的思乡之情和对爱妻小玉的深切思恋，对于霍小玉来说，这个小屏风，犹似天降一颗定心丸，抚慰她惶惶不可终日的悬忧。霍小玉展画屏吟诗句，只觉得几垒屏山，诗中有画，画中有诗，满目边愁，不觉恍恍惚惚，寻路向河西走去，一路上只见"沙如雪蔼微，月似霜华积。月杳沙虚，冷淡传踪迹。俺不曾到万里短长城，这几叠画屏儿，写阳关只少个潇湘对。夫，俺这里平沙瀚海把围屏指，你那里落月关山横笛吹。"待到醒来，原是一梦，只记得"梦魂中有路透河西"。这个小屏风，在戏曲中是个小道具，到了霍小玉的梦中，仿佛变成了一盏引路的灯，引导她在平沙瀚海向边塞前行，这便成为了一个象征。所谓象征，它的基本含义就是将一些思想的东西用形象化的方式表达出来。就是指我们在日常生活中，常常借用一些具体的有形之物或符号来暗示或代表某一个抽象的意义的表达方式，这种表达方式不像我们使用的语言那样直白，它是扭曲的；不是明朗的，是隐晦的；不是语音的，而是图像的，它是用物化的图像表达精神的某种特定意义。在人类的心灵活动过程中，拥有一种超凡脱俗的才能，就是它具有编织图像的天赋。在人类进化过程中，自然界或社会中有数不清道不尽的事物，我们还处在不明之中，既不知如何定义，也不能全面理解，换句话说，我们还不能用语言作出明确的表述，于是，象征便先于语言出现了，人类使用象征来表述那些欲说无词的事物或者心理状态，其中运用最频繁、最集中、最显著的就是我们的梦。梦不仅运用象征，而且不断地创造象征，成为了象征的大本营，经历千万年的积累和提炼，梦形成了自己的独特语言，即潜意识的象征语言。研究者们发现，三四岁小孩已经能够在梦中运用象征表意了。在戏曲中，小屏风是实体，是一个上面有画有诗的屏风；在梦里，霍小玉所指的围屏是虚的，这个围屏仿佛是穿透万水千山平沙瀚海的路线图；而在心理上，这个围屏成为了霍小玉千里寻夫的象征，心孜孜地只盼着早日见到送屏的夫君。在400年前，也许在汤显祖对梦的认知里，还没有出现"象征"这个理念，但作为戏剧大家，对于比喻、隐喻、暗喻、转喻等技法理应炉火纯青，将这些技法巧妙地运用到梦境之中，与现代梦学中的象征不期而合，也自在情理之中了。

（10）李十郎："河阳不似旧关西，夜夜城南梦故妻。"（第四十四出）

李十郎移参孟门后，与以前在边塞远隔万水千山迥然不同，与霍小玉已在同城，由远隔天涯到近在咫尺，夫妻重逢指日可待。然而，卢太尉却在其中作梗，将李益软禁在卢府之内不得外出，又派人向霍小玉假传李益弃妻招赘，使霍小玉极度伤心悲愤，在怨痛至极下挥笔写下谴责李益薄情的诗篇。李益收到小玉的诗笺后，知道小玉对自己的一片真情产生了误会，既为她伤心更为她担心，"一折诗儿也，九回肠怕损"。他虽然极想当面向小玉作出解释，但由于被卢太尉严密禁足，终不得成行，万般无奈下，只得在幽闭状态下"夜夜城南梦故妻"了。都梦见了些什么呢？梦见了"坐想寒灯挑锦字"，看见小玉坐在孤灯下，一针一线织着锦字回文，凄婉地表达对夫君的相思之情倾诉分离之苦；梦见了"红锦粉絮裹妆啼"，看见小玉对着妆台薄施素粉，如泣如啼，千般伤痛，万般哀怨。李十郎对小玉并没有移情别恋的心思，恰恰相反，在被软禁的处境下对小玉的思念益增，因而才出现夜夜梦见小玉的情况。

这样的梦应该说是合情合理十分正常的，如若不然，李益倒真有负心郎之嫌了。此处所言的梦境有一个显著的特征，即"夜夜"。所谓"夜夜"，似可解读为"每夜"或"连续数夜"，"每天晚上都梦见小玉"，这样的梦在梦学中称为"连续梦"。（参看第一部分第11条"连续梦"）汤显祖显然深谙连续梦结构的奥妙，方能潇洒写出"夜夜城南梦故妻"的佳句。

（11）霍小玉："薄命回生得俊雄，感恩积恨两无穷。今宵剩把银缸照，犹恐相逢是梦中。"（第五十二出）

此诗是霍小玉与李十郎在黄衫客等人帮助下得以重逢时，霍小玉依偎在李益怀中的揪心感叹："犹恐相逢是梦中。"这是实境描写，并非梦境，然而在霍小玉的眼中心中，却好似在梦中一般。为什么霍小玉会产生这种虚虚实实迷迷离离真真假假幽幽幻幻的混沌感觉呢？那是因为她与李十郎三年边塞一年同城不得相见的漫漫长夜里，曾经反反复复做过许多与十郎"相逢"的梦。自从第二十五出折柳阳关夫妻话别时，李十郎叮嘱一句"守着梦里夫妻碧玉居"之后，霍小玉当真生活在梦里，"守着"梦里的夫妻不分离。我们不妨按时间顺序亦即出目顺序来看一看听一听小玉向他人说出了一些怎样的夫妻相逢梦吧：第二十七出，"咱夜梦见也。心情宛旧，绕定咱身前后"；第三十三出，"柔情似水，佳期如梦"；第三十六出，"心儿记，梦魂中有路透河西"；第三十九出，"被冷余灯卧除梦和他"；第四十七出："真成薄命久寻思，梦见虽多觉后疑"；第四十九出："睡红姿，梦去了多回次"；第五十二出："鬼病恹恹损，落花风片紧。多应无分意中人，恨恨恨。梦浅难飞魂摇欲坠"、"待他泪滴成灰还和他梦里言"、"昏迷。知他何处，醉里梦里"。霍小玉仿佛一直沉睡在梦中，度过了慢慢四年的如梦人生。然而，在现实中，当小玉病得"形骸死瘦，眉气生黄，敢待变症"直至昏厥弥留之际，偶一醒来，便直呼"李十郎到来哩！"这又恰似生而如梦。汤显祖以无数说梦，将霍小玉渲染成了一个生如梦梦如生的传奇经典形象，给她披上一袭梦的霞帔，戴上一顶梦的凤冠，宛如幽幽梦界中一位哀怨凄绝的梦仙子，给人一种凄美绝伦的艺术审美享受。完全可以说，通过《紫钗记》的实践，汤显祖是将"说梦"演绎得淋漓尽致的中外古今第一人。

　　《紫钗记》故事取材于唐·蒋防小说《霍小玉传》，笔者通览此传，其中除鲍十一娘说了一句"苏姑子作好梦也未"玩笑话涉及了一个梦字外，真正的"说梦"只有一处，即黄衫客抱持李十郎与霍小玉相见的头一天晚上，霍小玉做了一个梦，梦醒后说给她母亲听了，其辞只有短短十三个字：先此一夕，玉梦"黄衫丈夫抱生来，至席，使玉脱鞋"。汤显祖承接了这个"说梦"的章法，不仅充实了这个黄衫客梦的内涵，而且，更为重要的是他的《紫钗记》中运用了大量的"说梦"，使"说梦"从《霍小玉传》中的偶尔孤笔演进成《紫钗记》中的特色章法，单就这一点而言，汤显祖作出了承前启后的巨大推进，同时也为他"梦境入戏"的创新理念注入了丰腴的滋养。

　　笔者以为，世人绝不可小觑了"说梦"，无论正史或野史，也无论小说或戏剧，都能看到无数的梦例，在人类文化的长廊中，这些梦例像小花小草，点缀其间，常给人带来无穷的乐趣，引起无尽的遐思，演绎无边的神秘。然而，梦具有完全的私密性，只要梦者不亲口说出来，那么，他的梦或者被遗忘，或者陪他一起上西天，对于他人而言，将是永远不可得知的秘密。很多人也许没有注意，做梦与说梦具有本质的区别。做梦是人们夜间心理活动过程的影像表现，是在梦者个体大脑这个完全屏蔽的空间里放映的，具有完全的自由和绝对的安全，所谓梦是无法无天的王国，就在于梦不受任何社会规范的制约，梦的影像疆域，完全局限在梦者个体之内，只是一种心理现象，反映的只是梦者的内在精神状态，不但他人不知，更对他人毫无影响。一旦梦者将梦说出来，情况就发生了本质变化，由内在的精神现象变成了现实的社会现象，梦这时已经突破了原来封闭的疆域，进入到了开放的社会，对社会必然产生或大或小的影响，因此，它就必须接受社会规范的制约。所以说，做梦自由，可以随心所欲；说梦就不自由了，必须承担相应的社会责任。尽管如此，还是有人将自己的梦说了出来，这是因为，大凡将自己梦境说出来的人，都怀有某种动机，想达到某种目的。换句话说，说梦具有明显的功利性。

笔者通过对古今中外千百个梦例的梳理，发现大抵有8种情形的"说梦"。一是政治说梦，如《史记·高祖本纪》上说："刘媪尝息大泽之陂，梦与神遇。是时雷电晦冥，太公往视，则见蛟龙予其上。已而有身，遂产高祖。"这类说梦具有明显的政治目的，无非是表明帝王爷出生高贵，不是天子就是龙种，正宗名牌，名正才言顺，可以稳坐龙椅，他人不可亵渎冒犯；二是陈情说梦，主要目的是向他人表达自己的情感，或爱或恨或思念，梦在这当中，似乎是起到了一个情感证明的作用，仿佛说，不信吗？有梦为证。如李白与杜甫，一个诗仙一个诗圣，感情十分笃厚。乾元元年（公元758年），李白被流放到夜郎，杜甫听到了流放的消息，又苦于无法了解详细情况，思念之情日增，终于日思夜梦。他将梦见李白的情况写成了著名的《梦李白二首》，历经千年流传至今。这两首诗开篇的头两句，成为了陈情说梦的经典名句："故人入我梦，明我长相忆。""三夜频梦君，情亲见君意。"三是后证说梦，在恒河沙数的梦例中，有一类梦令人惊异不已，这些梦大都做在世上发生重大历史性事件之前，而且都被历史事件准确验证。这些梦，有的没得到应有的重视；有些则是事件发生之后才回溯出来，只能作为一种类似马后炮的传言，让人唏嘘而已。从梦学分类来看，这些梦都属于预兆梦之列，无论出现在真实事件发生之前或之后，表达的是同一个意思，即预兆梦得到了应验。如1865年4月14日，终身为黑奴解放而奋斗的美国第16任总统林肯在华盛顿一家戏院被暗杀。在林肯被暗杀的前几天，林肯做了一个白宫总统被暗杀的梦，他是从群众震天的哀号声中惊醒的。他将这个梦说给了身边的人听，但并没引起人们的警觉，没料到几天后林肯真的被暗杀了，人们无奈，称林肯生前说出的这个梦是他"死亡的预言"；四是劝世说梦，这类梦例大多为文人杜撰，目的是劝人济世，以梦晓理，将人生哲理处世方略寓于梦境之中。由于技巧高超，情节生动，恍如真梦一般。以梦说教，正是劝世说梦所要达到的目的，意义与醒世恒言之类的劝世小说堪称比肩，像"临川四梦"中的《南柯记》、《邯郸记》皆属此类说梦中的翘首；五是天赐说梦，如大诗人李白说的"梦笔生花"梦，大文学家大书法家韩愈说的"梦吞丹篆"梦，都是以"梦示"佐证自己才华出众，不同凡响；而少年成名的江淹到晚年才思枯竭，说了个"索锦"梦和

"索笔"梦来为自己"江郎才尽"作开脱，这类梦既可以锦上添花，也可以文过饰非，信不信全在自己；六是溯源说梦，我国文学宝库中有许多美丽动人的传说故事，历久不衰，甚至形成了成语，而追溯这些故事的源头，居然是起始于一个个的说梦。最令人感动的凄美故事孟姜女哭长城是怎么来的呢？原来是孟姜女做了一个梦，梦见她丈夫饥寒交迫，衣不蔽体，冻得发抖，在梦中大喊"我冷啊！我冷啊！"第二天醒来，她便带着给丈夫准备的寒衣踏上了寻夫之路。孟姜女的一个梦，演绎成哭倒800里长城的惊天地泣鬼神的凄美故事，哀婉传说了两千年！使用频率挺高的成语梧桐栖凤、结草衔环等，也都源自说梦；七是思辨说梦，战国时期最出色的哲学家庄子说了一个梦，他说他在梦中幻化为一只蝴蝶，醒来后觉得似乎是蝴蝶又幻化为了庄子，因而提出，究竟是庄子在梦中化蝶呢还是蝶在梦中化庄子呢？他以说梦的形式，阐释中国古代"物我同一"的哲学命题以及"人生如梦，梦如人生"的梦学思考。庄周梦蝶不仅成为一个传世的典故，而且由于此梦丰富的哲学内涵和奇妙的思辨境界，成为后世历代哲人墨客追捧的对象，晚唐诗人李商隐就直言不讳地写下了"庄生晓梦迷蝴蝶，望帝春心托杜鹃"的名句；八是求解说梦，在种种说梦动机与目的之中，为了求得解析而说梦是最普通最常见的，留下的梦例也最多。为求解而说梦的一个最显著特点，是说梦的人上至帝王将相下至贩夫走卒，皆同此心。"则天梦翅"，就是帝王说梦求解的经典之一。在武则天70多岁时，让谁来接位成了她最为伤神的事，若说由武家后人来继承帝位吧，将来高宗在天之灵不会接受异姓的祭祀，而她又长期迫害唐王室，不愿将帝位归还唐室，在此左右为难时，她做了一个梦，梦见一只大鹦鹉，羽毛还很好，只是两个翅膀折断了，飞不起来。她不明白这个梦的意思，就说给爱卿狄仁杰听，请他解析。狄仁杰说，鹉谐音陛下的姓，两只翅膀好比是陛下的两个儿子庐陵王和相王，陛下起此二子，两翅全也。武则天听完解析后，想了很久，终于想通了，唐室江山终究姓李不姓武，于是，在公元698年将庐陵王李显迎回立为太子，7年后李显第二次登上皇帝宝座，即中宗，恢复了李唐国号，也宣告武周统治的结束。有后人猜度，武则天和狄仁杰，一个说梦一个解梦，其实两人都是心照不宣，有点演双簧的味道。不过，不管怎样，武则天因将梦说了出来，又得到合适的解析，因而成功地在政治上转了个大急弯，避免了李武两家争夺皇位的大决斗，顺利实现了皇位的继承，仍不失为天大好事一桩。至于平民百姓中互相说梦、互相解梦的情况就更加司空见惯了。在笔者的亲身经历中，由于传统媒体和新兴媒体的传播，本人10余年记梦学梦解梦的经历在读者中流传开来，不少有梦的人，纷纷向笔者说梦，甚至有梦友拿着报纸找上门来，向笔者说梦求解。笔者认为为求解而说梦，是一种健康向上的积极举措，是寻求心理平衡的良方。常言把梦说出来，问题就明了了一半，若获得恰当的解析，问题也许就解决一大半了。早在400年前，汤显祖是否对"说梦"做过这样系统的梳理，已无史料可查，然而从《紫钗记》中对"说梦"的纯熟运用来看，汤显祖对"说梦"的功利性是了然于胸的，不仅有黄衫客的后证说梦，也有洛阳中式的政治说梦，而其中大量的主体的则是陈情说梦，这与他所秉持的唯有情才有梦，唯至情才写梦的"情至论"一脉相承，情至梦来，写的是"守着梦里夫妻碧玉居"，写的是"梦杳余香不去"，在分离不相觑见的情状下，唯有一个梦字，将两颗相思相爱的心结缠在一起。

三、《牡丹亭》——梦戏担纲第一人，照亮舞台成经典

汤显祖自谓"一生四梦，得意处惟在牡丹"，笔者冒昧追加一句："《牡丹亭》得意处惟在惊梦。"

（一）"惊梦"

第十出"惊梦"，写罢杜丽娘"赏遍了十二亭台"之后，身子困乏了，"且自隐几而眠"。自此处始，杜丽娘便开始做梦了。做了什么梦呢？观众能否看见她的梦境呢？汤显祖干出了一件破天荒的大事——把人类的梦境，愣生生直接搬上了舞台——不再是"诗词言梦"了，也不再是"说梦"，而是直接入戏，演梦了！

且看看舞台上，杜丽娘是如何做梦的吧：

（睡介）（梦生介）（生持柳枝上）"莺逢日暖歌声滑，人遇风情笑口开。一径落花随水入，今朝阮肇到天台。"小生顺路儿跟着杜小姐回来，怎生不见？（回看介）呀！小姐，小姐。（旦作惊起相见介）（生）小生那一处不寻访小姐来，却在这里。（旦作斜视不语介）（生）恰好花园内折取垂柳半枝，姐姐，你既淹通书史，可作诗以赏此柳枝乎？（旦作惊喜，欲言又止介）（背云）这生素昧平生，何因到此？（生笑介）小姐，咱爱杀你哩。

【山桃红】则为你如花美眷，似水流年。是答儿闲寻遍，

在幽闺自怜。小姐，和你那答儿讲话去。（旦作含笑不行）
（生作牵衣介）（旦低问）那边去？（生）转过这芍药栏前，
紧靠着湖山石边。（旦低问）秀才，去怎的？（生低答）和你
把领扣松，衣带宽，袖稍儿搵着牙儿苫也，则待你忍耐温存一
晌眠。（旦作羞）（生前抱）（旦推介）（合）是那处曾相
见，相看俨然，早难道这好处相逢无一言？（生强抱旦下）

　　以上梦境，由杜柳在舞台上一招一式表演出来；然而，这
个梦还没有完结，其间插入一段花神戏后，杜柳二人又复上舞
台继续演出尚未完结的梦。

　　（生旦携手上）（生）【山桃红】这一霎天留人便，草
藉花眠。小姐可好？（旦低头介）（生）则把云鬟点，红松翠
偏。小姐，休忘了啊，见了你紧相偎，慢厮连，恨不得肉儿般
团成片也。逗的个日下胭脂雨上鲜。（旦）秀才，你可去呵？
（合）是那处曾相见，相看俨然，早难道这好处相逢无一言？
（生）姐姐，你身子乏了，将息将息。

　　（送旦依前作睡介）（轻拍旦介）姐姐，俺去了。（作回
顾介）姐姐，你可十分将息，我再来瞧你那。"行来春色三分
雨，睡去巫山一片云。"（下）（旦作惊醒，低叫介）秀才，
秀才，你去了也。（又作痴睡介）（老旦上）"夫婿坐黄堂，
娇娃立绣窗。怪他裙衩上，花鸟绣双双。"孩儿，孩儿，你为
甚瞌睡在此？（旦作醒，叫秀才介）咳也！（老旦）孩儿怎的
来？（旦作惊起介）奶奶到此。

　　至此，杜丽娘才从梦中惊醒过来，舞台上的梦境表演才算
结束。不过，明眼人一眼便知，这个梦分明分为三段，首段和
尾段上了台面，而中段却被花神将杜柳二人顶推到台后去了，

他俩在台后演绎了什么样的梦境呢？无论如何观众是看不到的
了。却不料，汤显祖成竹在胸早有谋划，在第十二出"寻梦"
中，把二人在台后的梦境以"说梦"的形式和盘托了出来：

（旦）丫头去了，正好寻梦。【忒忒令】那一答可是湖
山石边，这一答似牡丹亭畔。嵌雕阑芍药芽儿浅，一丝丝垂杨
线，一丢丢榆荚钱。线儿春甚金钱吊转！呀，昨日那书生将柳
枝要我题咏，强我欢会之时，好不话长！

【嘉庆子】是谁家少俊来近远，敢迤逗这香闺去沁园？话
到其间腼腆。他捏这眼，耐烦也天；咱嗾这口，待酬言。

【尹令】那书生可意呵，咱不是前生爱眷，又素乏平生半
面。则道来生出现，乍便今生梦见。生就个书生，恰恰生生抱咱
去眠。那些好不动人春意也。

【品令】他倚太湖石，立着咱玉婵娟。待把俺玉山推倒，
便日暖玉生烟。挨过雕阑，转过千秋，揹着裙花展。敢席着
地，怕天瞧见。好一会分明，美满幽香不可言。梦到正好时
节，甚花片儿吊下来也！

至此，杜丽娘将中段梦完整说了出来。为了提醒读者这
一段梦是同一睡眠过程中所作，还特意借丫环春香之口说：
"咳，小姐走乏了，梅树下盹。"只要将首中尾三段梦合到
一起，我们就清晰地看见了杜丽娘这个梦的完整版。若问为什
么这个中段梦不接着首段在台上演出而要转移到后台，这是一
个明者自明的问题，也是汤显祖趋雅避俗的艺术处置，"演
得给你看见"和"只说给你听见"在艺术冲击上是存在天壤之
别的，这也是汤显祖高雅艺术的见长之处，而且，至关重要的
是，以"说梦"的形式将中段梦表述出来，丝毫没有折损这个

梦的完整性。

将梦境搬上舞台，将完全不能看见的梦境让观众能够清清楚楚地看见，将梦境有机地融入戏曲之中，毫无疑问是汤显祖孜孜不懈的追求，从《紫箫记》的"诗词言梦"，到《紫钗记》的"说梦"，直到《牡丹亭》的"演梦"，他在追求"梦境入戏"的崎岖路上踽踽行走了19年！这一次的厚积薄发，产生了一鸣惊人的巨大效果，引起了无数遭遇不幸青年妇女的强烈共鸣。才女冯小青被封建婚姻制度残酷迫害，发出了凄惨绝伦的同感："冷雨幽窗不可听，挑灯闲看《牡丹亭》。人间亦有痴于我，岂独伤心是小青。"更为令人震惊不已的是杭州女伶商小玲，因婚姻不能自主，郁郁寡欢，忧伤成疾，一日带病出演《牡丹亭》，唱到"寻梦"中"待打并香魂一片，阴雨梅天，守的个梅根相见"时，感触同怨同恨同运同命，气血涌堵，竟"盈盈界面，随声倚地"惨死台上，足见艺术感染力雄浑的伟力。当年《西厢记》问世时，以一句"愿普天下有情人的都成了眷属"，引起了社会的热捧，几乎家家户户人手一卷，一时间，洛阳纸贵；而《牡丹亭》一出，则是"家传户诵，几令《西厢记》减价"，足见《牡丹亭》对社会的震撼比之《西厢记》有过而无不及，而其震源则在"惊梦"（包括"寻梦"下同）一折。

从梦学角度分析，"惊梦"是汤显祖殚精竭虑编写的一个"愿望满足梦"。

1. 汤显祖心怀一个什么愿望呢？

毫无疑义，杜丽娘是汤显祖的台上代言人，或称替身或是置换。他对杜丽娘的描述遵循着"春"字这一条线,住的是"春闺",这是禁锢女子行为的牢房;学的是"春词",原本是灌注后妃之德的礼教规矩,却被敏感的杜丽娘领会成男欢女爱的春词;"春游"后花园,看见了"春花""春草""春鸟",惹动了"春情",所有这些春天的信息与她二八年华的生理特征融合到一起,便引发了身体里潜伏良久的"春汛"猛烈爆发,因而便顺理成章地做出了这样一个男女云雨欢会无比愉悦的"春梦"。莫非汤显祖就是要让杜丽娘做这样一个性梦吗?听起来觉得匪夷所思。首先,这个梦不是爱情梦,杜丽娘并不认识梦中的柳梦梅,"这生素昧平生,何因到此?"认都不认识,有何爱情可言?其次,也不是谈情梦,"早难道这好处相逢无一言?"与之相反的是,两人刚一见面,柳梦梅便提出"和你把领扣松,衣带宽,袖稍儿揾着牙儿苫也,则待你忍耐温存一晌眠",直截了当地提出了性交的要求,随后便是"旦作羞","生前抱","旦推介","生强抱旦下"。在随后的"寻梦"中,杜丽娘回忆梦中情景,仍似沉醉在这个性梦之中:"生就个书生,恰恰生生抱咱去眠。那些好不动人春意也","美满幽香不可言"。由此可以清楚地看出,这个梦没有任何其他的枝枝蔓蔓,就是一个直来直去直言不讳的性梦。

从精神分析角度而言,杜丽娘梦中的柳梦梅并不是现实生活中的柳生,而是她自己精神人格中本我的替身。人的精神是有本我、自我和超我三个密切合作的系统组成,合称为人格。本我是精神活动的原始动力,实行快乐原则,不顾客观条件是否可能,要求立即实现本能欲望,达到完全满足,用以释放张力，解除紧张状态，而本我这种要求实现本能欲望的欲求是潜意识的，而非意识的。代表本能的力量称为力比多，很多时候表现为性本能，所以常常又称它为"性力"。力比多是人体内源于性本能的一种驱动自身去追求满足的力量或能量。那么，杜丽娘是处在一种什么精神状态呢？且听她在游完"十二亭台"之后的一段沉吟吧：

（又低首沉吟介）天呵！春色恼人，信有之乎？常观诗词乐府，古之女子，因春感情，遇秋成恨，诚不谬矣。吾今年已二八，未逢折桂之夫；忽慕春情，怎得蟾宫之客？昔日韩夫人得遇于郎，张生偶逢崔氏，曾有《题红记》、《崔徽传》二书。此佳人才子，前以密约偷期，后皆得成秦晋。（长叹介）吾生于宦族，长在名门，年以已笄，不得早成佳配，诚为虚度青春。光阴如过隙耳。（泪介）可惜妾身颜色如花，岂料命如一叶乎！

【山坡羊】没乱里春情难遣，蓦地里怀人幽怨。则为俺生小婵娟，拣名门一例，一例里神仙眷。甚良缘，把青春抛得远！俺的睡情谁见？则索因循腼腆。想幽梦谁边，和春光暗流转？迁延，这衷怀那处言？淹煎，泼残生，除问天！

说得多么清楚无误啊！杜丽娘一心一意思念的只不过是"逢折桂之夫"，"得蟾宫之客"，"年已及笄"，"早成佳配"。然而，"这衷怀那处言？"唯有忍受煎熬喊苍天！

南北朝时期的著名医家褚澄在其著作《褚氏遗书》中，从男女阴阳角度明确揭示了"女子一七而阴血升，二七而阴血溢"的生理特征，即女子七岁已动阴血，十四岁来月经，此时性与性器皆已成熟，性心理活动日趋活跃，对与异性交合的欲望与日俱增，更何况杜丽娘"年已二八"，已是"淹煎"两年多了，怎不想有个异性"共成云雨之欢"。然而，无论想得多么美好，现实却格外冷峻，杜丽娘仅仅游了一下后花园，便受到母亲的训诫，教训"女孩儿只合香闺坐，拈花剪朵。问绣窗针指如何"，而且加强了防备，叫杜丽娘难越闺房一步，把个活生生的少女关了禁闭。此地此时，杜丽娘的出路在哪里？现实走不通，唯有到梦里去寻觅巫山十二峰了。汤显祖心怀的一个愿望，就是设法解救杜丽娘，把她从性渴望甚至性绝望的窒息中解脱出来，使她得以释放性张力，使她得以获得作为一个女人最起码的人生权利，使她活得怎么样也要像一个女人是一个女人，他让杜丽娘与柳生在梦中实现交媾，满足了杜娘亦即他自己的愿望。

2. 汤显祖深谙梦的本质是愿望的满足：

"梦是愿望的满足"这个命题，是伟大的科学释梦大师弗洛伊德在他1900年出版的《梦的解析》一书中提出来的，得到了欧美梦学研究者的普遍认同，还有许多梦学研究机构进行大量的调查和试验，证实这个假设的科学性，经历100多年的检验，现在已成为世界梦学界的共识了。汤显祖的《牡丹亭》成书于1598年，比《梦的解析》早了302年，是否可以说，汤显祖对"梦是愿望的满足"这个命题，至少在感悟上比弗洛伊德要早300年，所不同的是，弗洛伊德是以理论的语言进行直白的表述，而汤显祖则是以戏曲的语言进行艺术的表达，二者殊途同归，是实践和理论的完美统一，300年的时间差，反衬了中国古代梦学的辉煌，汤显祖为中国古代梦学奉献了浓墨重彩的一笔。

汤显祖之所以能够深谙梦的这个本质特征，完全是残酷的社会现实给予了他的灵感。当他将他的爱民忧民情结更为集中地指向闺房中的女性时，他看清了甚至震惊于这一群体所受到的压制、欺凌、残害与绝望是最深沉的，他也清醒地看到，她们对社会的抗争是软弱苍白而且无望的，她们的唯一出路，只有做梦这一途，只有在梦中，她们才能如愿以偿，才能得到解脱，他塑造的杜丽娘，就是一个这样的获得性自由的模特，以此为天下女性鸣冤呐喊。然而，汤显祖给予女性的出路只是一条虚幻缥缈的路，只能得到短暂的欢愉，只能获得片刻的满足，她们的现实生活依旧悲惨，甚至只有死路一条。汤显祖非常清醒地看到了这一点，在第二十出"闹殇"中，他让杜丽娘在风雨潇潇的中秋之夜，于沉沉病境之中死去。

杜丽娘死则死去矣，但在汤显祖心中，杜丽娘并没有死，他在"灵与肉"的界碑边，又推出了一场旷古奇梦！

（二）"幽冥六梦"

这场旷古奇梦，发生在杜丽娘死后的幽冥之中，她在幽冥中"整整睡这三年"，"三生梦余"、"依稀似梦"、"梦境模糊"、"劣梦魂猛然惊遽"、"把持花下意，犹恐梦中身"，"长眠人一向眠长夜"，汤显祖犹恐读者观众不明，反反复复点明杜丽娘从第二十出"闹殇"死去到第三十五出"回生"，肉身未损，灵魂未灭，犹如睡了一觉，长眠如长梦。为此，笔者秉承汤翁之意，将杜丽娘幽冥中的香魂经历，概括为"幽冥六梦"，当稳妥而不谬也。

1. "幽冥一梦"（第二十三出冥判）

杜丽娘"慕色而亡"之后，在阴间做了三年女监，适逢胡判官走马到任，要将杜丽娘判贬到燕莺队里去，因花神道她"此女犯乃梦中之罪，如晓风残月"而网开一面，胡判官又从婚姻簿上查得她与新科状元柳梦梅"前系幽欢，后成明配"而放她出了枉死城，并命功曹"给一纸游魂路引"，随风游戏，去跟寻梦中情人，还特意叮嘱花神"休坏了他的肉身"，又授权"那花间四友你差排，叫莺窥燕猜，倩蜂媒蝶采"，为的是"守的那破棺星圆梦那人来"。以上即杜丽娘的幽冥第一梦。

从戏曲结构上看，这个梦将杜丽娘死后的境况作了延伸，得知她死后被放出了枉死城，还获得了魂灵可以自由游荡的通行证，特别是判官叮嘱花神不要毁坏了她的肉身，为后来还魂埋下了伏笔，这一梦成为了杜丽娘人变鬼后，阴阳两界如何衔接和发展的转折点，由此而推动剧情向前发展；从主题思想上看，采用对比法，以杜丽娘在冥间受到种种同情、呵护、帮助、鼓励和优待，揭露和痛斥现实人间远不及冥间清明有情；从梦学角度上看，汤显祖旗帜鲜明地提出了"梦中之罪"，如"晓风残月"这个重大的命题。晓风残月比喻不着痕迹、不可把握的事物，正如梦境中所有言行物事，包括各种犯罪行为，都是虚幻的意象，并非现实生活中真实依据，因此不能以梦中之罪作为判处的根据。汤显祖提出的这个命题显然是中国古代梦文化中的一支奇葩，表明了他对梦的本质特征的深刻认知。对于梦的虚幻性和真实性，长期迷惑着古代的人们，不少人认为"梦即现实"，特别是一些与世隔绝的少数民族或部落群体，更是将梦境当真实等同看待，像新几内亚的卡伊部落人在这一点上一点也不含糊，如果一个人梦到与人通奸，这个人必须按通奸罪受到惩罚；如果在梦中向他人借了钱，醒来后必须按数还钱。戏文中判官因杜丽娘做梦而导致慕色而亡，就要将她判贬到燕莺队里去，也从一个侧面反映了中国古代人们对梦境虚实的愚昧认知。直到300年后，现代梦学大师弗洛伊德和他的得意门生荣格才先后提出"梦应该赦免"的思想，戏文中判官欣然改判不但表明汤显祖早已具有"梦应该赦免"的思想，而且早已将这一理念娴熟自如地运用到戏曲艺术的实践中去了。

2."幽冥二梦"（第二十七出魂游）

杜丽娘的香魂游荡到旧居，看见昔日诱发春梦的后花园变成了梅花观，见父母和丫环春香均已离去，物是人非，不免生出世事沧桑之感。在观中看见净瓶中插着一枝梅花，正是自己坟头上那枝残梅，不由悲叹"俺杜丽娘半开而谢，好伤情也"。至关紧要的是，她分明听到那边厢发出的沉吟叫唤之声："俺的姐姐呵！俺的美人呵！"连听了三声两声，居然猛地想起"怕不是梦人儿梅卿柳卿？"正想探个究竟，却不料斗转参横，不敢久停，只得怅然离去。以上是杜丽娘的幽冥第二梦。

从戏曲结构上看，杜丽娘魂灵来到牡丹亭，旧地重游，寻觅柳卿，实现了生寻（第十二出寻梦）到死寻（第二十七出魂游）的递进；从表现手法上看，出现了生人（石道姑和小道姑及徒弟）与魂灵同台的不可思议的设计，这种浪漫主义的阴阳同台表现手法，为随后三个幽冥梦中人鬼同台打开了一扇欣赏之门，不仅不会生出荒诞不可信的质疑，反而会进入浪漫主义气场，生出欣然会意之感；从梦学角度而言，汤显祖写出了一个十分完整的感知梦。我们知道，梦中没有抽象的概念，也没有抽象的语言文字，正如常言用事实说话一样，梦用影像说话，有的只是具体的影像、声音、气味、冷暖、痛痒、色彩，而且，梦还会对这些元素进行放大夸张，以便提高梦象的清晰度和强度，强化梦象的震撼力和感染力，凸显主题地位。而在夜晚时，我们一致对外的感觉器官改变了方向，外眼成了内眼，外耳成了内耳，一致向外的感官变成了一致向内，于是，我们不仅看见了梦象，还能够听见梦中的声音，闻到梦中的气味，感觉到梦中的冷暖痛痒，品味出梦中的苦辣酸甜，在性梦中，甚至能体验到性高潮和性快感，换句话说，梦作为被感知的主体，已经被夜间的感觉器官感知到了。汤显祖对梦的感知性这一特征，显见得了然于胸，在这个梦中，作了非常充分而优美的表述。如"内犬吠，旦惊介"，"原来是赚花阴小犬吠春星"、"冷冥冥，梨花春影"、"鬼灯青"、"兀的有人声也啰"、"月明风细"、"原来是弄风铃台殿冬丁"、"香烟隐隐，灯火荧荧"、"看这青祠上"、"则为这断鼓零钟金字经"、"冷惺忪红泪飘零"、"风清月清"、"为什么闪摇摇春殿灯"、"一弄儿绣幡飘迥"、"翠翘金凤，红裙绿袄，环佩玎珰"、"风灭了香，月到廊，闪闪尸尸魂影儿凉"、"你听波，兀的冷窣窣佩环风还在回廊那边响"等等，更为紧要的是，杜丽娘还听到"那边厢有沉吟叫唤之声"："（内叫介）俺的姐姐呵！俺的美人呵！"归结起来，这是一个包含视觉、听觉、嗅觉、色彩齐全的感知梦，这实在是汤显祖奉献给中国古代梦文化的一块瑰玉。

3.“幽冥三梦”（第二十八出幽媾）

杜丽娘感念柳生呼唤，寅夜来至柳生房内，自荐枕席，委身与柳生，完其前梦，并向柳生表达了“每夜得共枕席，平生之愿足矣”的强烈愿望与满足感。以上是杜丽娘的幽冥第三梦。

从戏曲结构上看，此出是继第十出“惊梦”中的“梦媾”之后发展而来的“幽媾”，所以有杜丽娘“趁此良宵，完其前梦”之说。然而，当柳梦梅询问杜丽娘“贵姓芳名”时，杜丽娘只叹“少不得花有根元玉有芽，待说时惹的风声大”，仍不肯将其真名实姓相告，由此似可推断，杜柳二人此时仍处在原欲吸引阶段，也可视为后花园性梦的延续，真正的杜柳爱情戏，还有待下回分解，为后续情节作出了坚实而顺畅的铺垫；从主题思想上看，以杜丽娘以身相许，“且和俺点勘春风这第一花”的毅然决然之举，将杜丽娘向往自由追求幸福爱情的强烈愿望和决心表现得淋漓尽致，产生了极大的艺术感染力和冲击力；从梦学角度上看，汤显祖别开生面推出了一个古今难觅难求的“阴阳梦中梦”。梦中梦常常反映了梦者的一种心态，凡是热衷于了解自己的内心世界或知悉自己本性的人，一般容易做梦中梦。杜丽娘就是特别关注自己能否“他年得傍蟾宫客”的人，心心念念“记的个柳梦梅”，“一星星咒向梦儿里”，因此，她在梦中梦见柳生是很正常的，而她在梦中还梦见柳在梦中念她题在自画像上的诗句以及呼唤“我的姐姐啊”

就离奇了。从戏文上看，柳梦梅客居梅花观，在月笼沙之夕，独自挑灯玩画，思念美人，一阵冷风袭人，便"则索睡掩纱窗去梦他"，显然是在现实生活之中，从为杜丽娘魂儿开门起，便展现了一个阴阳合会，人鬼同梦的奇境。在梦中，柳生问："小娘子昼夜下顾小生，敢是梦也？"杜丽娘笑着回答说："不是梦，是真哩。"真真假假，虚虚实实，人在梦中不知是梦反以为真，这正是梦中梦的显著特征，加上汤翁的浪漫主义技巧，使这出戏虽虚犹实，似假还真，将人们带入了迷离朦胧的至上妙境，足见汤显祖深厚的梦学渊源和驾驭能力，以梦笔生花誉之犹恐不及。

4. "幽冥四梦"（第三十出欢挠）

杜丽娘与柳梦梅达成"每夜得共枕席"，"以后准望贤卿逐夜而来"的默契之后，杜柳二人夜夜巫山云雨，"把腻乳微搓，酥胸汗帖，细腰春锁"，杜丽娘满眼春光，感叹"这是第一所人间风月窝"，满心喜悦，感叹"为什么人到幽期话转多"，而且人也变得更妩媚，"酒潮微晕笑生涡"，乃至于"不妒色嫦娥，和俺人三个"。倘若不生枝节无有变故，二人的人鬼恋嬖势必甜甜蜜蜜演绎下去，然而，偏偏石道姑和小道姑来撞破了他俩的好事，将杜丽娘的幽魂惊吓闪去，将两人的美梦搅黄，柳生万分扫兴，直呼"这多半觉美虺虺，则被你奚落杀了我。一天好事，两个瓦剌姑"！以上是杜丽娘幽冥的第四梦。

从戏曲结构上看，很显然，这两个"瓦剌姑"是汤显祖特意派遣的开道工兵，不搅乱杜柳甜蜜梦境，戏就会在蜜水中流连，演不下去了，唯其掀起波涛，才能为后戏拓展新空间；从主题思想上看，借石道姑之口，说出"这轴美女图在此。古画成精了么？"点明杜丽娘一点精血全灌注在追求自由幸福之上，故而肉身不坏，魂灵成精，人死而精神不死；从梦学角度上看，除写了一个振聋发聩的警示梦（见第一题"四梦"中的种种梦境之第5小题）外，还非常自然而巧妙地展示了梦的转折性结构。（参看第一部分第15条"转折梦"）在戏曲艺术中，很多包含戏剧性变化的梦境都是运用了转折性结构的佳作。像此梦的前部分，完全沉浸在杜柳甜蜜幽会的二人世界，两个瓦刺姑的到来，忙得柳梦梅左遮右挡，吓得杜丽娘闪身而逃，所有的"春宵美满"，被搅得一团糟，所有的好心情，被撞得魄散魂飘，这是多么巨大而恼人的转折啊。汤显祖对转折梦的深知，运笔如有神助，毫不夸张地说，"欢挠"一梦堪称转折梦的经典。

5."幽冥五梦"（第三十二出冥誓）

杜丽娘被两瓦刺姑搅破幽会之后，深思"人鬼混缠到甚时节？"决意向柳梦梅吐露真情，"夜传人鬼三分话，早定夫妻百岁恩"。她来到柳房中后，与柳剖心置腹长谈，表达了"爱的你一品人才"，"看上你年少多情"，点明自己就是画中人，更着意点明自身是鬼，与柳生盟香同拜，"生同室，死同穴"，进而告知坟茔所在，起死回生之法，并殷切叮咛："你既以俺为妻，可急视之，不宜自误。"柳梦梅依言而行，"和姑姑商量去"。以上是杜丽娘的幽冥第五梦。

从戏曲结构上看，杜丽娘"虽登鬼录，未损人生。阳录将回，阴数已尽"，此出开启了杜丽娘还阳之路，为后戏展开作出了至关重要的铺垫和导引；从主题思想上看，这是实现杜柳从原欲向爱情升华的关键，是"前日为柳郎而死，今日为柳郎而生"的点题节骨，活脱脱道出了汤显祖"天下女子有情，宁有如杜丽娘者乎"的创作主旨；从梦学角度上看，涉及到梦中的"话语"这个有趣的题目。梦并不全是无声电影，在很多人的梦中，会听到和我们白天一样说的话，唱的歌，甚至还有吟诗作赋，这些我们都能听得懂，一点都不费解，因为是同一种语言。其中，歌是具有乐律的语言，诗是具有韵律的语言，梦学界将梦中的这类语言统称为"梦中的话语"。现代梦学认为，梦中的话语很可能在做梦前一天说过或者至少是听说过，之所以在梦中复述出来，不仅是要表达梦者记忆犹新的某种念头，更为关键的是这些话语也许正是梦者长期积郁于胸的重大纠结或急于解开的关键疑团，它们都是梦者潜意识的心结，或者说是梦者深藏的隐私，由于能量强大而冲破口禁说了出来，成为别人能听见的"说梦话"，这些梦话往往泄露了梦者的核心机密。大凡机密度高的单位招进新人时，一般都会进行睡眠测试，一连数天观察他说不说梦话，如果说梦话，无论多么忠诚优秀都是不能录用的了，道理很简单，严刑拷打逼不出的机密，只要偷听他的梦话就轻松搞到手了。回到戏曲中，且听听杜丽娘在此梦中都说了一些什么梦话吧：①"今宵不说，只管人鬼混缠到甚时节？"这是她决意"今宵"摊牌的一个心结；②"这等是衙内了，怎恁婚迟？"这是她追问为何未娶的疑团；③"怕你岭南归客路途赊，是做小伏低难说"，"俺则怕聘则正妻奔则妾"，这是她只当正妻不做妾的一个心结。直到得到柳梦梅的郑重许诺并盟香发誓之后，才将自己的姓名年岁及未婚等"根节"告诉柳郎，而且，最后还告知"奴家还未是人"，"是鬼也"，可以说将自己的全部纠结与隐私和盘托出了。即使是柳梦梅亦有心头结急需解开，如"因何错爱小生至此"、"喜个甚样人家"、"怎独自夜深行，边厢少侍妾"、"不是人，是鬼？"等，两人的心结若不彻底解开，则势必难以两心相印，正是通过这些刨根究底的"梦话"，最终才使疑团尽释，两颗赤诚的心才紧紧地结合到了一起。汤显祖或许未对"梦话"的特殊意义进行理论上的探讨，但他一定十分明白"梦话"非同一般说话，因而在冥誓这个幽冥梦中不仅运用自如，而且句句用在节骨眼处，将"梦话"的运用推向了极致的境界。

6."幽冥六梦"（第三十五回回生）

柳梦梅遵循杜丽娘"可急视之"之请，在石道姑等人协助下，挖坟开棺，使杜丽娘结束三年冥生，还阳回生。杜丽娘清醒过来后，终于认出了梦中情人柳梦梅，并称赞"柳郎真信人也"。以上是杜丽娘的幽冥第六梦，也是她"劣梦魂猛然惊遽"，"随君此去出泉台"，欣欣然结束幽冥梦，重新回到现实生活中来。

从戏剧结构上看，此梦是为杜柳"人鬼情"打了一个结，为随后的"人间情"开道；从主题思想上看，生而死，死而生，点出了"生而不可与死，死而不可复生者，皆非情之至也"的情至论主题及情之至的伟力；从梦学角度上看，汤显祖在此梦中提及了梦的环境。在感受梦境或描述梦境时，人们常常忽略了梦境中的环境，殊不知，梦中的环境对梦者或是解梦者而言，都是十分重要不可不认真加以看待的特殊元素。在此出中，提到了哪些背景环境呢？提到了"后花园"、"太湖石边"、"梅树下"、"梅花观"、"牡丹亭内"等，这些背景，这个环境，是多么眼熟啊！只要回眸一思，便不难发现，原来这是杜丽娘"游园"之处，也是她"梦交"之处、"藏画"之处、"筑坟"之处、"幽媾"之处、"欢挠"之处、"冥誓"之处，眼下则是她"回生"之处，正是在这个背景环境中，上演了杜丽娘从生到死复又从死到生的"三生"追求，仿佛只要看到这样的环境，我们就能感悟到杜丽娘大呼"奈何天"时的痛楚，也能体味到"牡丹亭，娇恰恰；湖山畔，羞答答"的忘情欢悦。以牡丹亭为中心的周边环境，成为了全剧中最为典型的背景，也成为了展示杜丽娘心理流的长长画廊。我们知道，梦中出现的环境都是基于个人的记忆（也包括集体潜意识的记忆），受个人情绪状态的影响，并把这种体验融入其中，反过来说，梦中的环境反映了梦者的情绪状态即内心情境。从心理上分析，当我们乐极生悲或由爱生恨等等心理状态发生转变时，梦中的环境背景会立即将心理变化反映出来。汤显祖不仅描述了典型环境，而且十分在意地描述了环境的变化。当初杜丽娘游园时，后花园是"姹紫嫣红开遍"，杜丽娘感叹"不到园林，怎知春色如许？"然而，令人始料不及的是，大好园林春色，搅掀起了少女的春愁，又令杜丽娘发出了"良辰美景奈何天，赏心乐事谁家院"的哀叹，极言喜极而悲；而眼下的后花园，"只见半亭瓦砾，满地荆榛"，偏偏杜丽娘在此回生，显言否极泰来，同一环境兴废之变化，反映了杜丽娘内心深处悲喜之交替，汤翁对梦环境认知之深运笔之细可见一斑，即使在今天看来，仍不失为描写梦环境的珍品佳作。尤其是在杜丽娘刚刚回生，似醒非醒时，柳梦梅问她"可记得这后花园？"真乃画龙点睛之笔，一句话将生死戏文全部点活了。

此出还精妙绝伦地揭示出了梦的逼真性特征，当杜丽娘进过还魂丹、加味还魂散以及热酒之后，终于醒过来：

（旦觑介）这些都是谁？敢是些无端道途，弄的俺不着坟墓？（生）我便是柳梦梅。（旦）眊朦觑，怕不是梅边柳边人数。（生）有这道姑为证。（净）小姐可认得道姑么？（旦看不语介）【前腔】（净）你乍回头记不起俺这姑姑？（生）可记得这后花园？（旦不语介）（净）是了，你梦境模糊。（旦）只那个是柳郎？（生应，旦作认介）咳，柳郎真信人也。

短短几句对话，道出了一个至关紧要的细节，即杜丽娘直到还阳后才第一次见到柳郎，第一次认出柳郎，第一次与柳郎对话；这就反证了无论在惊梦中尤其是在幽冥六梦中，她与柳郎的全部交接都是在虚幻的梦境之中，柳郎仅仅只是杜丽娘梦思中的情郎而非现实中的柳郎。所谓梦的逼真性，简言之就是像真的一样：真的人、真的事、真的环境、真的氛围、真的感受。凡做过梦的人，对梦的逼真性具有普遍的共识。梦的逼真性不是无缘由的，首先是我们自己内心深处的思想、意念、愿望、欲求和情感都是十分真实的，梦只是将我们这样一些希望、恐惧、焦虑如实表现出来，内核与表象的高度融合成就了梦的逼真性，经常使梦者分不清自己在梦里还是在醒中，所以何道姑评点杜丽娘的幽冥经历是"一窖愁残，三生梦余。"
为了辨明幽冥六梦真假，汤显祖在随后的第三十六出"婚走"
中，描述了杜柳一段对话：

（旦）柳郎，奴家依然还是女身。（生）已经数度幽期，
玉体岂能无损？（旦）那是魂，这才是正身陪奉。伴情哥则是
游魂，女儿身依旧含胎。

这是多么直白的明晰啊，若有人非要盘根错节寻丝觅缝质
疑幽冥六梦是不是梦，那就不仅贫于梦学，且涉及迂腐，完全
不知"浪漫"二字为何物了。

（三）"梦戏担纲"第一人：

1. 汤显祖并非"梦境入戏"第一人

在中国古代戏曲史中，汤显祖并不是"梦境入戏"的第
一人。元·王实甫在《西厢记》第四本"草桥店梦莺莺"第四
折，写了一个梦，这个梦，也许是"梦境入戏"的先声，比汤
显祖后来的梦戏要早一个朝代。这是一个什么样的梦戏呢？好
在篇幅不长，加上文词宛丽，可读可演，为免诸君寻觅原版之
烦，展示如下：

【末睡科】【旦上云】长亭畔别了张生，好生放不下。老
夫人和梅香都睡了，我私奔出城，赶上和他同去。

【乔木查】走荒郊旷野，把不住心娇怯，喘吁吁难将两气
接。疾忙赶上者，打草惊蛇。

【搅筝琶】他把我心肠扯，因此不避路途赊。瞒过俺能拘
管的夫人，稳住俺厮齐攒的侍妾。想着他临上马痛伤嗟，哭得

我也似痴呆。不是我心邪，自别离巴后，到西日初斜，愁得来陡峻，瘦得来㴉嗻。则离得半个日头，却早又宽掩过翠裙三四褶。谁曾经这般磨灭？

【锦上花】有限姻缘，方才宁帖；无奈功名，使人离缺。害不了的愁怀，恰才觉些；掉不下的相思，如今又也。清霜净碧波，白露下黄叶。下下高高，道路曲折；四野风来，左右乱楚。我这里奔驰，他何处困歇？

【清江引】呆答孩店房儿里没话说，闷对如年夜。暮雨催寒蛩，晓风吹残月，今宵酒醒何处也？

【旦云】在这个店儿里，不免敲门。【末云】谁敲门哩？是一个女人的声音。我且开门看咱。这早晚是谁？

【庆宣和】是人呵疾忙快分说，是鬼呵合速灭。

【旦云】是我。老夫人睡了，想你去了呵，几时再得见，特来和你同去。

【末唱】听说罢将香罗袖儿搋，却原来是姐姐、姐姐。难得小姐的心勤！

【乔牌儿】你是为人须为彻，将衣袂不籍。绣鞋儿被露水泥沾惹，脚心儿管踏破也。

【旦云】我为足下呵，顾不得迢递。【旦唧唧了】

【天水会】想着你废寝忘餐，香消玉减，花开花谢，尤自觉争些。便枕冷衾寒，凤只鸾孤，月圆云遮，寻思来有甚伤嗟？

【折桂令】想人生最苦离别！可怜见千里关山，犹自跋涉。似这般割肚牵肠，倒不如义断恩绝。虽然是一时间花残月缺，休猜做瓶坠簪折。不恋豪杰，不美骄奢，生则同衾，死则同穴。

【外净一行扮卒子上叫云】恰才见一女子渡河，不知哪里去了，打起火把者！分明见他走在这店中去也。将出来！将出来！【末云】却怎了？【旦云】你近后，我自开门对他说。

【水仙子】硬围着普救寺下锹撅，强当住咽喉仗剑钺。贼心肠子馋眼脑天生得劣。【卒子云】你是谁家女子，寅夜渡河？【旦唱】休言语，靠后些！杜将军你知道他是英杰，觑不觑著你为了醯酱，指一指教你化做骨血——骑着匹白马来也。

【卒子抢旦下】【末惊觉云】呀，原来却是梦里。（见《古典戏曲史四大巅峰之作》第65页，中国纺织出版社2017年1月第一版）

这个梦是张君瑞被老夫人逼迫上朝取应，与崔莺莺生生分离后，头一个夜晚独宿草桥店时做的。这个梦有两个显著的特点，一个是梦思特别清晰，心理流也特别流畅，张君瑞借崔莺莺四五句道白六七句唱腔将自己一心念想与莺莺同行的强烈愿望表露无余，直到卒子将来到身边的莺莺强抢去，击碎愿望才从梦中惊醒；二个是梦中的动作性十分具体，从崔莺莺"私奔出城"起，一路上"走荒郊旷野"，"把不住心娇怯"，"喘吁吁难将两气接"，"打草惊蛇"，"下下高高，道路曲折"，"四野里风来，左右乱踅"，"不免敲门"，"你进后，我自开门对他说"等等，皆给演员提供了巨大的表演空间，极适宜在舞台上演出。正因为有此两条，"草桥梦"堂而皇之入戏登台也就在情理之中了。是否在元代还有比之更早的梦戏不得而知，再往前推，就只有唐诗宋词中的写梦佳句了。由此而将"草桥梦"推崇为中国古代戏曲史上"梦境入戏"的先声，应当之无愧，倘若此说能够成立，则中国古代戏曲史上"梦境入戏"第一人当属元·王实甫，汤显祖实为后学者。

2. 由"梦境入戏"到"梦境担纲"的飞跃

汤显祖作为明代的戏曲大家，不可能不关切前代的元曲，至少在写梦这一点上，他应该读过"草桥梦"，甚至于还研究过"草桥梦"，并且在自己的创作中借鉴"草桥梦"的套路，这一点，在"惊梦"和"幽冥六梦"中留下了明显的痕迹。如"惊梦"中，用花神向鬼门丢花，将杜柳美梦惊醒；又如"欢挠"中，借两瓦剌姑冲散杜柳的欢合，都有"草桥梦"中"卒子抢旦下"的身影，这既是学习、借鉴，也是一种承接，不仅是完全正常的，也是完全必要的。然而，汤显祖显然并未满足于承接，他更雄心勃勃地迈向了创新。在《牡丹亭》的创作中，他一气呵成写出了"惊梦"和"幽冥六梦"，笔者冒昧地将其总括为"牡丹亭七梦"。很明显，在梦的"数量"上多出了六个，但这并不是主要的，主要的是梦戏在全剧中的"分量"。只要将"牡丹亭七梦"连缀在一起，就是一个迤逦而来的连续梦，一个连诀而来的系列梦，一个魂牵梦绕的至情梦，从生生死死七个梦中，分明看见了一条故事情节的脊梁，一条追求自由幸福生活的精神脊梁，一条浪漫艺术的脊梁，正是仗着七梦铸就了《牡丹亭》的脊梁。草桥梦在《西厢记》中的分量，只是起着"扶持"作用的绿叶，假设去掉草桥梦，只不过少了一片绿叶的扶持，对全剧不会产生重大影响；假设去掉"七梦"，就失去了"担纲"的脊梁，《牡丹亭》就没戏了——从草桥梦的"梦境入戏"到七梦的"梦戏担纲"，汤显祖实现了质的飞跃，理所当然成为中国古代戏曲史上梦境担纲第一人。

3. 大浪淘沙梦魂永驻

历经400多年大浪淘沙，一些曾经起过轰动作用的作品，逐渐偃旗息鼓，无声无息淡化出人们的视野，唯有经得起磨砺的真金才历久弥新，400多年后依然故我，光芒四射。在今天的戏剧舞台上，《西厢记》与《牡丹亭》是两朵奇葩，依然有全本戏演出；但上演频率更高一些的是从这两部经典戏曲中选精拔萃而来的折子戏。如《西厢记》中的"琴挑"、"红娘"、"拷红"；《牡丹亭》中的"惊梦"、"幽媾"、"冥誓"等。从梦学角度看，《西厢记》中的草桥梦，已与舞台渐行渐远，而《牡丹亭》七梦，却常演常新，尤其是"惊梦"，已经成为现代舞台上的嘉宾，由昆曲而京剧而地方戏，纷纷借鉴改编。香港剧作家李居明改编的粤剧《金石牡丹亭》共五幕：游园惊梦、花雨交欢、冥府情辨、倒房窥艳、慕色还魂，全剧完全由"七梦"构成，可以说对"七梦"的推崇达到了极致的境界。"七梦"还使一些演员一举成名。著名昆剧表演艺术家张继青以"惊梦"、"寻梦"、"痴梦"三折梦戏的出色表演而获得了"张三梦"的雅称；京剧艺术表演家梅兰芳1918年首演"游园惊梦"大放异彩，奠定了大师的地位，1945年和俞振飞搭档在上海美琪大戏院再度演出"游园惊梦"轰动了整个大上海，成为了梅兰芳的代表剧目；"惊梦"更是粤剧大师唐涤生的四大戏宝之一，他将最大精力放在"幽媾"一折上，是他将"玩真"、"游魂"、"幽媾"、"旁疑"、"欢挠"、"冥誓"糅合到一起的一个大折子戏，足足演出了50分钟，高潮迭起，掌声不息。最具代表性的是1994年"首届全国昆剧青年演员交流演出大会"的开幕式演出中，出现了集中大演《牡丹亭》的空前盛况，其中尤以"牡丹亭七梦"最为突出，湖南省昆剧团演出"游园"，北方昆剧院演出"惊梦"，苏州昆剧团演出"寻梦"，浙江京昆艺术剧院演出"拾画叫画"，江苏昆剧院演出"幽媾还魂"，"牡丹亭七梦"宛如夜空中的北斗七星，将现代戏曲舞台映得熠熠生辉，400年前的古梦新韵，至今青春永驻，足见汤显祖担纲梦戏的旺盛生命力和隽永的艺术魅力。

4. 令人叹息的"大尾"

《牡丹亭》作为梦戏担纲的先声和中国古代戏曲经典的历史地位是不容置疑的；然而，也难免有令人扼腕叹息之处，那就是杜丽娘梦醒之后出现的"大尾"。

第三十六出"婚走"中，杜丽娘与柳梦梅"别南安孤帆夜开，走临安把双飞路排"，两人在风月舟中新婚合卺，实现了梦鬼人"三生一会"，杜丽娘唱出"柳郎呵，俺和你死里淘生情似海"的喜悦和誓言，剧情到此达到高潮，留下一对生死恋人泛舟月夜的美景，给人以无限美好的遐思，至此，汤翁理应提笔而长呼一口气，痛哉快也，欣欣然断断然结束全剧。笔行至此，不由令人联想到《浣纱女》和《西厢记》对于核心主题的处置。《浣纱女》中，越王勾践灭吴之后，因范蠡献计居功至伟而加官进爵，因西施献身而下旨册封王妃，此时范蠡和西施都面临"升官"和"册封"的美好前景，同时也面临放弃"前盟"的困惑，此时面临的两种选择，本质上就是人生价值观的选择，是当封建礼教的"卫士"或"叛臣"的选择。对于这个核心主题的处置，关系到作者创作的本意和初衷。《浣纱女》的处置是让范蠡迎回西施，出示当年送西施入吴时所留之物——"各半溪纱"，欲续前盟，西施意坚志决，与范蠡合谋泛舟湖上，归隐山林，与范蠡相约白首偕老，选择了一条自由光明之路，这个处置既高雅浪漫，又坚守了创作初心，令人赞叹不已，遐想无穷。《西厢记》中，张生与莺莺在红娘帮助下，"他两个经今月余则是一处宿"，以生米煮成熟饭的叛逆行动，彻底冲决了崔母只以"兄妹"相称的禁锢，取得了反礼教的事实上的胜利，倒逼崔母顺从屈就，实现了"有情人终成眷属"的美好愿望，尽管后来崔母提出"不招白衣女婿"作进一步刁难，明眼人一看便知，这一招不过为封建礼教的失败找块遮羞布寻个台阶下而已，作者的核心主题已然大白天下矣！汤翁之笔，在"婚走"一场中已然写出了《西厢记》中的事实婚姻，也已然写出了《浣纱记》中的泛舟湖上，很有范蠡西施功成身退，泛舟西湖，夫唱妇随，隐迹江湖的神韵，更重要的是，杜丽娘以三生三世的苦难和坚守争来的自由婚姻，完全可以成为毫无瑕疵的"为情而死，为情而生"的至情典范。万分遗憾的是，杜柳黑夜行舟，船头掉错了方向，将刚刚挣脱禁锢的小船又折回进了封建礼教的樊篱，从叛逆的雄关大道跌进臣服的污浊泥泞之中。从第三十七出"骇变"到最后第五十五出"圆驾"，花了整整十九出篇幅，拉拉杂杂硬生生加上了一个不伦不类的"大尾"。

一部戏剧的结局，对于全剧而言，兴衰攸关。不同的结局，不仅使剧作有的被人遗忘殆尽，有的传唱千年；更重要的是，结局作为作者的核心意愿，展示或者暴露了他内心深处的潜意识价值观。倘若汤翁以杜柳合卺放舟作为全剧的结局，那么，一句"普天下做鬼的有情谁似咱"当响彻云霄，与《西厢记》中那句"愿普天下有情人的都成了眷属"合成双璧，同传后世；然而，自加上"大尾"之后，煮熟了的饭又回生了！那位在"惊梦"和"幽冥六梦"中生死不惧坚韧顽强的反封建斗士杜丽娘，在"大尾"中判若二人，俨然成了封建礼教的卫道士，所谓的杜柳二人在现实生活中的"继续抗争"，完全变了味道，杜柳"抗争"的内心动力早已不是自媒自婚自由解放，而回生到了"父母之命，媒妁之言"的封建礼教坑灭人性的老路上来，杜柳"抗争"的目的也不再是挣脱枷锁取自由，反而仅仅只是企求二人的婚姻符合封建礼制，谋求一纸"御赐"结婚证，谋求父母承认是合符礼法的婚姻，完全背离了初衷，叛逆精神消磨殆尽。尽管最后一场"圆驾"敕赐团圆，合家欢喜，热热闹闹，形成全剧高潮，但喜庆的鼓乐掩盖不了封建礼制的胜利与叛逆精神的改弦，最后一句戏文唱道：

"领阳间诰敕，去阴司销假。"

"领"什么？"销"什么？

岂不是"领"合法婚证，"销"叛逆初衷么？！真个是一语戳破天机，令人怵目惊心，亦令人喟然叹息！

伟人如汤翁者，仍未能抹去千年封建礼教的印痕，仍未能消弭千年不散的忠君情结，此"大尾"，实乃观照汤翁潜意识灵魂之明鉴也！所幸有后人李居明将《牡丹亭》改编为粤剧《金石牡丹亭》时，挥刀斩"大尾"，去芜存精，使汤翁引为一生得意的至情致爱的东方生死恋，更其光辉夺目，完美无瑕，汤翁有知可为一慰。

四、《南柯记》——从梦折子戏到梦本戏的跨越

从梦戏角度而言，与其说《牡丹亭》获得了巨大的成功，不如说"牡丹亭七梦"获得了巨大的成功，或者说"梦戏担纲"获得了巨大的成功。对于这一点，深信汤显祖心知肚明，而且，正是由于这一巨大的激励，他在随后的短短两年内便完成了《南柯记》的创作。《南柯记》不仅完全执行了"梦戏担纲"的创作理念，而且实现了从梦折子戏到梦本戏的跨越。《牡丹亭》中，只有"惊梦"、"冥判"、"游魂"、"幽媾"、"欢挠"、"冥誓"、"回生"七出梦戏，只占全剧五十五出的约八分之一，尽管在全局中起着"担纲"的重要作用，但在形式上却只是折子戏。《南柯记》从篇幅到形式，完全翻了个边，在全剧四十四出中，分三种情况，一种是完全现实的，仅"提世"、"侠概"、"谩遣"三出；第二种是现实与梦幻缠夹在一起的，有"树国"、"禅请"、"宫训"、"偶见"、"情著"、"决婿"、"寻寤"、"转情"、"情尽"共九出；第三种是完全梦幻的，从第十出"就征"到第四十二出"寻寤"，留头掐尾三十二出，占全剧总出数四分之三，若算上第二种情况，则占全剧篇幅百分之九十五，仅只剩下前面三出开场戏和介绍戏不是梦境，成为了一部完全货真价实的梦本戏了，这在中国古代戏曲史中堪称"先声"，对于汤显祖的梦戏来说也是从梦折子戏到梦本戏的跨越，为后世梦本戏的创作开了先河。

从梦学角度而言，《南柯记》最显著的艺术特色是充分而大胆地运用了梦的象征语言。

象征语言原本是人类的原始语言，人类在语言文化的辉煌进化中，也付出了巨大的代价，这个代价就是现代人类全然忘记了自己的原始语言，幸好，梦还保存了其中一部分，这就是梦的象征语言。晚上，我们与梦对话，很多人都看不懂梦，换句话说，我们听不懂梦的语言，原因就是现代语言与原始语言出现了断裂，解梦本质上就是实现两种语言间重建联系，实现沟通。梦是潜意识信息的载体，潜意识的意念以梦象表达出来，而能够将抽象的思想概念转化成形象的图像，正是人类独具的天生本领，梦中出现的影像，就是梦语言的字和词，每一个影像都代表着潜意识里的一个概念，或一段回忆，一种情绪，一个愿望，这就是梦的象征语言。（参看第三部分第2条之⑨"象征"）汤显祖对梦的象征语言不仅谙熟于胸，而且情有独钟，他非常机敏地领悟到如何利用梦的外衣，遮掩他心中的块垒，因而自然而然地将自己的创作外形指向了同一个字：梦。在中国古代，有"唐人善写梦"之说，汤显祖抓住唐人和梦传奇本不放，一步一步走向梦戏的辉煌。以"诗词言梦"为特征的《紫箫记》源自唐人蒋防的《霍小玉传》；以"说梦"为特征的《紫钗记》是对《紫箫记》的深化；以"七梦"为特征的《牡丹亭》是源自嘉靖间进士晁瑮的拟话本《杜丽娘慕色还魂记》；以"梦本戏"为特征的《南柯记》源自唐代李公佐的传奇小说《南柯太守传》；以"人生大梦"为特征的《邯郸记》源自唐代沈既济的传奇小说《枕中记》，由此可见，汤显祖写梦戏，并非偶然兴趣，而是他对中国古代梦文化深刻领悟的必然，是他将中国古代梦文化与中国古代戏曲文化巧妙揉合的结晶。

在《南柯记》中，汤显祖运用的一个大象征，就是"大槐安国"。在本剧中，大槐安国并不是一个抽象的概念，而是具体真实的存在，所谓"绛阙朱衣，丹台紫气，别是一门天地"，"一年成聚，两年成邑，到三年而成都"，"火不能焚，寇不能伐。三槐如在，可成半沛之邦；一木能支，将作酒泉之殿。列兰錡，造城郭，大壮重门；穿户牖，起楼台，同人栋宇"，"长安夹其鸾路，果然集集朱轮"，"北阙表三公之位，义取怀来；南柯分九月之官，理宜修备"，"右边宪狱司，比棘林而听讼；左侧司马府，倚大树以谈兵"，"丞相阁列在寝门，上卿早朝而坐；大学馆布成街市，诸生朔望而游"，"内有中宫之贤，外有右相之助"等等，是一个有国土、有国都、有国王、有国民、有国法、有中宫右相的一个完整真实的国度，剧中所有的故事，都发生在这个国家之中，然而，到头来才会发觉，这个"大槐安国"在现实中并不存在，它只是梦中的虚幻，只是汤显祖运用的一个梦的象征。汤显祖为何不采用直叙的手法写大明王朝的"国"，而要迂回曲折端出一个"大槐安国"来写呢？这不能不追溯到他写《紫箫记》的一段经历。汤显祖在《紫钗记》"题词"中说："往余所游谢九紫、吴拾芝、曾粤详诸君，度新词与戏，未成，而是非蜂起，讹言四方。诸君子有危心，略取所草，具词梓之，明无所于时也。"这一段题词，说的是他与几位同乡好友在家中朝夕唱和，用当时还较少为文人士大夫关注的传奇戏曲形式，创作《紫箫记》的情形。《紫箫记》不过是一部反映才子佳人故事的戏剧，不意在传观之中，是非顿起，甚至他的上司

（部长吏）直接出面制止，由此而被迫中止创作。究竟是什么"是非"呢？原来在戏文中写有杜相国归心于佛的情节，有人因此认为汤显祖是以杜黄裳影射当朝权相张居正，讥讽张居正曾对一个叫李中溪的和尚允诺过"与翁期于太和衡湘之间，一尽平生"，而恰恰汤显祖在青年时代不肯接受首辅张居正的拉拢而结下过怨恨，似乎有根有源，因而坐实了"影射"之非。其实，这只是一个误会或者说是一种巧合，归心于佛本身是汤显祖复杂思想的一个侧面，他运用戏剧中的人物表述自己的出世之念，本心中并无有借此影射讥讽某一具体权臣之想，然而，人心难测，人言可畏，正所谓"作者未必然，而读者未必不然"，加上后来连续两次落第，直到张居正死后次年，才得以中进士，难免不使人发生联想，愤而将这部尚未完成的"半部戏"付梓刊行，以"明无所与于时"，汤显祖的这一断然举措，不仅在当时理直行壮，而且，还创造了一个未完成剧本居然刊行问世的先例，更为始料不及的是，还为后人留下了研究汤学的珍贵资料。《紫箫记》的创作经历，必然在汤显祖的心中留下了深深的烙印，而其中最为关键的一点，是在戏曲创作中如何规避"文学狱"，如何远离"影射"的帽子，正因为有了这样经历的经验，使他更加钟情于梦戏，因为梦的虚幻特性，给予了他极为广阔的廻旋余地，给他针砭时弊的作品穿上了厚实的甲盔，"大槐安国"就是他手持的一块大盾牌。倘若真有人诘难，汤显祖是否会这样说：难道写写蚂蚁乐乐，也犯了哪门子法吗？当然，这仅仅只是现实政治层面的自卫，以印证"诸君子有危心"而已。

从梦学角度而言，《南柯记》最显著的成就，是写出了一个长长的大梦，时间跨度二十年，整出戏就是一个梦，一个梦成就了一台梦本戏。这台戏的主角淳于棼，是个慷慨仗义、精通武艺的游侠之士，曾当过淮南军裨将，因好酒贪杯失去主帅欢心，被免职失官，落魄愁闷，整日以酒浇愁，感叹自己人才本领，不让于人，活到三十，仍是名不成，婚不就，家徒四壁，孤身一人，冷冷清清，郁郁不振，愈思愈想愈丧气，甚至连死的念头都有了，万般无奈之下，仗着"事大如山醉亦休"的古训，抱着"不消阮籍穷途哭，但学刘伶死便埋"的念想，捧着一壶老酒，颠倒沉醉梦乡，一日果然烂醉如泥，休说门院萧条，做不出繁花梦，这一回偏偏在醉梦之中做了一个大大的繁花梦。刚入睡，便梦见大槐安国使者奉命"召请淳于公为驸马"，我的天！这个梦的起点高绝，一个落魄之人，居然一步登天，成了国王的乘龙快婿！至此以后，便开始了他绮丽奇绝的驸马人生：先是谒见国王，国王当面"许以金枝，奉事君子"，接着与瑶芳公主喜结良缘，"淳于沾醉晚，灭烛且留残。试取新红粗如人世显，浑似遇仙还，云雨间。"再接着国王钦点淳于棼为南柯郡守，这样一来，不仅有了驸马之名，而且有了黄堂之尊，名望权利携手而至，真个是"有缘千里路头长，富贵荣华在此方"。淳于棼奉旨携瑶芳公主到南柯郡赴任，成了一方诸侯，"露冕新承明主恩，山城别是武陵源。笙歌锦绣云霄里，南北东西拱至尊。"从此开始了"香车进，宝马连，一时携手笑嫣然，""一对夫妻俨若仙"的婚官两如意的畅快、喜悦日子，夫贵妻荣，正应验了"从来尚主有辉光"的古谚。淳于棼坐镇南柯，爱民如子，仁政斐然，"二十年中，便一日行一件，也有七千二百多条，言之不尽"，乡民"立生祠字字纪实"，"偏歌谣处处焚香"。正当"好大槐安，团圆桂影，今夜满南柯"踟蹰志得之时，瑶芳公主因生育过多和边衅惊吓英年早逝，淳于棼徒然间失去了至为关键的依靠，分秒之间变成了无源之水无本之木。瑶芳公主深知个中利害，临死前叮嘱淳于棼"你回朝去，不比以前了，看人情自懂，俺死后百凡尊重"，还特意警告他"恐我去之后，你千难万难那！"淳于棼显然没有将瑶芳公主的叮嘱和警告放在心上，依旧沿着享乐的路子前行，甚至忘乎所以，竟然与郡主琼英、仙姑、国嫂三家寡妇淫乐，沉湎在"乱惹春娇醉欲痴，三花一笑喜何其"的醉生梦死之中，结果朝臣非议，流言乱加，国王恼怒，"遣他回去"，便见"酒尽难留客，叶落自归山。惟余离别泪，相送到人间"。至此，二十年的繁花长梦到此落幕，淳于棼终于从美梦中醒了过来。醒来之后，淳于棼发出了一声感叹："我梦中倏忽，如度一世矣。"他的这声感叹，历经数百年辗转，凝结成了"南柯一梦"的警世经典，《南柯记》也成了历时400年不绝于舞台的梦本戏。用一整台戏演出一个梦，汤显祖别开生面，将梦戏推向了一个新的高峰。

一个梦演绎了二十年人生经历，二十年有多长呢？有7300天，有175200小时，如果用现实的时间演这个梦，该会演到猴年马月啊？一台戏大约只有2小时，即便24小时不停地演也要演个上10年才能将这个梦演完，即使演员能坚持演下去，观众也担待不起，事实上也是不可能的。这就涉及到梦的制作机制了。弗洛伊德说，我们每个人的大脑里，都有一座梦工厂，我们做的每一个梦，都是由这座梦工厂制作出来的。梦工厂里有五大车间，即凝缩车间（凝缩作用）、置换车间（转移作用）、象征车间（比喻、暗喻作用）、化妆车间（伪装作用）和润饰车间（修辞作用），通过这五个车间的运作，一个梦就生产出来了。其中凝缩车间是梦工厂里最大的车间，它将所有涌进来的种种原料，按照相似原则，找出共有元素，运用仿同作用，删繁就简，重新组合起来，构建成新的联合体或形成一些共同的代号，其中大量的一项工作就是时间与空间的凝缩。梦学理论之一是梦不受时空限制，从南极一步可以跨到北极，一个青涩少年瞬间可以变成一个白发老翁，不像现实生活中那样，路非得一步一步地走，就是坐汽车火车，车轮还得一圈一圈地转，从少年变成老头，非得一天挨一天挨上几十年。大脑生产梦的时候，可没有这份耐心，这道工序就是将时间和空间实行凝缩，一年可以凝缩成一天甚至一分钟，巨大的足球场可以凝缩成一小块豆腐。对于时空凝缩这种功能，我们的先人有很深刻的认识，并且经常出现在他们的诗作之中。诗人鲍照在《梦归乡》中说："寐中长路近，觉后大江违。"岑参在《春梦》诗中说："枕上片时春梦中，行尽江南数千里。"白居易在《自秦望赴五松驿，马上偶睡》诗中说："马上几多时，梦中无限事。"还有宋代梅尧臣的"五更千里梦"，黄庭坚的"五更归梦二百里"等等，这些吟梦的名句，都极其妥帖恰当地描述了梦工厂对时空的凝缩作用。无须置疑的是，汤显祖对唐诗宋词中这些吟梦名句不仅耳熟能详，而且心领神会，在自己的戏曲创作中，融会贯通，游刃有余。在《南柯记》中，汤显祖仅仅运用这两个细节，就于无意无形之中完成了二十年时空的凝缩。第十出"就征"中，溜二沙三被淳于梦吐酒污了腿脚，扶淳睡好后，说了一句"我们洗脚去了"；到第四十二出"寻寤"，溜、沙看见淳于梦睡醒了，又说了一句："我二人正洗上脚来"。在梦中，淳于梦逍遥了二十年，而在现实中，不过是溜沙二人"洗个脚"的时间，充其量不过一二十分钟吧，二十年的梦程便凝缩成一二十分钟"洗个脚"的时间了。为什么在现实生活中绝无可能的时空凝缩在梦中倒似成为常态呢？原因就在于两者的参照系完全不同。在现实生活中，我们的时空参照系是太阳地球月亮等大自然的规律，而在梦中，潜意识与外界切断了联系，梦中的时空知觉只是潜意识的时空知觉，而潜意识具有千百万年的时空经历，在这个广大无垠的范围里，真是海阔凭鱼跃，天高任鸟飞也不足以形容它的自由度于万一，这也往往是我们感觉梦境虚幻离奇的原因之一，时间的浓缩性，空间的无阻隔性以及二者都具备的跳跃性，使梦境完全脱离了清醒时候作文或述事对时间、地点、空间的最基本要求，表现出完全不合常规的怪异荒诞的情节。其实，认识和理解梦的这一特性并不难，在日常写作或说话中，我们不是经常使用"光阴似箭"、"日月如梭"、"白驹过隙"、"转眼白头"这类词语吗？这类词语表面上都是形容"时间过得真快"，而本质上正是表明人类对时空凝缩的深刻认知。汤显祖不仅对梦中时空凝缩的特性了然于胸，用"洗个脚"的现实时间敷衍出梦中二十年的故事，而且即使在梦中，他用"淳于爷到任二十年"一句台词（第二十四出"风谣"），便将"七千二百多条，言之不尽"的郡守生涯一笔带过，把梦的凝缩特性与戏曲艺术性无缝联结在一起，使戏曲洗练而精彩，正是由于梦凝缩和艺术凝缩的巧妙叠合，这才使一台时空跨度二十年的梦本戏能够在两小时内完成演出。

　　《南柯记》传奇故事发生的主要地点是大槐安国，大槐安国实际上是一个大蚂蚁窝。上至国王国母瑶芳公主，下至全国臣民，实际上是一窝蚂蚁。从梦学角度而言，这便是一个大众喜闻乐道的动物梦。在现实生活中，人类与动物有着千丝万缕密不可分的关系。在物质方面，动物不仅为人类提供了丰盛美味的食物和营养，还为人类提供了无尽的役力和战斗力。更为重要的是，在精神层面，动物给人类带来了友好、情谊、安慰、美好、诚信、忠实、智慧、启迪、温暖、遐想等等精神需求和享受，使人类的生活更加充实美满；当然，无需讳言，动物也给人类带来了伤害和恐惧，捣乱和麻烦，甚至还要人性命。正因为关系格外密切，动物出现在人类的梦境之中，是再自然不过的事了。比如饲养了宠物狗的人梦中遛狗，当过骑兵的人梦见骑着战马冲锋陷阵，农民梦见赶牛犁田，牧民梦见放牧羊群，猎人梦见狩猎野兽，驯虎女郎梦见与猛虎一起散步等等，皆属自然，亦很寻常。然而，这些并非我们研讨的重点，我们所要关注的，是这些动物出现在梦中时，与梦主的思想感情、心理状态、精神面貌有什么关联，换句话说，出现在梦中的动物具有什么样的象征意义，成为了梦主哪一种梦思的载体？在人们的日常生活中，常常将个体的某些个性特征、行为方式和情绪表达与某些动物联系在一起，如"倔得像头骡子"、"蠢得像猪叫"、"狡猾得像狐狸一样"等等，这就给予了我们一个启迪：梦中动物可能通过拟人化给出了一个象征。很明显，汤显祖将《南柯记》中的蚂蚁全部都拟人化了，它们全部具有了人的形体、人的语言、人的思想、人的情感、人的个性、人的行为模式，与现实中的人几乎没有什么区别，换句话说，汤显祖写梦中的蚂蚁实质上是写现实中的人。而且是通过个体性格、个体情感、个体行为模式来实现这种"动物——人"的象征过渡的。

首先看个体性格的象征：不同个体都具有各自鲜明的性格，有的活泼，有的沉稳，有的刚毅，有的软弱，有的好胜，有的自卑，有的诚实，有的虚伪，有的阳光，有的阴柔，一旦动物本身的自然属性与个体的性格特征正相应对时，绝妙的象征就应运而生了。我们对动物世界中的狮王虎王猴王蜂王都耳熟能详，同样也熟知蚁王，大槐安国国王就是一蚁王，台上一出场，便唱"江山是处堪成立，有精细出乎其类。万户绕星宸，一道通槐里。"尽显王者之霸气；又说："声闻邻国之间，要似齐景公号令，犯槐者刑，伤槐者死。此乃为君主之法度，要全立国的根基。"尽摆王者之威严。另一方面，刚愎自用，听信谗言，翻脸无情，不念翁婿之情，认定淳于梦"非俺族类，其心必异"，"少不得唤醒他痴迷还故里"，将一个暴君昏君的个性表露无遗。梦中的蚁王是个象征，象征谁？暗喻谁？这便只是一个明者自明不明则罢的问题，何须赘言。

接着看个体情感的象征：象征个体情感的方式是多种多样的，比如风雨雷电，海啸山崩，汩汩涓流，丽日晴天等等，而动物在梦中，更是揭示梦者情感的天然载体，这是由于人类在与动物的长期交往中，赋予了动物许多人类的感情，尽管动物并不知情，但人类偏偏一厢情愿地这样给予。比如梦中出现一只小白兔，梦者就会产生可爱、怜爱、喜爱、偏爱、执爱、宠爱的爱的感情，同时还会产生活泼、纯洁、无邪、漂亮的赞美之情，如果梦中小白兔被大灰狼吃掉了，就会产生痛惜之情，同时产生对大灰狼的痛恨之情，如果小白兔逃脱了追杀,就会产生庆幸喜悦之情甚至夸奖之情。梦思之所以要引出小白兔,就是借它的出现及处境作媒介,揭示出梦者所要表达或宣泄的情感,小白兔就成为了梦者情感的象征。人类的情感极其丰富,而动物对人类情感的象征也会层出不穷。在梦中,一只摇动尾巴的狗,也许是象征梦主期望得到母爱或上司的青睐,是一种期盼之情或乞求之情;梦见虎啸狮吼,也许是梦者显示雄威之情或宣泄冲天怒气之情;梦中一只小青蛙(公主)跳到手掌上,也许是梦者表达珍爱女儿之情;梦中杀死一只狐狸,也许是梦者要扼杀狡猾之辈的凛然之情等等。《南柯记》中的国母和瑶芳公主,便是以蚂蚁之身,表达作者期盼和赞美母爱与爱情的象征,正如国母所唱:"论规模虽小可,乘气化有人身。"又如瑶芳公主所唱:"虽不是人间世,论相同掌上珍。"都将"我蚂蚁即世人"的象征底蕴说道得明白无误。国母视瑶芳公主如掌上明珠,要为她选择"龙类中能煮海,蝶梦里好移魂"的夫君,当她得知淳于棼的情况后,十分欣喜,"便奏知国王如意好宣差,差得紫衣使者去相迎待。待他睡梦了呵,少不得做驸马与吾家居上宰",当公主随同夫君赴南柯郡时,国母哭泣"俺的公主儿,远行苦也",又叮嘱"俺宫中藏宝,尽作赔奁",当她得知瑶芳公主"儿女累多,肌瘦怕热"时,又特特为女儿"请一部血盆经去",当得知瑶芳香殒时,国母哭得"闷倒",悲叹"俺几度护娇花一寸心","天呵,俺曾写下了目连经卷也,谁知道佛也无灵被鬼侵",时时处处事事,母爱不曾须臾离开,蚁母之爱即人母之爱,莫非汤显祖翁亦在期盼母爱乎?瑶芳公主对淳于棼的爱情亦深厚而专一,现实淳于棼"不习政务"对当官做宰心中无数,瑶芳公主便鼓励他"卿但应承，妾当赞相"，随郡二十年，养儿育女，相夫教子，极尽妇道，当檀萝四太子垂涎公主美色，率兵攻打瑶台欲夺之时，公主带着抱病之身，戎装弓箭上将台，凛凛然痛斥四太子，休"小觑我玉叶金枝胡揣"，尽管"奴本是怯生生病容娇态，早战兢兢破胆惊骇。怎虞姬独困在楚心垓？为莺莺把定了河桥外。射中金钗，吓破莲腮。咱瞭高台是做望夫台，他连环砦打烟花砦。争些儿一时半刻，五裂三开"，仍奋力拼搏到淳于梦的救兵到来。即至病重"多分是不好了"的时候，芳心一点为夫君，仍不忘提醒淳于梦"恐我去之后，你千难万难那！""你回朝去，不比以前了。看人情自懂，俺死后百凡尊重。"真是个哀情脉脉，"心疼痛，只愿的凤楼人永"。蝼蚁之爱情与人何异？汤翁借此状之赞之而扬之，抑或汤翁亦羡之慕之而企盼之？

　　第三看个体行为模式的象征：每个人的行为都具有一定的习惯性，或称之为行为模式。有的人习惯于三思而后行，先考虑前因后果、利弊得失，然后再行动，表现出稳重、理智的行事特征；有的人习惯于一触即发，只顾眼前，不计后果，表现出冲动、缺乏理智的行事特征；也有人遇事绕着走；有人犹疑不定；有人干脆利落；有人拖泥带水；有人大刀阔斧；有人缜密细微等等，人们的这些行为模式，有时直接在梦中表现出来，而不少时候，则是通过梦中的动物以象征的方式表露出来。如在梦中出现一头发怒的公牛在人群中横冲直撞，梦者对这头公牛的行为颇有赞许之意，这就很可能是梦者对自己的行为模式的赞许，他喜欢直来直去，讨厌拐弯抹角，至于后果则抛在脑后。在梦中，人们常常受到猛兽的攻击，比如狮子、老虎、狼群等，如果这些攻击没有使梦者感到恐惧，恰恰相反，梦者对这些攻击感到振奋，感到刺激，感到快感，那么，这些发动攻击的动物，很可能就是梦者自身的置换，猛兽的行为方式就是梦者所拥有喜爱和擅长的行为模式，惯于向他人发起攻击，惯于使用武力征服他人，惯于伤害他人，至少给他人带来恐惧。正由于动物的行为方式与个体的行为模式十分近似，因此，在梦中以动物来象征个体的行为模式就变成顺手拈来的神来之笔，梦思也不必大费周折就捡了个大便宜。这样的梦例，几乎俯首可见，如梦见蛇行，狗窜，狼奔，虎跳，猫藏，鼠躲，猴攀，兔闪，鹰击，鱼潜，鸡飞，熊扑等等，只需稍加思索，就不难看出个体行为模式的象征。《南柯记》中的右相段功，原本权倾朝野，自淳于棼来后，他大有大权旁落的怨恨，感叹"吾为右相，每念南柯重地，驸马王亲在郡二十余年，威权太盛。常愁他根深不剪，尾大难摇"，将淳于棼当成了眼中刺，肉中钉，非欲除之而后安。然而，他并没有与淳于棼直接交锋，相反采取"相机而行"的策略，在暗中一步步发动进攻。最先一招，是当堑江大败时，国王恼怒"驸马好不老成也"，"可恼！可恼！"此时段功并没有顺势落井下石，反而为淳于棼评功摆好说："论边机失误非常，则二十年为驸马也星霜。"当国王仍认定"春秋丧师，责在大夫，今日驸马之过也"依旧不依不饶时，段功又婉转地指出"妨亲碍贵宜包奖"保下淳于棼，折中嫁祸"权坐罪周弁将"。当国王要斩周弁时，段功又说"周弁乃驸马至交，两次荐举，斩周弁恐伤驸马之心，不如免死。立功赎罪。"在这一招中，段功明里处处维护淳于棼，暗中却达到了将淳于棼调离南柯郡，挖掉淳于

梦坐大得势的根基的目的。淳于棼还朝后，"尊居左相"位在
段功之上，段功借"国中有人上书"之机，在国王面前大进谗
言："近来驸马贵盛无比：他雄番久镇，把中朝馈遗；豪门贵
党，日夜游戏。还有不可言处，把皇亲闺门无忌。"国王被煽
动，暴跳如雷，段功趁机奏曰"语云当断不断，反受其乱"，
催促国王立即处置，当国王处置"且夺了淳于棼侍卫，禁随朝
只许他居私第"时，段功连忙献策："依臣愚意，遣他还乡为
是。"在最恰当的时刻用最阴险狠毒的一招，将淳于棼踢出大
槐安国，彻底去掉了自己的一个劲敌一块心疾。细微观察过蚂
蚁行进路线的人不难发现，蚂蚁的行进模式总是迂回曲折，几
无直行，正如右相段功，为了排除政坛上的劲敌，采取的行为
模式也是以退为进以守为攻，迂回包抄，一击致命。正如淳于
棼中招之后，才恍然大悟"一日不朝，其间容刀"。400年前
的汤翁，兴许是一个酷好观察蚂蚁世界的老顽童，甚至乐此不
疲，在推推搡搡聚聚散散的蚁群中，推敲蚂蚁的生活习性，不
仅拽出了段功这类大蚂蚁的行为模式，就连"黑巾紫衣"这类
小蚂蚁"前恭后倨"的行为模式也没有逃过他的火眼金睛。第
十出"就征"中，大槐安国使者二黑巾紫衣去接淳于棼之国
时，表现得恭敬有加，在扶淳于起床时说："请下榻，俺红
袖扶。""俺那里有东床，坦君腹。"请淳于上车时说："左
右有人惧，扶君出门去。"左一声请，右一声扶，好不谦卑
恭敬；到第四十二出"寻寤"时，依旧是这二紫衣人送淳于还
乡，而声口就天地不同了。二紫衣笑介："淳于棼，淳于棼，
好不颓气也！正是王门一闭深如海，从此萧郎是路人。"当淳
于棼"意迟迟，步迟迟，肠断恩私双泪垂。（叹介）回朝知几

时"时，二紫衣呵斥"上车快走"，还打歌唱道："一个呆子呆又呆，大窟弄里去不去，小窟弄里来不来，你道呆不子也呆？"紫衣人急鞭牛快走，淳于棼请求缓行一些，二紫衣不应不理，只管一边赶牛蹑行一边唱歌嘲笑，及至到门了，冷冰冰一声"下车"，推淳于就榻。前恭后倨，判若两人。也许正是汤翁对蚂蚁世界了然于胸，一台蚂蚁梦戏便如此声色俱佳地显现在舞台上了。

《南柯记》最为别开生面的一出戏是第四十二出"寻寐"，写淳于棼被遣回乡之后，与溜二沙三扛着锹锄挖掘大槐树下的一个蚁穴，三人寻原洞穴，发现"有蚁"，"有蚁穿成路径"，有"城郭"，有"楼台"，"有蚁儿数斛，隐聚其中"，"中央有绛台深廻"，有"两个大蚁儿并着在此，你看他素翼红冠，长可三寸，有数十大蚁左右辅从，余蚁不敢相近"，"南枝之上，可宽四丈有余，也像土城一般，上面也有小楼子，群蚁穴处其中"，"西去二丈，一穴外高中空，原来是败龟板"，"东去丈余，又有一穴，古根盘曲，似龙形"等等，三人将个蚁穴刨个殆尽，描述得如历如经，有趣得如同儿戏。这一大段掘穴戏是现实中事，原本与梦戏无关，但汤翁一句"步影寻踪，皆如所梦"，便将掘穴之举与淳于所梦有机地联系到一起来了。原来，所见之"路径"、"城郭"、"楼台"正是淳于梦中的大槐安国，"绛台"正是王宫所在，"两个大蚁儿"正是国王国母，亦即是淳于的岳父岳母，南边是淳于出任二十年的南柯郡，西边是淳于陪同国王畋猎的灵龟山，东边是下葬瑶芳公主的蟠龙冈，所有楼台山冈，皆是淳于梦中之物，所有大小蝼蚁皆是淳于梦中之人，触景生情，情景交融，淳于一台二十年梦戏，随着掘穴进展，恰似从头到尾重放一遍。从梦学角度而言，这是回忆梦境，与《牡丹亭》第十二出"寻梦"以及《邯郸记》第二十九出"生寤"异曲同工，通过对梦境的追忆，强化梦境内容，使之成为长久记忆，故而得以形成"南柯一梦"的千古经典，由此亦可深知，汤显祖不愧是中国古代"做梦——忆梦——记梦——写梦"一条龙的先驱。

五、《邯郸记》——梦人生六十年，攀登梦本戏巅峰

《邯郸记》（1601年）是汤显祖紧接着《南柯记》（1600年）用一年时间创作的又一台梦本戏，时年51岁。全剧三十出，除第一出"标引"、第二出"行田"、第三出"度世"和第二十九出"生寤"后半出、第三十出"合仙"共四出半外，自第四出"入梦"至第二十九出"生寤"前半出共二十五出半皆为梦境，梦境戏为全剧的主体。

粗略看去，《邯郸记》与《南柯记》大同小异，都是以梦境叙述人生经历的梦本戏，然而，一旦仔细审视，特别是从梦学角度详加比较之后，便会发现二者的异同与特色：《南柯记》开创了梦本戏的先河；《邯郸记》攀登了梦本戏的巅峰。

1. 胸怀坦荡，直面人生，一改动物梦的隐晦，攀登人生梦高峰

剧中主角卢生是现实中人，祖籍范阳郡，唐代卢氏为范阳望族，后随先父流移邯郸县，家道中落，村居草食，到了二十六岁，穿扮得衣无衣，褐无褐，不凑膝短裘敝貂，住三家店儿，乘坐着马非马，驴非驴，略搭脚青驹似狗，一个典

型的落魄潦倒郁郁不得志文人。入梦以后，他碰到的第一个女主角清河崔氏，在唐代亦是清河望族，至今依旧世代荣华，也是现实中人，而且，至此以后，梦中所有人事，皆是现实中人事，所有社会交往，皆是现实社会交往，一改《南柯记》中与蝼蚁交往的隐晦，坦坦然直面社会，直面人生，这一改变，看似不过是艺术技巧的多种选择之一，从精神层面来看，却表现了汤显祖敢于直面淋漓鲜血的勇气和担当；其至于可以猜测，汤显祖之所以在《南柯记》之后一年内急就出这本《邯郸记》，正是由于他感觉借蚁言事，隐晦曲折，"太不过瘾"，必须当面锣对面鼓，方解胸中之愤懑与不平，这便凸显了他的胆气与豪情。

以现实社会现实人写梦戏，是要承担巨大的风险的。第五出"招贤"、第六出"赠试"、第七出"夺元"连续三出，通过卢生应举得中头名状元的来龙去脉，全方位揭露了明代科举考试中"饶让"、"陪考"、"钻刺"等诸多弊病，辛辣讽刺了权贵把持科第、试官打通关节的潜规则真面目，特别是尖锐地痛斥了钱财开道的肮脏现实。戏文中借崔氏之口说："有家兄打圆就方，非奴家数白论黄。少他呵，紫阁金门路渺茫，上天梯有了他气长。"卢生也立即心领神会说："尽把所赠金资，引动朝贵，则小生之文字珠宝矣。"这样的状元文卷岂不是只有铜臭毫无墨香么！这三出不仅抨击了科举制度，而且笔锋所向，还着实嘲笑了"号令三台，权衡十宰"的考官宇文融，一边咬牙切齿气恨卢生把"咱看定了的状元"钻刺抢去了，一边又酸溜溜地气恼卢生"偏不钻刺于我"。这其间，便大有隐情在。据考证，剧中人宇文融以及萧嵩和裴光庭三人皆是历史上的真人，《新唐书》卷九十九载："开元十七年，授宇文融、裴光庭为宰相，又加（萧）嵩兼中书令。"引用前朝名相以真名入戏（入梦）并非少见，但一旦将其作为揭露批判呵斥的对象时就不免令人侧目，特别是剧作者本人偏巧有类似境遇背景时，更不由地为其捏一把汗，汤显祖正好有过这样的背景：万历五年（1577）27岁的汤显祖进京赶考，当朝首相张居正为了显示其子嗣修的才能，派堂弟张居直去拉拢汤显祖，并暗许功名，却被汤显祖拒绝，由此而开罪张居正，以后数次应试屡屡落第，直到张居正死后第二年才中进士。而又因不肯趋附新任首辅申时行，故一直未得重任，仅在南京任太常博士之类的闲官。因倔强而不趋附，因不趋附而遭排挤，加上对时政腐败的强烈不满，先是恼而辞官，后是愤而写戏，作为已有《紫箫记》半途而废经历的汤显祖，岂不知如此行文的风险乎？非也！是明知山有虎，偏向虎山行，君子坦荡荡，直面对人生。从梦学角度而言，这三出是汤显祖的科举情结梦，也是中国古代文人最重要也是最关键的一段人生经历，这是一道坎，是人生中穷愁潦倒到荣华富贵的分水岭，这也是戏中卢生的第一段重要人生，他凭借妻子的财力和关系，轻松过了这一道坎。

封建社会看重"为官一任，造福一方"，按今天的语汇便是要有"政绩"。第十一出"凿陕"、第十三出"望幸"、第十四出"东巡"三出梦戏，详细叙述了卢生外补陕州和知州任上率民"开河三百里"的政绩，被唐玄宗皇帝称赞"汝功劳在万万年，不小也"；第九出"虏动"、第十二出"边急"、第十五出"西谍"、第十六出"大捷"、第十七出"勒功"五出梦戏，细腻记述了卢生率十万大军征战千里大胜番兵，斩虏百万勒石而还得军功，被唐玄宗皇帝封为定西侯加太子太保兵部尚书同平章军国大事。以上两段梦戏，将卢生为官任上，文治武功都做到了极致，真个是"将军天上封侯印，御史台中异姓王"，建功树名，出将入相，成为了卢生最得意也最重要也最辉煌的一段人生。从梦学角度而言，这一段人生梦，是汤显祖忠君爱国的潜意识思想和潜意识智慧大放光彩的宣示，是焕发正能量的喜悦之梦，当然，也是汤显祖对自己曾经在遂昌知县任上五年"美政"的眷顾与自赞，没有遂昌五年美政的人生经历，断断写不出这样令人雀跃的人生喜梦。

卢生的人生轨迹并非一直扶摇直上而不止，当他这边弹冠相庆之时，另一边却暗流涌动。第十九出"飞语"、第二十出"死窜"、第二十一出"谗快"、第二十二出"备哭"接连四出，描写了卢生遭宇文融陷害，"祸起天来大"，"交通番将，图谋不轨，即刻拿赴云阳市，明正典刑"，堂堂公相，转眼间成了云阳死囚，后虽免于一死，又被"远窜广南崖州鬼门关"，瞬息之间，由权臣到死囚，由死囚到流臣，天翻地覆，峰巅谷底的惊险悲怆人生。汤显祖有被贬的经历，并无云阳问斩的经历，正是通过梦境特有的放大功能，将卢生的遭遇推到了命悬一线的地步，成为了他逆向人生的重要组成部分。从梦学角度而言，这是一个令人恐惧生畏的噩梦。也许可以大胆猜测，在汤显祖的潜意识深处，潜匿着对自己创作这种忤逆戏曲的深深恐惧，对文字狱甚至焚书坑儒的畏怯，说不定哪一天也会"祸起天来大"，凶者杀头，次凶者流配。梦学界有个趋于一致的认识，即梦常常是人生的预演，常常是人生的彩排，常常是人生的试验场。汤显祖的潜意识让卢生为自己极有可能遭遇的陷害和严重后果安排了云阳问斩和流窜鬼门关的预演，为自己作个充分的精神准备，这一猜测并非危言耸听，实际上在汤显祖辞官三年后皇家便像扔掉一块抹布一样免去了汤的官职，彻底断绝了他的仕途，这样的"以示小惩"，比起杀头流放算是不幸中的万幸了。

　　汤显祖是个倔强的人，他的个人风格在随后的梦戏中得到了显著的表现。第二十三出"织恨"、第二十四出"功白"、第二十五出"召还"，这三出梦戏，用现代语言说就是"翻案"戏"平反"戏。经过不服不屈的艰苦斗争卢生终于"谗痕妒迹无沾嵌，向凤凰池洗净征衫"，换来"海外流人去，朝中宰相归"，正所谓大难不死必有后福。从人生轨迹来看，这是一次"劫后荣还"，从梦学角度看，这是一段风格梦。创立了个体心理学的伟大的精神病学家阿德勒说："梦是生活风格的产品。"阿德勒的理论告诉我们，梦常常使人们回到自己的人格中，在梦中再现人们长期形成的生活风格和性格。汤显祖在长期仕途顺逆的浸润中，形成了"不甘屈辱"的鲜明个性和风格，无论在什么情境下，都秉持光明磊落不畏强权的心性，敢作敢为敢担当，即便横遭冤屈，亦坚持据理而行，抗争不止。当初创作《紫箫记》时是如此，面对"是非蜂起，讹言四方"和上司直接出面制止的状况，他不但丝毫没有退缩，相反干脆将这个尚未完成的"传观"之作，付梓刊行，让世人都来看，以"明无所与于时"，何等的理直气壮敢作敢为；万历十九年（1519）毅然上疏，抨击朝政，弹劾权臣，尽管因此遭迫害被谪贬，仍坚持为官清廉俭朴，体恤民情，抑制豪强，平反冤狱，这又是何等的襟怀坦荡，亮节高风；乃至万历二十六年（1598），正值四十八岁壮年干事时节，毅然决然向吏部告归，表达了他与黑暗官场决裂绝不同流合污的磅礴正气凛然风貌，正是这些人生历练，形成了他独特的桀骜倔强的个人风格。梦像梦者一样独特，独特的个人风格形成了独特的梦，我们完全可以从"功白"这一组梦境中，看到并且感悟到汤显祖与黑暗势力抗争到底的顽强与坚毅，卢生的功白梦，本质上是汤显祖潜意识中欲为自己鸣屈伸冤的愤怒呐喊。

功白还朝后应该功德圆满可以结束梦境了，然而，第二十六出"杂庆"、第二十七出"极欲"、第二十八出"友叹"、第二十九处"生寤"又趁热打铁，将卢生的梦境推向最高潮，让卢生在极欲中死去从而了结这个人生梦。卢生还朝后的荣耀实惠，朝中百官无出其右者，工部大使"奉旨盖造卢老爷大功臣坊，敕书阁，宝翰楼，醉锦堂，翠华台，湖山海子，约二十八所"；厩马大使"诏选内厩马三十匹，送到卢府乘坐"；户部大使"奉旨赍送钦赐田园数目：田三万顷，园林二十一所，送到卢府"；乐官内教坊"钦拨仙音院二十四名送去卢府"，真有烈火烹油之盛，连卢生自己都感叹"礼绝百寮之上，盛在一门之中"，尤其是皇恩颁赐的二十四名女乐，成为卢生追求长生不死的采战人参，正如裴光庭所言："卢生兄富贵已极，止想长生一路了。"怎料福过灾生，事与愿违，纵欲过度，一命呜呼！汤学界仁人对这一段梦戏评价很高，认为它将卢生的功名利禄之心暴露无遗，也将他无尽的欲望推向了巅峰，这自然是十分中肯的；从梦学角度而言，这是一个喜极而悲的极反之梦，运用的是梦结构中的转折性结构。许多包含戏剧性变化的梦境都是运用了转折性结构的佳作，汤显祖在这一段梦境中，将转折性变化演绎到了极致，从采战的极乐转折到死亡的极悲，堪称运用转折性结构梦例的经典，这表明早在三四百年前，汤显祖对现代梦学论述的梦的转折性结构已经了然于胸，而且运用起来得心应手，不能不说是中国古代梦文化的骄傲。

汤显祖用85%的篇幅写了卢生的一生经历，目的是很鲜明的，除了在各个不同经历阶段进行了深浅不一的揭露和批判之外，更为集中的是他极力刻画和渲染的最后的"极欲"这个阶段，将全剧的思想性提高到了一个开河三百里的大功臣，靖边一千里的大英雄，仕官五十余年，活到整整八十岁的大宠臣，为何到最后变成一个只顾个人贪图享乐穷奢极欲的大腐呢？现代梦学界有一个极普通的共识，认为人们的思想在梦中会变得更清晰更深刻，如果把卢生的人生梦看成是汤显祖对自己几十年官场生涯的反省和总结，显然是不够的，这个人生梦的梦思，更似乎向人们诉说一个答案，那就是从本质上揭露封建社会制度养贵族反人民的狰狞面目，连人类个体贪得无厌的丑恶一面也变得清晰起来，这是将个人际遇提升到更高层次的反省与总结，是汤显祖潜意识洞若观火的慧眼与追根溯源的智慧的结晶，正因此，卢生之梦才引起人们心灵的共鸣与震撼，才传之400年而不废。（参看第一部分第15条"转折梦"）

2.跌宕起伏，历经甲子，一改片段梦的局限，攀登时空跨度高峰

《南柯记》中，主人公淳于棼的一个梦前后经历了二十年，从第十出"就征"到第二十二出"之郡"，一件事一件事循序道来，花了十多出篇幅，实际时间并不长，大不了数月而已；从第三十三出"召还"到第四十一出"遣生"，也是一件事接一件事，写离开南柯郡直到遣返离国，篇幅不少，实际时间也不过是数月之间，真正费时二十年是在南柯郡守上的日子，然而，这二十年梦境却只用第二十四出"风谣"和第三十四出"卧辙"区区两出戏便轻松带过了，或者说，淳于棼在蚂蚁王国建功立业、出将入相、荣华富贵的最有价值、最值渲染、最为荣耀的二十年，却以高度概括洗练的方式"跳跃"过去了，从梦学角度而言，汤显祖巧妙地运用了梦的"跳跃性结构"，只用两出的篇幅完成了漫长的二十年梦程。这类时空跳跃的梦，很多人都做过，不少人也奇怪为什么在梦中会出现这么怪异的简直不可思议的时空跳跃现象，倘若以一出戏写一年中发展的故事，二十年至少要写二十出戏，之所以用二出跳过二十年，这种类型的跳跃，实质上是梦者对人生旅程中一串驿站的一次回溯性漫游，这与我们白天时常出现的"走神"相类似。在白天，我们正想着张三的时候，突然跳到与李四的关系上，甚至于又跳到要约王五去划船。想张三的时候是老年时，想到与李四的关系却是中年时的，而约王五去划船还是学生时代的事，其间时空跨距都在二三十年以上，白天的思维尚且可以跳来跳去，出现在夜晚梦中的时空跳跃也就没有什

么值得大惊小怪的了，而且，正由于梦具有这种跳跃性特征，反而使梦境（剧情）不拘泥于一时一事，讲起故事来，不平铺直叙，使梦境（剧情）更加生动紧凑，使联想更丰富宽广，使梦思更自由驰聘，使梦者的思维避免公式化僵硬化而充满生气与活力。然而，话说回来，《南柯记》中所谓的"二十年人生梦"，无论在戏曲篇幅上还是在梦程中的实际费时上，都只能说是"虚晃一枪"、"一闪而过"，并没有把这二十年中的人生经历和故事展开来表述，二十年时空变成了极短暂的一个"片段"，因此，这个号称的人生长梦在实际演绎中仅仅只是一个短小的片段梦，尽管这并不影响对主人公淳于棼人生经历的塑造，但在梦学时空范畴内不免有"大帽子底下开小差"之嫌了。

紧接而来的《邯郸记》，主人公卢生一梦六十年，创造了古今中外梦戏时间跨度最长的记录，400年前至今似无突破者；更难能可贵的是，从第四出"入梦"到第二十九出"生寤"，故事一个接一个，时间一天连一天，一次也没有出现二十年一晃而过的跳跃，老老实实，一步一个脚印走完了六十年人生。《邯郸记》在梦的时空表述上一反《南柯记》的"跳跃性结构"，采用梦的"连续性结构"，详实而连续地演绎了卢生长达六十年的人生。

汤显祖写连续梦，并不是平铺直叙娓娓道来，恰恰相反，他的叙说波涛汹涌，跌宕起伏，云诡波谲，惊心动魄，呈现出一幅祸福交替的人生长轴画卷。

从第四出"入梦"起，迎面便被当头一棒，做了个"拿去官司打折了他"的噩梦，被世代荣华的崔氏用"秋千索子上高悬挂"，用"搠杖鼓的鞭儿和俺着实的挝"，告他"非奸即盗，天条一些去不得"。面对骤来官司，卢生真是祸从天降，如果照此线索延续下去，也许就是衙门戏甚或监狱戏了，然而，汤翁笔锋一转，别出心裁来了个"私休"，不但没遭官司，反而福从天降，平白无故得了个崔氏娇妻，这便是第一个祸福交替。

第六出"赠试"、第七出"夺元"、第八出"骄宴"，写卢生春风得意，由本相"驴郎"钦取头名状元，"走马御街游趁，雁塔标题名姓"，"这一举成名天幸"。这无疑是个大喜之梦，而且喜中又有喜，在御赐曲江喜筵上，权相宇文融曲意趋奉于他，主动为他做官媒，卢生志得意满，在红汗巾儿上题诗一首："香飘醉墨粉红催，天子门生带笑来。自是玉皇亲判与，嫦娥不用老官媒。"为众人齐赞"状元好染作也"时，宇文融却恼羞成怒，你"明说不是我家门生"么？你"不用老官媒"么？好呀，"待我想一计打发他"，"寻个题目处置他"，让他懂得"直待朝中难站立，始知世上有权臣"！就这样，福兮祸所伏，喜庆场下已经暗伏杀机了，这便是第二个福祸交替。

第十出"外补"、第十一出"凿陕"、第十三出"望幸"、第十四出"东巡"写宇文融利用卢生"朦胧取旨"为崔氏讨得封诰之事告发了他，虽得"圣旨宽恩免究"，仍未免前脚离京返乡，皇帝的贬官圣旨后脚就到，明着是赦免了卢生，实际上是宇文融一条非常阴险狠毒的恶计，欲置卢生于死地。卢生被贬到陕州知州任职，勒令凿石开河。陕州一条官路，二百八十八里顽石，"工程一月余，并不见些儿涓滴"，倘若果真这样耗下去，卢生恐怕当真只有死路一条了，然而，天无绝人之路，汤翁笔底生花，蹦出了一个"盐蒸醋煮"的奇法，居然"功已成矣，河已通矣"，苦尽甘来，祸弥福至，不仅使宇文融的阴谋破产，卢生还因开河立了大功，迎来了唐玄宗皇帝东巡，开创了一个太平盛世的局面而尽得圣主欢心，这便是第三个祸福交替。

第十二出"边急"、第十五出"西谍"、第十六出"大捷"、第十七出"勒功"诸出原本是写"番兵大举入寇"之事，武将的戏，与卢生这个文官基本上搭不上边，而且，卢生正处在开河建功的大喜之中，岂料正在这个当上，边关告急，"土番杀进长城"，守关大将被杀，唐玄宗急得"酸溜溜的文官班里，谁诵过兵书去战讨"时，宇文融倒暗自心喜，"恰好又这等一个题目处置他"，叫卢生开河不死刀头死，顺势向唐皇举荐卢生去战讨，尽管卢生以"兵凶战危，臣不敢任"推辞，唐皇仍以"寡人知道卿，卿不可辞"而拜卢生为征西大将军，并命"星夜起程，不得迟误"。对于卢生而言，真是方才福星高照，转眼大祸临头，福祸替换，无缝连结，在时空上间不容隙，恰置其时。卢生一介文官，从未见过征战，果真上了战场，当真会"做了铁弹斑鸠"，遂了宇文心愿。然而，亏得汤翁一支力挽狂澜的巨椽，让毫无征战经验的卢生用他的智慧使出离间计，把番兵"折没煞万丈旌头气不消，鬼哭神号。明光光十万甲兵刀，成抛调，残箭引弓鞘"，大获全胜，"万岁十分欢喜，着大小文武官员宴贺三日；封老爷为定西侯，食邑三千户。马上差官钦取还朝，掌理兵部尚书，加太子太保同平章军国大事"，不仅没成刀下鬼，反成"御史台中异姓王"，这便是第四个祸福交替。

卢生"出塞千里，斩虏百万，至于天山，勒石而还"，正当卢生建功树名，出将入相，列鼎而食，人生最得意之时，如果循此轨迹演下去，势必是满台歌舞，文武弹冠，得一个喜庆大团圆；然而，政敌宇文融不肯罢休，又将卢生的人生轨迹硬生生来了个大逆转。第十九出"飞语"、第二十出"死窜"、第二十一出"馋快"、第二十二出"备苦"，写"口里蜜，腹中刀。奸雄谁似我"的宇文融，以"通番谋叛"的天大罪名，直接将卢生从功臣台上拉到了云阳断头台，真是"一不做，二不休"，非要了卢生之命不可，尽管被崔氏高力士搭救，仍然死罪可免，活罪难饶，将卢生充贬到了广南崔州鬼门关，而且暗中密令崔州司户"结果了他的性命"，卢生真的是命悬一线了，从加官进爵到命悬一线，这便是第五个福祸交替。

卢生命不该绝，显然是汤翁的恩赐。第二十三出"织恨"、第二十四出"功白"、第二十五出"召还"，卢生在崔氏、高力士、萧嵩的帮助下，终于为卢生洗清通敌冤案，钦取还朝，拜为当朝首相，至此又躲过险险的一刀，而且将这一刀斩向宇文融，断了这个大祸根，这便是第六个祸福交替。

卢生没有了政敌，原本可以施展才华，勤政为民，获个好归宿，岂料汤翁却不肯了起来，尽管政坛上的祸根宇文融伏诛了，汤翁却拽出了一条更大更深的总祸根，即人本性中的万恶不赦的私欲，第二十六出"杂庆"、第二十七出"极欲"、第二十八出"友叹"、第二十九出"生寤"，写卢生在最后的人生路上，极尽奢华，荒淫无度，终于在"采战"中一命归西，这便是第七个也是最后一次福祸交替。

纵观卢生梦，就是上述七个福祸交替循环往复的连续梦，一环套一环，环环相扣，一节连一节，节节相连。从梦学角度来看，卢生梦就颇似一组"七集"的电视连续剧，围绕卢生的云泥境遇，总想把他的命运看个透底。从本质上说，连续性结构的梦是梦者情感或欲望的连续性释放，这种连续性释放，体现在梦中的时空上，仿佛是一天接一天，一月接一月，一年接一年，其间并无明显的间断，更无几年几十年的"跳跃"，宛如一泻而下，一气呵成。卢生梦就正是这样"一口气"演绎了六十年人生，从而也就造就了梦本戏中时空跨度最长的高峰。（参看第一部分第11条"连续梦"）

3. 内心冲突，动力强劲，一改叙事无心的平庸，攀登心理刻画高峰

《邯郸记》中的七次祸福交替，特别是除首尾外中间的四次祸福交替，从戏剧角度看，是宇文融的不断陷害和卢生的不断化解形成戏剧冲突，推动戏剧向前发展；从梦学角度看，表面上是卢生本质上是汤显祖潜意识深处的一场"内部冲突"或"内心冲突"。

姑且说，梦中的卢生是作者精神人格中自我的化身。所谓自我，是人类个体长期在客观环境影响和规范下所形成的精神人格。弗洛伊德精神人格理论中的自我，是作为一种心理动力学的实体，它是人格结构中处于本我和超我之间的部分。自我实行"现实原则"，对于本我的欲求，自我一般是根据外界现实情况来处置，如果本我的欲求并不违背现实的各项规定，自我便会使本我的欲求"立即满足"；如果本我的欲求违背现

实的规定，自我就会阻止本我的"立即满足"，而采取迂回曲折、时过境迁等等委婉的办法，"暂缓"本我的欲求。但自我并不拒绝本我的欲求，而只是想方设法使本我的欲求至少看上去不违背现实的规则。由于"立刻满足"与"暂缓满足"之间同样存在严重对立，因此，本我与自我之间也会经常出现尖锐的矛盾。从本质上说，本我是与生俱来的原欲的表现，而自我则是文明的产物。自我为了保证个体在现实环境中的生存，它必须使个体的行为符合现实的约束。不如此，个体将被现实的文明消灭。如故意杀人，就会被现实的法律宣判死刑而被枪毙。因此，自我实际上是个体中的"监控官"、"督查员"或"控制官"，它必须关注客观环境的要求与变迁，使个体心理行为更合乎现实，它具有分辨是非的能力。

梦中的卢生同时又是作者精神人格中超我的化身。超我是精神人格中最文明、最正统的部分，处于人格结构的最高层。超我是在人类个体成长过程中，通过父母、老师以及宗教、习俗等教养和影响，或与其他道德权威形式如法律的接触而逐渐形成的。超我实行"至善原则"，对个体的行为要求至善至美，代表着每一种道德先验，代表着一个力求完善的维护者。超我存在的意义是指导自我，限制本我，从而达到理想完美的自我实现。超我具有强大的压抑和惩罚作用，相当于社会组织部门中的监督检查机关。当自我对本我的要求过于轻易应允时，超我就会无情地惩罚自我，这正是人们在日常生活中做错事时，会自觉地感到有罪，出现自我良心谴责的内在根源，这也是超我的表达。超我的高标准严要求，往往被描述成人类生活的高级方向；但在实际上，超我是超现实主义的，是超出社会发展阶段的幻想，近乎乌托邦，现阶段难以实现或达到。

梦中权相宇文融则是作者精神人格中本我的化身。本我是指潜意识中的欲望，是一种原始的与生俱来的欲求。本我实行"快乐原则"，它只是一味地追求愿望的满足，并不顾及现实环境或任何伦理法治，它具有一股桀骜不驯的冲劲，千方百计地直奔满足、立即满足。有意思的是，尽管这个本我对于任何个人来说具有举足轻重的重要性，但个人本身却全然不能明确地感受到它的存在，即人的意识不能"意识"到它的存在，只有在做了错事、说了错话或在日常生活中感到有什么"不对头"的时候，才会隐隐约约地感受到它的"存在"，或"意识"到有"什么"在操控一样，而真正淋漓尽致表现出它的存在的就是梦境。梦的过程就是通向本我的桥梁，梦的内容就是本我的具体表达。

没有涉猎精神分析的人，对精神人格中的本我、自我、超我感到虚无缥缈，不好理解，弗洛伊德作了一个生动的比喻，一下便使艰涩难懂化为清晰明白：当一个青年男子在行走的路上，遇见一位漂亮而多情的女子时，这男子的本我说，我要这个女人，立即就要；但这个男子的自我劝告说，老兄，识相点，你现在占有她就要被抓起来，你应该和她友好相处，别着急，慢慢来；这男子的超我则警告说，性欲是魔鬼，你必须克制，一直到你合法地结婚为止。这就是这个男子面对一个漂亮女子时本我、自我、超我三者之间的矛盾，综合起来就成了这个男子的"内部冲突"或"内心冲突"。十分相似的是，《邯郸记》中卢生与宇文融的矛盾，正具有这种"内心冲突"的典型意义。

我们知道，卢生与宇文融是在御赐曲江喜筵上正式结上
"梁子"的。宇文融因卢生"偏不钻刺于我"早已怒发冲
冠，加上喜筵上自称"天子门生"和"不用老官媒"，这个
"梁子"便结得扎扎实实，恨得牙痒痒的要"想一计打发
他"，"寻个题目处置他"，宇文融这种酸醋劲头和陷害心
理昭然若揭。我拉拢你，你不识抬举，我便容不了你，这便
是人性阴暗罪恶的一面。常言金无足赤，人无完人，汤显
祖虽然是个伟人，但毕竟不是足赤金，也不是完人，在可见
可知的意识层面，也许察觉不到明显的阴暗面，但在潜意识
深处则不尽然了。不少人都有过这样的体验："在梦中，人
赤裸裸地显现在自己眼前。"从本质上看，这就是梦脱掉本
我的人工外衣，显露出天然的赤裸状态，它把原始的、天生
的冲动从我们潜意识的黯淡处带上来。我们决不能像傻子一
样，将戏文中宇文融和卢生的种种冲突搬到汤显祖的现实生
活中去寻求注脚，但是，我们完全可以确信宇文融与卢生在
戏中的争斗正是汤显祖灵魂深处的纠葛和斗争，这是光明与
黑暗的斗争，是阴谋与坦荡的斗争，是拙劣与智慧的斗争，
在这场灵魂深处的斗争中，代表自我和超我的卢生取得了决
定性的胜利，代表本我的宇文融最后彻底失败并宣告死亡。
正因为汤显祖对戏中人物进行了深层次的心理刻画，或者
说，汤显祖将自己深层次的矛盾心理以卢生宇文融的外壳搬
上了舞台，这才引起了观众深层次心理的共鸣，产生了巨大
的心灵震撼作用。即使到了今天，戏中的"内心冲突"仍具
有普遍意义，其中蕴藏的人性中的共性，仍能以形形色色的

表象唤醒人们潜意识中的认同感而进行自我反省，因而受到启迪和教育，这也是《邯郸记》400年后仍然能够活跃在舞台上的内在原因。

为什么宇文融能够一而再再而三地施展阴谋诡计，而且一招更比一招狠毒，一招更比一招要命；而卢生为什么能够一次又一次化险为夷，一次又一次都遇难呈祥呢？除了戏剧的艺术手法之外，从梦学角度分析，这种源源不断的强劲动力来自精神能量贯注和反能量贯注，这就是弗洛伊德开创的动力心理学。弗洛伊德认为，从精神能量的分布与配置来看，本我的能量是用来使人的本能得到满足，它的能量来自个体有机体；自我没有自己的能量，因为它是从本我的表层中分化、发展而来的，只有当本我的能量注入构成自我的潜在心理过程时，自我才真正存在。自我的心理功能就是把本我变动不居的能量转变为受约束的能量。本我不能区分主观意象和客观现实，而自我却能使人的内心世界与现实世界相吻合。这种能量的重新分配是人格发展中的重大事件，使本我中流动不居的能量贮藏到自我中而具有较大的稳定性和约束性；超我则是阻止本我的能量直接在冲动行为或愿望满足中释放出来或间接地在自我机制中释放出来。本我向自我的能量贯注以及自我、超我的反能量贯注之间的相互作用可以解释我们的思想和行为举止。一般来说，如果贯注大于反贯注，行动就会产生，或者某个观念就会进入意识，如宇文融的我要"寻个题目处置他"以及接连几个阴谋都得以实行；如果反贯注超过贯注，思想和行动就会受到压抑，如卢生的多次化险为夷甚至反败为胜。这种能量贯注和反能量贯注之间的对抗和转化，就是"内心冲突"的对抗和转化，这种对抗的动力具有原始属性，因而它不仅是强劲的而且是持续不断的，这便是人们的心理冲突一波未平一波又起的深层次原因。汤显祖不一定具有现代梦学和心理学理论，但显然他早已领悟到了其中的奥妙，才能对戏中人物作出如此深刻的心理揭示和入骨三分的刻画。

有趣而令人刮目相看的是最后一次福祸交替，此时宇文融已死，也就是说陷害卢生的对立面消失了，卢生应当无忧无虑坐享清福颐养天年寿终正寝了，然而，不！卢生竟死于福中！这是为什么呢？汤显祖在此将笔锋一转，直接指向了人生的最大课题——生与死。卢生原本可以以喜剧的形式完成人生的最后一段旅程，汤显祖将他写成悲剧必有他的深意；由于卢生是在梦中死去，应了醉生梦死这句话，从梦学角度而言，这便是关于生的本能与死的本能在梦中的较量。所谓生的本能，即是机体的生存本能，亦即极力争取机体自存和发展的本能，包括存种（狭义的性欲）和个体自存两种形式。死的本能的任务就是一切有生命的机体回归于无机物的无生命状态，力求摆脱生命和爱情的纷扰，生命整个都是这两种趋向之间的斗争和妥协。生命体的每一个细胞都混有生和死这两种本能：与生本能相应的是生命物质的生理创造过程，是聚集扩大的过程；与死本能相应的是生命物质的生理解体过程，是分解消亡的过程。细胞只要不死，生本能就占据上风；当炽烈、旺盛的生本能在性渠道上得到满足时，死本能就开始提高自己的声音。由此才会有继充分的甚至过度的性满足而来的那种状态同垂死状态的相似，以及低等动物如螳螂的繁殖同死亡的重合。低等动物的死亡就是因为在生本能平息之后，死本能获得了充分自由并执行自己的任务。生本能和死本能之间的斗争，在文明发展过程中具体表现为罪恶感的强化。一个惊人的甚至是令人费解的命题是："罪恶感是随文明发展而产生的最重要的问题。我们为文明的进步所付出的代价是随着罪恶感的加强而不断失去幸福。"听起来有些拗口，其实只要将"幸福"的含义界定为"本能的满足"，就很容易理解了。在生本能与死本能的斗争中，罪恶感是死本能的先导旗帜，或说是死本能的引魂幡，卢生就是在与二十四名女乐日夜"采战"，享受"本能的满足"中极乐归天，正如其妻崔氏所感叹的那样："只恐福过灾生，未肯天从人愿。"至此，汤显祖以"梦死"警示世人，如滚滚惊雷，振聋发聩，也成就了一个经典生死警示梦。

4. 倾情巾帼，极力讴歌，一改闺房附庸的世俗，攀登女性独立高峰

女性在汤显祖胸中，具有非常重要的地位，是汤显祖潜意识中极具分量的内容，夫妻是人生伴侣，携手共白头，同走人生路，在"临川四梦"中，分明能够看到他倾情巾帼，极力讴歌的主观愿望与努力，集中塑造了霍小玉、杜丽娘、瑶芳公主和清河崔氏四个女性典型。正如人的思想在梦中逐渐清晰起来一样，汤显祖对女性的尊重、敬佩、感恩以及颂扬的心理也逐渐清晰起来，直到《邯郸记》中的清河崔氏，才将一个具有独立人格、敢作敢为、聪慧坚韧、坚贞不渝的

理想女性树立起来，苦难同担、祸福与共，陪同卢生走过慢慢六十年人生路。

霍小玉，是汤显祖梦戏中的第一个女性。主观上，汤显祖想歌颂霍小玉对爱情的忠贞不渝、对自身命运的不屈抗争，因而赋予她富有主见、不吝财货、甘于忍耐甚至侠女之风，然而，客观上又自认卑微，甘于做小甚至主动提出低声下气的"八年之约"，结果是使霍小玉始终处于卑微的阴影之中，处于委曲求全的无奈之中，处于任人摆布的听天由命之中，一句话，霍小玉始终处于对封建"妇道"的恪守之中，她的色彩阴暗沉重，她的形象委顿悲怜，尽管最终获皇封太原郡夫人，"紫诰皇宣，夫和妇永团圆"，不过大团圆俗套，对霍小玉形象的确立并无增色。或者可以说，霍小玉只是汤显祖牛刀小试，尚不成气候。

杜丽娘，是汤显祖呕心沥血的一个女性。他几乎倾尽全部情感，以杜丽娘三生的巨大代价，将杜丽娘塑造成为一个意志坚强、不畏生死、热爱自然、追求自由、坚守爱情的形象，代表了那个时代千千万万妇女的意志，体现了个性解放的要求和强烈时代精神的典范，可歌可泣可圈可点，原本是一次艺术塑造的大成功，然而万分遗憾的是，功败垂成，在杜丽娘死而复活之后的"大尾"中，杜丽娘转瞬之间判若两人，由敢于以死抗争的铮铮烈女，一下变成拜服在皇权之下的乞怜虫，这一跪一拜，将她满身光华一扫而尽，且不悲乎！汤翁在最后一出"圆驾"中主观上想为杜丽娘再重重添上一笔光彩，客观上却事与愿违，严重背离了反封建争自由的初心，致使杜丽娘形象大打折扣，四百年过后，活跃在舞台上的杜丽娘仍是她在梦中在幽冥中与封建桎梏抗争的形象，倘若汤翁长寿活到今天，看到了舞台上胆识过人英姿飒爽的杜丽娘形象，也许会后悔当初画蛇添足，得不偿失，反省自己的思想还没有顺理得完全清晰。

瑶芳公主，是汤显祖梦戏中第三个女性。在汤显祖笔下，瑶芳公主美丽多情，相夫教子，忠于爱情，甚至在檀萝四太子领兵包围瑶台城要抢夺她为妻时，仍能带病整束戎装与敌对话，亮出了光彩照人的巾帼形象，特别是临终前对驸马的一番叮嘱，语重心长，深谋远虑，不仅表现了公主对驸马情深意切，还展示了女性的睿智与胸怀，可以说是一个完美的女性形象。然而，必须坦陈的是，汤显祖似乎并无刻意塑造瑶芳这位女性的立意，倒是十分借重瑶芳的"公主"身份，正因为是这个"公主"的身份，才使淳于棼有了"驸马"这个身份，也才有了淳于棼二十年的驸马生涯，因而也才有了《南柯记》，这不仅使人联想起二百年后《红楼梦》中的贾元春。曹雪芹并无刻意塑造贾元春的立意，却十分借重"元妃"这个身份。因为有元妃省亲一节，才有大观园，也才有《红楼梦》，也才有贾府"烈火烹油"的盛世；倘若没有元春之省亲，则没有大观园之建造，没有贾府之兴隆，亦没有《红楼梦》之问世。正如元妃死后，则皇恩不在、福祉不在、贾府兴盛不在一样，瑶芳公主一死，淳于棼也就皇恩不在、驸马不在、权势富贵一概不在，立刻被排挤遣返了，所谓"老婆官"一旦老婆死了就什么官都没有了。因为"公主"是与生俱来的，无需塑造，因此在艺术形象上而言，瑶芳身上并无深刻显痕之处，平平一角而已。

最后来看清河崔氏，无疑这是汤显祖倾情赞美、极力讴歌的独立女性，巾帼英豪，也是他着意刻画精心塑造立于心中的艺术形象。

清河崔氏一出场便不同凡响。霍小玉、杜丽娘、瑶芳三位女性，不是郡主便是公主，都是极具身份的"官二代"，唯有崔氏没有这个官环，出场便说"奴家清河崔氏之女是也"，表明上无父辈做官，又言"未有夫君"，表明自己也没有什么诰封之类的背景，不过平常一民女，只是"世代荣华"，住着"深院大宅"，算得上是个"富二代"罢了。当在芙蓉架抓住卢生要"拿去官司打折了他"时，剧情出现巨大转折，汤显祖创造性地让崔氏提出官休私休的选择题，而私休的条件大大出人意料，不仅没叫卢生赔礼道歉索要精神损失费，反而是"不许他家去，收他在俺门下，成其夫妻"。这个"私了"可不得了，一脚把父母之命媒妁之言这个封建礼教的枷锁踢到九霄云外去了。这个情节看似有点戏谑，有点喜剧的味道，究其内涵，却是喷血一呼，悲从中来。对比杜丽娘死而复生后一而再再而三地向柳梦梅提出"扬州问过了老相公、老夫人，请个媒人方好"（"婚走"）、"高中了，同去访你丈人、丈母呵"（"如杭"），足见封建礼教对女性思想的禁锢是如何根深蒂固，这样一位勇于自媒自婚的旷世奇女，仍逃不脱"不待父母之命，媒妁之言，则国人父母皆贱之"（"圆驾"）的桎梏，由此可知，崔氏自媒自婚坐堂收婿又是何其叛逆，也许，这个惊世骇俗的"私了"，正是汤显祖亡羊补牢匡正思路的矫正之笔，这是汤显祖刻下的第一刀，便将一个活脱脱的叛逆女性形象初现雏形了。

第六出"赠试"，是汤显祖刻画崔氏的第二刀。崔氏虽为深闺淑女，却对世事心明如镜，富而不贵，立世难久，当得知卢生有了"今日天缘，现成受用，功名二字，再也休提"的思想之后，立刻以"我家七辈无白衣女婿"激发卢生去求取功名。妻子劝夫求名，在封建社会原本是寻常之事，汤显祖在寻常事上写出了崔氏的不寻常，那就是崔氏对科场的积弊洞若观火，深知一要遍拜豪门贵党，二要"家兄打圆就方"，以现在的话说，若想当官腾达，一要拉关系，二要撒金钱，正所谓"开元天子重贤才，开元通宝是钱财"。崔氏毅然决定"奴家所有金钱，尽你前途贿赂"。崔氏富而不俗，花钱买路，尽显女性的睿智与精明，与霍小玉"不惜分钗之费，求全合璧之欢"，"提起卖钗情事泪痕淹"大相径庭，一个是被动悲哀啼红万点，一个是主动攻略豪气干云，汤显祖对崔氏的褒奖之情和敬佩之意力透纸背。

正阳门叫冤，是汤显祖为崔氏浓墨重彩涂画的一笔。卢生被陷，圣旨"拿赴云阳市，明正典刑"。圣旨到来之时，正是崔氏与卢生唱干"妻贵夫荣酒"之时，岂料晴空霹雳，"祸起天来大"，眼生生看着丈夫被押至刑场，只待开刀问斩。而此性命攸关时刻，满朝文武，慑于权相宇文融的淫威，竟无一人吱声保奏，唯有崔氏，不顾诰封一品夫人的尊贵，抛头露脸，十步当一步"领着一班儿子，来此叫冤"。在正阳门前，搦土为香，祷告天地，为夫鸣冤，终得圣上宽赦，死里回生，被贬广南，崔氏送夫一程又一程，又担心卢生"没个伴当，放心不下，我当了半截银果子，你路上顾觅"，与卢生凄惨分别，一对恩爱夫妻，此时不免"流泪眼

观流泪眼，断肠人送断肠人"。夫妻相伴天涯誓，生死之际
见真章。汤显祖原本就是至情立论之人，在这里显然将崔氏
当成了至情的典范，能从皇帝的刀下救夫一命，这需要多么
巨大的勇气和胆量，又需要多么深厚的同生共死之真情。想
当初一声"私了"，巧妙地将崔氏的独立人格立了起来，看
眼下一个"喊冤"，凝重地将崔氏的巾帼美姿立了起来，汤
显祖不仅倾心尽力刻画崔氏，而且，他对封建社会女性的殷
切期盼也跃然纸上。

　　"织恨"一出，是正阳门叫冤的续笔。尽管卢生未死，
但仍含冤未白，而且崔氏也受连累，十年相国夫人，沦为内
家奴婢，零落归坊，淋漓当户。而且，"在此三年，满朝仕
官，没个替相公表白冤情"。崔氏在悲愤之际，激发智思，
"待学苏妻，织锦回文"，自此"一缕缕金衬着一丝丝柔肠
恨，一字字诗隐着一层层花球晕。回文玉纤抛损，一溜溜梭
儿撺过泪墨痕"，"滴泪眸昏，一勾丝到得天涯尽"。在
完成官锦派单外，又暗中"制下粉锦一端，回文《宫词》
二首"，"织锦字字萦方寸，怎觑的一丝丝都是泪痕滚"，
真是既凄婉悲绝又令人敬重仰慕。后来在高力士帮助下，
御览回文，终于争来"丝纶天上落"，不仅卢生冤情大白，
加拜当朝首相，而且一举击败宇文融。卢生大难不死大冤得
明，崔氏功莫大焉！汤显祖这一续笔，将崔氏忠于爱情，坚
贞不二，既能同甘，更能共苦，临危不乱，巧织回文，伸冤
鸣屈，不白不休，刚柔并济，情理双修的不懈抗争与倔强秉
性，刻画得入木三分，使崔氏的形象血肉丰满骨骼清奇，堂
堂正正立了起来，一扫封建社会女性附庸的陈规俗气，成为

了一个有独立主见、有担当精神、有文思睿智、有情有义的逆时代新女性，也许，这便是汤显祖潜意识中期盼的女性形象，他在梦中将她完美塑造出来。梦学界认为，梦常常是人们现实生活的试验场，汤显祖用戏曲艺术形式完成了他塑造反封建争自由新女性形象的梦想。

最难能可贵的是，崔氏与卢生祸福与共生活到了八十岁高龄时，仍保持着非常清醒的头脑，对卢生贪图享乐时时给予规劝。当皇恩颁赐女乐二十四名给卢生享用时，崔氏劝道："公相可谓道学之士，何不写一奏本，送还朝廷便了。"当卢生彻夜玩赏不休时，崔氏劝道："夜阑了，相公将息贵体。"当卢生以采战求长寿时，崔氏便直言快语劝道："老相公，八十岁老人家，怎生采战那？"并且愤愤地说："你年过迈，自忖量"，"老相公平安罢了，有些差池，就要那二十四个丫头偿命"。显然，这是汤显祖对崔氏的最后礼赞。

说《邯郸记》攀登了梦本戏的巅峰，并非耸听之言，在这一个梦中，不仅演绎了卢生六十年的人生经历，而且还浓墨重彩地演绎了崔氏六十年的人生经历，一对祸福与共的夫妻，一场超越半个世纪的跌宕人生，四百年未有出其右者！所谓人生如梦，梦如人生，可见一斑。

《邯郸记》是汤翁戏曲创作的收官之作，亦是梦本戏的巅峰之作，从梦学角度而言，更是中国古代梦文化的顶尖之作。汤翁的创作生涯到此戛然而止，再无后继，更使《邯郸记》珍贵无比，与《南柯记》异曲同工，珠联璧合，成为中国古代梦文化夜空中的双星，至今闪烁着梦幻的光华。

纵观汤翁创作梦戏的路线图，不难发现，汤翁并非天生的梦戏奇才，恰恰相反的是，他在二十九岁至五十一岁期间，从《紫箫记》起步到《邯郸记》收笔，艰难探索了二十二年，从最初的诗词言梦到最后的梦本戏，清晰地看见了他对梦的认知、领悟、深化、运用、出采的一个又一个脚印，尽管现在无法得知当年他如何钻研梦学的经历和细节，但从他的梦戏中，完全可以感受到他曾付出的艰辛，他的梦戏，可以说代表了他那个时代梦文化的高度和辉煌。

莫醉笙歌掩画堂，
暮年初信梦中长。
如今暗与心相约，
静对高斋一炷香。

——《邯郸记》第三十出

四、汤显祖梦戏特色

"临川四梦"不仅是中国古代戏曲史上的伟大经典，而且是中国古代梦文化的一颗硕大明珠，静静地闪烁着认知智慧的熠熠光华。

汤显祖梦戏的最显著的特色，是将瑰丽的戏曲艺术与梦的迷幻色彩融合在一起，你中有我，我中有你，你支撑我，我帮扶你，戏中有梦，梦中有戏，融会贯通，天衣无缝，使观众一时之间不知身在戏中或身在梦中，既享受了戏曲艺术的舞台臻美，又感受到了梦幻的离奇空灵。戏与梦共鸣而激发心灵的震撼。归结起来，汤显祖梦戏具有显著的五大特色：

一、充分利用梦的特征，将戏演得淋漓尽致

（一）充分利用梦的普遍性特征

普遍性，是梦的最大特征。不管男女老少、贫穷富贵、高官贵胄、贩夫走卒、古代现代、东方西方、不论肤色、不分种族，人人皆做梦。大自然赐予我们人类四件共同拥有的宝物，前三件是阳光、空气和水，第四件就是梦。像人类可以公

平自由享有阳光、空气和水一样，我们每个人都可以公平自由地享有梦。梦的普遍性不仅表现在人人都做梦这一点上，还表现在人们的不同年龄阶段会做大致相同类型的梦，比如少年儿童时期，大多会做吃喝拉撒嬉戏玩乐的梦，而到了青年婚嫁时期，特别是男未娶女未嫁时，大多会做求偶类型的梦，这既是生理使然也是心理使然。汤显祖正是利用了梦的普遍性特征，巧妙地将"求偶"类型的梦写进了戏曲中。《牡丹亭》中，杜丽娘感叹"吾今年已二八，未逢折桂之夫；忽慕春情，怎得蟾宫之客"，"年以及笄，不得早成佳偶，诚为虚度青春"，正是在这种"迁延"、"淹煎"的状态下，只是"隐几而眠"的小睡中，便梦见了"素昧平生"的柳梦梅，并由此发展成为一场"雨香云片"的春梦；《南柯记》中，淳于棼哀叹自己"人才本领，不让于人。到今三十前后，名不成，婚不就，家徒四壁。守着这一株槐树，冷冷清清，淹淹闷闷。想人生如此，不如死休"。常言"无妇不成家"，淳于棼此时"求偶"的愿望是十分强烈的，举酒浇愁愁更愁，愁的是"醉的那躯劳重，枕席无人奉"，正是在这种连死的心都有了的时候，汤显祖平白在淳于棼梦里送他一个瑶芳公主，不仅满足了求偶的愿望，还理所当然地让他当上了驸马，为后面热热闹闹开开心心的日子搭上了缘分；《邯郸记》中，山东卢生二十六岁，无有妻室，"穿扮得衣无衣，褐无褐，不凑膝短裳敝貂，住三家店儿，乘坐着马非马，驴非驴，略搭脚青驹似狗"，活脱脱一个穷酸单身汉，正值此"无之奈何"之际，汤显祖借吕洞宾之手，将一个"枕是头边枕，磁是心上慈"的磁枕赠给卢生，卢生枕着磁枕一睡，居然撞上清河崔氏坐堂招婿，凭空得了个"香水浑家"，由此展开了跌宕坎坷的六十年生涯。这三部戏的开场锣鼓，都敲出了几乎相同的点子，仿佛都是"天上掉个林妹妹一样"，男得浑家女得婿，世上难为梦中求。"得"，得偶，这就是婚嫁青年男女盼婚望嫁的普遍性；"求"，求法，这就是戏曲艺术的独特性，汤显祖运用三种不同的戏曲手法将具有普遍性的求偶梦融为一体，既看点新奇不呆板又因具有普遍性而使观众喜闻乐见极具亲和力，甚至于幻想哪一天也掉个林妹妹给我！

（二）充分利用梦的私密性特征

《谜语大全》中有一则谜语是这样写的：谁都能做，每个人做的都不一样，也不能众人一起做，更不能看着别人做。这个谜语的谜底类型是一种生理现象，谜底就是——梦。这个谜语充分而全面地揭示了梦的私密性特征。梦都是人们在睡眠状态中出现的精神活动过程，披露了梦者白天不愿想不敢言的最隐秘最深邃的思想，对于他人而言，梦者不说他人不知。梦是每个人的秘密领地，是对外人的禁区，只要梦者自己守口如瓶，梦里的秘密就永远不会泄露，直至烂在肚子里甚至带入西天。汤显祖十分了解梦的私密性特征，并烂熟地运用于戏曲创作之中。《牡丹亭》中，当柳梦梅强抱杜丽娘下场后，作者的意图分明是暗写柳杜云雨，这是人间极其私密的事情，不宜在舞台上表演，哪怕是在梦中，也有遮蔽之意，然而全然不说也似不妥，便借用花神之眼看梦中之事："看他们似虫儿般蠢动把风情搧，一般儿娇凝翠绽魂儿颤。呀！淫邪展污了花台殿。"这样一来，把杜柳幽会的情境代替观众"看见"了，把看不见的梦中隐私披露了出来。这样处置，不仅台面干净文雅，而且有益于推进情节发展，花神接着一句"咱待拈片落花儿惊醒他"，就将剧情向前推进了。对于梦中的私密，杜丽娘作为梦主，自己是心知肚明的，在"冥誓"中，杜丽娘自叹："奴家和柳郎幽期，除是人不知，鬼都知道。"好一个"人不知"，即他人不知，这就凸显了汤翁对梦的私密性特征的透彻认知。更为重要的是人的思想感情，尤其是阴暗狠毒的计谋，在这一点上，汤翁运用梦的私密性特征，无情揭露了奸相宇文融的内心隐秘，将他的阴险狠毒刻画得入木三分。由于卢生夺元时"偏不钻刺于我"，"不容怒发不冲冠"（"夺元"）"待我想一计打发他"，"权待他知制诰有些破绽之时，寻个题目处置他"（"骄宴"），"开河到被卢生做了一功，恰好又这等一个题目处置他。臣与文班商量，除是卢生之才，可以前去征战"（"东巡"），"深喜吾皇听不聪，一朝偏信宇文融"，"沉吟数日，潜遣腹心之人，访缉他阴事，说他贿赂番将，佯输卖阵，虚作军功"，"此非通番卖国之明验乎？把这一个题目下落他，再动不得手了"，"有恨非君子，无毒不丈夫"（"飞语"），"口里蜜，腹中刀。奸雄谁似我，逞英豪"，"那里有个鬼门关，怎生活的去？中吾计也，中吾计也"，"杀人须见血，立功须要彻"（"馋快"），直到向崖州司户官发出密旨，"说他最恨的是卢尚书，叫我结果了他的性命"（"召还"）。所有这些阴谋诡计和陷害心理，观众都看得清清楚楚听得明明白白，然而，必须知道，这一切原是梦中私密，观众是看不见也听不到的，正是汤翁将梦的私密性特征与戏剧情节无缝联结，才使观众对宇文融的凶恶阴险洞若观火，特别是宇文融暗自得意的"深喜吾皇听不聪，一朝偏信宇文融"的天大秘密告白天下，更将这个奸臣心性面目揭露得体无完肤了。

（三）充分利用梦的自私性特征

梦的内容是完全自私的，一点也不具备利他的情怀。这样说似乎对梦不公平或过于严苛，然而，这正是梦的特征之一。科学释梦大师弗洛伊德说，梦是潜意识愿望的满足，这些愿望中有好的也有坏的，好的愿望，比如在梦中帮助别人，他揽下来，用以表现梦主道德高尚；坏的愿望，比如在梦中杀人放火，它推到别人身上，将明明是梦主的坏思想或坏行为都变成别人的；而在梦中指责或批判别人的时候，实质上是在指责或批判或反省梦主，却以投射他人的方法来躲避或掩饰。说梦是自私的，一点也不奇怪，因为梦自始至终都是以梦主的自我为中心，它只为自我本身的理想和利益竭尽全力。所以说，我们绝不能忘记的是，任何人梦到的应该是排除其他所有人在外的自己，也就是说，所有的梦，都是关于梦者自己的梦，是自私的梦，绝不为他人作嫁衣裳，这就是梦的自私性特征。

对于梦的自私性特征，汤翁在《牡丹亭》"冥誓"一出中，与剧情与人物性格揉合在一起，运用得熟络自然，混成一体。当杜丽娘与柳梦梅在幽冥中数度幽会之后，她非常满意也格外看重与柳生的姻缘，"前日为柳郎而死，今日为柳郎而生"，生生死死，心中只有一个柳郎，但是，她也有自知之明，知道自己肉身已死，与柳郎幽会只是自己的鬼魂，她越来越担心"只管人鬼混缠到甚时节？"她很想向柳生说明白自己是鬼身的真相，却又担忧"只怕说时柳郎那一惊呵"，一下把柳郎给惊吓跑了，万一出现这种情况，那她就惨了，她失去的不仅仅是柳郎，而是她以生命抗争换来的自由和爱情，因此，在说不说以及如何说的问题上，她不仅是非常谨慎而且非常害怕，然而又不能不说。人们常说，爱情是自私的。这种自私，尚体现在人与人之间，对杜丽娘来说，她的自私体现在鬼与人之间，一个幽冷、凄凉、孤独飘零的游魂野鬼，要死死抓住阳间的一个少年书生做郎君，且不更其自私么？在杜柳相会时，尽管柳生一再盘问她的根底，她却总是闪烁其词，不敢实言相告，一时说"不是人间"，一时说"难道天上"，直到柳生说出"薄福书生，不敢再陪欢宴"，杜丽娘才说出自己内心深处的第一层忧虑："待要说，如何说？秀才，俺则怕聘则为妻奔则妾，受了盟香说"。当柳生盟香发誓"作夫妻。生同室，死同穴"之后，这才说出"奴家便是画中人"、"奴家还未是人"、"是鬼也"的实情的内心最核心机密。从这一整段剧情中，我们清晰地看到了梦是如何地维护着杜丽娘的自我，完完全全地为梦主的自我竭尽全力，保护自我不受伤害，梦的自私性特征昭然若揭。汤翁运用梦的自私性特征最为精彩之笔，是在《邯郸记》第二十九出"生寤"中，写卢生"魂飞散扬，争些儿要得身亡丧"的临终之时，向高公公叮嘱身后事的一节，卢生对高公公说："要紧一事，俺六十年勤劳功绩，老公公所知。怕身后萧裴二公总裁国史，编载不全。"当得到满意回答后又提一问："请问老公公，身后加宫赠谥何如？"当得到"自有圣眷，不必挂心"后，又哭着提一要求："哎哟，还有话。老夫有个孽生之子卢倚年小，叫来拜了公公。"当得知

"小哥注选尚宝中书了"之后，又追补说："本爵上叙边功，还有河功未叙。意欲和这小的儿再讨个小小荫裘，望公公主持。"直到自感"风刀解体"死到临头要写遗表时，还不顾妻子劝阻不要他人代笔，坚持亲自书写，为的是"你不知俺的字是钟繇法帖，皇上最所爱重，俺写下一通，也留与大唐作镇世之宝"。难怪连他的大儿子也无不讥讽地说："老得文园病，还留封禅书。"可以说，这是梦的自私性最后一次为卢生服务效劳，满足了卢生一个又一个直至最后一个愿望，同时也为后人留下了彰显梦的自私性特征的经典。

（四）充分利用梦的个体性特征

梦的个体性特征，是指不同的个体，都只做自己的梦——具有个体特色的梦。中国古代梦学家对梦的个体性特征早有深刻而明确的认知。古代梦学家陈士元指出：帝王有帝王的梦，圣贤有圣贤的梦，车台斯仆有车台斯仆的梦，穷通亏盈，各缘其人。常言"北人不梦船，南人不梦马"，也是对个体性特征的经典表述。而且，即使是内容大致相同的梦，也会由于个体的不同而表现出完全不同的特征。古代梦书《潜夫论》说：贵人梦之即为祥，贱人梦之即为殃，君子梦之即为荣。梦的个体性特征主要与三大要素相关，其一是与梦者的年龄密切相关，不同的年龄阶段会做不同内容的梦，这是由于在不同年龄阶段个体的经历有了明显的阶段性区别、拥有了阶段性特征的缘故，像儿童梦境中所出现的地点，大多是他们白天经常玩耍或活动的地方，梦中出现的人物除了亲人外，大多是他们的小伙伴，梦中出现的道具大多是布娃娃、小动物、小手枪之类的玩具，儿童不会做政治梦经济梦以及性梦，而这些内容会大量地出现在成人梦中，到了老年，回忆人生的梦境以及面对死亡的梦境就会多起来；其二是与个体的性格、心态、气质密切相关。气质是一个人的外在特征和心理素质的统一体，个体独有的气质特征和独有的心理素质，明显地影响着人的梦境，表现出独特的风格梦。比如性格豪放直爽的人，梦境常常多欢快开朗的气氛，色调也很明快；如果你的心够开放，够浪漫，那么你的梦也许会有不少神奇的故事发生；性格忧郁内向的人，梦境常常多是压抑、凄凉，色调也常常是灰暗、低调的；性格淡泊随和的人，梦境常常是恬静安详，富有诗情画意，色调也自然柔和，令人心旷神怡；性格活泼好动、思想奔放的人，梦境常常是跳跃的、快节奏的、多变化的，色调也是五彩斑斓，令人有琳琅满目美不胜收之感，所以说，梦就是一面镜子，照出了梦主的性格和气质；其三是与个体即时的身心状况相关，一般处于身心不安时，趋于做乱糟糟的梦，身心处于平静时，多做情和梦。除此之外，还与个体的性别、生存环境、感官敏钝、思维闭放、工作性质、健康状况、社交广窄以及家庭婚姻等多种因素相关联。凡做过梦的人大概都有这样的感受，即不管多梦少梦，好梦恶梦，所有的梦基本上都是围绕着梦者自身的经历打圈圈，因而也决定了梦的个体性特征。汤显祖显然学习继承了中国古代梦文化中的这一精髓内容，毫无迟疑地运用到了自己的戏曲创作之中。《牡丹亭》是杜丽娘的梦。杜丽娘"年已二八"，又"忽慕春情"，因此，她的梦总围绕在"春愁"、"春情"、"春怨"、"春恨"、"思春"、"情郎"、"云雨"这一类特定的内容之中，体现了杜梦的个体性特征，唯有杜丽娘做这样的梦，才合情理，也合梦理，倘若换成别的任何一个角色来做这样的梦，就既不合情理也不合梦理了。《南柯记》是淳于棼的梦。一方面，淳于棼悲观情绪浓重，自认自己"成落魄之像"，"门院萧条，做不出繁花梦"；另一方面，又不甘清贫，豪气干云，自认自己"风云识透，破千金贤豪浪游。十八般武艺吾家有，气冲天楚尾吴头。一官半职懒跼蹰，三言两语难生受"，活脱脱一个"论知心英雄对愁，遇知音英雄散愁"的心性，一种"一生游侠在江淮，未老芙蓉说剑才"的气质。正是这样一个独特的淳于棼一入梦，便得了个公主为妻，因而成了驸马，进而成了南柯郡守这样的大官，这样就合了他"一官半职懒跼蹰"的心性，随后的"御饯"、"之郡"，"青袍旧，绿鬓鲜，大槐宫里着貂蝉。香车进，宝马连，一时携手笑嫣然"，又一扫"门院萧条"的"落魄之像"，得到了梦寐以求的"笙歌锦绣云霄里，南北东西拱至尊"的极大满足，也打破了"做不出繁华梦"的晦气魔咒，及至后来打败檀萝四太子，解除了包围，救下了公主，"马敲金镫响，人唱凯歌回"，正是他"十八般武艺吾家有，气冲天楚尾吴头"的显耀。人们常常是好梦做尽噩梦来，当淳于棼好梦做得如天花乱坠时，汤翁不失时机地让公主死了，公主一死，驸马就成了空壳，接踵而至的便是"把威福移山转势"，夺了侍卫，禁居私第，最后来个"遣他回去"，"风光顷刻堪肠断"，重新回归"落魄"中。淳于棼梦醒之后，自叹"我梦中倏忽，如度一世矣。"这个做了"一世"的梦，正是淳于棼这个"我"的梦，绝非他人可梦得出的，凸显了梦的个体性特征。同样的道理和实践，《邯郸记》是卢生的梦。卢生是个"学成文武之艺，未得售于帝王之家"的"沉障久深"之人，满胸怀着"大丈夫当建功树名，出将入相，列鼎而食，选声而听，使宗族茂盛而家用肥饶，然后可以言得意也"的宏图大志，是个运程骞塞心计高之人，只要把握住了卢生这个人的心性特征，在一定程度上也就把握住了卢生梦的特征，汤翁正是沿这条线路，从"招贤"、"大捷"、"功白"一路写去，一直写到乐极生悲，采战至死，坎坎坷坷六十年，始终终终不离卢生本性，把梦的个体性特征表现得洞若观火。

（五）充分利用梦的分裂性特征

梦的分裂性特征最显著的表现是梦思与梦象的分裂。梦思是潜意识的欲念或愿望，被深深地隐藏着，我们很难直接看到它，而所看到的梦象却似乎与梦思一点也不搭边，八竿子也打不到。此时的自我是一分为二的，一部分在传递着潜意识的欲求，另一部分却千方百计地以花里胡哨诡异莫测的伪装将真相掩盖起来。正是由于梦以这种特殊的分裂状态呈现在我们眼前，因而使我们对梦常常感到茫然迷惑，无所适从，很难看懂自己的梦。汤翁运用梦的这种分裂性特征，十分成功而且十分深刻地刻画出了宇文融"口蜜腹剑"的老奸巨猾形象。在《邯郸记》"骄宴"中，状元赴宴时，宇文融热情地以礼相迎，喜形于色地邀请"列位状元请进"，又"恭喜三公高才及第，老夫不胜荣仰"，又殷勤送酒，称赞"天上文星，喝好是金殿云程，玉堂风景"，其间又特别高看卢生，"状元，这妮子要请状元，老夫为媒"，看，这是一个多么热情洋溢、关爱后学、平易近人、深具人情味的老相国呵！卢生凿河建功时，恰值番军挑起边衅，宇文融当着圣上的面举荐"除是卢生之才，可以前去征战"，这又是个为国为民举贤荐能的良相。在这些贤相良相的后面，却深藏着一个"口里蜜，腹中刀"的奸雄，一个"杀人须见血"的恶魔，汤翁利用梦的分裂性特征，把外面光彩内里心狠手辣睚眦必报的奸臣宇文融揭示得淋漓尽致。

梦的分裂性特征的另一重要表现，就是梦的精神活动过程与机体反应机制处于分裂状态，尽管我们在梦中拳打脚踢挥刀舞剑，但我们的身躯仍平稳安静地躺卧在床上。原因是当梦程开始后，我们的脑干就发出指令，有效地使身体处于暂时瘫痪状态，既不会随梦意挥拳踢腿，更不会翻滚腾挪，要不然，我们每天晚上都会滚下床去。这一分裂性特征，为做梦提供了可靠的安全性，即使梦中出现不雅或越轨行为，也只不过是虚惊一场或虚晃一枪，不会成为真的事实。所以古希腊哲学家柏拉图说出了一句名言：君子之不端止于做梦；小人之不端见诸行动。汤翁对梦的这一层分裂性特征，了解得最为透彻，运用到戏曲创作中便写出最为经典的段子。《牡丹亭》第三十六出"婚走"中，杜丽娘和柳梦梅的一段质疑对话，将这种分裂性特征表述得再清楚不过了。（旦）柳郎，奴家依然还是女身。（生）已经数度幽期，玉体岂能无损？（旦）那是魂，这次俺是正身陪奉。伴情哥则是游魂，女儿身依旧含胎。这一段话明白得无需再作任何解释，正应了柏拉图"君子之不端止于做梦"的名言。汤翁唯恐人们不信，紧接着又写了一个反证，当杜丽娘回生之后在舟中新聚之后，（生）风月舟中，新婚佳趣，其乐何如！（旦）柳郎，今日方知有人间之乐也。这又应了柏拉图名言中的后一句："小人之不端见诸行动。"当然，这里的"小人"另当别看，只着重在现实中"见诸行动"而已。《南柯记》中，淳于棼入槐安国，娶瑶芳公主，待猎龟山，之南柯郡，排老鹳阵，解瑶台围，回朝以及生恣等等，无一不是大举止大动作，然而到第四十二出"寻寤"时，"生仍前作睡介"，身子并无一丝挪动，这便是梦的精神活动过程与机体反应机制相分裂。同样的道理，《邯郸记》中的卢生，在梦中经历了娶崔氏、夺状元、开河三百里、长驱千里程、法场问斩、鬼门关备苦、功自加封、极欲无度、采战归天等等福祸坎坷，亦是大起大落，而到第二十九出"生寤"时，不过是"死向旧睡处倒介"，梦醒时才明白"当初是打从这枕儿里去"，现时依旧睡在这枕儿上，梦里翻江倒海，身躯却安稳如山，这些构思都说明汤翁对梦的分裂性特征了如指掌，融合到创作中便似顺手拈来，到剧作中观赏却也俯拾皆是。

（六）充分利用梦的双重性特征

梦的双重性是一种非常微妙的特征，表现在做梦的时候，作为梦者的我既是主体又是客体，大脑中涌现出的梦象既是梦者潜意识的表露，而对这些梦象的感知又是梦者意识的认知，梦者的潜意识和梦者的意识同时参与了做梦的全过程。当然，认知梦象的意识和我们白天清醒时的意识还是存在巨大差别的，它能感知梦象，却不能操控更不能主导梦的进程，它只是作为客体的一个旁观者或梦象的见证者，但它仍是梦的双重意识之一，这两者缺一不可，道理很简单，没有潜意识的表露就没有梦象，而没有意识的认知也就没有看见梦象，也不会感知到做了梦。梦之所以存在双重性特性，根本原因是我们人体本身就存在着二元性，有白昼的一面，有夜晚的一面。做梦的时刻，正好处在阴阳交替的临界点上，我们既是做梦者，同时又是分明看见了自己的梦的人，似乎是既睡又醒，梦学界将这种双重意识状态称为"傍晚状态"，又称为"第三种意识状态"，用以与白天清醒的意识状态即第一种意识状态和夜晚潜抑的睡眠状态即第二种意识状态相区别。梦的这种双重特性对整合人的整体意识具有重大意义，它尽最大限度消弭了意识和潜意识两种状态的概念系统间的巨大差异，尽最大努力将两种状态的概念系统拉拢整合到一个平台上，尽最大努力实现两种状态的相互认知和对话，这样一来，梦者不再为现实的法则所支配，从必然王国跨入自由王国，从而获得最彻底的人性解放。汤翁在《牡丹亭》第二十三出"冥判"中，绘声绘色地描述了这种双重性特征。权管十地狱印信的胡判官走马到任之日，提审女鬼杜丽娘，对杜丽娘诉说的因情感伤，坏了一命的原委，认为是"谎也。岂有一梦而亡之理"，追问"梦魂中曾见谁来"，杜丽娘回说"不曾见谁。则见朵花儿闪下来，好一惊"。至此，梦境进入到胡判官与南安府后花园花神之间的勘问与答辩，用一曲"后庭花滚"，判官与花神一问一答对了三十八种花，随后判官又数了三个玩花而亡的典故，直至花神知罪。在这一大段梦境中，杜丽娘既是判官勘问的主体，又是立在一旁静观判官与花神对答的客体，这种双重性特征是非常鲜明的。从另一角度说，杜丽娘、判官、花神的这场"三人戏"，表达的是杜丽娘潜意识对"慕色而亡"的一场理性探讨，杜丽娘理所当然是梦中的主体，而杜丽娘的意识又完整感知了这个梦，因而又毫不奇怪居于客体位置上，这就正是梦的双重性的微妙之处。《邯郸记》第二十五出"召还"中，崔州司户接宇文融密旨，要结果卢生性命，将卢生往死里打，"打你个老头皮不向我们下参，打你个硬骸儿不向我庭下跕，打你个蠢流民尽着婪，打你个暗通番该万斩，打你个骂当朝一古子的谈，打你个仗当今一块子的胆。打的你皮开肉绽还气岩岩也。打了呵，还待火烙你头皮铁寸嵌。"卢生遭此毒刑，惨痛地喊叫着求饶："你打的我血淋侵达喇的痛鑱馋也，怎再领得起你那十指钻钳泼火燂？"司户并不罢休，"铁钤生头，火烙生足"。在卢生被折磨得命悬一线时，"天使到来，钦取宰相回朝"。一方面卢生得救，另一方面，却吓坏了司户，特别是听到"宇文融今已伏诛"的消息后，更知自己的靠山已倒，为活命计，立即自绑请罪，向卢生哀求"司户小人有眼不识泰山，绑缚阶前，合当万死"。此时此刻，浑身血淋淋的卢生却满面春风地笑道："起来，此亦世情之常耳。"分分秒秒之间，一个卢生判若两人，这便是汤翁运用梦的双重性特征具有创新意义的佳作。一个梦中卢生，是遭受严刑拷打的卢生，已经打得坚持不住，发出"既在矮檐下，怎敢不低头"的哀鸣；一个梦中卢生，仿佛只是站在一旁观看的看客，既没被打，也没遭烙，既没出血，也无痛楚，看到末了，也只是莞尔一笑发个不冷不热不咸不淡的"世情之常"的观评而已，这就将梦中主客两个卢生写活了。运用剧中人对话的形式，是汤翁描述梦的双重性特征时的习惯性技法。《南柯记》第四十出"疑惧"中，淳于梦"不知半月之内，忽动天威，禁俺私室之中，绝其朝请"，不明"有何罪过"。为了道明此中原委，汤翁设计了一段"父子对话"：（贴）爹啊，这等，细细听儿报来：【三换头】无根祸芽，半天抛下。客星一夜，犯虚、危汉槎。（生）国主何从得知？（贴）有国人上书，说玄象谪见，国有大恐，都邑迁徙，宗庙崩坏。（生）这等凶却何干俺事？（贴）他书后明说着：衅生他族，变起萧墙。（生）是那一个国人，这等胆大！便是他族，何知是俺？（贴）右相段功就中谗谮了，说虚、危者，宗庙也；客星犯牛、女者，宫闱事也。（生）牛、女，只俺和你母亲就是了。（贴泣介）他全不指着母亲。（生）再有谁？（贴）说琼芝新寡，三杯后有什么风流话靶？（生）呀！段君何谮人至此？（贴）国王甚恼，说驸马弄权结党，不可容矣。（生）国母怎生劝解？（贴）说到萧墙话，中宫怎劝他。（生）儿，不怨国人，不怨右相，则怨天。天你好好的要见那客星怎的。（贴）那星宿冤家，着甚胡缠害我的爹。这一段父子对话，表面上是父子一起追寻淳于棼遭软禁的原因，这只是梦的表象，实质上则是淳于棼在灵魂深处进行的一场自我反省，梦中的淳于棼是当事人主体，梦中的儿子则是淳于棼超我的置换，站在客位作客观分析，梦中的父子关系实际上是淳于棼的主客体关系，将一个淳于棼一分为二，这便是梦的双重性特征的变相演绎。

（七）充分利用梦的感知性特征

梦的感知性特征又称梦的知觉性特征。在白天，我们早已厌烦了枯燥乏味的长篇理论大报告，倘若到了夜晚，梦仍然以枯燥的理论、抽象的概念糊弄我们，谁还愿意日夜受此活罪哩！幸好人类天生有一项特殊功能，那就是大脑可以将枯燥、乏味、平面的语言说教转化为丰富、有趣、立体的画面表现出来。梦充分利用这一特殊功能，将僵硬死板的梦思转化为生动活泼的梦象。有一个谜底是"画"的谜语这样说："远看山有色，近听水无声。春去花还在，人来鸟不惊。"画是一个词，是一个概念，但包含许多深奥的理论和高超的技巧，对于不怎么爱画或懂画的人来说，是枯燥无味的，但一旦将"画"字转换成一幅图画，情况就不一样了，即使是对画不感兴趣甚至一窍不通的人，也能从这幅画中感知到山和水，花和鸟，人和自然，时空推移以及青山、绿水、红花等颜色，水声、鸟声、人声等声音，甚至还能感悟花的芬芳。这样一来，这幅画作作为生动的主体就可能被人的感觉器官感知了。梦和这个画谜十分相似，梦中没有抽象的概念，也没有抽象的语言文字，正如常言用事实说话一样，梦用图像说话，梦中有的只是具体的影像、声音、气味、冷暖、痛痒、色彩，而且，梦还会对这些元素进行放大夸张，以便提高梦象的清晰度和强度，强化梦象的震撼力和感染力，凸显主体地位。而在夜晚时，我们白天一致对外的感觉器官改变了方向，外眼成了内眼，外耳成了内耳，一致向外的器官变成了一致向内，于是，我们看见了梦象，听见了梦中的声音，闻到了梦中的气味，感觉到了梦中的冷暖痛痒，在性梦中，我们甚至能体验到性高潮和性快感，换句话说，梦作为被感知的主体，已经被夜间的感觉器官感知到了，每一个醒来还记得做了梦的人，皆是由于梦被感知、被知觉了，倘若梦不具备知觉性特征，人世间便不会有一个梦。汤翁对梦的感知性特征是具有深刻认知的，运用到戏曲创作中为戏曲增色添彩，涌现了众多令人拍案的绝活。《牡丹亭》第十二出"寻梦"，杜丽娘趁"丫头去了，正好寻梦"。所谓"寻梦"，实际上就是回忆梦境，她来到后花园，看见"那一答可是湖山石边，这一答似牡丹亭畔。嵌雕阑芍药芽儿浅，一丝丝垂杨线，一丢丢榆荚钱"，这都是梦中所到的环境，又回忆出"昨日那书生将柳枝要我题咏，强我欢会"，"他捏这眼，奈烦也天；咱漱这口，待酬言"，还回忆出"生就个书生，恰恰生生抱咱去眠"，"他倚太湖石，立着咱玉婵娟。待把俺玉山推倒，便日暖玉生烟。挨过雕阑，转过秋千，揹着裙花展。敢席着地，怕天瞧见。好一会分明，美满幽香不可言"。她所回忆起的梦中环境，梦中人物，梦中举止以及梦中感受，都是"昨日"的梦中之像，换句话说，都是她感知到了的梦象，正是梦具有感知性特征，她才获得了对梦的知觉，汤翁正是运用这个特征，使观众"看见了"、"感觉到了"杜丽娘的梦境，这便为剧情增色不少。杜丽娘从第十出"惊梦"起，便在梦中看见了柳梦梅，而且与之"云雨十分欢幸"，在随后的"幽冥六梦"中，又多次与柳郎相会欢聚，应该是个"老熟人"了，然而，在第三十五回"回生"中，当杜丽娘"喜春生颜面肌肤"回生后，睁开眼谁也不认识，只问"这些都是谁"，此时与柳梦梅有一段简短的对话，将梦的感知性特性简直写活了：（生）我便是柳梦梅。（旦）眊矇觑，怕不是梅边柳边人数。（生）有这道姑为证。（净）小姐可认得道姑么？（旦看不语介）（净）你乍回头记不起俺这姑姑？（生）可记得这后花园？（旦不语介）（净）是了，你梦境模糊。（旦）只那个是柳郎？（生应，旦作认介）咳，柳郎真信人也。好一句"柳郎真信人也"，真乃画龙点睛之笔！君记否？第三十二出"冥誓"中，柳梦梅曾问杜丽娘"仙坟何处"，杜丽娘告知

"记取太湖石梅树一株"，并叮嘱柳生"你为人为彻。俺砌笼棺勾有三尺叠，你点刚锹和俺一谜掘"。眼下果见梦中人掘坟救生，如何不感慨"信人也"。正是这一句感慨，三年来的梦中情郎活脱脱显现眼前，三年来对梦的感知亦历历在目。《南柯记》第四十二出"寻寤"更是神来之笔，淳于棼被遣返回乡后，带领溜、沙二人去掘蚁穴，掘到一处，想起梦中一处：

（沙）原来树根之上，堆积土埌，但是一层城郭，便起一层楼台。奇哉！奇哉！（丑惊介）哎也！有蚁儿数斛，隐聚其中，怕人！怕人！（生）不要惊他。嵌空中楼郭层城，怎中央有绛台深迴？（沙）这台子土色是红些。（觑介）单这两个大蚁儿并着在此，你看他素翼红冠，长可三寸，有数十大蚁左右辅从，余蚁不敢相近。（生叹介）想是槐安国王宫殿了。（溜）这两个蚁蜱便是令岳丈、岳母哩。（生泣介）好关情，也受尽了两人恭敬。如此这般，一路挖掘过去，先后看见了"南柯郡"、"灵龟山"、"蟠龙冈"等等，最后归结为淳于棼"步影寻踪，皆如所梦"，整个挖掘过程与其说是挖掘蚁穴，倒不如说是对二十年南柯梦进行了一次系统的"挖掘"，所有梦象一一回放，生动确切地彰显了梦的感知性特征。《邯郸记》第二十九出"生寤"，与《南柯记》第四十二出"寻寤"仿佛是一对双胞胎，又似一对并蒂莲花，一个"步影寻踪"，一个"抚枕思梦"。卢生说："难酬想，眼根前不尽的繁华相。当初是打从这枕儿里去。（提枕介）枕儿内有路，分明留去向。向其间打滚，影儿历历端详。""影儿"是什么？六十年邯郸梦是也；在其间如何"打滚"？感知得"历历端详"。由此可见，汤翁对梦的感知性特征是如何的烂熟于心，运用起来又是如何的得心应手。

（八）充分利用梦的反映性特征

像镜子具有反映性一样，梦具有鲜明的反映性特征。一般而言，也许一两个梦、三五个梦，还看不很清楚，如果看同一个人的许多梦，尤其是看同一个人一生的梦，就能清楚地体察到这一特征，因为我们的梦总是在我们的人生经历中转悠，梦就是我们现实生活的镜像。由于梦是夜间的心理流，我们的心理活动在梦中点点滴滴都得到充分的反映，而且，反映人的心理活动比反映人的生活经历更其重要也更其普遍，甚至可以说，每一个梦里，都有某种心理活动或某种心理元素得到反映，如果我们能将某个人的梦记录下来，积累到一定数量之后，我们就能清晰地看到这个人从童年稚嫩的心理，一步步向前直到老年，梦反映出了层层推进趋向成熟的心理历程。在杜丽娘的"惊梦"和"幽冥六梦"的镜像中，我们分明看见了作为二八少女"忽慕春情"，"不得早成佳配，诚为虚度青春"，"想幽梦谁边，和春光暗流转"的焦虑心理；也看到了"每夜得共枕席，平生之愿足矣"的喜悦心理；还看到了"夜传人鬼三分话，早定夫妻百岁恩"的期盼心理；更看到了"俺则怕聘则为妻奔则妾"的担忧心理以及"俺冷香肌早偎的半热，你怕惊了呵，悄魂飞越，则俺见了你回心心不灭"的急切求生还阳的心理，最后还看到了"奴家还有叮咛：你既以俺为妻，可急视之，不宜自误。如或不然，妾事已露，不敢再来相陪。愿郎留心。勿使可惜。妾若不得复生，必痛恨君于九泉之下矣"的焦躁决绝心理。杜丽娘这一连串的梦像一面明镜，将她的心理活动映得雪亮。《南柯记》中的淳于棼，比杜丽娘似乎进了一步，一面镜子照了二十年，从进入大槐安国起，一方面映出了他的一条生活轨迹线，即受到国王国母喜爱招为驸马；与瑶芳公主成亲；拜为南柯郡守；与瑶芳公主同往南柯郡赴任；在南柯郡行美政二十年；与公主玩月瑶台城；打败檀萝四太子解除瑶台之围；召还回朝；公主芳陨；与琼英郡主三人放荡淫乱；及至软禁遭谴。另一方面映出了他的一条心理轨迹线，即"尚主"时"帽插金蝉，钗簪宝凤，英雄配合婵娟"的得意喜悦心理；当瑶芳公主答应为其"见父王求一新除"时，十分愧疚"这等做老婆官了"的懊恼羞辱心理；"拜郡"时"有缘千里路头长，富贵荣华在此方"的小人得志心理；"之郡"时"宫闱别饯，摆五花头踏，迤逦而前。都人凝望，十里绣帘高卷。四方宦游谁得选？一对夫妻俨若仙"的不可一世心理；南柯德政二十年，口碑生祠，万民留，百里送时"车衣带断情难断，这样好民风留着与后贤看"的报国为民留芳后世心理；公主芳陨后"满拟南柯共百年，谁知公主即生天"的栈恋失落心理；逢娑诱时，"遇饮酒时须饮酒，不风流处也风流"、"乱惹春娇醉欲痴，三花一笑喜何其"的放荡恣情心理；当罢官软禁时，深感"太行之路能摧车，若比君心是坦途。黄河之水能覆舟，若比君心是安流"的困惑惊惧心理；当最终遭谴返时，"酒尽难留客，叶落自归山"的无奈哀鸣心理。所有二十年中桩桩经历种种心理，都通过梦的镜像一一呈现在观众面前，使淳于棼的"形"和"心"都得到了充分反映。最为完整反映人生的梦境当推《邯郸记》中的卢生梦。卢生一梦六十年，两起两落大轮回。纵观全梦，卢生的第一次大起，是从得崔氏夺状元起，经历"替唐天子开了三百里河路，打过了千里边关"，御赐河名，勒石天山，"将军天上封侯印，御史台中异姓王"，实现了"大丈夫生当建功树名，出将入相"理想，成为人生第一得意时，也是他的第一次大起；紧接而来的是遭污问斩及发配鬼门关，这是他的第一次大落，从天堂坠入地狱险些连命也丢了；随着"功白""召还"复又"亲取还朝，尊为上相。兼掌兵权，马头所到先斩后奏"，升官进爵，权势倾朝，"礼绝百寮之上，盛在一门之中"，这便是他的第二次雄起；随后乐极生悲，在采战的时候极乐归天，他的第二次大落是连老命也赔进去了。两次大起时的骄纵得意自不必说，两次大落时的心理活动就更令人震撼了。在去云阳市曹侯斩前，"（生哭介）夫人，夫人。吾家本山东，有良田数顷，足以御寒馁，何苦求禄，而今及此？思复衣短裘，乘青驹，行邯郸道中不可得矣"，简直把肠子都悔青了；在病榻上临终之前却又感叹"人生到此足矣"，全然忘却了当年大祸临头时的悔恨，真是此一时彼一时也。汤翁充分利用梦的反映性特征，将卢生一世经历与心路之旅一一照出，"其间宠辱之数，得丧之理，生死之情"，使万千观众"尽知之矣"！

（九）充分利用梦的逼真性特征

梦的逼真性，简言之就是像真的一样：像真的人、真的事、真的环境、真的氛围、真的感受。凡做过梦的人，对梦的逼真性具有普遍的共识。梦的逼真性不是无缘由的，首先是我们自己内心深处的思想、意念、愿望、欲求和情感都是十分真实的，梦只是将我们这样一些希望、恐惧、焦虑和现实表现出来，内核与表象的高度融合成就了梦的逼真性，经常使梦者一时分不清自己在梦里还是在醒中。其次，在生理基础上，也许是因为做梦时所激活的大脑区域与现实生活中某事发生时所激活的脑区是相同的或是相叠合的缘故。在汤翁笔下，梦的逼真性写得活灵活现，栩栩如生，常常使人坠入信以为真的迷惘之中。《牡丹亭》"惊梦"中描写了杜丽娘在梦中第一次见到柳梦梅时的情景是这样的：（杜丽娘睡介）（梦生介）（生持柳枝上）"莺逢日暖歌声滑，人遇风情笑口开。一经落花随水入，今朝阮肇到天台。"小生顺路儿跟着杜小姐回来，怎生不见？（回看介）呀！小姐，小姐。（旦作惊起相见介）（生）小生那一处不寻访小姐来，却在这里。（旦作斜视不语介）（生）恰好花园内折取垂柳半枝，姐姐，你既淹通书史，可作诗以赏此柳枝乎？（旦作惊喜，欲言又止介）（背之）这生素昧平生，何因到此？（生笑介）小姐，咱爱杀你哩。杜丽娘一颗少女之心"没乱里春情难遣"，便想着到幽梦里去寻情郎，柳梦梅便在梦中出现了，两人初次相见，柳梦梅没话搭话，杜丽娘一语不发，"因循腼腆"，多么矜持贴切，多么欲见不见，真是如闻如见，像真的一样。将梦的逼真性写活溜了。第二十七出"游魂"中，汤翁写了一个杜丽娘的鬼魂。阳世间，谁见过鬼？更有谁见过鬼魂？阳世上见不到的鬼魂在梦中偏偏见到了，请看：（魂旦作鬼声，掩袖上）则下得望乡台如梦俏魂灵，夜荧荧、墓门人静。（内犬吠，旦惊介）原来是赚花阴小犬吠春星。冷冥冥，梨花春影。呀，转过牡丹亭、芍药栏，都荒废尽。爹娘去了三年也。（泣介）伤感煞断垣荒径。望中何处也？鬼灯青。（听介）兀的有人声也啰。这一小段描绘，使人仿佛真的看见了杜丽娘的鬼魂回到昔日后花园，在断垣荒径中孤零零冷冥冥地飘游，闻犬吠亦惊，听人声亦怕，甚至于伤感凄零到发出"鬼哭"之声，似幻还真，纵使从没见过鬼魂的观众，此时也会认同这就是杜丽娘的鬼魂了。《南柯记》第三十六出"还朝"中，右相段功与驸马淳于梦为选公主葬地事，发生了一场争论：（生）请问公主葬地，择于何方？（右）龟山一穴甚佳。（生）龟山乃国家后门，何谓之吉？俺曾看见国东十里外蟠龙冈，气脉甚好，何不请葬此地？（右）蟠龙冈是国家来脉，还是龟山。（生）右相不知，点龟者恐伤其壳。（右）驸马，便龙冈好。则枕龙鼻者，也恐伤于唇。（生）便是龟山，也要灵龟顾子，子在何方？（右）便是龙冈，也要蟠龙戏珠，珠在哪里？（生）俺只要子孙旺相。（右）驸马子女俱有门荫，何在龙山？（生）右相怎说此话？生男定要为将相，生女兼须配王侯，少不得与国家咸休，此乃子孙万年之计。（右背笑介）好一个万年之计。到此两人还在争执未休。姑且不论争论的内容如何，但看两人唇枪舌剑，你来我往，脸红脖子粗，不胜不罢休的架势，便能联想起民间或官场这种类似的争辩，何其相似乃尔，逼真得犹是坐观龙争虎斗。《邯郸记》第十一回"凿陕"中，民工遇到鸡脚山和熊耳山，"铣他不入的"，卢生提出用盐蒸醋煮法，与民工有一段对话：（生）你道铁打不入，俺待盐蒸醋煮了他。（众笑介）怕没这等大锅。（生）不用的锅，州里取几百担盐醋来。（众应下扛盐上介）盐醋在此。（生）取干柴百万束，连烧此山，然后以醋浇之，着以锹椎，自然顽石稃裂而起；后用盐花投之，石都成水。（众笑介）有这等事。（放火介）这一场景不仅生动逼真，而且诙谐有趣，众夫甲开始是"作锹凿不动介"，随后又调侃"没这等大锅"，最后仍不信"有这等事"，合情合理，恍如在场目睹，甚至于还像听到了众夫甲叽叽喳喳议论嘲笑之声一般。第二十出"死窜"中，卢生被绑押上刑场后，（扮刽子，尖刀，向前叩头介）（生）甚么人？（刽）是伏事老爷的刽子手。（生怕介）吓煞俺也，看了他捧刀尖势不佳。（刽）有个一字旗儿，禀老爷插上。（生看介）是个甚么字。（众）是个"斩"字。（生）恭谢天恩了，卢生只道是千刀万剐，却只赐一个斩字儿。领戴，领戴。（下锣下鼓插旗介）随后又有御赐囚筵，又有绑行至云阳市，最后到了"开刀"时节：（众）老爷跪下。（生跪受绑，刽磨刀介）（内风气介）（刽）好风也，刮的这黄沙。哎哟，老爷的颈子在哪里？（摩介）有了，老爷挺着。（生低头，刽子轮刀介）。这一段梦中，卢生看见刽子手"吓煞"，刽子手"磨刀"，"内风起"，刽子手问"颈子在哪"，刽子手"摩颈"，刽子手"轮刀"，一系列"开刀"前的细节，真实入微，逼真得令人胆颤心惊，毛骨悚然，梦的逼真性特征与戏剧情节揉合到一起，产生出了巨大的感染力，令观众都不由地为卢生担惊受吓。汤翁心中有梦的逼真性特征，手中便笔走龙蛇，几乎所有梦戏都似幻如真真假难分。

（十）充分利用梦的非理性特征

所谓理性，是指人类现代文明的规范；所谓非理性，是指原始状态人类的自然本性。在远古时代，当还没有出现文明这个词的时候，人类处在最开放最自由的率性而为的环境之中。然而，随着时代的递进，文明这个东西出现了。文明是什么？是外表最华丽最动听的词藻，同时，是本质最残忍最血腥的魔鬼！弗洛伊德尖锐地指出，人类社会文明的每一点进步，都建立在摧残人类本性的代价上，现代文明闪烁的每一个亮点，都是人类本性受到压抑禁锢扼杀的泪光。人类有多少种需求，就有多少种本能。例如人类有性需求，就有性本能，而在千万种本能中，受压抑最深重的是人类的性本能，反抗最壮烈的也是人类的性本能。在现代生活中，一夫一妻制的文明，以极限的程度压抑人类性本能充分释放，然而，总会有压而不抑的性本能逾越栅栏冲突出来，于是，便出现了不分国界不分民族不分肤色不分贫富贵贱的非理性性行为，这些非理性行为，不是受到道德法庭的审判，就是遭到苛严法纪的惩罚，出现就抓，冒头就打。为了缓解这对矛盾，于是乎各类名目繁多的教派提出了修身养性的教义，其本质是屈服于社会文明，实行自我压抑，以减少甚至幻想杜绝社会上的非理性行为，也许初衷很美，收效却难以令人满意；不过，也造就了一个重大的事实，那就是不知有多少人将性本能的冲动压抑到了自己的潜意识中！潜意识中的性欲张力达到极限时，仍然需要发泄，需要寻找出路，它们找到了一个没有法制不讲理性的安全国度，那就是梦幻王国。在这个国度里，由于和外界文化彻底隔绝，不讲法制，不讲理性，不讲文明，人类各种最邪恶的天性肆意横行，也无所谓追究与惩罚。荣格说梦不受束缚，弗洛伊德说梦应该被赦免，正因为如此，梦成为了各种本能欲望自由释放的天堂，因而非理性也成为了梦的显著特征之一。早在400年之前，汤翁对梦的非理性特征已有明确认知，提出了"梦中之罪，如晓风残月"（《牡丹亭》第二十三出"冥判"）
的鲜明论断，认为梦中之罪即非理性事物，皆是不着痕迹、
不可把控的，不可捕风捉影据以判罪，汤翁对梦的这一特性
的认知，比世界上科学释梦泰斗弗洛伊德和荣格要早了300
多年，而且，更为难能可贵的是，他将这一认知在他的梦戏
中加以实践，实现知行合一，不但丰富了中国古代梦学的内
涵，而且使他的梦戏具有了科学意义上的根基。《牡丹亭》
中的"惊梦"和后面的"幽冥六梦"，描述的主体都是杜丽
娘的梦交与幽媾，尽管可以从争自由表情至等等政治文化层
面进行解读，但究其本质，却是违反理性的非理性举动，是
潜意识性欲的释放，表露的是人的天然本性，一点也不贬低
抹黑杜丽娘的形象，更不能据此判罪，将她"贬在莺燕队里
去"。在"冥判"一出中，汤翁不但完全认同了梦的非理性
特征，宽宥了杜丽娘，而且网开一面，还让判官替她查了
婚姻簿，给她开了游魂路引，让她到望乡台随意观玩，并且
叮嘱休坏了她的肉身，"敢守的那破棺星圆梦那人来"，可
以说是体贴入微，关怀备至。从梦学角度而言，"冥判"一
出堪称梦学理论与戏剧创作相结合的旷世经典。汤翁之意至
此仍似未了，在"冥判"之后又挥毫泼墨放手写了一出"生
恣"。如果说汤翁是以同情怜惜的心境写了杜丽娘梦中非理
性的话，写淳于梦与琼英郡主、灵芝国嫂及上真仙姑三人
之间的梦中非理性，则是一种批判不齿的心境。《南柯记》
第三十八出"生恣"中，瑶芳公主死后，淳于梦自觉"许多
时候不见女人，使人形神枯槁"，闻得琼英郡主三女开筵
相邀，喜出望外，自嘱"遇饮酒时须饮酒，不风流处也风

流"，到酒酣心热，三女"怕争夫体势忙，敬色心情嚷。蝶戏香，鱼穿浪，逗的人多饷。则见香肌褪，望夫石都衬床儿上。以后尽情随欢畅，今宵试做团圌圈相"，淳于棼梦则"满床娇不下得梅红帐，看姊妹花开向月光"，一男三女"迭床儿上"，真个是"乱惹春娇醉欲痴，三花一笑喜何其。人人久旱逢甘雨，夜夜他乡遇故知"。这一出将淳于棼梦中与三女非理性的恋情纵欲写得放荡无忌，从戏曲角度而言，这一出为下文段功借天象谗言诋毁并最终弹劾淳于棼埋下伏笔，从梦学角度而言，这是梦的非理性特征的张扬，什么国嫂，什么郡主，什么仙姑，什么理性，对于"许多时不见女人"的淳于棼来说，只不过泄欲工具而已。显而易见的是，汤翁写杜丽娘梦中的非理性释放和写淳于棼梦中的非理性泄欲在心境上和褒贬上是大相径庭的，对前者呵护有余，对后者批斥犹恐不足，而到《邯郸记》第二十七出"极欲"，汤翁把梦的这种非理性特征推向了悬崖绝壁。年迈八十的卢生，以御钦赐二十四名女乐为长生之计，且看他是如何醉煞锦云乡："（乐争持生介）（生）听我分付：今夜便在楼中，派定此楼，分为二十四房。每房门上挂一盏绛纱灯为号。待我游歇一处，本房收了纱灯，余房以次收灯就寝。倘有高兴，两人三人临期听用。（乐笑应介）"。这种极欲纵性已经完全丧失了常人的理智，如何不"唱一个残梦到黄粱"。纵观这三出戏，汤翁层次分明写出了杜丽娘反礼教的非理性，淳于棼灭人伦的非理性，卢生丧理智的非理性，倘若将"惊梦"、"生恋"、"极欲"三出戏用一些美词连缀起来，无异于一篇中国古代梦学中关于梦的非理性特征的绝妙讲义。

（十一）充分利用梦的象征性特征

象征，是梦的语言，也就是潜意识语言。梦以象征语言与我们意识对话，这是梦最突出的特征，不懂象征就不懂梦。象征的基本含义就是将一些抽象化的意念用形象化的方式表达出来，是常常借用一些具体的有形之物或符号来暗示或暗喻某一个抽象意义的表达方式，它是用物化的图像表达精神的某种特定意义。象征语言与我们日常使用的语言不同之处，在于象征语言不受时空支配，具有自己独特的逻辑、文化和结构，它是由热情与联想支配，由幻想与暗喻充实的语言，正如文学语言和艺术语言一样，都是对感受和愿望的表达，并用形象传递出去，因而也是一种充满浪漫富有诗意美妙绝伦的语言。德国的埃里卡·弗洛姆是二十世纪四十年代出现的新精神分析运动杰出领袖，独领风骚三十余年，他对象征的研究在梦学界独占鳌头，他将象征分为习惯象征、偶发象征和普遍象征，他的这种分类几乎成为了世界梦学研究中的共识和定式。所谓习惯象征，是一种由社会共同习俗经约定俗成的固定象征，比如天安门是中国的象征，红场是俄罗斯的象征，白宫是美国的象征，美人鱼是华沙的象征，我们日常使用的语言、文字、图案等，都是一种习惯的象征。习惯象征的一个重要特点，就是象征体与它所象征的事物之间缺乏必然的内在联系，如红绿灯与行止之间并无必然的内在联系。重点是偶发象征，它的关键词是偶然发生的，即象征载体与被象征的事物之间的关联完全是偶然发生的。比如，一条小溪边有一株垂柳，一个人的梦中梦见这株垂柳，表现出极度的悲伤，另一人也在梦中梦见了这株垂柳，却感受到极大的欢快，为什么？因为前者正是在这株垂柳下同情人闹崩了，这株垂柳成为了他恋情失败的象征，而后者正是在这株垂柳下同情人订下婚约，这株垂柳成为了他迈向婚姻殿堂的象征。这株溪边垂柳就是他俩的偶发象征，一个象征痛苦，一个象征幸福，对于其他没有故事的人而言，垂柳不过是一株极普通的风景树，没有任何象征意义。很重要的是，这种偶发象征是潜意识的，并不是意识可以追求的，也许白天并没在意，直到在梦境中出现才猛然感受到它的关联。偶发象征与习惯象征一样，象征载体与它所象征的事物之间不存在必然的内在联系，如垂柳与痛苦或欢乐。第三种普遍象征植根于人类的身体感觉及心理特征上，是所有人都能共有的象征，它最显著的特点，也是同习惯象征与偶发象征最显著的区别，就在于象征载体和它所象征的事物之间具有鲜明的内在联系。比如日常生活中的"火"，它既可以毁灭一切，也可以净化一切，是一个强大而矛盾的自然体，它有温度，有亮度，既可以以燎原之势蔓延，也可以无声无息熄灭。火本身具有的这些物理特性，与人类共有的热情、主动、向往光明、无惧无畏、温暖、快乐、希望、激情、兴奋、执着、奔放、正义、活力、自信、重生、爱情、力量、光荣、勇往直前以及痴狂、残忍、愤怒、纵欲、扼杀、沮丧、暴力、野蛮、邪恶、破坏、毁灭、葬送、权欲、险恶等等人的生理感受、心理情结、精神意念联系到一起而形成普遍象征。当火的影像出现在梦中时，如果形成了普遍象征，那么，火的物理特性便已丧失，它所表达的则是人类心灵中的内容，而这种象征的内涵，古今中外，人人都拥有共识，如太阳、水、河流、高山、彩虹、血液等等，都可以与人类的内心世界相联系，生成变化莫测数量无限的普遍象征，这也正是它能成为人类共同语言之所在。三种象征都是从物质到精神的联结或飞跃，从本质上而言，象征就是一种置换，就是一种转移，就是一种隐喻，就是一种以物言情。无论哪一种象征，都具有精神意义，并没有高低优劣之分，关键是把握象征的对应心理是否准确是否机巧是否恰如其分。也许，象征是梦学理论中最深奥又最重要的部分，令不少梦学研究者望而却步；然而，令人震惊而又令人欣喜的是，出生在十六世纪五十年代的汤显祖，对象征的研究领会和实践，比西方的弗洛姆要早三个多世纪！《牡丹亭》中的后花园，后花园中的芍药栏、湖山石、牡丹亭，这些在戏曲中反复出现的景物，正是偶发象征的载体，承载着杜丽娘与柳梦梅追求自由幸福的爱情故事，承载着杜丽娘生生死死的至情，正如前文中那株溪边垂柳，只要看见了偶发象征的载体，便会"梦无彩凤双飞翼，心有灵犀一点通"。《邯郸记》中，卢生"思想当初，孤身一人，与夫人相遇。登科及第，掌握丝纶"，"出入中外，回旋台阁"，"贵盛赫然，举朝无比"，"极富极贵，年过八十，五子十孙，此亦人间至乐矣"。在卢生死去又被众人哭醒的弥留之际（即似醒未醒之际），汤翁以他的奇思妙想写出了一段卢生与赵州桥店主的对话，将梦中的种种象征载体，一一明白点穿："（生作惊醒看介）哎哟，好一身冷汗，夫人那里？（丑扮前店主上）甚么夫人？（生叫介）卢傅、卢侗、卢俭、卢位，小的卢倚呢？咳，都在那里去了。（丑）叫谁那？（生）我的儿子。（丑）你有几个儿子那？（生）五个哩。咳，都往前面敕书阁宝翰楼要子？（丑）便只是小店。（内驴鸣介）（生）

三十匹御赐的名马，可喂些料。（丑）只是一个蹩驴在放屁。
（生）啊，我脱下了朝衣朝冠。（丑）破羊裘在身上。（生）
嗄，好怪好怪，连我白须胡子那里去了。（看介）你是谁，不
是崔家院公么？（丑）甚么崔家院公，赵州桥店小二。"汤翁
兴尤未酣，紧接着又借吕洞宾向卢生说道，将"象征就是一种
置换"说个明白透彻："（吕笑介）你那儿子难道是你养的？
（生）谁养的？（吕）是那店中鸡儿狗儿变的。（生）咳，明
明的有妻，清河崔氏坐堂招夫。（吕）便是崔氏也是你那胯下
青驴变的，卢配马为驴。（生想介）这等，一辈儿君王臣宰，
从何而来？（吕）都是妄想游魂，参成世界。"一问一答，一
人一事，两两相对，何其清爽明白。汤翁对梦象征性特征的明
见卓识集中体现在《南柯记》中，一部《南柯记》，就是一部
象征说明书。"大槐安国"，就是淳于棼二十年梦生的环境载
体，"一群蝼蚁"，就是他人际关系的载体，这是大而言之；
小而言之，"犀盒"、"金钗"是情的载体，真相原来不过是
一大蚁穴、一群蚂蚁，"金钗是槐枝，小盒是槐荚子"。西方
哲学家约瑟夫·坎贝尔说："神话是大众的梦，梦是个人的神
话。"汤显祖的《南柯记》是神话是寓言，它以独特无双的象
征载体，为世人演绎了一部东方人淳于棼的个人神话。

（十二）充分利用梦的情感性特征

我们说梦象是经过伪装的，虚假不可信，梦思又是隐匿
的，令人难以寻觅，但又总感觉梦是非常真实的体验，不论是与
陌生人交往，还是与神仙鬼魔打交道，甚至在某个虚幻缥缈的空
灵世界里神游，都不会认为是在幻想或瞎想，而会感受到是真实

的存在。这种真实的感觉究竟是什么呢？一言以蔽之，就是梦境中的情感。我们之所以看不懂自己的梦，是因为梦使用了太多的手法欺骗我们，然而，幸运的是，在情感问题上，梦没有伪装，没有欺骗，一个人内心深处的真情实感，都会在梦中和盘托出，甚至表现得淋漓尽致，以致常常出现这样的情况，当我们醒来之后，还深深地沉湎在千丝万缕的情感体验之中，喜的还在喜不自胜，悲的还在痛不欲生，怒的还在气愤填膺，愁的还在愁肠百结，这类情况，很多做梦人都有切身体验。梦的情感性特征是梦的核心元素，从最善良到最邪恶，从最霸气到最懦弱，从最勇敢到最畏缩，从最高尚到最淫乱，从最挚爱到最仇恨，从最宽容到最狭隘，不论是火山爆发的大感情，还是小九九似的一闪念，风雨雷电皆挟感情而来，阴阳圆缺皆携感情而现，每个梦全都有情感贯注其中，情感好似一盏电力充足的矿灯，在黑暗的矿坑里照亮我们寻找梦思的前方道路。可以说：无梦无情——无情无梦！

作为情至论先师，汤显祖对梦的情感性特征显然独具慧眼，并且情有独钟，他的"临川四梦"可以说都是无与伦比的情感梦戏。《南柯记》便无异乎是淳于梦的一本情书。他与瑶芳公主成亲月余，荣华日盛，次于王者，"意亦可矣"，却"常有蹙眉之意，如闻嗟喷之声，含愁不语"直到公主追问，才道出"遇贵主有天生之乐，想亡亲有地下之悲"的缘故，倾诉了淳于思父母想骨肉的亲情（第十六出"得翁"）；当淳于梦新除南柯太守驸马都尉谢恩辞朝时，不忘在表章上举荐"与臣有十年之旧"的周弁为南柯郡司宪、田子华为南柯郡司农，表现了深厚的友情（第十九出"荐佐"）；招为驸马后，他和瑶芳公主恩爱如饴，因思公主怕热，"访知堑江城西北凉风"，专门"筑一座瑶台城子，单单一个公主避暑其中"，（第二十五出"玩月"）及至公主芳陨之后，不惜与右相段功发生正面冲突，坚持为公主选葬蟠龙冈，细腻而生动地表明了他与公主的夫妻之情（第三十六出"还朝"）；在主政南柯郡二十年中，他勤政爱民，受万民拥戴的爱民之情（第二十四出"风谣"、第三十四出"卧辙"）等等，明显有一条情感的红线贯穿其中，恍如梦者的内心独白——倘若与父亲分别经年我会思念；倘若结婚，我对妻子会恩爱有加；倘若得以升迁，我不会忘记提携好友；倘若当官，我会爱民如子。这种内心情感的独白，是潜意识的，在现实生活中，无可向人言，即使向人说了，不仅无人相信，反而会招来痴人说梦的嘲讽；唯有知情懂情的汤翁，才会让淳于棼求助梦境，在虚无缥缈的梦幻中绘声绘色一番，以释胸中情愫。《邯郸记》中，以清河崔氏和奸相宇文融为代表的正反两条情感线，反复交织前行，织就了卢生六十年坎坷一生。梦中夫妻爱情从"入梦"起至"生寤"止，几十年如一日，富贵同享，患难同担，不离不弃，命运与共；宇文融则从"夺元"怀恨起直至"功白"伏诛止，一直以怨恨之心一口咬住卢生不放，一计连一计，阴谋迭出，必致卢生于死地而后快。这就是中国古代版的"爱情与阴谋"，汤翁演绎的爱恨情仇。毫无疑义，宣示梦中情感性特征的经典之作首推《牡丹亭》，汤翁在"题词"中说："天下女子有情，宁有如杜丽娘者乎！梦其人即病，病即弥连，至于画形容，传于世而后死。死三年矣，复能溟莫中求得其所梦者而生。如丽娘者，乃可谓之有情人耳。情不知所起，一往而深。生者可以死，死可以生。生而不可与死，死而不可复生者，皆非情之至也。"杜丽娘的"惊梦"和"幽冥六梦"，皆情之至也！特别难能可贵的是，汤翁旗帜鲜明地提出："必因荐枕而成亲，待桂冠而为密者，皆形骸之论也。"明白无误地指出，真正的有情人不一定肌肤相亲，情至则是真亲，情未至则形骸。可以说，从《紫箫记》言情开始，一直到《邯郸记》结束，一个"情"字构建了汤显祖梦戏最鲜明最显著的特色，而《牡丹亭》则是奇峰突起，情而梦，梦而戏，至情至圣至洁，独领风骚400年！

二、极力揣摩梦的结构，将戏演得恣意空灵

在不少人的印象中，梦是凌乱不堪、荒诞无稽甚至蛇鬼横行的马赛克碎片，任意胡行，毫无章法，根本谈不上什么结构。其实，这是一个错误印象，很可能是由于缺乏对梦的系统性研究而出现的貌似正确的想当然。只要细心体察每一个梦，便不难得出一个惊人的发现，即梦有梦的结构！作为戏曲大家的汤显祖，对结构之于戏曲的重要性是不言而喻的，同样的道理，梦结构之于梦戏的重要性同出一理。试想，不深知梦的结构，怎能和戏曲结构融为一体而创作出梦戏呢？尽管今人无法确切探知汤翁当年是如何钻研梦的结构的史料，但从现存的汤翁梦戏中，似乎仍可看出汤翁极力揣摩梦结构的蛛丝马迹和不懈探求。

（一）故事性结构，一梦一故事

梦学中一个重要的理论就是十分强调梦的故事性，认为一个梦很可能就是一个十分美妙的故事，它既包含时间地点人物时间及结局等故事基本元素，也包括起承转合的结构，可以说成百上千的梦就是成百上千个故事，不仅回忆梦中影像是一

个故事，就是看记录梦象的文字，也是一篇棒棒的故事。《牡丹亭》是杜丽娘的一个梦，且看这个梦中的故事元素有哪些？一是时间，大时间发生在"大宋朝"，小时间发生在丽娘十六岁时；二是地点，发生在"南安郡"，更为细微具体的地点则是郡府"后花园"，以及园林中的"芍药栏"、"湖山石"、"牡丹亭"、"梅花观"等；三是人物，主角是杜丽娘和柳梦梅，进入故事的还有杜父南安太守杜宝，杜母，春香，儒师陈最良，花神，胡判官，紫阳宫石道姑，韶阳小道姑，癞头鼋等，主角配角一应俱全；四是事件，主要是讲杜丽娘与柳梦梅二人之间的梦中情、人鬼情和人间情的凄美爱情故事；五是结局，经过杜丽娘"前日为柳郎而死，今日为柳郎而生"的以命相持，一点情思最终化为与柳梦梅结为美眷。当然，最核心的是故事的主题思想，表达了作者的至情论理念，而通过作者独创的"因情成梦，因梦成戏"的艺术构思模式，将梦境与戏曲自然融合到一起，成就了这一部主题鲜明故事完整的梦戏。《南柯记》是淳于梦的一个梦，同样是一个完整的故事。从他进入大槐安国起，基本上按照时间顺序，讲述他如何与瑶芳公主成亲，成了驸马，又如何当上南柯郡守，在南柯郡上一千二十年，不料公主芳陨后被召还朝，与右相段功产生尖锐矛盾，加上自己经不住蔡诱，被段功抓住把柄陷害，最后被遣返还乡，经历之事一件件一桩桩，娓娓道来一故事。《邯郸记》是卢生的一个长梦，也有一个完整的故事性结构，它的特点是由卢生一个人的六十年经历构成的超长故事。从他睡磁枕入梦开始，就遇上了崔氏坐堂招亲，随后就依赖崔氏的元宝和关系夺取了头名状元，当了官，开了河，平了寇，然后遭陷差点杀了头，又充了军，最后又平反，不仅官复原职，还加了官进了爵，过上了穷奢极欲的好日子，直到在采战中死去，这才从磁枕上睡醒过来，梦结束了，梦中的故事也讲完了，完完整整一个梦，清清晰晰一个故事性结构。汤翁是采用故事性结构的高手，无论是写梦境中的故事或现实中的故事，特别是写二者结合的梦戏，都是胸有成竹，笔走龙蛇，流畅自然，水过无痕。即便是以"说梦"为特色的《紫钗记》，也是以故事性结构逐节铺陈的。可以说，故事性结构是梦最基本的结构，也是汤翁最为烂熟的艺术底蕴之一；当然那些零碎的、片断的、并不具备故事性基本要素的梦花就不在其列了。

（二）戏剧性结构，一梦一台戏

戏剧性结构除了需要具备故事性结构的共同要素外，最突出的一条是要有戏剧性冲突，因为戏剧是通过演员表演故事来反映社会生活的各种冲突的艺术，是以表演艺术为中心的文学、音乐、舞蹈等艺术的综合，它既受到框定时间的限制，同时还受到舞台容量的限制，不可能也不允许像述说故事那样平铺慢述，娓娓道来，它必须洗练凝缩，必须在最经济的时间里将冲突引发出来凸显出来，也必须将化解冲突的招数使出来，恍如高手过招，你一来我一往，魔高一尺，道高一丈，一浪接一浪将冲突推向巅峰形成戏剧高潮。通过长期艺术锤炼，逐渐形成了"夸张"、"巧合"、"误会"、"临危"、"得救"以及"急思"、"细腻"、"分离"、"团圆"等等戏剧独特的"套路"，这些套路大多能产生"山穷水复疑无路，柳暗花明又一村"的戏剧效果。梦在形成过程中，恰恰经常地大量地运用这类套路，因而形成了戏剧性结构，梦常常表现出卓尔不凡的才华和得天独厚的天赋，将一个梦演绎成了一台戏。对于汤翁来说，梦的戏剧性结构对于他的戏曲创作可谓正中下怀，一拍即合，恰似一母双胎，精血同源。《邯郸记》堪称戏剧性冲突的范本，从卢生"夺元"开始，便进入了冲突的正戏。卢生夺得状元，原本是件天大喜事，却不料激怒了"号令三台、权衡十宰"的权相宇文融，一下就将冲突亮了出来，而且，非常明确地将发生冲突的双方代表人物、各自身量、矛盾性质、攻守方式、后台靠山等也同时亮了出来，使观众能够明确意识到这将是一场势均力敌的龙争虎斗，眼巴巴地等着看后面的好戏。果不其然，宇文融在暗处施阴谋射暗箭，一招更比一招狠，几乎将卢生给杀了；而卢生在明处似明不白地躲过一箭又一箭，绝处逢生，最后反戈一击将宇文融扳倒，结束了这场惊心动魄九曲回肠的冲突。卢生的梦和汤翁的戏融为一体，成就了"邯郸一梦"传世经典。《南柯记》则擅用巧合。大槐安国国母要为瑶芳公主"求人世之姻"，"于人间招选驸马"，派遣琼英、灵芝、上真姑三人去人世间造访，在扬州孝感寺"恰巧"遇上淳于梦，一时间观音像下遇知音，无心插柳柳成荫。一次"巧遇"，便拣来个驸马当了，正是得来全不费工夫；当公主要为驸马谋个官职的时候，"恰巧"檀萝患边，朝廷正要选个南柯太守，于是这顶官帽不偏不倚戴到了淳于爷头上；当淳于在南柯任上一干二十年，成绩卓著，进封食邑三千户，晋爵上柱国，春风得意，欲展宏图时，"偏巧"公主病了，还病得不轻，"曾经几度启请回朝"，"恰巧"槐树吐清音，是国中有拜相者的佳兆，果然即得令旨，"钦取回朝，进居左丞相之职"，淳于公当上左相，位冠群僚；值此国恩隆重权柄熏天之时，"偏偏"公主芳殒，"满拟南柯共百年，谁知公主即生天"；淳于因公主得宠，又因失公主丧恃，顿生孤闷幽寂之情，"恰巧"有国嫂三女前来縶诱，不由饮酒风流，犯下闺门宣淫大忌，终被遣还乡。这一连串的"恰巧"，正是戏剧性结构中"巧合"的套路，所谓无巧不成书，凡事一巧，戏剧性味道就冒出来了。从释梦角度而言，这一连串巧合，本质上都是淳于梦潜意识中的愿望及愿望的满足，一个穷途末路的落魄之人，妄想找个公主做妻子，梦偏偏就送给他一个公主，想当官，就恰巧有顶官帽送给他，当了太守还不过瘾，就给他当个左相，公主死后孤身寂寞，就送给他三个女人享乐，反正是投其所好，要风得风，要雨得雨，多么逍遥，仿佛就像变戏法一样，殊不知，这些唾手可得的奇遇，皆为戏剧性结构所赐。《牡丹亭》则以"夸张"与"细腻"著称。杜丽娘因梦而病，因病而亡，这便是一种夸张。人世间因梦而病因病而亡的实例也许当真有过，所谓相思病者，然毕竟只是九牛一毛的概率，汤翁显然将这种概率作了极限的夸大，就是不写"九牛"，偏偏要写"一毛"，这种夸张不仅令人难以置信，就连鬼也不信。胡判官听说后说："谎也。岂有一梦而亡之理？"胡判官的质疑似可作为显然夸张的反证。更为夸张得不可思议的是，杜丽娘死过三年之后居然又活回来了。同样的道理，人世间不缺奇闻怪事，人死而复生的事例似乎真有过，那更加只是九牛一毛的概率，而且也只会发生在死后很短的时间内，譬如一两天之内，至多三五天之内，绝不会发生在三年之后，可见杜丽娘三年后死而复生是近乎妄想的夸张了。然而，实际效果无论

400年前的故人还是400年后的今人，居然都相信杜丽娘是因梦而死的，也是因梦复生的，何也？这正是夸张的戏剧性效果使然；另一层缘故，是众人皆知，杜丽娘之死之生皆在梦中，梦中之夸张，宁可信其有，何必较真乎？《牡丹亭》中的细腻，更堪称一绝。杜丽娘梦中第一次与柳梦梅见面时，柳梦梅主动提出："小姐，和你那答儿讲话去。（旦作含笑不行）（生作牵衣介）（旦低问）那边去？（生）转过这芍药栏前，紧靠着湖山石边。（旦低问）秀才，去怎的？（生低答）和你把领扣松，衣带宽，袖稍儿搵着芽儿苫也，则待你忍耐温存一晌眠。（旦作羞）（生前抱）（旦推介）（生强抱旦下）"这一段短短几句话几个动作，将柳梦梅主动求欢和杜丽娘又喜又羞半推半就的神形百态描绘得细腻如脂，尤其是杜丽娘的两句低问，将她的期盼与憧憬之情表露得淋漓尽致，颇有一种明知故问的娇羞韵味，细腻得令人如闻如见。甚至令人看到"他倚太湖石，立着咱玉婵娟。待把俺玉山推倒，便日暖玉生烟"的美满幽香情景。柳梦梅开棺时，"（内哎哟介）（生见旦扶介）（生）咳，小姐端然在此。异香袭人，幽姿如故"，紧接着，描述了杜丽娘"龙含凤吐口中珠"、"开天眼"、"避风牡丹亭"、"进还魂散"、"饮还魂丹"，终于"喜春生颜面肌肤"，通过一连串极细腻的描述，脆生生将一个死人写得活了过来。戏曲中愈是细腻的描写，愈能令人感受到生活的真实，也许万千观众中，没有一人会去怀疑杜丽娘是否真的还阳重生，这种喜剧效果正展示了戏剧性结构的魅力——生可以死，死可以生，生死全在结构中。

（三）退行性结构，一梦一回眸

我们每个人的人生旅程，都是一天一天、一年一年向前行的，从童年一路前行到暮年，想回过头来重走一分一秒都是绝不可能的；而梦则恰恰相反，梦是一天一天、一年一年甚至几年几十年地向后退行，一个老年梦者，在梦中可以退行到自己的壮年、青年、少年、童年，甚至于，还可以退行到母亲的腹中。世界上也许没有一个人能记住自己的胎儿期生活，但胎儿期的经历已经深藏在潜意识中了。这并非天方夜谭，科学家们已经将胎儿记忆列入了科研范围。据日本福岛大学副教授坂田史产的研究，有53%的小孩有胎内记忆，41%的小孩则拥有出生记忆，这些科研成果，记载在他的著作《生存意义的创造》一书之中，这些胎儿记忆一旦有了机会，这段经历便会化为梦境进入意识。当然，进入梦境的不一定还是胎儿，而是梦者出生后的某个人生阶段的影像，这种往后退行的现象，构成了梦的退行性结构。《牡丹亭》第二十三出"冥判"中，胡判官勘问杜丽娘为何来到泉台时，杜丽娘回说："则为在南安府后花园梅树之下，梦见一秀才，折柳一枝，要奴题咏。留连婉转，甚是多情。梦醒来沉吟，题诗一首：'他年若傍蟾宫客，不是梅边是柳边。'为此感伤，坏了一命。"这一段回答，正是杜丽娘对梦中与柳梦梅初会幽欢的回顾。若是写小说，可以用"想当初……"之类的模式进行"补述"或"追述"，若是拍电影，可以用"闪回"之类的模式，通过剪接手法，将之前放映过的片段"插入回放"，这些皆是不同艺术类型的退行性结构。胡判官与杜丽娘的问答虽然是在勘问的"现实"中，但千万不要忘记，勘问的现实亦是在幽冥梦中，杜丽娘是在此梦中回忆前梦，回眸一顾百感生！杜丽娘成鬼魂后下得望乡台，夜荧荧出了墓门，重游后花园时："（内犬吠，旦惊介）原来是赚花阴小犬吠春星。冷冥冥，梨花春影。呀，转过牡丹亭、芍药栏，都荒废尽。爹娘去了三年也。（泣介）伤感煞断垣荒径。"杜丽娘鬼魂旧地重游，明看是鬼魂游园的现实场景，但好一个"呀"字，便产生了强烈的今昔对比，看着眼前的"断垣荒径"，不由回想起三年前游园时的"春色如许"，这种不写之写中，暗藏着不易察觉的退行性结构，杜丽娘此时的脑海中，实际上在回放三年前的"姹紫嫣红开遍"，正因有此回放的景象，才产生如此强烈对比。《南柯记》第三十三出"召还"中，瑶芳公主语重心长叮嘱淳于棼："淳于郎，你回朝去，不比以前了。看人情自懂，俺死后百凡尊重。"到第四十出"疑惧"，淳于棼被右相段功谗潜，激怒国王，难于相容时，悔恨万千，对儿子说："总来被你母亲看着了。她病危之时，叫俺回朝谨慎，怕人情不同了。今日果中其言。"淳于棼此时的反省，因为皆在梦中，正是一种思想意识流的退行性结构，表明此刻的思想认知源头来自前梦的妻子叮嘱。退行性结构表现得最为鲜明透彻的是紧紧联结在一起的第四十二出"寻寤"、第四十三出"转情"和四十四出"情尽"，也就是全剧的最后三出。这三出采用了现实与梦境缠绕相连似幻似梦似醒非醒的独特手法，将淳于棼出梦乍醒时恍惚迷惘的情态和重入白日梦的似幻似觉状态夹杂揉合在一起，虚虚实实云里雾里地共同执行一项使命，即"回到以前的梦中去"，于是，便从牛车当步稳，"驸马入朝时"开始，将二十年长梦一幕幕一篇篇一章章一节节作了一次总回放，近似如将"南柯梦"重演一遍，这就形成了退行性的大构架，亦是运用退行性结构的大手笔。《邯郸记》中亦不乏退行性结构，而且，与《南柯记》并驾齐驱，恍如一笔分两支，双龙同出海。先看一个大构架：第四出"入梦"中，吕洞宾问卢生何等为得意，卢生回说："大丈夫当建功树名，出将入相，列鼎而食，选声而听，使宗族茂盛而家用肥饶，然后可以言得意也。"待卢生做了长长六十年荣华富贵的美梦之后，吕洞宾又问他"如子所遇，岂不然乎"，又提示他"怎不把来时路玉真重访？"在吕洞宾的启发下，卢生果真又将六十年人生梦重温起来，进而得出"其间宠辱之数，得丧之理，生死之情，尽知之矣"的感悟，这便是退行性结构的一个通篇大构架；再看一个小构架：第二十九出"生寤"中，卢生要拜吕洞宾为师，吕洞宾提出了一些条件，其中一条是"徒弟有参差的所在，师傅当头拄拐就打死了，眉也不许皱一皱"，卢生立马回应道："弟子云阳市上都不曾皱个眉，怎怕的师父打？"这里提及的便是第二十出"死窜"中那一段云阳问斩的梦，也即是卢生的思想退行到了云阳问斩时节的那一段梦中，难怪连吕洞宾都笑他"你虽然寤语星星，怕猛然间旧梦游扬"。以上诸例，足以说明汤翁对梦的退行性结构十分了解，而且时刻不忘在最恰当的时候"回眸一顾盼"。

（四）内外性结构，一梦一虚实

常言男女有分，内外有别。梦的内外性结构从字面理解，是指连结梦内梦外的结构，从创作行文上理解，就是指入梦出梦结构，入梦之前是现实生活，出梦之后又回到现实生活，其

间则是梦境，整个结构依据从实到虚，又从虚到实的逻辑进
行，形成一梦一虚实的况境。汤翁在创作梦戏时，严格掌控内
外结构原则，做到一丝不苟，尽管梦戏迷幻空灵，但虚实之
间，衔接清晰，斗榫合缝，而且雪爪无痕，令人在不知不觉中
入梦，又在意犹未尽时出梦。《牡丹亭》第十出"惊梦"中，
杜丽娘游园后，"身子困乏了，且自隐几而眠"。紧接其后，
仅用"（睡介）（梦生介）（生持柳枝上）"三个指示词，完
成了"入梦"，从柳生持柳枝上便是进入梦境了。到后面，又
用（送旦依前作睡介）（旦作惊醒，低叫介）（又作痴睡介）
（旦作醒，叫秀才介）（旦作惊起介）五个指示词，完成了
"出梦"，而且将半梦未醒直到最后醒来表达得层次分明极具
真实感。此出中，杜丽娘从游园到拥几而眠都是现实生活，与
柳生幽会的全部内容都是梦境，惊起后同奶奶说话又回到了现
实生活中，贯穿了一条"实——虚——实"或"外——内——
外"的结构过程。汤翁创作梦戏一方面严格遵循内外结构，一
方面又绝不宥于内外结构，开创了奇妙绝伦的内外合体新型结
构，极大地提高了梦戏迷离诡异的魅力。《牡丹亭》第二十七
出"魂游"中，梅花庵老道姑和小道姑为杜丽娘开设道场，又
折得残梅安在净瓶供养，又吃了斋准备收拾道场，这都是现实
中事，此时，以"（内风响介）、（魂旦作鬼声，掩袖上）"
表明杜丽娘鬼魂进入幽冥梦，她在梦中看见"小犬吠春星"，
"冷冥冥，梨花春影"，转过"牡丹亭、芍药栏"，这些尚不
奇怪，她又听到"有人声"，还看见"石道姑在此住持"，还
看见了"净瓶中的残梅"，还听见了柳梦梅的"沉吟叫唤之
声"，这就十分令人费解了，更为奇特的是，杜丽娘居然还

亲手"将梅花散在经台之上",在"(旦作鬼声下)"时,居然还与"(丑打照面,惊叫介)",居然还认出"这便是杜小姐生时样子。敢是他有灵活现",居然还看见"经台之上,乱撒梅花",居然还听见"兀的冷窣窣佩环还在回廊那边响",一句话,真是活见鬼了!不仅梦中人看见了现实中人,而且现实中人看见了梦中人。汤翁的奇思并未到此停歇,他的人神巨椽并未到此停笔,在接下来的第二十八出"幽媾"中,杜丽娘鬼魂在幽冥梦中竟与现实中的柳梦梅"共枕席";在第三十出"欢挠"中,杜丽娘鬼魂与生人柳梦梅共享"风月窝"时,被"两个瓦刺姑"闯破;在第三十二出"冥誓"中,杜丽娘鬼魂与生人柳梦梅盟誓"生同室,死同穴";直至第三十五回"回生",在众现实中人帮助下,开棺使杜丽娘还魂重生,凭一句"亏小姐整整睡这三年",才写出杜丽娘终于出了幽冥梦。在此期间,汤翁放手一搏,真真假假,虚虚实实,内内外外,不拘一格,游戏其间,将内外性结构推演到了令人眼花缭乱目不暇接的至奇至妙至迷至幻的人鬼同梦臻境,实为古今中外无可企及的高峰。对于入梦出梦交待得最为干净利落的则是《南柯记》。第十出"就征"中,淳于棼喝酒酩酊大醉,呕吐时"一肚子都倒在我两人腿脚上",溜、沙二人将淳于棼扶到东屋睡下后说:"我们洗脚去,随他睡觉。"紧接着便是"(扮二黑巾紫衣,众引牛车上)",开始入梦,淳于棼展开了进入大槐安国、招为驸马、待猎、拜郡、荐佐、之郡、美政、释围、还朝、丧妻、生恣、失宠,最终被国王以"非俺族类,其心必异"为由遣返还乡,仍由接他入国的紫衣使者沿着"昔年东来之径"送他回到人世间,临离去时,紫衣使者大叫:"淳郎快

醒来。我们去也。"接着便是"（生惊介、醒做声介）"，由
此出梦。淳于棼醒后，溜、沙二人持酒上说："淳于兄醒了。
我二人正洗上脚来。"淳于棼一梦二十年，是梦的内结构，
溜、沙二人从"洗脚去"到"洗上脚来"，是入梦和出梦的外
结构，梦的这种内外结构与戏曲创作中的内外结构不谋而合，
外结构表述现实中事，内结构表述梦中事，二者结合，便是一
梦一内外，一梦一虚实。汤翁在此剧结构中，更有一处破格的
创新，实为后世梦戏中所罕见。在第十出淳于棼入梦之前，汤
翁别开生面安排了第三出"树国"，第五出"宫训"，第七出
"偶见"，第八出"情著"，第九出"决婿"，在这五出中，
不仅介绍了大槐安国的来龙去脉、疆域城郭、政局配置、鸾路
朱轮、清阴翠盖等等国事，更为重要的是先后介绍了蚁王、蚁
母、瑶芳公主、琼英郡主、灵芝夫人、上真仙子以及右相段功
等人物，要知道，这些人物皆是淳于棼梦中之人，淳于还没
入梦哩，他们倒先登场了；尤为吊诡的是，竟然让琼英郡主三
个女"情探"，在禅智寺天竺院与淳于棼有了面对面的交集，
甚至于还让淳于棼看见了作为梦婚信物的金钗犀盆，并且高估
"价值千百两"。谁能料，淳于棼入梦之后，在梦中所见之人
之物，原来都是老熟人老故物了。笔者将汤翁的这种内外结构
安排，戏称为"超前潜入模式"。这种模式一方面是戏剧结构
的需要，另一方面也使淳于棼入梦及入梦后的情景更趋于自然
流畅，避免了许多"临时介绍"。《邯郸记》采用内外结构时
最显著的特点，是将入梦出梦写得细致入微，同时紧紧抓住
"磁枕"这个道具和"煮黄粱"这件家常事。第四出"入梦"
中，"（生）待我榻上打个盹。（睡介）少个枕儿。（吕）卢

生，卢生，你待要一生得意，我解囊中赠君一枕。（开囊取枕
与生介）看你困中人无智把精神倒，你枕此枕呵，敢着你万事
如期意气高。店主人，你去煮黄粱要他美甘甘睡个饱。（吕
下）"吕洞宾下场后，接着似应卢生入梦了，却没有，偏来了
个"（生作睡不稳介）（看枕介）这枕呵，不是藤穿刺绣锦编
呀，好则是玉切香雕体势佳。呀，原来是磁州烧出的莹无瑕，
却怎生两头漏出通明？（抹眼介）莫不是睡起懵瞪眼挫花？
（瞧介）有光透着房子里，可是日光所照。则这半间茅屋甚光
华，敢则是落日横穿一线斜？须不是俺神光错摸眼麻查？待我
起来瞧着。（起向鬼门惊介）缘何即留即渐的光明大，待俺跳
入壶中细看他。（做跳入枕中）（枕落去）（生转行介）呀，
怎生有这一条齐整的官道？"这一小段，将卢生在枕上睡不安
稳而又"懵瞪眼挫花"、"神光错摸眼麻查"的困意混沌状态
作了细微描绘，在不经意中，以一个"起"字入梦，又以一个
"跳"字和"行"字，便正式进入了梦境之中，既合情合理，又
顺水推舟，让观众在不知不觉中与卢生一起入梦，陪同卢生梦中
遨游六十年。第二十九出"生寤"中，卢生叹道："呀，怎生俺
眼光都落了，俺去了也。（死向旧睡处倒介）"人死了，也该
是梦醒了，到此应该是出梦，却也没有，偏来了个卢生与前店主
一连七句问答，最后店小二说："煮黄粱饭你吃哩。（生想介）
是哩，饭熟了么？（丑）还饶一把火。（生起介）有这等事？"
这个"起"，就是从当初打个盹的卧榻上起来了，也就是醒了，
到此才真正出梦，并且提起磁枕感叹"当初似从这枕儿里去"，
"六十年光景，熟不的半著黄粱？"入梦出梦，磁枕黄粱，前呼
后应，严丝合缝，堪称典范。

（五）梦中梦结构，一梦一新奇

梦中梦是一种非常有趣也很特殊的梦结构，是一种具有预感性质或加强性质的表现手法，梦学界对此趋之若鹜，表现出极大的研究兴趣。一般而言，梦中梦常常反映了梦者的复杂心态或焦虑心理，反映出了梦者的人格具有复杂性、双重性和前瞻性，甚至于可以集矛盾的性格特征于一身。凡是热衷于了解自己的内心世界或渴求知悉自己本性的人，一般容易做梦中梦，这样梦者可以以不关痛痒或置身局外的感受来感知自身的优劣，特别是感知自身负面的东西，从而减轻受到直接刺激的程度，使心灵得到一定程度的庇护。《南柯记》第二十八出"雨阵"中，出现了一个梦中梦。淳于棼南柯郡上独坐黄堂，娇妻瑶芳公主避暑瑶台，"过了一夏"不曾相聚，淳于棼深感"衙内孤寂"，便置备酒肴，邀请周弁、田子华二友在审雨堂听雨作乐。席间，淳于棼向司农田子华说了一梦："司农，我昼寝，忽然一梦。大儿子诵《毛诗》二句：'鹳鸣于垤，妇叹于室。'是和祥也？"很明显，南柯梦是淳于棼的一个大梦，他在大梦中睡午觉时又做了一个梦，这个梦就是梦中梦了。这个梦中梦不是以影像表现出来的，而是淳于棼自己说出来的，他不明白这个梦的意思，说出来向田司农讨教凶吉。从戏曲角度来看，汤翁是刻意抛出这个梦中梦，以与前面第二十七出"闺警"相衔接，"檀萝兵起，逼近瑶台"，一方面"贼兵来了"，一方面还在"饮酒听雨"，怎么才能将"紧急"与"悠闲"实现戏剧性过渡呢？这个横空出世的梦中梦，就彰显了汤翁戏路的新奇，特别是紧接着由田司农的一番解梦，将"妇叹于室"妙不可言地接引到"公主有难，要于老堂尊相见"上来，使淳于转瞬之间由"听雨"转到"救难"上来，尽管是个毫无症候的急转弯，却也过渡得自然在理，这一点，汤翁似有自知之明，立即借淳于之口自宽自解曰："梦之响应如此。"从梦学角度看，这个梦中梦除了戏路新奇具有偶然性外，却也具有一定程度的必然性。首先是淳于与公主分居"一夏"，引起思念之情是非常正常的，而公主是因身体不好才去避夏的，担心公主身体是否安康也是应有之念，当然，这种思念与担忧还没达到"有难"的程度；其次是作为边疆大吏，守土有责，安危在心，时常考虑万一发生边战，当以何阵势对敌，这也应是职守内事。田司农圆梦所言"蚁阵"和"老鹳阵"，实际上是淳于在梦中进行的一次排演，正是这个梦中梦，将对公主的思念与对边敌的警惕联系到了一起，甚至于预测檀萝兵是否会直接攻打瑶台威胁公主安全，淳于的焦虑变成了现实，果然檀萝起兵向瑶台城来了。这个梦中梦便表达了淳于居安思危与未雨绸缪的情状，尽管在戏剧结构上这个梦中梦显得有些"突兀"，但在梦结构上是有蛛丝马迹可寻的。《邯郸记》第二十二出"备苦"中也出现了一个梦中梦。卢生被发配鬼门关途中，遭遇了许多凶险，先逢瘴气，后遇虎咬，再遭贼子颈上抹了一刀，又过海遇鲸鳌翻船落水，最后"靠着石亭子倒了去也。"此一倒，可能是昏厥了，也可能是劳顿惊吓过度睡着了，在此处出现了一个梦中梦——"（倒介）（扮众鬼上，各色随意舞弄介）（末扮天曹上）众鬼不得无礼！呀，此人有血腥气。（看介）原来颈下刀伤，将我一股髭须，替他塞了刀口。（鬼替捋须塞口浑介）（天曹）卢生听吾分付：二十年丞相府，一千日鬼门关。（下）（生醒介）。"这个梦中梦，活脱脱是梦见鬼了！在卢生连经劫难，惊魂未定之际，梦见鬼魅是顺理成章的，很显然的是，天曹的两句吩咐，表达的是汤翁关于戏剧结构的思考，即是关于后戏的纲领，也是为卢生此后命运绘就的一张蓝图：近则备受三年之苦，远则有二十年宰相在等着。随后剧情的发展，正是遵循这个纲领进行的。汤翁巧妙地利用这个梦中梦，将卢生的逆境在迷幻之中向顺境扭转过来，正所谓大难不死，必有后福，后福者，二十年宰相也。从精神分析角度而言，反映了卢生强烈的求生欲望以及强烈的申冤昭雪官复原职的愿望，因为他自己非常清楚并无通番谋叛之罪，纯属遭蒙不白之冤，只要"逃得残生命"，终将"汉诏还冠冕"。因此可以认为，这个梦中梦，本质上是卢生潜意识中的强烈愿望和期盼。汤翁将自己的创作意图与卢生的心灵愿景有机地揉合在一起，恰到好处地成就了以预兆为特征的梦中梦。佛家常说，人生如梦。无论睡着或醒时，都是在做梦，即人生就是一场大梦，我们每天的作为都是梦中梦，千万个梦中梦构成了人生大梦，"临川四梦"且不如是乎？

（六）翻版式结构，一梦一彩排

翻版式结构是成梦过程中使用最广泛、最频繁也最经济的一种手法，几近于将白天的活动延续到梦中，尤其是具有动态性、趣味性、竞争性的梦更是如此。梦学界普遍认为，梦是日间活动在夜间的延续，是持续到睡眠状态的思想情感活动，是人们生活的彩排，在某种意义和程度上，颇似日间生活的翻版。翻版式结构最大的贡献，就是将梦者白天的生活融入到梦中，白天晚上经历着相同的人生，这极有利于人格个体化的形成以及促成人格的完整一致。将日常生活情境迁延到梦中，可以说是汤翁的拿手好戏，这也是他对梦的翻版式结构悉心领悟的必然结果。《牡丹亭》第十出"惊梦"的前半出，描述的是杜丽娘"游园"的情景，"可知我常一生儿爱好是天然。恰三春好处无人见，不提防沉鱼落雁鸟惊喧，则怕的羞花闭月花愁颤"，"不到园林，怎知春色如许"。观赏着满园春色，不免惹动春情，发出了"原来姹紫嫣红开遍，似这般都付与断井颓垣。良辰美景奈何天，赏心乐事谁家院"的青春绝唱，继而联想到自己"不得早成佳配"，喟然长叹"观之不足由他谴，便赏遍了十二亭台是枉然"。满园春色将她的春心激荡，此时此刻入梦，自然而然会"和春光暗流转"，转到"逢折桂之夫"、"得蟾宫之客"之中去。后半出的"惊梦"完全是由前半出"游园"迁延而至，仿佛是杜丽娘自导自演的一次"早成佳配"的彩排，顺畅如行云流水，其间并无丝毫阻隔，二者合为"游园惊梦"，不仅成为了昆曲艺术的经典之作，也是运用翻版式结构的成梦范例。随后的"幽冥六梦"，何尝不是"游园惊梦"的延续呢？杜丽娘的一缕情丝，从白天飘飘拂拂来到梦中进而来到冥界，丝丝缕缕皆如白昼，岂不如同白日生活的翻版么？《南柯记》第七出"偶见"写淳于棼休官落魄，赖酒消魂，百无聊赖中去孝感寺中元盂兰大会消遣，在水竹池边邂逅了琼英郡主灵芝国嫂和上真仙姑三位女子，自忖"此女子秀入肌肤，香声笑语，世间有此天仙乎？"他所指的是琼英郡主，正思量"湿透这汗巾儿，挂在那处好"，连忙献上殷勤说："小娘子的汗巾儿，待小生效劳，挂于竹枝之上。"淳于接过汗巾一边挂一边倾羡不已地说："这汗巾儿粉香清婉，小生能勾似他，怀卿袖中，浥卿香汗？"随后又与三女一同观赏了金钗犀盆。不由感叹道："俺淳于棼可是遇仙也？"又急切道："他三回自语，一顾倾人，急节中间，难以相近。"淳于棼大白天遇见三个美若天仙的女子，向她们献了殷勤，却又急切不能相近。这种倾羡之意和急切之心延续到梦中，果然如愿以偿又得以相见。第十二出"武馆"中，淳于棼被送到东华馆修习礼仪，借着国母懿旨的幌子，"着上真姑和灵芝夫人、琼英郡主，同去宾馆中探望驸马，调熟其心"，三人到馆见了淳于棼后，灵芝夫人便说："中元之日，俺们禅智寺天竺院看舞婆罗门，足下与琼英娘子结水红汗巾，挂于竹枝之上，君独不亿念乎？"琼英郡主也接着说："俺们曾于孝感寺听契玄师讲观音经，俺于讲下供养金钗、犀盆，足下筵中赏叹再三，顾盼良久，颇亦思念之乎？"她们所提都是日间之事，淳于棼岂能不知，他在梦中想道："中心藏之，何日忘之！"能与三女重新聚首一堂，正是他急切之愿，心中所藏，梦中实现，一情贯通，水到渠成。而且，汤翁甚至于将这一"版本"翻版到了几十年之后，第三十八出"生恣"，琼英郡主三女设酒宴请淳于棼，说道："驸马多年骑五马，客星今夜对三星。二十年有万千情况，今日的重见淳郎，和你会真楼下同饮赏。"淳于棼旧情复燃，正中下怀，"满床娇不下得红梅帐，看姊妹花开向月光"，几十年前的老相好，"乱惹春娇醉欲痴，三花一笑喜何其"。正是日中方邂逅，梦里已经年。《邯郸记》第二曲"行田"中，写卢生"白屋三间，红尘一榻"，"数亩荒田"，"衣无衣，褐无褐"，"搭脚青驹似狗"，"再不能勾驺为高车，年年邯郸道上也"，一副既落魄潦倒又于心不甘的穷酸模样，然而，生活上潦倒的卢生，精神上倒是鄙视"苟生"，他要活出建功树名，出将入相的"大丈夫"人生才"可以言得意"。卢生带着这种彻底改变命运的强烈意愿进入梦乡后，自己为自己"彩排"了六十年富贵人生，到第二十七出"极欲"中，洋洋得意地对崔氏说："夫人，吾今可谓得意之极矣。"追求得意是卢生现实生活中的人生目标，是否能追求到，还得一天接一天走着瞧，但这一点也不妨碍卢生先在梦中排演一次，甚或更不妨碍卢生在梦中超前"得意"一次，整本邯郸梦不就是卢生"追求得意"这个日间版本的翻版之作么？汤翁之技，绝矣！

（七）切换式结构，一梦一新境

一个梦往往不只有一个场景，特别是对于较长的梦而言，常常包含好几个小中心小冲突，从而导出好些并不直接连贯的一个又一个不同场景，这样两个风马牛不相及的场景之间，采用的便是切换式结构，从前一场景切换到后一场景，这与戏曲艺术中的转场颇为相似。在某种程度上，切换式结构好比是"换口味结构"，当吃了一阵甜食之后，切换到酸食或辣食上去换换口味，不至于甜食吃腻了，从而保持食欲的旺盛。适时的必要的切换为梦的延续保驾护航，同样的道理，适时的必要的转场可以调剂观众的情绪，提高或转移兴趣，保持旺盛的观赏热情。汤翁视梦的切换与戏剧的转场为一体，运用起来无不炉火纯青，梦戏如一。《牡丹亭》从第三出"训女"起，接连写了"腐叹"、"延师"、"帐跳"、"闺塾"五出关于调教杜丽娘的戏，封建礼教，气氛消沉，第八出来了个转场，贸然离开闺阁，将场景迁移到风景秀美农村，一出"劝农"，使整个舞台变得色彩明亮，气氛热烈，给春鞭，插春花，意气风发，其乐融融，一举从"冷戏"切换到了"热戏"。当然，这是现实戏而非梦戏，这类转场戏，在临川四梦中比比皆是，从"文戏"转场到"武戏"，从"官场戏"转场到"民间戏"，从"青楼戏"转场到"边衅戏"等等，这些都表明，切换是汤翁戏曲创作中常用技法之一，当他运用到梦戏中来时，同样娴熟自如。《南柯记》第十三出"尚主"写淳于棼与瑶芳公主喜结良缘，"天然，主第亭园，王家锦绣，妆成一曲桃源。宫宛幽微，乐奏洞天深远"，是一处欢喜热闹的婚庆戏，正当鼓乐笙歌余音袅袅意犹未尽之时，梦境陡变，第十四出"伏戎"切换到檀萝国伺机作乱，"隔江是他南柯郡，地方鱼米，不免聚集部落，抢他一番"，使一派喜庆祥和气氛突然变得大祸将至格外紧张，由婚庆戏变成杀伐戏，一文一武一扬一抑，这种轻快与紧张之间的切换，不仅使舞台表演变得摇曳多姿，也凸显了梦主心理从愉悦到焦虑之间的切换。第三十四出"卧辙"写淳于棼在南柯郡上二十年，政绩卓著，深受百姓爱戴，奉召回都时，南柯父老乡亲夹道攀留，淳于棼"自是感恩穷百姓，千年眼泪不生尘"，正在踌躇满志之时，梦境一转，又来了一个切换，第三十五出"芳陨"，突然传来公主薨于归途中的噩耗，从春风得意的沸点剧然降到丧妻失恃的冰点，犹似晴天霹雳，令淳于棼"痛煞俺无门诉控"。这一切换，戏剧上是由热场转换到冷场，由喜场转换到悲场，而在淳于棼的心理上却是由有恃无恐到失恃势微的切换，他原本做的就是"老婆官"，老婆死了，他的官也就岌岌可危了，难怪他不禁哀叹"满拟南柯共百年，谁知公主即生天"。而对于观众来说，这一切换激发了"往下看"的兴趣，都急迫想知道淳于梦这个丧妻驸马后来的命运究竟会怎么样。第三十七出"粲诱"和第三十八出"生恣"接连两出写淳于梦忘乎所以，沉醉在与琼英郡主三女的放荡淫乐之中，恣情纵欲昼夜无度，此时剧情急转直下，切换到第三十九出"象谴"，国王大怒，"少不的唤醒他痴迷还故里"，不但驸马做不成了，连大槐安国也呆不下去了，正应了"淳于梦中人，安知荣与辱"，一个切换，乐极生悲，"酒尽难留客，叶落自归山"。汤翁在《邯郸记》中更是频繁地运用切换式结构，使梦境不断出新，总是不失时机地从一个浪峰切换到谷底，又从一个谷底切换到浪峰，一个波浪追着一个波浪，将剧情向前推进，同时也是使梦境跌宕曲折做下去。第四出"入梦"卢生险遭官司，在梦中切入"私了"情节，不仅化解了官司还得了个"香水浑家"；第八出"骄宴"卢生自美"天子门生带笑来"，第九出"虏动"就切换边衅，"阴山一片红尘起，先取凉州作战场"，文戏变武戏，笑声未落，铁马冰河入梦来；第十一出"凿陕"，卢生大功告成，正待"传闻圣天子，为此欲东游"时，立即切换到第十二出"边急"，令卢生"河功就了去边州"；第十六出"大捷"、第十七出"勒功"、第十八出"闺喜"接连三出大书特书卢生大获全胜，"将军天上封侯印，御史台中异姓王"得意人生时，笔锋一转，切入第十九出"飞语"、第二十出"死窜"，"祸起天来大"，一朝变死因，转瞬之间，从天上掉落尘埃；从第二十二出"备苦"卢生命悬一线，又切换到第二十三出"织恨"和第二十四出"功白"，第二十五出"召还"，卢生又死里逃生，重新封侯，尊为上相，兼掌兵权，且有先斩后奏特权，彻底翻了身，重上九层天；原本可以将这个梦就这样欢欢喜喜快快乐乐这样做下去，汤翁却不然，又来了一个切换，第二十七出"极欲"，写尽卢生"夜夜笙歌，朝灯火"，八十采战，极乐归天。汤翁这般将切换式结构反复运用，屡试不爽，而且每次都可以收获得到妙不可言的意外惊喜，究其奥秘，应该是汤翁深知切换式结构对于梦的延续具有其他任何结构所不能替代的作用，关系到梦的生命。现代梦学大师弗洛伊德说，梦是睡眠的保护神。然而，梦又是梦者潜意识的流淌，如果要达到既保护睡眠又保证潜意识流不至中断，就必须要遵循一个原则，那就是必须遵循一张一弛，张弛有度，保持心理平衡的辩证法，其最常见又最见效的处置方法就是及时切换，不失时机地从紧张切换到松弛或从松弛切换到紧张，使张弛始终保持在梦者可以承受的范围之内。比如卢生一入梦就险遭"非奸即盗"的天大官司，如果没有"私了"的切入而真的押到县衙里去一顿"大刑伺候"，卢生吃不消很可能就会从梦中惊醒，这样一来，就没有后面的六十年长梦了。汤翁总是在弦要崩断的紧要关头，用切换将弦放松，保证了梦程的延续，同时也使剧情跌宕起伏地演绎下去，可见汤翁确实掌握了梦的切换式结构真谛。

在探讨梦的过程中，只要细心体察每一个梦，总是可以感知到梦的特殊结构，其实，梦有多少种变化，表现出多少种特性，就会有多少种相应的结构，梦正是以自己的独特结构进入意识层面而被梦主认知并记忆的，汤翁的可贵之处，正在于他孜孜不倦地探讨和实践，除上述七种梦结构外，汤翁还运用了"连续性结构"（见前文"《风谣》、《卧辙》与连续梦")、"系列性结构"（见前文"《玩月》、《闺喜》与系列梦"）、"转折性结构"（见前文"《入梦》、《召还》与转折梦"）、"人格性结构"（见前文"《飞语》、《朝议》与人格梦"）等，所有这些梦结构，都从不同层面不同角度不同时空反映了梦者心理强度的变化或转移，从而保证了梦的延续和顺畅，进而凸显了汤翁梦戏的恣意空灵。

三、刻意渲染梦的情绪，将戏演得浪骇涛惊

情绪是人在经历某种活动时产生的心理状态，或者说，是人的心灵对外界环境变化的一种直接反应，一种被动的简单的反馈，也称为应激反应，是一种直接的和即时的反应。这种情形，我们在白天会大量地经常地遇到，如愤怒、忧伤、生气、敌意、厌恶、哭泣、恐惧、自悲、悔恨、苦恼、怨恨、畏惧、困惑、害羞、忌妒、痛苦、兴奋、抑郁等等。夜晚是白天的延续，白天经历的情绪体验或者曾经有过的情绪，会很自然地延续到夜晚的梦中，在我们大部分的梦境里，都有某种情绪的展现，有时候在一个梦里表达一种或几种情绪，有时候几个不同的梦境表达相同的情绪，所以说，梦不仅是潜意识欲望的舞台，同时也是潜意识情绪的舞台。汤翁是弄情的绝顶高手，他对梦中情绪的把握与渲染，将梦推进情天恨海的惊涛骇浪之中，将戏剧舞台演绎得情绪饱满激荡或细腻缠绵皆令人叹为观止，成为流芳百世的绝唱。

（一）虚幻中的真实

人们常说，梦是虚幻的。事实上也的确如此，许多梦境

都体现了虚无迷幻的特性；然而，如果稍加注意，我们同样不难发现，在虚幻的梦境中，存在一种真实，能够确切体验到的一种真实，那就是梦的情绪。《牡丹亭》第十出"惊梦"中，杜丽娘与柳梦梅相见后，柳梦梅主动邀请杜丽娘到湖山石边去，当得知是去"温存一晌眠"后，杜丽娘十分害羞，推开柳生不让他抱，此时，汤翁用了一个"生强抱旦"，这一个"强"字，表面上是一个"强行"的动作，内心却隐含了杜丽娘一种强烈的情绪，正如"害羞"、"推拒"都是表面文章一样，杜丽娘此时是春心激荡的，巴不得柳生行强。这种既害羞又巴望的情绪体验，凭借一个"强"字，既细腻又狂放地作出了精准的表露。第三十二出"冥誓"中，杜丽娘明明知道"奴家和柳郎幽期，除是人不知，鬼都知道"，想把自己是鬼魂之身的实情告诉柳郎，又担心"只怕说时柳郎那一惊呵"，又不敢明说，徘徊在"待说何曾说，如鳌不奈鳌"的两难之中，然而，思来想去"今宵不说，只管人鬼混缠到甚时节？"这一段将杜丽娘忧犹之情难断之绪描绘得细腻如丝，既不甘人鬼厮混，又担心惊吓了柳郎，爱之深，忧之切，压抑的情绪和冲决的情绪在杜丽娘的胸中激荡。第三十五出"回生"中，柳梦梅一句"好伤感人也"，写尽了人鬼相隔的无尽悲伤；疙童一句"到官没活的了"，写尽掘坟的巨大恐惧；柳梦梅一句"小姐端然在此"，又写尽了柳生与众人的无限惊喜，整个掘坟开棺过程，充满了一惊一乍的情绪演绎，观众势必感同身受，一同经历悲伤恐惧惊喜的情绪变化历程。《南柯记》第十三出"尚主"中有一段淳于梦与瑶芳公主拜堂成亲的戏："（老赞拜天地介）（转向拜国王国母千岁介）（赞'驸马拜见公主'、

'公主答拜'介）（内使送酒介）槐安国里春生酒，花烛堂中夜合欢。国主娘娘饮赐驸马公主合卺之酒。（生旦叩头谢恩介）（老）驸马公主，饮合欢之酒。（合卺介）。"很明显，淳于梦与蚂蚁成婚，不仅虚幻而且荒诞，但是，由这一段婚庆戏表达出来的喜悦情绪却是真实的，淳于梦确实因为"英雄配合婵娟"而喜不自禁，就是台下观众也许都能够闻到台上喜酒的芳香。第四十出"疑惧"中，淳于梦身着素服满面愁容，自思自叹道："自家淳于梦，久为国王贵婿，近因公主销亡，辞郡而归，同朝甚喜。不知半月之内，忽动天威，禁俺私室之中，绝其朝请。天呵！公主生天几日，俺淳于入地无门。若止如此，已自忧能伤人；再有其它，咳，真个生为寄客。天呵，淳于梦有何罪过也。"这一段话，将淳于梦忽遭软禁时那种疑虑重重忧心忡忡既惊且惧的伤感、怨愤、无助的复杂情绪刻画得入木三分，意识到"太行之路能摧车，若比君心是坦途。黄河之水能覆舟，若比君心是安流"，切身体会到"伴君如伴虎"的凶险莫测以及"如履薄冰"的提心吊胆，从而将淳于梦的情绪体验纤毫毕现地呈现在世人眼前。《邯郸记》第二十出"死窜"中，卢生与崔氏正对饮夫贵妻荣酒，庆贺卢生功成名就锦衣还朝时，突然"圣旨着擒拿"，连"商量"的余地也没有，此时，卢生向崔氏哭道："夫人，夫人，吾家本山东，有良田数顷，足以御寒馁，何苦求禄，而今及此？思复衣短裘，乘青驹，行邯郸道中不可得矣。"这种早知今日，何必当初，后悔得肠子都青了的情绪何其真实！而在第二十七出"极欲"中，卢生对崔氏说："夫人，吾今可谓得意之极矣。"又说："夫人，向后呵，我则把这富贵荣华和咱慢慢的享。"那种好了疮疤忘了痛，得意忘形的情绪活脱脱如眼见。无论是杜丽娘或淳于棼卢生，他们所做的梦，无疑都是虚幻的，而汤翁总是能够从这些虚幻之中抓住人性的真实，使虚幻的梦境反倒变得像真实的一样，殊不知，汤翁梦戏魅力源头之一正是抓住了虚幻中的真实。

（二）梦中情绪的冲突

世上万物，皆存在于矛盾对立统一之中，对立是绝对的，统一则是相对的，矛盾对立统一的常态就是冲突不断，时而剧烈，时而平缓，这一自然法则，深刻而经常地在梦中情绪的冲突中得以凸现。在梦中，有爱他人或被他人爱，有被他人追赶或追赶他人，有赠予也有受赠，有获得也有失落，有成功也有失败，有飞升也有坠落，有上天堂也有下地狱，有欢愉也有苦痛，有仰天长啸也有俯首低吟，有自信也有自卑，有清醒也有迷糊等等，在一对又一对矛盾中，总是此消彼长，充满斗争，没有片刻的安宁。梦中情绪的冲突，实质就是心理上和精神上的冲突，使我们的梦境变得云蒸霞蔚，精彩纷呈。在创作梦戏过程中，汤翁十分巧妙地将梦中的情绪冲突与戏剧冲突融为一体，汇合成了一条虚虚实实波涛澎湃的情感巨流，奔腾不息从人们心灵中流淌过去。杜丽娘是个感情丰富而又不藏匿情绪的闺阁少女，她的许多心中隐秘往往都直截写在脸上的情绪表露之中。当她在梦中与柳梦梅幽会，领略到了理想爱情的甜蜜时，无限欢欣喜悦的情绪溢于言表，甚至不想从梦中醒过来，仍在惊醒之际低叫"秀才，秀才，你去了也"，好生的恋恋不舍（"惊梦"）；然而，好梦易醒，"只图旧梦重来，其奈新愁一段。寻思辗转，竟夜无眠"，愁肠百结，满腹幽怨，"则咱人心上有啼红怨"（"寻梦"）。从欢心到啼怨，这种情绪上的巨大变化反映了杜丽娘内心的激烈冲突，这种只能在"梦中求"、"冥中觅"的自由爱情，是何等的煎熬人心，令人怅惘！淳于棼"原无家室"，梦中与瑶芳公主成亲，原本是一厢情愿，心想事成，一个极为普通的愿望满足梦而已，仍不免在梦中"拈金盏，看绿蚁香浮，这翠槐宫院"，满满得意，情绪激昂，恨不得"一霎儿向宫闱腹坦"。此情此绪，天下新人何不共有之？由娶公主而得驸马，由驸马而得郡守，由郡守而尊左相，所有这一切，皆是淳于棼一厢情愿在梦中的延续和放大，也是娶公主效应的延续与放大，可以说，公主是他官运亨通荣华富贵的根本，因此，他满打满算要与公主"共百年"，谁知天有不测风云，人有旦夕祸福，"姮娥月易沉"，"公主即生天"，此时此刻，断了根本的淳于棼不由顿足痛哭："合郡悲啼，举朝哀痛，痛煞俺无门诉控。"倘若我们忽略掉中间的一大段梦程，只看一头一尾迎娶公主和公主芳陨，便清晰地看见了淳于棼翻天覆地的情绪剧变，婚丧两极的现实给他心灵带来的巨大冲击，很明显的是这并不是他的初心，他是期盼与公主"共百年"的，为何又会出现"芳陨"的噩梦呢？这是他内心冲突的结果，也就是他庆幸与焦虑冲突的结果，一方面他享受着"老婆官"带给他的荣华富贵，另一方面他也承受着"老婆官"带给他的奇耻大辱，冲突的结果，他的神思又回到了"十八般武艺吾家有，气冲天楚尾吴头"的英雄豪侠境界，仿佛发誓宁可丧妻也要摔掉"老婆官"这顶帽子似的，如若心甘情愿坦然以对，没有羞辱的焦虑，那么，公主便不会死也不必死，淳于梦也就果真可以与公主共百年了。卢生的情绪冲突不仅巨大尖锐，而且贯穿在整个梦程之中。从夺元得罪宰相宇文融开始，两人的冲突不断，卢生也随着冲突的升级，经历着得意、张狂、得宠、得胜、荣归以及失意、后悔、失宠、遭陷、失败、无助等情绪上的剧烈变化。梦中情绪跌宕起伏变化莫测，正是梦者心理冲突的外在表露，也是推动梦程前行的动力，与戏剧冲突形成合力，使梦戏拒绝了平淡平庸。

（三）梦中情绪的压抑

在梦的隐意中，一般都携带了强烈的感情，这些感情在梦中以情绪的形态表现出来，无论是欢乐或是悲痛，都能被梦者真切地感受到，然而，凡是能在梦中感受到的情绪，无一例外都是被压抑过的，换句话说，梦的检查作用将过于强烈的感情坚决地封杀了，不允许它们进入梦中，否则的话，就可能导致梦者从梦中醒来，即从噩梦中惊醒或从狂喜中笑醒。所谓压抑，从本质上来说，就是阻抗作用将某种东西摒弃到意识之外的功能，弗洛伊德将压抑界定为观念在成为意识之前所处的状态，把阻抗作用理解为一种实行压抑和保持压抑的力。对于这一点，我们通过日常生活中对情绪的自我控制经历中很容易获得理解。在现实生活中，我们会经常面临压抑的体验，比如考试前后、工作变动前后、迁居前后、重要亲友去世前后以及种种矛盾激化前后等等，在这些时期，我们大多能感受到压抑功能的存在，无论是正面情绪或反面情绪，压抑都会阻止它们的生成和发展，比如老年人失去配偶之后，会陷入深度悲痛之中，失去对外部世界的兴趣，甚至失去接受新配偶的能力，自我的这种压抑和限制，正是深度悲痛特有的表现，它排除了其他目的或兴趣，这是压抑功能的正常表现，这种看似无情的态度反而是正常的非病态的。在梦中，梦者对自己潜意识中的不良想法和过度情绪的否定，正体现了正常的压抑机制，是理性对非理性的压抑作用，把各种情绪操控在夜间意识可接受的范围内，这样，我们既可以感受到梦中的各种情绪，又不至于被过于强烈的情绪惊醒我们。汤翁对梦戏中情绪的掌控和对压抑作用的运用，拿捏在分寸之间，既敢于煽风点火，将浴火烧红半边天，又善于审时度势，关键时刻釜底抽薪，止沸于瞬间。在梦中情绪受到压抑的典范首推杜丽娘，她游园困倦，拥几昼眠，梦见与柳生幽会，共成云雨之欢。正当"两情和合，正是个千般爱惜，万般温存"情绪高涨之时，汤翁及时地令花神"拈片落花儿惊醒他"，使杜丽娘感觉到"梦到正好时节，甚花片儿吊下来也"，让杜丽娘从"美满幽香不可言"的情欲高潮中冷静下来，感叹"雨香云片，才到梦儿边"，及至寻梦"杳无人迹？好不伤心也"。这个"花片儿"，就是汤翁略施压抑的道具，情可浓烈不可沸也。杜丽娘成为鬼魂后，在冥梦中与柳生幽媾，"每夜得共枕席，平生之愿足矣"，然而，汤翁在此又为她设一压抑，让她自知为鬼魂，不可没日没夜地幽会，还让她颇有自知之明地对柳生说："还有一言，未至鸡鸣，放奴回去。秀才休送，以避晓风。"这个"一言"，即压抑之权柄，不可逾越。及至遭遇两个瓦剌姑欢挠之后，汤翁又对杜丽娘这个"第一所人间风月窝"下了三道关闸：一是"风声扬播到俺家爷，先吃了俺狠尊慈痛决"；二是"怕聘则为妻奔则妾"；三是"人鬼混缠到甚时节"。有了这三道闸门，尽管杜丽娘虽有欢愉快意，亦不免"不觉泪垂"，常遭压抑之态尽展眼前。而且，如果将压抑扩展到社会、封建礼教对于杜丽娘的压抑更是如影随形，杜丽娘从生到死，生生死死都笼罩在无可摆脱的压抑之中，尽管她也曾在梦中得到过小小的欢乐，却仍摆脱不了压抑的大大牺牲。正因为压抑总是不离左右，便形成了杜丽娘冷艳哀丽的基本情调，倒更令人怜悯更凄楚动人。《南柯记》中的右丞相武成侯段功，"金章紫绶，独步三台宿"，可谓一人之下，万人之上，权势熏天。在第十七出"议守"中，因檀萝数为边患，与一众科道商议，奏选南柯太守，恰逢公主入宫，替驸马求官外郡，段功并不看好淳于梦，认为淳于"性豪杯酒，怎生任得边州之守"，以他官高权大，完全可以阻止淳于得选，但最后还是"许他也索罢了"，此处便是压抑的结果。什么压抑呢？即使段功权势倾朝野，在"皇家禁脔"面前，仍不得造次，仍得"且顺君王意，时相看儿女曹"。淳于背后的靠山是皇家，段功岂敢与皇家抗衡而不退避三舍乎？即使是公主死后，段功与淳于为公主葬地发生了正面争执，仍忌惮虎死不倒威，当"令旨依驸马所奏"之后，立即放下身架，向驸马贺喜，奉承"爱者是真龙，蟠龙冈十二分贵地哩"。及至抓住淳于淫乱宫闱的把柄，一举扳倒之后，才撤压开怀，笑"淳于梦中人，安知荣与辱"。如果说杜丽娘是被动受制于外部环境而遭受压抑的典型，那么，《邯郸记》中的宇文融则可称之为自我主动实施压抑的典型。宇文融是唐朝左仆射兼捡括天下租庸使，"号令三台，权衡十宰"，称霸朝纲，一手遮天下，当得知卢生"御笔题红"得了头名状元而"偏不钻刺于我"时，原本只须吹吹胡子瞪瞪眼，就完全可以毁掉卢生的前程，但他没有这么做，尽管"不容怒发不冲冠"，他却主动实行自我压抑，采取了"且自趋奉他一二"的对策。一方面他行"趋奉"的表象，另一方面却是"待我想一计打发他"，"寻个题目处置他"。圣人尚且有过，何况卢生无过乎？果然，卢生"因掌制诰，偷写下了夫人诰命一通，混在众人诰命内，朦胧进呈，侥幸圣旨都准行了"，正当卢生得意地"星夜亲手捧着五花封诰，送上贤妻"时，令他凿石开河的圣旨接踵而到，原来卢生朦胧取旨的小聪明"被宇文老爷看破了奏上"，还好圣上宽恩免究，"着老爷去做知州之职"。卢生开河建功，宇文融正无从下手时，恰逢边报紧急，"恰好有这等一个题目处置他"。一方面在圣上面前吹捧推荐卢生，"臣与文班商量，除是卢生之才，可以前去征战"，将卢生置于兵凶之地，另一方面自诩"俺这里玩波涛，临潼斗宝"，不但手段阴险狠毒，而且干得驴蛋外面光。岂料卢生大捷，勒石而还，圣上大喜，封侯晋爵，举朝文武大宴三日。宇文融有了害人之心，鸡蛋里亦可挑出骨头来。当他愁思"到如今再没有第三个题目了"，便挖空心思，"沉吟数日，潜遣腹心之人，访缉他阴事，说他贿赂番将，佯输卖阵，虚作军功"，阴笑"此非通番卖国之明验乎？把这一个题目下落他，再动不得手了"，简直是要一棒子将卢生击死。毫无疑问，对卢生而言，确是致命一击。圣上震怒，"即刻拿赴云阳市，明正典刑"。后来虽经崔氏鸣冤，免了一死，仍被"远窜广南崖州鬼门关安置"。宇文融一不做二不休，又"密奏一本"，将崔氏"没为官婢"，将其子"窜去远方"，最后还密令崖州司户官"结果了他的性命"，正所谓"有恨非君子，无毒不丈夫"。按宇文

融在朝中的权势，完全可以凶芒毕露地干掉卢生，他为什么要
采用"口里蜜，腹中刀"这种迂回曲折的暗害形式呢？难道他
也是忌惮皇权吗？非也！他不但深知当朝皇帝昏庸无能，对他
并未构成威胁，而且"深喜吾皇听不聪，一朝偏信宇文融"，
倒可借皇上之刀杀人。他之所以将自己的炎炎权势藏而不露，
实行自我压抑，实乃性格使然。第二十一出"谗快"揭开了这
个秘密："（宇文笑上）口里蜜，腹中刀。奸雄谁似我，逞英
豪？来的遵吾道。"宇文融的"道"，就是心狠手辣，睚眦必
报。他要杀个朝官，无论大小，都易如反掌，但他又追求杀得
不露痕迹，杀得机巧，从中享受"中吾计也，中吾计也"的特
殊快感，享受"好轻敲，把冤家散了，长时乐陶陶"的特殊愉
悦，此则奸雄之性之好。见过猫戏鼠吗？将仇敌玩弄于股掌之
中，比白刀子进红刀子出的莽夫之勇，更令奸雄追求倾倒。汤
翁正是恰如其分地运用梦中情绪的压抑，在戏曲中塑造出了一
个活灵活现的深藏不露的奸雄。

（四）梦中情绪的宣泄

一个人要保持情绪稳定、心态平和、精神正常，一般都
依赖两大法宝：一个是压抑，一个是宣泄。对喷发的情绪不
实行压抑，人就会发狂；对憋闷的情绪不实行宣泄，人就会
崩溃。然而，在现实生活中，无论压抑还是宣泄，都是不完全
自由的，尤其是宣泄，因为头顶上有社会公约罩着，不允许个
人为所欲为；唯一可以随心所欲的地方只有梦，因为梦是个
无法无天的王国。正因为明白这个道理，梦便常常成为了人
们尽情宣泄的天堂。常言道得好，痛则不通，通则不痛。我们

为什么常常感到焦虑，感到痛苦，就是因为释放情绪的管道不通畅，积极的情绪不能畅快地尽情释放，消极的情绪不能及时恰当地给以宣泄，阻塞形成压力，所以我们痛苦。在梦中，我们笑，甚至笑醒；我们哭，甚至哭醒；我们恨，恨得咬牙切齿；我们爱，爱得天翻地覆。所有这些，都是情绪的宣泄。在梦中，潜意识一般通过外化宣泄、同化宣泄、想象宣泄、退化宣泄四种良性宣泄方式来释放压力，缓解紧张，使心理恢复平静。汤翁对情绪宣泄的意义和方式似乎成竹在胸，运用起来得心应手，仿佛自然而然，没有留下丝毫矫揉造作的痕迹。首先来看外化宣泄。外化宣泄是指把自己压抑的动机、想法、态度和欲望投射到自己以外的他人或外界事物上，借他人来发泄。比如梦中看见他人因失去亲人而捶胸恸哭，实质上是宣泄自己的悲伤情绪，降低或缓解自己的痛苦程度。《南柯记》中的淳于棼，因嗜酒失主帅之心而弃官落魄，满胸"闷嘈嘈"、"恨叨叨"，"每日间睡昏昏"以酒浇愁，长叹"弃置复何道，凄凄吴楚间"，满腔"学时流立奇功俊名，谈笑朔风生"的抱负不得施展，常慷慨激昂自问"难道普乾坤醉眼只许屈原醒？"很显然，淳于棼弃官后的情绪十分低落，整日被愁闷、愁恨、不平、不服、怀才不遇、报国无门、凄凄惶惶的负面情绪环绕，笼罩在极其焦虑的精神状态之中，急需及时宣泄，如若不然，放任坏情绪发展下去，很可能出现精神分裂的严重后果。汤翁仿佛是一位诰命的梦学兼心理学专家，给淳于棼开出了一份外化宣泄的处方，处方上只有两味药，一味是"大槐安国"，让他到这个虚拟的大平台上去施展抱负；一味是"驸马"桂冠，让他从弃官落魄之人摇身一变成为皇家禁脔，进而

"龙类中能煮海，蝶梦里好移魂"，不再"肠断江南，梦落扬州"。这果然是一剂灵方妙药，淳于棼进入大槐安国与公主成亲之后，一扫昔日阴霾，换成眉开眼笑，直觉得"槐余三洞暖，花展一天宽"，带着这样的好心情，一口气在南柯郡施美政二十年，实现了爱民报国立奇功的抱负。这就是借"大槐安国"、"公主"、"南柯郡"这些"他人"宣泄的范例。第二来看同化宣泄。同化宣泄是指在内心里和他人同化的方法，缓解内心的痛苦来达到心理平衡，颇有与他人命运与共同病相怜的意味。《邯郸记》第二十二出"织恨"中，崔氏哀叹道："一旦内家奴婢，十年相国夫人。零落归坊，淋漓当户，织处寸肠挑尽，怎禁得呖轧机中语？"又怨恨道："在此三年，满朝仕宦，没个替相公表白冤情。"梅香亦叫道："好苦！好苦！"在剧中，崔氏与卢生为夫妻关系，自然是命运与共，同病相怜，卢生充配，崔氏归坊，同恨同怒同宣泄；而从心理学角度分析，崔氏则是卢生的一个子人格，让这个子人格与卢生的自我同化，本质上是卢生的同化宣泄，亦是卢生"朝承恩，暮赐死。行路难，有如此"的强化版。第二十出"死窜"中高力士感叹："满朝文武，要他妻儿叫冤，可怜人也。"又，高力士哭道："可怜，可怜，唳鹤无情听，啼乌有赦来。"此高力士同崔氏一样，均是卢生子人格的化身，实际上是将他俩与自己的内心情感同化，借他俩的身形进行宣泄，缓解自己的怨恨和痛苦。第三来看想象宣泄。想象宣泄是指运用想象力达到某种宣泄。比如想追求异性没成功形成压力后，想象获得了成功而释放压力，颇似阿Q的精神胜利法，以此疏导压力，调节心理。《牡丹亭》便是运用想象宣泄的经典。作为二八少女杜丽娘最大的心理压力是什么？就是一句话："怎得蟾宫之客？"这件终身大事压在她的心头之上，"剪不断，理还乱，闷无端"。然而，在"人而不如鸟"的现实生活中，杜丽娘不仅除了父亲、老师之外从未接触过任何年轻异性，就连后花园"恁般景致，我老爷和奶奶再不提起"，活生生禁锢在绣楼闺房之中。出路在哪里？唯有想象，到梦中去寻求。汤翁赋予了杜丽娘一双想象的翅膀，让她到梦海自由翱翔。于是，杜丽娘在梅边柳边找到了如意郎君柳梦梅；病亡成鬼魂后，又让她想象听见了柳生叫唤她"我的姐姐啊"，进而想象与柳生燃香盟誓结为"生同室，死同穴"的夫妻，甜甜蜜蜜，和和美美，所有压力在无限欢愉中烟消云散。第四来看退化宣泄。退化宣泄是指当向前的疏导行不通的时候，便将一切努力退回到最原始的状态——哭泣，也就是用眼泪来达到宣泄的目的。我们常常见到小孩子的欲望得不到满足而感到痛苦时，他们的法宝就是哭泣，大哭大闹一通之后，很快会恢复平静，他们就是用眼泪洗涤了心中的不平不安不满和不快，实现了心理上的平稳过渡。所谓人不伤心泪不流，哭泣可以使痛苦得以宣泄。汤翁非常善于运用哭泣来实现情感的宣泄。《邯郸记》第二十出"死窜"一场中，祸起天来大，卢生突然被问斩刑，与崔氏面临生离死别，这种摧肝裂肺惊魂散魄的巨大情感伤痛，对人的心理冲击和摧残，甚至要超过挨一刀的严重，此时若不及时疏导，很可能发生精神崩溃，所谓被逼得发狂，被急得发疯。汤翁非常适合时宜地在此处安排了两处哭戏，一是让卢生哭诉"何苦求禄，而今及此"，宣泄他的无限悔恨的情绪；一是让崔氏哭着向卢生献上生离死别酒："（旦哭介）怎生来话儿都说不出来？奴家有一壶酒，一来和你压惊，二来践行。"又，"（旦哭介）俺的天呵。也把一杯酒略尽妻子之情。"一边献酒，一边哭着喊天，将胸中巨大愁痛尽情宣泄，正因为有此"二哭"，才保住了二人不致精神崩溃，也才会有后面的戏文。至此汤翁犹觉不足，在写了崔氏"战兢兢把不住台盘滑。扑生生遍体上寒毛乍，吸厮厮，也哭的，声干哑"之后，又写卢生"谁忍骨肉生离，与儿子'同哭'"，直哭至崔氏"闷倒"，卢生一边扯扶崔氏，一边唱了一出"北水仙子"："呀，呀，呀，哭坏了他，扯，扯，扯，扯起他且休把望夫山立着化。（众儿哭介）（生）苦，苦，苦，苦的这男女煎喳。痛，痛，痛，痛得俺肝肠激刮。我，我，我，瘴江边死没了渣。你，你，你，做夫人权守着生寡。（旦）你再瞧瞧儿子么。（生）罢，罢，罢，儿女场中替不得咱。好，好，好，这三言半语告了君王假。我去，请了。（旦哭介）相公哪里去？（生）去，去，去，去那无雁处海天涯。（虚下）（旦哭介）儿子回去吧，难道为妻子的，不送上他一程？"这一段"流泪眼观流泪眼，断肠人送断肠人"的演唱，不仅声情并茂，令人泪奔，更重要的是让梦中人通过哭泣达到退化宣泄，缓解凄惨悲痛情绪，挽精神崩溃于倒悬，既是汤翁之赐，更显汤翁之明。细读临川四梦，不难发现汤翁是十分善于运用这四种宣泄方式来缓解心理压力从而获得精神平衡的，我们对梦中的种种宣泄，都应怀感恩之心，因为它们在不知不觉不张不扬之中，默默地帮助我们实现了心态平和精神安稳。

（五）梦中情绪的转化

常言天有不测风云，月有阴晴圆缺，说的就是大自然的转化，这是短时间内的转化，而沧海桑田、海枯石烂，说的就是长时间内的转化。梦中的情绪与我们白天的情绪一样，时刻都处在不停地转化之中。这种转化，像大自然一样，有短时间内的骤变，也有漫长时间内的渐变。可以这样说，梦中的情绪没有一刻绝对的安宁，总是处在变幻无常的动态转化之中。

任何一种情绪，都有两个极点，一个在这端，一个在那端，情绪总是从这端向那端转化，或者从那端向这端转化，或者在两端之间来回反复转化。一对男女，爱到极点，他俩便结婚了；后来，他俩恨到极点，便离婚了。在他俩共同生活的日子里，爱恨情仇时浓时淡时好时坏时起时落，总是在两个极点之间来回转换，直至白头或分手。这种爱恨情仇不仅在文学作品中可以经常看到，而且，在梦中更是林林总总，习以为常。几乎每个梦，都表露出某种或某几种情绪，有时显著，有时显微，有时正面，有时负面，但都有一个共同点，那就是不停地强化弱化或转化。

梦中情绪是我们心理状态和精神面貌的镜子，情绪的转化更是表露了我们心灵的意向，因此，及时准确地把握住梦中情绪转化的方向、速度和强度，对于加强或修复自我，实现心理平衡是极为重要的一环，我们应当随时操控或改变情绪转化的方向和强度，不要让情绪向两个极端转化，让类似乐极生悲、爱极生恨、惊恐万状、生不如死、恶向胆边生等等极端情绪实行反向转化，远离两极，努力向中心点靠拢，创造一个平静祥和的心态。

汤翁显然是操控梦中情绪转化的老练舵手，常常在要"触礁"的关键时刻来个"急转弯"，将梦戏的航船引向平安。汤翁首次掌舵，便在《紫钗记》中显露了操控梦中情绪转化的超凡悟性和杰出才华。第二十三出"荣归燕喜"中，霍小玉"昨梦儿夫洛阳中式，奴家梳妆赴任"，满满的喜不自禁，又是忙着梳妆打扮，"试着春彩松扣领"，又是想象夫妻相逢时，"好似旧香苟令语偻停"，又是庆幸好天气，"恁雨丝烟映弄喜蛛儿晴，逗风光展翠眉相领"，情绪高涨，从内心欢呼"好喜也"，可谓喜到极致，此时如若不加掌控，放任情绪向极端狂奔，很可能就会"触礁"，发生出什么意料不到的悲剧来，汤翁"悟"到了这个危险信号，果断地抛出"朝命催俺去玉门关"一招，仿佛朝霍小玉头上浇一盆凉水，让她即将沸腾的热情冷静下来，改变了乐极生悲的危险航向。第四十九曲"晓窗圆梦"恰恰相反，为霍小玉陷于爱情破灭的极度痛苦时，汤翁及时送来一个"黄衣剑客梦"。当时，霍小玉听到李十郎与卢氏的传闻之后，信以为真，不由"怀忧抱恨，周岁有余，赢卧空闺，遂成沉疾"，甚至于有了"为思夫愁病死"的念头，心理极为脆弱，到了精神崩溃的边缘，此时若不"急转舵"，霍小玉真的可能走上一命呜呼的不归路。正是汤翁力挽狂澜，用一个"黄神喜"梦，重新燃亮霍小玉的心灯，重新树起"李郎必重谐连理"的信念，将霍小玉的情绪从悲的极端转化到喜的极端，呼应了否极泰来的哲理。如果说处置霍小玉情绪转化的模式采用的是"短时间内的骤变"的话，处置淳于梦情绪转化的模式则是采用了"漫长时间内的渐变"。在《南柯记》中，从第七出"偶见"开始，淳于梦便交上了好运，历经"就征"、"引谒"、"尚主"、"待猎"、"拜郡"、"御饯"、"之郡"、"风谣"、"围释"、"卧辙"诸出，迤逦二十年，将一个落魄酒徒的"得意"演绎到"万民称颂"、

"倾城攀留"的巅峰，仿佛一个走了二十年的慢牛行情，终于到达顶点，此时汤翁悟到要收手了，机巧地来了个"釜底抽薪"、"股市撤资"，让公主"芳陨"，让淳于棼从根基上由"得意"转化为"失意"，进而又以"粲诱"、"生恣"二出，由"失意"滑向"失宠"，直至被扫地出门，由"皇家禁脔"的幻象恢复到落魄浪子的本真。如果我们站在一个远远的地方观看《南柯记》，就能清晰地看见淳于棼的情感线就是"一个波浪"的轨迹：从左边的谷底起步，经历漫长的缓坡之后到达浪峰，然后急转直下，回归右边的谷底。如若有兴，邀友月下，浅斟慢饮，赏四百年前古韵，岂不生沧桑之感么！而最显舵手功力的则是《邯郸记》。卢生入梦之初，险遭官司，却得佳配，由惊恐万状到喜出望外，这次情绪的转化，不过汤翁牛刀小试尔。自卢生成为御笔钦点第一名状元之后，与当朝宰相宇文融旗鼓相当，展开了一场旷日持久的明争暗斗，卢生气血方刚一节一节往高处蹿，宇文融阴险毒辣一计一计往死处害，其间因过立功，绝处逢生，情绪高低起伏，一波接着一波，一浪高过一浪，更为难得的是，同时展现了卢生和宇文融两条情绪转化的浪线：你喜时我恨，你背时我喜，你笑时我苦，你哭时我笑。犹如龙虎相争，从崔家大院打到陕州大山打到天山吐鲁番打到云阳市打到鬼门关，一路上风云变幻无穷，胜负跌宕起伏，情绪变化无常。汤翁凭借锦心慧眼，以超凡的技艺操控着动荡不羁的情绪烈马，紧拉缰绳，收放随心，准确把握住卢生宇文融两人情绪转化的方向、速度和强度，既使观众看得怵目惊心悬念丛生，又保证不致弓折弦断，盼得到柳暗花明，这就是最高明的"情绪不停歇地强化弱化或转化"，由此不得不钦佩汤翁非凡的悟性和才华。

（六）梦中情绪的承受度

梦中的情绪，是梦者内心真实情感的最基本表达方式，同时，又是梦者心理状态和精神面貌的反映，从情绪的涨落变化中，可以清楚地看出一个人内心世界的真谛。然而，如同所有事物都有个度一样，梦中情绪也有个承受度的问题。以喜悦和悲伤这两种情绪为例，我们或许不难领会情绪的承受度。

喜悦：当在梦中感到怡然自得时，属情绪的低度表达；当感到高兴愉快时，属中度表达；当狂喜不已时，属高度表达。这三种情形，尽管程度不一，但仍都在可承受范围内。

悲伤：当在梦中感到抑郁忧伤时，属低度表达；当悲哀哭泣时，属中度表达；当嚎啕恸哭时，属高度表达，也都在可承受范围内。

无论喜悦或悲伤，如果在程度上超出可承受范围，情况就不一样了。在现实生活中，情绪超出承受度很可能导致如发疯之类的精神病患；在梦中当情绪超出承受度时，一般就会从梦中惊醒，这是潜意识处于本能的自我保护机制，及时终止梦境，以结束过度的情绪继续发展下去，以保护我们的心理和精神免遭过度情绪的伤害，所以说，不要误会或责难惊醒梦打扰了我们的睡眠，它实质上是保障心理承受正常压力的安全阀。不过，对于梦戏而言，却最为忌惮"从梦中惊醒"，因为一旦从梦中惊醒，梦结束了，梦戏也就无从演下去了。正因为如此，把握梦中情绪的承受度，便成为了维持梦戏生命线的临界点。汤翁在制造戏剧激情时充分考虑到了情绪的承受度问题，而且常常铤而"弄险"，又常常在千钧一发之际使出绝活"救险"，使梦境"惊险"而不"惊醒"，使梦戏"死里求生"而继续演唱下去。《邯郸记》第二十出"死窜"中刽子手行刑一节，阴森森，刀幌幌，好不吓煞人也，请看："（众叫锣鼓介）（生问介）前面幡竿何处？（众）西角头了[南滴溜子]休说老爷一位，少甚么朝宰功臣这答，套头儿不称孤，便道寡。用些胶水摩发，滞了俺一手吹毛，到头也没发。（生恼介）（挣断绑索介）[北刮地风]呀，讨不的怒发冲冠两鬓花。（刽做摩生颈介）老爷颈子嫩，不受苦。（生）咳，把似你试刀痕俺颈玉无缎，云阳市好一抹凌烟画。（众）老爷也曾杀人来。（生）哎也，俺曾施军令斩首如麻，领头军该到咱。（众）这是落魄桥了。（生）几年间回首京华，到了这落魄桥下。（内吹喇叭介）（刽子摇旗介）时候了，请老爷生天。（生笑介）则你这狠夜叉地闲吊牙，刀过去生天直下。哎也，央及你断头话须详察，一时刻莫得要争差，把俺虎头燕颔高提下，怕血淋浸展污了俺袍花。（众）老爷跪下。（生跪受绑，刽磨刀介）（内风起介）（刽）好风也，刮的这黄沙。哎哟，老爷的颈子在哪里？（摩介）有了，老爷挺着。（生低头，刽子轮刀介）"卢生的梦做到这个节骨眼上，已是魂消魄散，就等着刽子手高高扬起的鬼头刀向下一劈，只要这刀呼的一声劈下来，势必超越情绪的承受度，卢生躲无可躲，只有从梦中惊醒一条路了。从刀扬起到刀劈下只是瞬息之间，正是汤翁"弄险"之处，也是检验情绪最大承受度的终极刻度之处，结果到底会怎样，便将悬念提到了嗓眼处。值此生死一线时刻，"（内急叫介）圣旨到，留人，留人！"可以说，"刀下留人"是中国古典戏曲"救急救险"的常套老套，汤翁亦未例外，然而，如果以为这是汤翁救险的绝活，那可能就是看走眼了，其实，汤翁在圣旨到来之前，就已经在实施救险了，他真正的绝活是在箭将离弦的瞬间将紧绷的弦松弛下来，不二法门用的就是"诙谐"。只要用心细看，尽管刽子手两次"摩颈"，显得格外阴森恐怖，但一点也感觉不到他狰狞可怕，恰恰相反，刽子手和卢生倒像一对老朋友，你一言我一语打趣笑谈，刽子手开玩笑说："用些胶水摩发，滞了俺一手吹毛，到头也没发"，又称道"老爷颈子嫩，不受苦"，甚至发问"老爷也曾杀人来"；而卢生也不含糊，凑趣地回答"把似你试刀痕俺颈玉无瑕"，又不无自夸道"俺曾施军令斩首如麻"，甚至还叮嘱"把俺虎头燕颔高提下，怕血淋浸展污了俺袍花"。刽子手没有一点杀气，卢生也没有一点末日之惧，倒是从他俩的谈笑中，仿佛听到了敌楼上诸葛亮幽雅的琴声。想当年，诸葛一生谨慎，也有空城弄险时；看汤翁，云阳市上敢弄险，救险寓于笑谈中。卢生免于一死，本质上是将他的情绪控制在承受度内，倘若让刽子手的刀呼地一声砍将下来，卢生承受不了，势必从梦中惊醒，后果就是没戏可唱了。当然，汤翁并非一味救险，他操控情绪承受度的分寸完全与剧情结合在一起，剧情需要救险时，他便化险为夷，剧情无需救险时，他便让箭离弦。第二十九出"生寤"中，被他从刀头下救出的卢生，享尽人间荣华富贵仍不知足，年迈八十，还迷恋采战，贪得无厌仍"性儿厮强"，拒绝汤药，恼怒"还吃甚药"，已坠落到痴迷不悟的疯狂状态，情绪承受度已达极限，此时此刻，汤翁当机立断，让他"眼光都落了，俺去了也"，不再施救，让他"死向旧睡处"，实际上就是让他梦断销魂处，从梦境中惊醒。《南柯记》第四十一出"遣生",也是在淳于棼救无可救的情况下,汤翁不再容他恋栈,"酒尽难留客,叶落自归山。惟余离别泪,相送到人间",让他从二十年荣华富贵梦中清醒过来,本质上也是他梦中滥淫之情超过情绪承受度的必然结果。

纵观汤翁戏曲,似能看出汤翁已然明了:梦是夜晚心灵活动过程的痕迹,情绪是心灵痛苦的呐喊或是心灵愉悦的欢呼,只要抓住了情绪这个纲,就能纲举目张,就能沿着这条丰富饱满的主线,走出虚幻梦境的迷宫,直抵心灵真实的殿堂,进而看懂梦,看懂戏,看懂汤翁的梦戏。

四、精心营造梦的环境,将戏演得如历其境

在感受梦戏或描述梦境时,人们常常忽略了梦境中的环境,正如看戏时往往忽略了舞台布景,而将主要注意力集中在人物和事件以及结果上,殊不知,梦中的环境对梦者而言是十分重要不可不认真加以看待的特殊元素。一般而言,出现在梦中的环境背景,大多数都是梦者所熟悉的,但也不排除出现陌生的环境;既有室内环境也有室外环境;还有真实环境与虚幻环境。所谓真实环境是指我们真实经历过的环境在梦中再现,所谓虚幻环境是我们在现实生活中从未经历过甚至完全是虚拟的压根不存在的幻象;最后,有些梦中竟然没有任何背景,呈现一种朦胧的空白,这与舞台上一些过场戏的空幕十分相似。作为伟大的戏剧家,汤翁对舞台背景重要性的认知是不言自明的,并由戏曲推及梦境,进而推及梦戏,他不但将梦中的环境营造得景色宜人,给人如有亲历其境之感,而且还悟出了梦环境对深化主题的独特作用和营造戏剧氛围的心理章法。

（一）梦中环境是内心环境的反映

我们知道，梦中出现的意象，都是基于梦者个人的记忆（也包括集体潜意识的记忆），受个人情绪状态的影响，并把这种体验融入到梦的背景即梦的环境之中，反过来说，梦中的环境反映了梦者的情绪状态即内心情境。当我们梦中出现风和日丽、天高云淡、流水潺潺、青山绿水、鲜花烂漫、喷薄日出、晚霞似火、月色如银等等背景时，完全可以肯定，此时梦者的内心情境处于清明爽朗、喜气洋溢的欢愉之中；反之，当梦中出现狂风暴雨、惊涛骇浪、烈日炎炎、大河决堤、天崩地裂、荒野戈壁、盲人骑瞎马，夜半临深池等等梦象时，亦完全可以肯定，此时梦者的内心必是处在充满惊恐、不安、焦虑、无助与苦痛之中。可以这么说，梦中没有无缘无故的意象，梦中的环境背景，无一不是梦者内心情绪状态的表露。常言人逢喜事精神爽，看什么都养眼愉心，白天如此，梦中亦同。在许多梦例中，人们不会直接梦到自己正努力处理的事物，而人们欲处理此项事务的心事却在梦的意象中表露出来，表露的方法之一，就是将心事演化成梦的环境，不同的梦环境，藏匿着梦者不同的心事，只要仔细观颜察色，梦者内心的苦乐悲喜尽在其中。特别是梦中出现的陌生环境，一方面很可能来自集体潜意识的遗传记忆，另一方面，更重要的是来自梦者此时对外部世界所持看法的反映，包括政治、经济、军事、外交、风俗、社交、婚姻、人生观等等，似乎不可直言而以背景方式曲折表达，这时，陌生环境很可能成为不可多得的独立象征。汤翁运用环境描写表达梦者内心情境最经典的梦戏首推《邯郸记》第二十二出"备苦"，卢生被贬配发鬼门关途中，一路上先是穿过一个又一个"瘴气头"，"黑礴礴的一大古子"，"瘴影天笼罩"；紧随着又碰上恶虎拦路，他手无寸铁，无奈中只得张伞与虎争斗，恶虎将他的小厮"呆打孩"叼走；躲过恶虎，又碰上了两个凶狠的强盗"鬼头刀"和"下剔上"，在他"颈颏上抹了一刀"，差点丢了性命；抬头又见一个"大海子"，刚搭上一条船，偏又"浪崩天雪花飞到"，"恶风头打住蓬梢"，"遇鲸鳌"，把船翻了，卢生跌落水中，"命秋毫"，所幸抓到一片木板儿，侥幸爬到岸上；刚死里得生，又撞上"好不多的鬼也"，直到碰上"崖州蛮户"，才算惊魂稍定，"逃得残生命"。这一路上所遇所历，如"瘴气头"、"拦路虎"、"二强盗"、"大海子"、"凶鲸鳌"、"众鬼判"等等，皆是"路途上的环境背景"，汤翁并非为写景而写景，而是通过这些险恶的环境披露卢生当时恶劣的内心情境。遇"瘴气头"时，卢生唱"怎了？怎了？这里有天难靠，北地里坚牢，偏到的南方寿夭"；遇"拦路虎"时，卢生唱"我闲想起来，朝中黄罗凉伞，不能勾遮护我身，这一把破雨伞，到遮了我身；满朝受恩之人，不能替我的命，到是呆打孩替了我命"；遇"二强盗"时，卢生唱"咳，我想诸余不要，则买身钱荷包在腰。谁人知意思，何处显功劳"；遇"海子""鲸鳌"时，卢生唱"哎哟，天妃圣母娘娘，一片木板儿，中甚用呵"。的确，落到此时此刻，喊天叫娘一无用处，故而卢生终于明白："行路难，行路难，有如此。"看这出戏，只要去掉看稀奇热闹的低俗趣味，便很容易看懂汤翁的立意：沿途经历的险恶环境本质上是险恶的社会环境象征，是卢生对自己一生经历的深刻反思，同时也是对卢生此时内心情境的真实披露。与"备苦"一出相映成趣的是《南柯记》第三十四出"卧辙"。淳于棼执政南柯郡二十年，政绩斐然，"功高岁久，钦取回朝，进居左丞相之职"。奉旨回朝的路上，首先是"车路欠平，着人堆沙，填起一堤，约有三十里长，两头结彩为门，题着四个大字：'新筑沙堤'"。好家伙，人还没上路，就预先为淳于还朝填筑了一道三十里长的沙堤以备安然行走；接着南柯郡众父老乡亲，手持奏本，挽留"淳于爷再住十年"，人还没上路，民众来挽留；待得上了路，新任南柯郡守原司农田子华早候在长亭，"下官备有一杯酒。便停骖只觉得长亭短"，"堂尊恩德重难胜"，"还望提携接后程"；这边厢长亭饯别方罢，那边厢又有吏持酒待候，"竹映司农酒，花催上相车"；车轮刚转动，众父老哭泣攀卧车前，"老爷呵，俺只得，倒卧车前，泪斓斑，手攀阑。""众父老拥住骏雕鞍，众男女拽住绣罗襕"；待得起程时，"扶轮满路遮拦，遮拦。东风回首泪弹，泪弹。长亭外，画桥湾，齐叩首，捧慈颜。贤太守，锦衣还"，"百里内都是南柯百姓送行。"淳于加官还朝，一路风光无限，这里描绘的"新筑沙堤"、"攀留奏本"、"长亭酒饯"、"花催上相车"、"攀卧车前"、"手攀阑"、"泪斓斑"、"拥雕鞍"、"拽罗襕"、"画桥湾"、"齐叩首"、"捧慈颜"等等，构成一幅百里送行画卷，皆淳于还朝的环境背景。此情此景非其他，乃淳于内心情境的外化，你看他一出场便唱："一鞭形色晓云残，五马归朝百姓看"，好不春风得意马蹄疾的嘚瑟气象；看到"拥路者数千人"攀留，一方面沾沾自喜"俺有何功德沾名宦"，一方面颇有自知之明地道出"他替俺点缀春风好面颜";长亭饯别,更希冀"归去朝廷,跨风骖鸾";众父老卧辙拥鞍,更是他自诩傲事,"这样好民风留着与后贤看",潜台词则是"我便是培育此好民风的前贤"。志得意满,一路愉悦欢欣。"备苦"写发配离朝,一路荆棘;"卧辙"写奉旨还朝,一路坦途。两种截然不同的环境背景,将卢生淳于梦两种截然不同的内心情境展露得有如云泥。仅此一苦一喜两出戏,便足以看出汤翁对梦中环境是内心环境的反映这一梦学理念感知殊深,运用到戏曲中情景相融,丝毫不爽,恍如双玉合璧,交辉相映。

(二)梦中环境转换是心理变化的反映

梦中的环境变化、场景替换频率是很高的,随着梦里剧情的发展变化,背景会不停地出现移动、延展甚至跳跃、剧变,对这些转换,在很多时候我们并没在意,因为它们与梦故事的发展变化线路始终得保持密切的协调,使人不及暇顾,然而,不能不说梦中场景转换是一种常态,就像电影故事中场景不停转换一样。

对于梦中环境背景转换这种现象,我们可以从三个层次进行分析和理解。首先从生理上分析,当脑干中一群神经细胞的活动过程中止后,相邻的另一群神经细胞接着活跃起来,细胞群之间活动过程的转换,导致了梦境中场景的转换;其次从心理上分析,当我们乐极生悲或由爱生恨等等心理状态发生转变时,梦中的背景会立即响应,将心理变化反映出来,如由晴转雨、由风平浪静转变为电闪雷鸣;第三从精神上分析,环境的变化是最快捷最经济最贴切最直观表达精神状态转换的方式,当精神状态积极向上时环境背景一般都是清明光鲜的，一旦精神状态充满焦虑不安时，梦中的环境立刻就会转换成阴暗险恶，适时准确地反映这种变化，反之亦然。尽管我们无法准确获知四百年前汤翁如何研讨梦境中环境转换的资讯，但从他的"临川四梦"的实践中，亦可管窥一二。《牡丹亭》第二十七出"魂游"开场时，石道姑看守杜丽娘坟庵三年，择取吉日，替她开设道场。此时梅花观道场背景是"台殿重重春色上，碧雕栏映带银圹。扑地香腾，归天磬响"；"南枝外有鹊炉香"；"钻新火，点妙香"；"香霭绣幡幢，细乐风微扬"；"瓶儿净，春冻阳。残梅半枝红腊装"，一派香火缭绕清净庄严景象，正是"清醮坛场今夜好，敢将香火助真仙"。此时石道姑和小道姑的心理状态都是十分虔诚平静的。忽然之间，杜丽娘鬼魂作鬼声上场了，顷刻间打破了道场的幽静，首先是"内犬吠"，"内作丁冬声"，"弄风铃台殿冬丁"，"闪摇摇春殿灯"，"一弄儿绣幡飘廻"；当小道姑徒弟与杜丽娘鬼魂"打照面"后，立刻"灯影荧煌"，"经台之上，乱糁梅花"，"风灭了香，月到廊。闪闪尸尸魂影儿凉"，"兀的冷窣窣佩环风还在回廊那边响"，刚才还清静庄严的道场转换成了犬吠风狂、梅花乱散、灯摇香灭，一番乱糟糟景象。环境的显著变化，不仅带来了也反映了石道姑和小道姑及徒弟心理上的显著变化，由平静虔诚变得惊怖慌乱，徒弟直呼"怕也，怕也！"小道姑也惊呼"奇也，异也！"连石道姑也急忙吩咐："收拾起乐器经堂。"经堂环境前后的转换，深刻而又显著地反映了道姑们内心情感的转换。

环境的转换，不但包括自然环境的转换，还包括生态环境的转换，生态环境的转换更能引起人们内心环境的变化。《邯郸记》第十八出"闺喜"中，写清河崔氏"夫贵妻荣堪贺，忽地把人分破"，卢生出塞征战，崔氏独在家中"向北相思"，"一从卢郎征西，杳无信息。不知彼中征战若何"，一人在家"不茶不饭"，"春光去了呵，秋光即渐多"，"夏日长犹可，冬宵短得么"，"扇掩轻罗，泪点层波"，"青春伤大，幽恨偏多"，"略约倚门睃，翠闪了双蛾"，整日整夜没情没绪，笼罩在幽怨牵挂的生态环境之中，心情十分低落，一旦听到飞报"老爷用兵得胜"，"马上差官钦取还朝"，生态环境发生巨大转换，内心环境也立刻来了个大逆转，"喜珠儿头直上吊下到裙拖，天来大喜音热坏我的耳朵，则排比十里笙歌接着他"。卢生一回来，崔氏立刻沉浸在喜乐无比的生态环境中，"奴家开了皇封御酒，与相公把一杯"，两人嬉笑打趣，连干三杯"夫贵妻荣"酒。然而，好景不长，祸起天大，不仅卢生获罪问斩又充配，就连她这个一品夫人也沦为内家奴婢，"零落归坊，淋漓当户，织处寸肠挑尽"，"残啼双翠翚"。生态环境又一次大转换，使她心理状态和精神面貌又发生了一次大变化，"望断银河心缅貌，恨蓬首居然织作"，"一谜谜尘，白日里黑了天门"，"无情绪丝头乱厮引，无断倒挑丝儿厮认"，"滴泪睚昏，一勾丝到得天涯尽"，一句话就是"好苦！好苦！"待到卢生功白还朝，崔氏进封为赵国夫人，生态环境再度转换，崔氏重新过上了"开红妆宴，上翠华楼，陪公相通宵之兴"的荣华舒畅日子，心理状态和精神面貌自然焕然一新，又是一番景象。如此反复来回，外部环境与内心环境同起同落，双宿双飞，互为表里，交辉相映。

（三）大环境影响小环境

我们个人的心理状态就是一个心理环境，当心理状态十分平稳安逸的时候，这个小环境就如同小桥流水人家一样，富有诗情画意；当心理状态剧烈起伏不定的时候，这个小环境就如同山洪暴发一样，令人惊恐不安。日常生活中大大小小的事情，对我们的心理都会产生程度不一的影响，使心理状态波动不已，也使个体心理这个小环境变幻无常。而个人心理小环境明显受到外界大环境的影响，这种影响大抵上有两种。第一种是外界突发的变故带来的影响，比如亲人的亡故、朋友的背叛、工作的失误、经济的损失、婚姻的不幸、情场的失意等等；再扩大一些视野，比如遇上地震、洪水、车船飞机失事、恐怖袭击甚至战争等等，都会给个人心理小环境带来明显的巨大的或正或负的影响。第二种是外界的变化由小到大、由轻到重、由徐到疾、由量变到质变的积累过程，当积累到极限时，便会发生总爆发。外界的这两种变化，都会对心理小环境产生或激剧或长期的影响，并且在梦境中得到充分的反映，只是有时显著有时晦暗。我们不少人都有做噩梦的体验，第一种外界剧变很可能就是噩梦的触发点，比如经历地震的人常在山崩地裂的噩梦中惊醒，地震的阴影长期盘踞在心中，使心理小环境变得十分脆弱，因此，对在地震中的幸存者及时进行心理疏导和治疗显得特别重要，目的是及时修复心理小环境，尽快从大环境变化的影响中解脱出来。而婚姻中的小矛盾积累到离婚，属于第二种影响，在梦中则表现为系列梦或连续梦，较长的梦程反映了影响的积累过程。这就告诉我们，要将个体的心理小环境摆到外界的更广阔的大环境中去思考和判断。汤翁所处的时代是封建社会，这便是一个大环境。在这个大环境中，无论帝王将相才子佳人或贩夫走卒，都会受到封建制度和文化的影响，而封建礼教文化是通过一个一个的家庭教育使之抵达每一个个体而实现社会大环境对小环境的影响。汤翁对这种影响机制具有深刻的观察和剔透的领悟，这在《牡丹亭》第三出"训女"、第五出"延师"、第七出"闺塾"、第十一出"慈戒"四出中作出了明确而集中的揭示。"训女"中，杜母教杜丽娘"长向花阴课女工"，"念遍孔子诗书，但略识周公礼教"；杜父则教杜丽娘"刺绣余闲，有架上图书，可以寓目。他日到人家，知书知礼，父母光辉"，并以自身作榜样宣扬礼教，"你看俺治国齐家，也则是数卷书"；"延师"中，先生教杜丽娘"《诗经》开首，便是后妃之德，四个字儿顺口，且是学生家传，习《诗经》罢"；先生训示"女弟子则争个不求闻达"；"慈戒"中，杜母训诫杜丽娘"女孩儿只合香闺坐，拈花剪朵。问绣窗针指如何"，并且告诫不可再去游园。这四出戏不仅勾勒出了一幅封建社会家教图卷，而且宣示杜丽娘就是这样被笼罩在大环境的影响之下。这个大环境给杜丽娘的小环境产生了什么样的影响呢？且不论白天杜丽娘泪眼哀叹"可惜妾身颜色如花，岂料命如一叶乎？"但看梦中的心理活动，便知影响之深之切。"惊梦"中，杜丽娘梦见与柳梦梅"说了几句伤心语儿，将奴搂抱去牡丹亭畔，芍药栏边，共成云雨之欢。两情和合，真个是千般爱惜，万种温存。欢毕之时，又送我睡眠，几声'将息'"。从梦中惊醒后，仍流连在梦中，低声呼叫"秀才，秀才，你去了也"。当睁开眼看见是老母亲时，不由掩泪唱道："雨香云片，才到梦儿边。无奈高堂，唤醒纱窗睡不便。泼新鲜，冷汗粘煎。闪的俺心悠步弹，意软鬟偏。不争多费尽神情，坐起谁饮？"代表封建文化大环境的杜母简直连让杜丽娘做个美梦也不容许一样，像个幽灵厮缠着，令杜丽娘惊惶不已，坐卧不安，冷汗淋漓。尽管大环境这样无情地压禁着她，但青春旺盛的生命力并未屈服，仍顽强地怀恋着"有心情那梦儿还去不远"，"那些好不动人春意也"，热切地期盼着"那雨迹云踪才一转，敢依花傍柳还重现"，"爱杀这昼阴便，再得到罗浮梦边"，坚定地追求着"待打并香魂一片，阴雨梅天，守的个梅根相见"。大环境的高压态势，激起了小环境的剧烈反抗，这种压迫和反抗是不可调和的，"从此时时春梦里，一生遗恨系心肠"。休道是"岂有一梦而亡之理"，却原来"如今重说恨绵绵"。

汤翁对大环境的格外重视，还突出地表现在对"边战"的设计上。临川梦最不寻常之处，是四本戏无一例外地写了边战。王思任论四梦时说："《紫钗》，侠也；《邯郸》，仙也；《南柯》，佛也；《牡丹亭》，情也。其知'四梦'之旨矣。"四梦之主旨既然是写侠写仙写佛写情，与边战何关？倘若换一种通俗的说法，《紫钗》与《牡丹亭》是写爱情，《南柯》与《邯郸》是写仕途，似乎与边战也没有什么必然联系。汤翁逢戏必写边战，除了彰显他的忧患情结之外，很重要的构思是在布局上为戏中人设置一种社会大环境。《紫钗记》中，第十三出"花朝合卺"李益和霍小玉成亲，他俩的婚姻并没有遭遇什么磨难，如愿以偿，只要好好过日子，便能白头偕老。然而，第十九出"节镇登坛"忽然生出"吐番钤哄生心"，"须当演兵征讨"以及"请一位新科翰林来作军咨"事来，恰巧这事落在李益头上，卢太尉"奏点李益前去，永不还朝"（第二十二出"权嗔计贬"），就这样，以边战这个大环境制造出一个新婚夫妻"离别"的小环境，"最苦是笋条儿娇婿生离诉，女娘们苦也"（第二十四出"门楣絮别"），及至李益移参孟门军，又被卢太尉逼婚软禁，这又是一个封建社会的大环境，逼得李益和霍小玉同城不能相见。整个故事演绎的就是离情别恨和对坚贞爱情的考验，由边战大环境制造的夫妻别离，一直深刻地影响着夫妻俩的心理小环境，使霍小玉长叹"这些时做不得悔教，夫婿觅封侯"，"正是秋风满院无人见，怕到黄昏独倚门"；而李益也是"河阳不似旧关西，夜夜城南梦故妻"。大环境对小环境的影响可见一斑。《邯郸记》以第九出"虏功"、第十二出"边急"、第十五出"西谍"、第十六出"大捷"、第十七出"勒功"共五出写边战，为卢生建功立业勒石封侯提供了一个大环境，他的心理小环境亦是欣喜若狂，欢呼"将军天上封侯印，御史台中异姓王"。即使是在蚂蚁王国，《南柯记》也以第十四出"伏戎"、第二十六出"启寇"、第二十七出"闺警"、第二十八出"雨阵"、第二十九出"围释"、第三十出"帅北"六出写边战，为淳于驸马和瑶芳公主这对富贵夫妻增点磨难出点彩。至于《牡丹亭》中的边战，安排在"大尾"部分，虽然对回生后的杜丽娘和柳梦梅有些影响，却与杜丽娘的梦戏并无关联，不说也罢。仅凭《紫》《南》《邯》三剧中的边战，就足以明证大环境对小环境的影响是何其深刻深远而值得深思了。

五、着重挖掘梦的隐私，将戏演得震撼灵魂

我们在舞台上看到的所有梦戏，只不过是梦的表象在舞台上的回放，仿佛是通过舞台向观众讲述一个某某角色曾经做过这样的梦，如果我们凭借这个梦象去评论某某角色好坏长短，不仅失于粗浅，而且简直是上当了，因为梦的表象并不是梦主的真实思想，唯有深藏在表象后面的梦的隐思，才是梦主真正要表达或暴露的潜意识思想真谛，那才是梦的精髓所在。汤翁在创作梦戏时，杜绝了为写梦而写梦的傻帽，紧紧抓住梦的深刻内涵，着重挖掘梦所蕴含的精神元素，使之与观众内心深处的精神元素产生共鸣，使观众震撼灵魂，从而获得强烈的戏剧效果。一出没有灵魂的梦戏，永远不会与观众产生共鸣，唯有梦戏中的灵魂才能使之流传百世。

（一）通过梦戏揭示人类本性

人们在睡眠的时候，便与外界的社会文化隔绝开了，不但与社会伦理、道德、法制隔绝开了，而且还与羞耻、虚伪、畏惧等隔绝开了，整个人变成了无法无天无羞无耻无畏无惧的自由天王，这时候，在白天深深压抑着掩盖着的那些最邪恶的本性，就如闯入无人之境，赤裸裸地表露无遗。早在公元前四世纪，古希腊哲学家柏拉图就明确地指出：梦揭示了我们内心的兽性。我们知道，人类的意识控制不了梦，正因为如此，在不受意识控制的情况下，人们就会在梦中以清醒时所不允许的方式行事，做人们在白天觉得不太好意思或因为太难堪或太不道德而不敢去做的事。在这一点上，不仅社会上所谓的坏人如此，就是社会上所谓的好人，比如正人君子、社会贤达、时

代楷模等等，也都莫不如此。所以柏拉图又说：即使在好人身上也有会在睡眠中隐现出来的不法兽性。柏拉图所指的兽性是什么？兽者，野兽也。即人类与生俱来的动物性，野性，亦即原欲。弗洛伊德更是揭开人类最后一块遮羞布的伟人，直言性欲是人类的本性。而梦，承担了这一重任，将人们难于启齿的一切本性在梦中表露得淋漓尽致。汤翁的梦戏正是这样毫不回避、毫不遮掩、毫不留情地直截指向人类最邪恶的本性。《南柯记》中的淳于梦，是国王国母喜爱的"俊才"，是瑶芳公主眼中的"将种"，是南柯郡众父老心中的"恩官"，又是朝堂上的"左丞相"，可算得是一个大大的好人；然而，瑶芳公主死后，尸骨未寒，便耐不住"孤闷悠悠"，无廉无耻无顾无忧地与琼英郡主三人"乱惹春娇醉欲痴，三花一笑喜何其"起来，将他灵魂深处最邪恶的兽性揭示无余。无独有偶的是，《邯郸记》中的卢生，原先只不过是个"人无气势精神减，家少衣粮应对微"的穷酸小子，后来混到"出入中外，回旋台阁"、"贵盛赫然，举朝无比"，一人之下，万人之上，至此极富极贵之时，仍不满足，临死之时，还问"身后加官赠谥何如"，还"意欲和这小的儿再讨个小小荫袭"，甚至于还想着将自己的钟繇法帖"留与大唐家作传世之宝"，将自己的朝衣朝冠"永远与子孙观看"，这些临终前的种种表演，揭示了人性中一个大大的"贪"字，贪得无厌，贪到至死；另一方面，卢生有一个情深恩重的贤妻崔氏一直陪伴在他的身边，他到了八十岁不顾结发妻子的规劝，仍与二十四房女乐采战，甚至强词夺理反诘妻子"难道是瞒着你取乐"，厚颜无耻地为自己淫乐张本，这又无情地揭示人性中一个大大的"淫"字，淫乱至极，淫乱至死。需要特别提醒的一点是，淳于的乱伦和卢生的贪淫，都是梦中的意象，尤其一个"淫"字具有共性，淳于因淫乱宫闱而遭遣返，卢生则因毫无节制的采战而至身亡，由此不难揣测，汤翁对人性中的性本能是极敏感且极正视的，他完全没有回避更没有回护这个不少人羞于启齿的问题。其实，性梦是古今中外梦学界和艺术界最为关注的课题，同时也是广大观众热切关注的课题，道理其实很简单。弗洛伊德在《梦的解析》中说："因为从孩童时期开始，没有一个本能像性本能及其各种成分那样遭受强大的压抑；因此也没有其他的本能会留下那么多以及那么强烈的潜意识愿望，能够在睡眠状态中产生出梦。"他还说："我们愈是寻求梦的解答就愈会发现成人的梦大多数都是和性以及表达情欲愿望有关。"用通俗的话说，性是人性中一种与生俱来的原欲，是普遍而正常的，在日常生活中，关键是一个"度"字。合度，则温馨愉悦；过度则为淫。汤翁所描述的淳于和卢生的性梦，显然是"过度"之淫，而在《牡丹亭》中描述的杜丽娘与柳梦梅的性梦，则是"合度"之性，所以杜丽娘的梦感是"万种温存"。由此亦可知，汤翁对人性中的性欲的认识是全面的也是辩证的，他通过对"度"的把控，无论是批判或颂扬，都能引起观众心灵震撼，产生期盼或愤慨的共鸣。

（二）通过梦戏揭示苦恼根源

在梦学界有一条金科玉律，那就是大部分的梦特别是具有负面情绪的梦，都反映了某种心理病症，换句话说，梦是一个受困扰的心灵的倾诉。在现实生活中，由于工作、生活、社交、婚姻、爱情、经济、仕途等等方面的压力，很多人经常处于焦虑和苦恼之中，有些人能够及时释放这些压力，有些人却将这些压力压抑到潜意识中，这些压力并没有消失，还在顽强地想要表现出来。我们看到一些人表面上乐观，但一旦独处时，无穷无尽的苦恼便汹涌而至，表现出自卑、烦恼、焦躁不安，将自己弄得垂头丧气、灰头土脸、疲惫不堪，而更重要的是，他们并弄不清楚这些苦恼的根源。汤翁仕途多艰，势必苦恼多多，也许他感悟到只要细心聆听梦的倾诉，并且给梦以合理的解析，也许可以解释出这些苦恼的心理根源，找出心理症结，获得梦的指引，汤翁在梦戏创作中，显然对此下足了功夫，进行了创造性的开掘。《邯郸记》中的卢生在第二出"行田"中感到烦恼不堪，一方面想到在自己的数亩荒田上"学老圃，混着老农"，但又非常的不甘心，"难道是小人哉"？一方面又巴巴地想着"驷马高车，年年邯郸道上"，现实中落魄潦倒与愿望中驷马高车之间的巨大反差成为引起烦恼的根源。后来，吕洞宾看到卢生"困中人无智把精神倒"，送他一个磁枕让他美甘甘清睡个饱，"敢着你万事如期意气高"，果不其然，卢生在梦中又是得娇妻，又是中状元，又是立河功，又是建边功，"建功树名，出将入相，列鼎而食，选声而听"，真算得是"一生得意"。梦到此时，因遭权臣暗算，突遭云阳问斩，值此生死关头，卢生有了一次十分重要的反思，哭泣着对妻子说："夫人，夫人。吾家本山东，有良田数顷，足以御寒馁，何苦求禄，而今及此？思复衣短裘，乘青驹，行邯郸道中不可得矣。"这个反思，对于卢生眼高手低，意马心猿，只想平步青云的痴心妄想是一个醍醐灌顶的及时而又直白的警示，如果能从此沉下心来，安于过上"去秋庄家，一亩打七石八斗；今岁整整的打勾了九石九哩"农家日子，何尝不能过着温饱的日子，也不至于后悔"不可得也"，然而，一旦由死流配，稍稍出现一线生机，痴心复燃，妄想复炽，与消除烦恼的契机擦肩而过。及至功白还朝，加官进爵，"卢年兄富贵已极，止想长生一路了"。卢生好友裴光庭这一句话，精准地点出了人性中贪得无厌的劣根性是人生烦恼的根源。未得意时，是个"痴"字，痴心妄想；待到得意之后，又继以一个"贪"字，贪得无厌。贫困时思富贵，富贵时思长生，如何才是尽头？思之无尽，便是无尽烦恼的源头。然而，在卢生梦醒之后，只感觉满足了自己的许多愿望，即使是梦境也总算度过了"得意"的一生，他终究没有明白烦恼的根源，真正能让他明白烦恼根源的，功在解梦。第三十出"合仙"，说家惧从仙道戏论之，从梦学角度而言，倒是一出生动而深刻的"解梦"。话不说不清，梦不解不明。卢生六十年梦境，先后由汉钟离、曹国舅、铁拐李、蓝采和、韩湘子、何仙姑六仙提出的六个质问一一厘清："甚么大姻亲？"（得崔氏）"甚么大关津？"（得状元）"甚么大功臣"（得河功边功）"甚么大冤亲？"（遭处斩充配）"甚么大阶勋？"（得采战）"甚么大恩亲？"（护儿孙）。六仙提出的六个质问，实际上是对卢生梦主体意象的回顾，而他们的回答则是对梦的隐思的挖掘，即"你本是邯郸道儒生未遇，为功名想得成痴。"当卢生真正得知"六十年光景，熟不的半箸黄粱"，"几个官生儿子是那店中鸡儿狗儿变的"，妻子崔氏也只不过是"胯下青驴变的"之后，这才幡然醒悟，原来六十年间"宠辱之数，得丧之理，生死之情"皆源于一个"痴"字，卢生者，"你个痴人"也！痴迷使人乱性，乱性而致人烦恼，卢生终于明白烦恼的根源而"心生性吾心自悟"，自此息心养性，"再不想烟花故人，再不想金玉拖身。"

（三）通过梦戏唤醒压抑呐喊心声

每个人无疑都有一个或很多个愿望，在现实环境中，有些愿望可能实现，而有些愿望却很难实现，甚至终其一生也未能实现。特别是在青少年阶段的愿望，因为他们还没有达到具有潜在抑制力的那种成熟程度，他们不受任何社会约束而我行我素，但他们往往在现实中碰壁，甚至碰得头破血流，而不得不将他们无法无天的愿望压抑到潜意识中去，而这些被压抑的愿望并没有消失，时时刻刻在暗中涌动，使我们的心灵受到无止境的煎熬，这时，唯有梦，可以成为它们的突破口，成为它们的唤醒者，让这些在现实社会中（或者说在白天）无法实现的愿望，可以部分地甚至完全地在梦中实现，让一些纯真无邪的欲望成真。也就是说，梦可以使躁动的心理释放出积累在深层次的被压抑的能量，呐喊出被压抑的心声，从而消除心理紧张，使心理通过幻想性的满足而趋于平静安宁。汤翁二十二岁中举人，历时十二年，三十四岁方中进士，在这十二年中，目睹了封建科举制度的黑暗腐败，深感赤子空怀报国心，无权无钱便无门，胸中积满了愤怒，于是，他请来了两个赤子，让他俩做梦。卢生不是没钱吗？让他在梦里得到一个有钱的妻子崔氏，"奴家所有金钱，尽你前途贿赂"，果然"则这黄金买身贵，不用文章中试官"，老母鸡变鸭，穷卢生转眼变成了"天子门生"。淳于梦不是没有权没有上层关系吗？让他在梦里一步登天，直接当上驸马，成为皇家禁脔。现实如蜀道，梦中似坦途。值得特别注意的是，汤翁让卢生当状元，让淳于当驸马，并非为了满足仕途升迁的愿望，恰恰相反，是为了释放胸中积愤，呐喊出心中的悲痛。为的是呼喊出"开元天子重贤才，开元通宝是钱财。若道文章空使得，状元曾值几文来？"为的是对依赖裙带的"老婆官"进行辛辣的冷嘲热讽。一句"孔方兄"，一句"老婆官"，它们的潜台词，要引发多少人的心灵共振啊，引起人神共愤，这才是汤翁为之呐喊的真谛。仕途的坎坷多艰，同样在汤翁胸中聚集了多层次多角度的压抑。万历十九年（1591）汤翁毅然上疏，抨击朝政，弹劾权臣，原本是一个刚正官员的职守，非但没有得到朝廷的支持和褒奖，反而遭到严重的政治迫害；他在浙江遂昌知县任上，政绩斐然，百姓拥戴，同样不仅没有收到嘉奖，反而遭到政治欺陷和抹黑。丑恶不容揭露，正义不得伸张，作为一个下级官员，反抗亦无能为力，满腹激愤只能压抑压抑再压抑，这股强大的张力，最后只能选择在梦中爆发，在梦戏中释放。从《紫钗记》中的卢太尉，到《南柯记》中的右相段功，再到《邯郸记》中的权臣宇文融，除了写尽他们的阴险毒辣凶残无道之外，着意在于揭露和痛斥封建社会官场中尔虞我诈、互相倾轧的残酷与恐怖。《南柯记》第四十一出"遣生"中，堂堂驸马淳于梦被右相段功进谗言遭软禁，也只得"战兢兢"，"俯伏吞声"，悲哀痛绝地唱出"一日不朝，其间容刀"！一语惊天下，道尽官场险恶；《邯郸记》第十九出"飞语"中，更是直呼"功臣不可诬，奸党必须诛"，这既是压抑的爆发，也是铁屋中的呐喊。这种释放压抑呐喊心声的巅峰标志，出现在汤翁自况的最得意之作《牡丹亭》中。《牡丹亭》的戏曲是写杜黄堂的小姐杜丽娘因春游触动春心，因春心而做春梦，因在现实中得不到梦中的柳郎而忧郁成病，因病而亡，亡后的魂灵顽强地继续做春梦，在幽冥中与柳郎"畅好是一夜夫妻，有的是三生话说"，满足了"吾今年已二八，未逢折桂之夫；忽慕春情，怎得蟾宫之客"的愿望，"从此时时春梦里"。这个戏曲故事本身就够浪漫够奇幻够缠绵够凄美的了，然而，如果我们将"惊梦"和"幽冥六梦"连缀在一起当成一个大梦的镜像，并透过梦象去寻觅深匿其中的梦思时，便会感到一种更其深刻更其强烈的震撼。汤翁写此剧已经彻底抛开了个人所有的恩怨情仇，以他怜悯爱人的广阔胸怀，容纳下封建社会天下少女遭遇的全部压抑，聚积了排山倒海雷霆万钧的伟力，携梦而发，倾泻千万少女久系心肠的"一生遗恨"，势如山崩地裂，力似海啸疯狂，猛烈叩击世人的心扉！难道世人不反思一下：自然春光无限好，为什么要逼迫天下少女到梦中去寻找人生的春光？从梦学角度而言，杜丽娘肉身与灵魂的离异，是一个象征，象征着现实与理想的矛盾和分离，汤翁之所以泼墨愤书杜丽娘"一梦而亡"，为的正是凸显灵与肉的象征意义，呼唤世人看清封建制度是怎样吞噬天下少女的现实，正所谓"撰精魂而变通之"（洪之则语）。汤翁释放胸中积郁的同时发出旷世呐喊，四百年后仍余音袅袅，在戏剧舞台上盘旋萦绕。

（四）通过梦戏处置逆境排练生存

大多数人都有这样的体验，当现实生活处于顺境时，一般都会做一些轻松愉快的梦，而当现实生活处于逆境时，比如工作失误、事业受挫、婚姻危机、经济损失、亲友死亡、朋友背叛、生病、失恋等等，我们的梦境就充满了焦虑、恐惧、悲伤甚至失态、狂躁的情境，这样的梦反映了我们处于逆境时的心理状态，不少人很不喜欢这样的梦，仍然被梦中的情绪搅扰，惶惶不可终日。其实，这些梦正是潜意识以意象的手法告知我们心理上出了什么问题，一个这样的梦，就是一份心理测试报告书，就是一单如何调整心态的剂方，我们对待这类噩梦的态度不但不应拒之千里，相反，应该认真检索它传递给我们的如何处置逆境、适应新的现实环境的重要信息，在很大程度上，这类梦正是从多角度多层次在不断地排练、演绎生存之道，既是生活的大彩排，也是人生的大预演，往往能收到心有灵犀一点通的奇效。汤翁是从逆境中淌过来的人，尽管我们并不知道他做过什么样的噩梦，倒是可以从他的"四梦"中看出逆境梦的痕迹。《紫钗记》中的霍小玉如愿以偿地与李十郎结为夫妻后，满心期盼着从此与夫君朝夕相处，过上"锦帐留香度百年，作夫妻天长地远"，"夫唱妇随长自好，青春明月不曾空"的温馨好日子，然而，新婚方几日，李十郎赴洛阳赶考，"明知半月别，要使两情伤"。侥幸李十郎"圣旨亲点了陇西李益书判拔萃，堪为状元"，霍小玉喜出望外，欢庆"从今后一对好夫妻出入在皇都帝辇行"，正喜笑颜开，忽然来了个"报状元哪里去？"原来是奸臣卢太尉"可怪新状元李益独不到吾门"，怀恨在心，将李十郎荐到玉门关外参军，"教他性气走边隅"。自此一别，夫妇分离，三年不得相见。乃至还朝归来，又被卢太尉逼婚软禁，夫妻同城亦不能相见，这出夫妻分离悲剧连续四年，且有被卢太尉完全拆散的危险前景。在这期间，霍小玉常与噩梦为伴，在心理上历经"分离"的磨难和凄苦，在这种主要由外因引起的婚姻逆境中，梦向霍小玉提供了两种适应"分离"逆境的方法。一种是与"分离"相反的"团聚"。如"柔情似水，佳期如梦"（第三十三出），"梦魂中有路透河西"（第三十六出），"被冷余灯卧除梦和他"（第三十九出），"睡红姿，梦去了多回次"，"咱夜梦见也"（第二十七出）等等，虽则现实"分离"，权且梦中"团聚"，这种阿Q精神，亦不失精神胜利之一法，梦中的团聚多少可以释放相思之苦，缓解逆境之厄，调节心理，适应"分离"状况下的日常生活。另一种则是一个"断"字。如"枕屏山梦断魂遥，强起愁眉翠小"（第十七出），"呀！回首空床，斜月疏钟后。独跳起人儿不见，不见枕根底扣"（第二十七出），"正好梦来时，户通笼一觉回"（第四十九出）等等，当梦中情节不仅不能缓解相思之苦，甚至加剧忧愁时，立即"断电"，直接将梦掐断，或者"猛跳起"从梦中哭醒，或者"强起"，反正是不让噩梦延续发展下去，加重心理负担，从精神分析角度而言，便是采取精神防卫措施，防止滑向精神分裂，以适应逆境生存。纵观霍小玉孤独的四年分离逆境，交替出现的"圆""断"梦境却是为她排解了不少离愁别恨，终于坚守到了"剑合钗圆"的一天。《邯郸记》中的卢生，入梦后自得崔氏为妻之后，中状元、得河功、建军功，一路凯歌，青云直上，美滋滋一生顺境，连他自己也傲傲然道："千秋万岁后，以卢生为何如？"一生顺境之人并非没有，然凤毛麟角也。只享顺境而不思逆境，则是人生之一大隐忧，甚至于可以说，只经历顺境而未经历逆境的人生并不是完整的人生。汤翁十分明白这个道理，本质上卢生的梦思明白这个道理，因而生出了"云阳问斩"和"司户索命"两次死在眉睫的天大逆境，这对卢生而言是必须闯过去的险滩，要不然，鬼头刀一落，命没了，故事完了，梦也就终结了。且看卢生在"云阳问斩"中的挣扎，一是"待我面奏诉冤"，但"闭上朝门了"；二是"着俺当朝阑驾"，又"有旨不客退衙"，三是"取佩刀来，颠不喇自裁刮"，偏"圣旨不准自裁"，最后无可奈何，只得叫"夫人，牵这些业畜，午门前叫冤"。由此可见，卢生在要命的逆境，是在寻求救命的办法，他是不甘含冤死去的。而在"司户索命"的关键时刻，有理无处诉，有冤无处申，只得"罢了，罢了，既在矮檐下，怎敢不低头？"所有这些都是身处逆境的卢生的一种"历练"，一种人生的"彩排"。然而，梦到此并没有结束，连续两道圣旨，将卢生的小命救了回来。休小看了这两道圣旨，从戏剧角度说是剧情需要，此时此刻不下圣旨，刀起头落，就没戏了；而从梦学角度来看，这两道圣旨却是一种象征，是卢生自信的象征，正是坚强的自信心挽救了绝望，这也是卢生历练逆境始终不气馁不放弃的最根本保证。卢生钦取还朝时，说了一句只有"过来人"才能拥有的感受，他说："受尽热和咸，才记起风清河淡。"这不正是经历了顺境与逆境之人的共同感受么。有趣的是，卢生凭借自信闯过两场夺命逆境后，重返顺境，而且"将相兼权似武侯"，比以前的顺境有过之而无不及，达到了顺境的巅峰，到此时，梦境偏偏反其道而行之，偏偏不让他"把这富贵荣华和咱慢慢的享"，而让他通过"采战"一命呜呼，这就是梦思向顺境中的人敲响的警钟：自作孽，不可活！

偷去须从月下移，
好风偏似送佳期。
旁人不识扁舟意，
惟有新人子细知。

——《牡丹亭》第三十六出

五、汤显祖梦学理念

"临川四梦"恰似一裘华丽的霞披，不仅闪灼着汤显祖戏曲艺术的光华，同时还闪灼着汤显祖梦学理念的华光；与世上梦学理念专著的显著区别在于，它不是一本梦学专著，他的丰富精深的梦学理念，全然附着在美妙绝伦的戏文之中，正所谓"旁人不识扁舟意，惟有新人子细知"。让我们在欣赏美妙的戏曲艺术同时，细细品味汤显祖梦学理念的睿智。

一、关于梦的形成

汤显祖在《复甘义麓》中曾指出，他的戏曲创作皆是"因情成梦，因梦成戏"。

"因情成梦"，是汤显祖进行梦戏创作时始终秉持的理论指导思想，也是他对"至情论"的具体阐释，明确表达了他对梦的形成的真知灼见。

梦与我们人类同生共长，相伴同行千百万年。这个奇异的精灵，时而多彩多姿，令人心花怒放；时而优雅妩媚，令人心旷神怡；时而狂躁不羁，令人诚惶诚恐；时而血腥狰狞，令人肉跳心惊！从原始人到现代人，无不被梦陶醉，亦无不受其困扰；无不想亲近它，亦无不想回避它。可是，梦不管人类怎么想，它一如既往，我行我素，天马行空，独往独来，天天紧跟着你，却又来不叫主，去不辞东。时仙娥，时厉鬼，变化莫测，飘忽不定。梦就是这样，既让人们在睡眠中清清楚楚看得见，又让人们醒来后实实在在摸不着。既是确定的存在，又是无疑的虚无，仿佛是艰难万倍的斯芬克斯谜题，既让人们着迷而追逐不已，又让人们着难而百思不得其解！尽管如此，千百万年来，人们一直没有停下对"梦是怎么形成的"这个旷古难题探讨的脚步。纵观古今中外，人们先后提出了"神魂成梦说"、"肌体成梦说"以及巴普洛夫大脑皮层兴奋成梦说等等猜想和假设，直到1900年奥地利医生弗洛伊德出版探讨梦的专著《梦的解析》，提出了"梦是愿望的满足"的假设，获得世界梦学界广泛认同，成为划时代的认知。然而，汤显祖的"因情成梦"说，要比弗洛伊德整整早了300年！两者在本质上并无区别，因为人类的一切愿望因情而生，因梦而得到满足。汤显祖用他的"四梦"作出了令人信服的精彩注释——《紫钗记》演绎的恩爱夫妻分离之情；《牡丹亭》演绎的才子佳人阴阳人鬼之情；《南柯记》演绎的和美夫妻永别之情；《邯郸记》中老夫老妻的一则对话，更是惟妙惟肖，充满生活情趣，令人击掌叫绝：崔氏："八十岁老人家，怎生采战那？"卢生："难道是瞒着你取乐。"正如汤翁在《牡丹亭》题词中所言："情不知所起，一往而深。"胡全望、吕贤平二君在《南柯记》述评中说："剧作从第十出《就征》后半段到第四十二出《寻寤》前半段，均是'因情生梦'的戏，从而构成了全剧的主体，真可谓'因梦成戏'。"佳评如许，诚然不谬，汤翁可为之一慰。汤翁的"因情成梦"假设，不仅超越了前人对梦形成机制的认识，而且超然于后人300年，不能不说这是中国古代梦文化辉煌的亮点。更为可贵的是，汤翁将"因情成梦"的理念，在创作实践过程中一以贯之，在"四梦"的华丽戏文中熠熠生辉，试撷取数文以观赏：

"障袂为云感梦情"（《箫》第九出）；

"携手佳人和梦来"（《箫》第十四出）；

"一夜春絮残梦悔多情"（《箫》第二十七出）；

"分明残梦有些儿，睡醒时好生收拾疼人处"（《钗》第二十五出）；

"守着梦里夫妻碧玉居"（《钗》第二十五出）；

"柔情似水，佳期如梦"（《钗》第三十三出）；

"心儿记，梦魂中有路透河西"（《钗》第三十六出）；

"夜夜城南梦故妻"（《钗》第四十出）；

"梦无彩凤双飞翼，心有灵犀一点通"（《牡》第十二出）；

"小生待画饼充饥，小姐似望梅止渴"（《牡》第二十六出）；

"为什么人到幽期话转多"（《牡》第三十出）；

"幽欢之时，彼此如梦"（《牡》第五十四出）；

"惟有梦魂南去日，故乡山水路依稀"（《南》第四十三出）；

"如今暗与心相约"（《邯》第三十出）。

这些戏文都鲜明地蕴含了"因情成梦"的内核，有些戏文看似顺手拈来，恰恰表明入骨三分的任性挥毫：精思何处不闪光!

二、关于梦的意义

"梦为了觉"(《南柯记》汤显祖题词):

"梦为了觉",寥寥四字,言简意赅,非常精辟准确地回答了长期困扰梦学的"梦是否有意义"的基础性难题。千百万年以来,梦一直如影随形伴随着人类从远古走到现代,人类对梦的探讨也从未稍停过它的脚步,探讨的首要问题是"梦究竟有没有意义"。确认梦对我们有没有意义,这是一个最基本的认识问题,只有认为梦对我们确实有意义,我们才会关注梦,重视梦,研究梦直到解析梦,梦为我用;然而,并不是所有人都这样认识,古希腊哲学家亚里士多德认为"梦是精力过剩的产物",古希腊哲学家柏拉图也认为"梦是人类内心非理性天性的表现",德国心理学家阿福烈德·毛里认为"梦是类似老迈或某些形式的精神错乱状态",诺贝尔奖得主弗洛西斯·克里克和格雷姆·米奇森甚至认为"梦不过是无内容的随机噪声,梦的幻觉性质无非是网络这种日常情理所必须的随机放电",而初始以来的人们则认为梦是妖魔鬼怪弄出来的,或者认为是来自神的信息。直到1900年弗洛伊德在《梦的解析》划时代巨著中确认"梦不是空穴来风,不是毫无意义的、荒谬的,也不是一部分意识昏睡而只有另一小部分意识乍睡稍醒的产物"之后,人们对"梦有意义"的认知才逐渐走上趋同的道路。显然的是,汤翁不仅在梦理上认知准确,在时间上超前,而且在他的艺术创作中,时刻不忘把"梦为了觉"的理念融入他的梦戏之中,时刻提示人们不要忽视了梦的意义。在《邯郸记》第三十回，当将卢生六十年人生长梦演绎完结之后，披肝沥胆地说道："度却卢生这一人，把人情世故都高谈尽，则要你世上人梦回时心自付。"好一个"梦回时心自付"，即是梦醒了之后，要仔细揣度、思量梦中之意，通过梦的指引或警示，达到"觉醒"、"觉悟"。《牡丹亭》第三十四出中，借重开药铺的老郎中之口说："梦中虚诳，更有人儿思量泉垠"。"泉垠"二字何其准确！梦是潜意识的心理流，是人们最隐秘的深层次思想、理念和欲望，"虚诳"是梦的表象，"泉垠"才是梦的真谛，"思量"则是透过虚幻的梦境寻觅梦的意义，进而获得梦的启迪。在"四梦"中，这样深入浅出的梦学理念并非昙花一现，反倒似万紫千红满园春：

"为问东风吹梦几时醒？"（《南》第一出）；

"蝶梦里好移魂"（《南》第五出）

"一方权重，恰好似到头如梦"（《南》第三十六出）；

"你梦醒迟，断送人生三不归"（《南》第四十四出）；

"梦里也知归去好"（《钗》第四十二出）；

"梦见虽多觉后疑"（《钗》第四十七出）；

"心生性吾心自悟"（《邯》第三十出）；

"不经人事意相关，牡丹亭残梦"（《牡》第十四出）

"虽则是空里拈花，却不是水中捞月"（《牡》第三十二出）；

"回想前事，只是蜉蝣一梦"（《箫》第三十一出）；

"枕屏山梦断魂遥，强起愁眉翠小"（《钗》第十七出）；

"只因旧梦重来，其奈新愁一段"（《牡》第十二出）；

"心儿悔，悔当初一觉当春睡"（《牡》第十八出）；

"把持花下意，犹恐梦中身"（《牡》第三十二出）；

"淳于梦中人，安知荣与辱"（《南》第三十九出）；

"一匝眼煮黄粱锅未响，六十载光阴唱好是忙"（《邯》第二十九出）；

"哎哟，这难题目轮到我做了。到头终有报，来早与来迟"（《邯》第二十四出）

这些精彩戏文中所有"梦回时心自付"、"思量泉垠"、"几时醒"、"好移魂"、"到头如梦"、"梦醒迟"、"梦里也知"、"觉后疑"、"心自悟"、"意相关"、"不是水中捞月"、"回想前事"、"愁眉翠小"、"新愁一段"、"心儿悔"、"梦中身"、"安知荣与辱"等等，都鲜明一致指向了梦的意义，启示人们通过对梦的解析和思考，从生理学意义，心理学意义和精神学意义三个层面获取梦对我们的教益、启迪和警示，帮助我们找到维系三者和谐的途径，在梦的故事中通过满足、发泄、升华、疏通、压抑、宣泄、消弭、补偿等不以人知的巧妙渠道，像春雨润物细无声一般，帮助我们完善人格，实现生理心理精神正常健康。特别值得重视的是《南柯记》第四十二出"寻寤"，这几乎是以诙谐的艺术形式，告诉人们如何通过对梦境的仔细回忆，在重看梦境流的过程中，检索反思自己的思想流心理流精神流，进而认识真实的自我，发现梦对重塑自我的意义，汤翁对此可谓大彻大悟，并以无以伦比的梦戏滋润人们的心田。

三、关于梦的特性

世上万事万物中，也许梦是最独特的存在，它像人的面孔，具有独一无二的特性。地球村有70亿居民，也就是说有70亿张面孔，尽管数目巨大，但我们都能够毫不费力地找出那张熟悉的面孔，为什么？因为这张熟悉的面孔有他独具的特征。尽管70亿张面孔上都有眼睛鼻子嘴巴，但由于布局、大小、气色等等方面的细微差异，使每张面孔都有了各自的特征，我们顶多只能发现相似的，却永远找不出两张完全相同的，正是这种独特的个性，使我们的社会能够在今天进入"刷脸时代"。比起人脸的独特性来，梦似乎还要更胜一筹，比如人脸看得见，梦看不见，人脸摸得着，梦摸不着，人脸是客观的物质存在，梦既是客观的物质存在同时又是客观的精神存在等等。关于梦的许多特征，在本文第4部分"汤显祖梦戏特色"中已有详细表述，着重于汤翁怎样利用梦的特征创作演出好梦戏，此处则是以反向思维，从梦戏的精彩戏文（包括汤显祖题词）中，更加直观地体会感悟汤翁对梦的特性的剔透认知。

1. 梦的虚幻性

"胜高唐闲梦，洛浦空挑。"（《紫箫记》第七出）

"依稀似梦，恍惚如亡。"（《牡丹亭》第三十五出）

"是真是虚，劣梦魂猛然惊遽。"（《牡丹亭》第三十五回）

"是了，你梦境模糊"（《牡丹亭》第三十五回）

"尚疑猜，怕如烟人抱，似影投怀。"（《牡丹亭》第三十六回）

"第概云如梦，则醒复何存？"（《邯郸记》汤显祖题词）

2. 梦的逼真性

"真个梦里不知身是客，醒来那辨雨为云。原来不是雨打风敲，却是人来户响。"（《紫箫记》第十一出）

"如魂如梦见飞琼。"（《紫钗记》第九出）

"犹恐相逢是梦中。"（《紫钗记》第五十二回）

3. 梦的私密性

"天呵，昨日所梦，池亭俨然。只图旧梦重来，其奈新愁一段。"（《牡丹亭》第十二出）

"咳，咱弄梅心事，那折柳情人，梦淹渐暗老残春。"（《牡丹亭》第十八出）

"敢席着地，怕天瞧见。好一会分明，美满幽香不可言。"（《牡丹亭》第十二出）

4. 梦的感知性

"梦到正好时节，甚花片儿吊下来也。"（《牡丹亭》第十二出）

"（内作丁冬声，旦惊介）一霎价心儿瘆，原来是弄风铃台殿冬丁。"（《牡丹亭》第二十七出）

"啐，分明是人道交感，有精有血。"（《牡丹亭》第三十二出）

5. 梦的个体性

"万物从来有一身，一身还有一乾坤。"（《南柯记》第

三出）

"不经人事意相关，牡丹亭梦残。"（《牡丹亭》第十四出）

"春梦暗随三月景，晓寒瘦减一分花。"（《牡丹亭》第十四出）

6. 梦的象征性

"彼此假名非本物"。（《南柯记》题词）

"岂有真实相乎"。（《邯郸记》第二十九出）

"论规模虽小可，乘气化有人身。"（《南柯记》第五出）

7. 梦的非理性

"小娘子寅夜下顾小生，敢是梦也？"（《牡丹亭》第二十八出）

"都是妄想游魂，参成世界。"（《邯郸记》第二十九出）

8. 梦的易忘性

"娇酣困媚，唤醒梦轻难记。"（《紫箫记》第十三出）

"章台梦悄，横圹路杳。"（《紫箫记》第十七出）

"梦里湘云过雨痕。"（《紫箫记》第二十出）

"断金兰雁帖全无，鹤梦模糊。"（《紫箫记》第三十三出）

"梦浅难飞魂摇欲坠。"（《紫钗记》第五十二出）

9. 成梦的条件性

"未至鸡鸣，放奴回去。"（《牡丹亭》第二十八出）

"金鸡剪梦追魂魄。"（《牡丹亭》第二十三出）

10. 梦的分裂性

"呀！斜日未隐于西垣，余樽尚湛于东牖，我梦中倏忽，如度一世矣。"（《南柯记》第四十二出）

梦有多么诡吊，就有多少特性，除上述粗略疏理外，梦还具有普遍性、自私性、双重性、反映性、情感性等等诸多特性，前文备述，由此足见，汤翁对梦的特性的认知不仅准确深刻，而且广阔全面，特别值得嘉许的是，汤翁能将梦的特性灵活运用，融会贯通在他的戏曲艺术之中，顺畅自然，丝毫不露说教的痕迹。

四、关于梦的材料

常言道，巧妇难为无米之炊。做饭如此，做梦亦如此。那么，梦的材料是些什么呢？这些材料又是来自哪里呢？自1900年弗洛伊德出版《梦的解析》一书之后，现代梦学界公认梦的材料来自三个大的范围，一个是梦者个体的全部经历，一个是人类的全部经历，一个是梦者的最新近经历。令人惊讶万分的是，早在400年前的汤显祖，对梦的材料来源已有精辟的论述，而且与现代梦学的公知不谋而合，更准确地说，汤显祖对梦材料的认知要比弗洛伊德等现代梦学大师的认知超前了300多年！

先说"梦者个体的全部经历"。大凡做过梦的人大概都有这样的感受，即不管梦多梦少，好梦噩梦，所有的梦基本上都是围绕着梦者自身的经历打圈圈，很少跨越雷池，跑到自己生活圈子之外去，这就是因为梦的材料大都取自于梦者自身经历的缘故。汤翁在《南柯记》第四十四出中借淳于棼之口说："一切苦乐兴衰南柯无二。等为梦境。"好一个"等"字，将人生一切苦乐兴衰的经历，与南柯梦境"等同"起来，又好一个"无二"，意即有什么样的米就煮出了什么样的饭，鞭辟入里地道出了梦材料取之于梦者人生经历的来龙去脉。特别精彩的是在第四十二出"寻寤"中，汤翁按照挖掘蚁穴的所见，依次回忆了梦中槐安国的宫殿、南柯郡、灵归山、蟠龙冈、檀萝国等等场景，一场一景都有刻骨铭心的故事和情感，仿佛旧地重游，往事历历在目。倘若如此平铺直叙，倒也不见新奇，令人感觉奇峰突起的是，汤翁借淳于棼之口说出了一句至理名言："步影寻踪，皆如所梦。"反过来说，梦中所有故事，皆可从梦主人生经历中找寻到踪影。汤翁这句断语，不仅适合淳于棼，也不仅适用于《南柯记》，而是具有无穷的普遍性，放之"所有的梦"而皆准，是意简言赅的梦学理念金句。汤翁对梦材料来自人生经历的认知不仅既深刻又准确，而且已入精髓，随时随处运用自如，笔走龙蛇恍如信手拈来，如"回想前事，只是蜉蝣一梦"（《紫箫记》第三十一出），"今昔相看，真成一梦"（《紫箫记》第二十九出），"河阳不似旧关西，夜夜城南梦故妻"（《紫钗记》第四十出），"不经人事意相关，牡丹亭梦残"（《牡丹亭》第十四出），"我梦中倏忽，如度一世矣"（《南柯记》第四十二出），"一匼眼煮黄粱锅未响，六十载光阴唱好是忙"（《邯郸记》第二十九出）等等。

再说"人类的全部经历"。所谓人类的全部经历，其实就是现代梦学所指的"集体潜意识"，来自遗传。人类的"意识"由意识、个体潜意识和集体潜意识组成。意识就是人们在清醒时对外部世界和内在世界的感知和思维，是我们能够意识到的部分，潜意识的外层部分就是个体潜意识，即个体全部经历和积淀，潜意识的内核部分就是集体潜意识，由全体人类祖先共同经历的积淀构成，这一部分通过遗传一代一代传至今天的人类，集体潜意识是人类千百万年经验教训的结晶，是人类取之不尽的智慧之源，可以说，我们每个人一生下来，就携带了这样一份无价之宝，也许比贾宝玉随生而来的通灵宝玉更其珍贵。集体潜意识是所有人类心底共同的本能，就像全世界的鸟都有筑巢这个集体潜意识一样，我们的大脑中存留了种族记忆的密码，千百万年后的子孙还可以在某个时候于他们的记忆深处再现这些密码，某些神秘莫测的梦也许正是这些远古印迹的再现。然而，集体潜意识这个极其重要的理念，是由瑞士精神病学家、分析心理学派创始人、弗洛伊德最得意的门生荣格于1909年才发现的，也就是说，对于早此300多年的汤翁来说，在他那个时代，全世界还没有集体潜意识一说。可是，这似乎并没有妨碍汤翁对深层次材料来源的探索。《牡丹亭》第十二出杜丽娘到花园去寻梦时，感叹"梦无彩凤双飞翼，心有灵犀一点通。"她一边重温与柳梦梅云雨交欢的"动人春意"，一边又生出许多疑惑："那书生可意呵，咱不是前生爱眷，又素乏平生半面。则道来生出现，乍便今生梦见。生就个书生，恰恰生生抱咱去眠。"这是怎么回事呢？怎么会与一个前世无缘，今生连半面也不曾相见的书生巫山云雨呢？汤翁在题词中亦说："情不知所起，一往而深。"其实，从"心有灵犀"一语来看，汤翁是故意说"情不知所起"而实知情之所起，《牡丹亭》要表达的远不止是杜丽娘和柳梦梅这两个人之间的男欢女爱，他要表达的是一种无疆大爱，是要唤醒人性中的自然本性，而性爱正是人类的本性，表面上"情不知所起"，本质上则是集体潜意识的遗传。现实生活中，当父母还在犹豫要不要向已经长大成人的子女传授一点性交知识的时候，不少子女早已无师自通——依据集体潜意识遗传——偷食禁果了。完全可以确信，杜柳的梦交与幽媾故事材料来自集体潜意识，如果不加掩饰的话，我们今人也还在做着与千百万年前人类大抵相同的梦，因为我们做梦的材料取自同一个源泉。在400年前的语境中，没有"集体潜意识"这个词语，但汤翁有汤翁的表达语汇，如"显灵心黄衫梦奇"（《紫钗记》第五十二出），"梦中来故人千里"（《紫钗记》第四十九出），"旅榇梦魂中"（《牡丹亭》第二十出），"劣梦魂猛然惊遽"（《牡丹亭》第三十五回），"蝶梦里好移魂"（《南柯记》第五出），"心生性吾心自悟"（《邯郸记》第三十出），"如今暗与心相约"（《邯郸记》第三十出）等等，汤翁采用"灵心"、"灵犀"、"故人"、"梦魂"、"劣梦魂"、"蝶梦"、"移魂"、"心性"、"暗与心相约"等汤氏语汇表达深层潜意识，正如洪之则《〈还魂记〉跋》所评："撰精魂而变通之。"（《牡丹亭》第三十五出评述）

最后说"梦者的最新近经历"。潜意识（包括个体潜意识和集体潜意识）的一个最显著特征，就是不能被清醒时的意识意识到。那么，储藏丰富的潜意识材料怎么样才能进入梦中，或者说，梦是怎样从潜意识中提取编织梦境的素材的呢？这就需要另外一种材料作为引线，将潜意识中相对应的材料激活，使沉寂的材料鲜活起来，踊跃投入梦境之中，这个材料，就是梦者最新近的经历。所谓最新近，具体而言指的就是今天昨天或再稍前几天；所谓经历，既包括正常的日常生活工作学习等各方面，也包括非正常的方方面面，既包括外界的种种刺激，也包括体内的种种刺激，一句话，我们新近分分秒秒所经历的一切，都有可能成为一条引线，与潜意识中各种美妙的材料相牵引，导演出绚丽多姿令人迷醉的好梦，或者激活了潜意识中阴暗狂躁的材料而敷衍出狂风暴雨残忍血腥的恶梦。我们很多人都会说的一句话叫做"日有所思，夜有所梦"，这个思，就是最新近的经历，思维的经历，思念的经历，就是一根引线。如果是一根金丝线，就能引出龙飞凤舞的祥和梦；正所谓"星星之火，可以燎原"，个体最新近的经历，就是引发燎原梦境的火星。汤显祖在《南柯记》第四十四出中说："春梦无心只似云，一灵今用戒香熏。"对于"最新近经历"而言，此诗句可谓一语中的。"今用"即"最新近"，燃戒香是行为，即经历，"一灵"即人的心灵，相当于潜意识，在香烟缭绕中引发出春梦。运用最新近的材料引发出梦境，是汤翁创作梦戏的拿手好戏。《紫箫记》第十出的"残梦到西家"、第十四出的"携手佳人和梦来"、第二十六出的"乡思天边梦落花"，《紫钗记》第二十回的"春愁无绪拖金缕，梦袅余香不去"、第四十出的"心随岳色留秦地，梦逐河声出禹门"，《牡丹亭》第三十出的"白日寻思夜梦频"等等，其中的"到西家"、"携手佳人"、"乡思"、"春愁"、"心随岳色"、"河声"、"白日寻思"皆是引发梦境的最新近经历。汤翁说："长梦不多时，短梦无碑记。"（《南柯记》第四十四出）无论是《紫钗记》《牡丹亭》中的短梦，或是时空跨越二十年的南柯长梦和时空跨越六十年的邯郸大长梦，在需要新近材料做药引这一点上，其理皆然。《南柯记》第二出中用了好些写槐树的笔墨，如"庭槐吹暮秋"、"秋到空庭槐一树，叶叶秋声似诉流年去"、"家去广陵城十里，庭有古槐树一株。枝干广长，清阴数亩。小子每与群豪纵饮其下"、"置酒槐庭"、"置酒槐阴庭下"、"主人槐阴庭等候"、"县古槐根出，秋来朔吹高"、"槐庭有酒，且与沉醉片时"、"槐庭下勾尊兄饮乐也"、"把大槐根究，鬼精灵庭空翠幽"、"寥落酒醒人散后，那堪秋色到庭槐"。这些看似闲笔的大槐树描写，实则是踏雪无痕，引君入境，由槐树而槐洞，由槐洞而大槐安国，或者说，汤翁极力描画槐树并非闲笔，是要借槐树作引线，引出一篇大槐安国的长梦。正如最后一出中所揭示的那样："你睁着眼大槐宫里睡多时，纸捻儿还不曾打喷嚏。"如果说《南柯记》是以物质的槐树为引线的话，《邯郸记》则是以心理的期望值为引线。第二出"行田"中，汤翁极力描写卢生的落魄与潦倒，第四出"入梦"前半段又极力描写卢生的志向高远，现实与理想的巨大落差引发了心理的激烈动荡而生发出实现荣华富贵的大长梦。由此可见，小到无碑记的短梦，长到南柯邯郸这样的梦本戏，都需要以最新近的材料做引线。汤翁深谙其理，独善其道，无论长梦短梦善梦恶梦，皆遵之以理，忽悠其笔，令人昏昏然而入其梦也。

五、关于梦的主题

主题是文学艺术作品中所表达的中心思想，是作品思想内涵的核心。我们说一个梦就是一段小视频，就是一个艺术作品。因此，梦与现实生活中的文学艺术作品一样，具有鲜明易辨的主题。很多人对别人说梦的时候，往往会这样说：昨夜我做了个杀人的梦；或者说：我做了个救人的梦；或者说：做了个游泳的梦；或者说：做了个同学聚会的梦，等等。这种语言模式具有一个共性，就是用同一句话（更多的是第一句话）点明了梦的主要内容，或杀人或救人或游泳或聚会，使听的人一下就明白了梦内容的核心，而这些梦内容正是梦主题的载体。因为梦是人在夜晚睡眠期间发生的精神活动过程，这种活动过程反映了梦者的心理状态，而任何心理状态都是具体实在的思想的反映，因此，尽管梦以虚幻怪诞的梦象示人，但它表达的主题思想却是具体瓷实的。汤学作为一门世界性的学问，人们对"临川四梦"的主题进行了深入的探讨，吴梅在《四梦跋》中说："《还魂》，鬼也；《紫钗》，侠也；《邯郸》，仙也；《南柯》，佛也。"王思任在论玉茗"四梦"亦云："《紫钗》，侠也；《邯郸》，仙也；《南柯》，佛也；《牡丹亭》，情也。其知'四梦'之旨矣。"旨者，主旨，主题也。作为戏曲大师，汤翁对梦戏的主题不仅格外在意，而且格外固执，不容动摇或曲解。他在《牡丹亭》题词中旗帜鲜明地说："嗟夫！人世之事，非人世所可尽。自非通人，恒以理相格耳！第云理之所必无，安知情之所必有邪！"这就非常明确地告诉世人，他的梦戏是不能以理学家所谓的纲常之理去推究和衡量的。甚或可以说，"临川四梦"的主旨，恰是对纲常之理的叛逆！从梦的解析角度而言，《紫钗记》是对仗势逼婚的叛逆，对坚贞爱情的褒奖；《牡丹亭》是对封建禁锢的叛逆，对人性自由的呐喊；《南柯记》是对封建王朝的叛逆，对美政理想的期盼；《邯郸记》是对荣华淫乐的叛逆，对清醒人生的警示。正如汤翁在《邯郸记》题词中所云："独叹《枕中》生于世法影中，沉酣啽呓，以至于死，一哭而醒。梦死可醒，真死何及？"警世之旨，怵目惊心。

正如一个梦中往往包含多个主题一样，汤翁梦戏的主题具有多层次多视角的鲜明特色。《紫钗记》既有弱女子与命运抗争的坚韧顽强，也有锄强扶弱见义勇为的豪侠黄衫，还有征伐边地保家卫国的情怀；《牡丹亭》既有爱情的炽热，也有对封建礼教无情的鞭笞，还有对清明惠政的讴歌；《南柯记》既有对封建政治黑暗官场尔虞我诈丑恶现象的揭露，也有伴君如伴虎的危险与无奈，还有恩爱夫妻生离死别的人性真情；《邯郸记》既有对人生心之大欲淋漓尽致的参透，也有对科举考试弊端的揭露，还有老权臣死去新权臣又生的深刻哲理和警示。总之，"四梦"像一株参天大树，"叛逆"是粗壮结实坚挺的树干，从树干分生出众多的枝丫，更呈现出枝繁叶茂生机勃勃的葱茏之像。

从解梦的实践来看，解析单一梦境的结果往往具有不确定性，而分析一系列的梦才会产生一个相对的确定性，并且比较容易看出基本的内容和主题，更重要的是，能够发现和确认梦主题的频率和一贯性。高频率的梦主题和显著的一贯性梦主题，集中体现了梦者（梦戏作者）所格外关心的事物，这些反复出现的梦境里，往往深藏着梦者需要正视和解决的深层次问题，或者是需要表达人格某一方面，甚至是梦者一心想要掩盖的某些部分。显而易见的是，梦主题的频率和一贯性，与梦者的情结息息相通，密切相连。我们不妨将"四梦"连接起来，当成一个长长的连续梦来看待，便会发现有一根奇妙线将它们串联在一起了，这根线就是"汤显祖情结"。特别显著而且已被汤学学者普遍关注的是"四梦"中都出现了戍边的情节，就是以爱情为主线的《钗》和《牡》中，也不忘描写边战，出境频率高达百分之百，成为了贯穿"四梦"的奇特场景。从梦主题频率和一贯性来探讨，"逢梦戏必写边战"这一特殊现象，显然不是偶尔为之的结果，而是汤显祖忧患情结的自然泉涌（参看本文第二部分汤显祖情结，下同）。同样，"四梦"中都有中状元（当驸马）的情节，表露了汤翁的科举情结；都有羞辱权臣的情节，表露了汤翁的傲世情结；都有冤屈得申的情节，表露了汤翁的功白情结；多有劝农治世的情节，表露了汤翁的美政爱民情结；多有皇恩浩荡的情节，表露了汤翁的忠君情结；多有仕途坎坷的情节，表露了汤翁的失落情结；以及多出描绘的荣华富贵纸醉金迷情节，表露了汤翁的享乐情结等等，而对四位女主角坚韧、抗争、无畏、深谋远虑的极力刻画，更凸显了汤翁的叛逆情结。通过对"四梦"主题的深刻领悟，甚至可以说，汤翁让我们看到了"四梦"，我们则从"四梦"中看到了活脱脱的汤翁。

六、关于梦的语言

人类在语言文化的辉煌进化中，也付出了巨大的代价，这个代价，就是现代有理性的人类，全然忘记了自己本能的原始语言！白天，我们与同伴之间，以互相都很稔熟的语言对话，达到相互沟通的目的，显得十分自然，其间并无阻隔。晚上，我们与梦对话，情形就不大一样了，很多人都看不懂梦，换句话说，我们听不懂梦的语言。我们白天使用的语言和夜晚梦使用的语言互不相通，交流出现了严重的阻隔。梦为什么不使用同我们一样的现代语言而使用我们看不懂的语言呢？原来，梦是潜意识信息的载体，潜意识的意念以梦象表达出来，而能够将抽象的思想转化成形象的图像，正是人类独具的天生本领。梦中出现的影像，就是梦语言的字和词，每一个影像都代表着潜意识里的一个概念，或者一段回忆，一种情绪，一个愿望。这些类比字和词的影像，是一种象征，即梦的象征语言，非常值得庆幸的是，我们忘却了的原始语言，以象征语言的形态，在梦中得以保留下来。汤翁对梦语言的特质见解殊深，其理念亦十分精辟。他在《南柯记》题词中说"嗟夫！人之视蚁，细碎营营，去不知所为，行不知所往，意之皆为居食事耳！见其怒而酣斗，岂不决然而笑曰：'何为者耶！天上有人焉，其视下而笑也，亦若是而已矣。'"又说："世人妄以眷属富贵影像执为吾想，不知虚空中一大穴也，倏来而去，有何家之可到哉！"当回答"人则情耳，玄象何得为彼示徵"的质疑时，汤翁说："此殆不然。凡所书镂象不应人国者，世儒即疑之，不知其亦为诸虫等国也。"汤翁对梦语言的象征性特征不仅立论鲜明生动，而且对不懂梦象征语言的"世儒"进行了辛辣的嘲讽。其中，说蚁众"意之皆为居食事耳"以及借蚁国右相之口"叹生灵日逐，贫忙一粒"（第三出）与"为利而来，逐利而往"的人间景象何其相似乃尔，足见以蝼蚁世界暗喻象征人

间世的用意。通观大槐安国，所有君臣设置、朝中礼仪、招赘
驸马、治国安民，甚至戍边卫国等等，无不与人世间的家国相
同，几乎是将人间的封建王朝"整体搬迁"到了梦境之中，唯
一的一个区别，是将"万岁"改成了"千岁"，显然是为了避
嫌亦或是为了封"世儒"之嘴不得已而为之，而这也恰好反证
了汤翁正是用的象征之笔，正所谓"蚁王乞食为臣妾，螺母偷
虫作子孙。彼此假名非本物，其间何怨复何恩。"

　　一些缺乏梦学基本常识的人，常常将梦象直接理解为"真
相"，全然不知梦的象征语言为何物。《牡丹亭》中，杜丽娘
生前与柳梦梅有过刻骨铭心的梦交，死后变成鬼魂，在幽冥六
梦中又多次与柳梦梅有过销魂幽媾，这些属于"第一所人间
风月窝"（第三十出）的梦象，不仅懵懂人看了以为是"真
的"，就连当事人柳梦梅也真假莫辨，先是怀疑"敢则是梦中
巫峡？"（第二十八出）继而疑叹"奇哉，奇哉！柳梦梅做了
杜太守的女婿，敢是梦也？"当他反复回忆梦中情景之后，确
信"分明是人道交感，有精有血"（第三十二出），便一股脑
儿将梦中云雨当真事了。及至杜丽娘回生之后亲口告诉他"奴
家依然还是女身"时，他完全不信，反而质疑"已经数度幽
期，玉体岂能无损？"可见迷惑之深。直到此时，汤翁才借杜
丽娘之口，说明事实真相："那是魂，这才是正身陪奉。伴情
哥则是游魂，女儿身依旧含胎。"汤翁以此警辟之语，将梦象
与"真相"作出了明显的区分，云雨梦象哪怕逼真到了"有精
有血"，铁证如山的地步，那也只不过是杜柳情爱至极的象征
语言表达，并非真有云雨之实，为了反证这一天壤之别，汤翁
特意安排了"风雨舟中，新婚佳趣"这一现实情节，并让杜丽

娘说出："柳郎，今日方知有人间之乐也。"（第三十六出）
由此足见，汤翁对梦的象征语言认知是多么的玲珑剔透，对梦
象与"真相"的区分是多么的丝毫不爽，胸中有明尺，创作中
才能拿捏准分寸，不是梦学大师，岂能写出传世梦戏？汤显祖
对梦的象征语言的认识不仅超越了前人，也超前了今人数百
年，他说："梦中之情，何必非真？天下岂少梦中之人耶？必
因荐枕而成亲，待挂冠而为密者，皆形骸之论也。"（《汤显
祖诗文集》）此论言简意赅，当立为所有形骸论者座右铭。

　　在汤显祖的戏曲语言中，出现了一种奇特语言，引起了汤
学界热议。《牡丹亭》"惊梦"一出中，杜丽娘在游园时唱了
三句戏文："袅晴丝吹来闲庭院，摇漾春如线"、"良辰美景奈
何天"和"遍青山啼红了杜鹃，荼蘼外烟丝醉软"。这样的唱词
无疑美艳绝伦，但对其中的"春"、"天"、"啼"、"软"四
字，深感困惑，不知如何理解，愈分析愈觉迷离愈不得要领，故
而笼统地将其界定为"模糊语言"。倘若界外人设问："模糊语
言"究其实是什么语言呢？恐怕急切之下只能模糊作答。这个从
文学角度、文字角度、戏曲角度都令人感到"伤脑筋"的问题，
倘若改变方向，从梦学角度来探讨，也许就变得轻松得多也清晰
得多了。人们发现了一个奇怪的现象，这种"模糊语言"在临川
四梦中仅在《牡丹亭》中出现，又仅在"惊梦"一出出现，又仅
在"惊梦"的前半部分"游园"中出现，独此一家，别无分店。
这一个发现，无异于找到了破题的钥匙。实际上，是杜丽娘游园
时犯了春困，自言"好困人也"，要"回家"睡觉，又忧怨"俺
的睡情谁见？"接着便"隐几而眠"，睡下入梦了。这三句戏
文就是杜丽娘在犯困之后入睡之前唱的，是春困突然袭上心头之

际，在精神恍惚状态所出现的心灵语言。很多人都不免有这样的切身体会，当睡意突然袭来之时，客观上眼皮拼死往下垂，主观上极力将眼皮向上睁，在这种欲睡未睡、似睡非睡的状态中，进入眼帘的外部世界，会发生巨大的形变，似真非真，似幻非幻，外界景致与内心灵感掺和糅杂在一起，出现景观随心灵发生异常变化的奇妙现象，本质上是使外在景观转化成心灵语言，或者说是将所见景观置换成心灵感悟，如"春"、"啼"、"天"、"软"，实际上是正式入梦之前提前到来的梦呓，也就是常言的"说梦话"。由于这些话语内蕴巨大能量，不免冲破口禁唱出声来，这样的梦呓，正是将潜意识语言异化为意识的唱词，或者说是将梦幻语言异化为半醒半酣时的模糊语言，将梦呓引入唱词，正是汤显祖将潜意识心语向意识过渡的一种独出心裁的创造，可算得梦学中的奇葩，亦是戏曲艺术中的臻品！

七、关于梦的遗忘

我们很多人都有这种体会，一觉睡醒之后，知道自己做了梦，可是，眼一睁开就全遗忘了，有的梦甚至连影子也找不到，感叹梦如脱兔，转眼不见踪影；又如退潮，沙滩上滴水不存。梦的快速遗忘现象与人的记忆功能特征是一致的（参看第三部分第二条第7节"霍小玉梦"），梦的遗忘是梦学界格外重视的课题，道理十分简单明白，因为如果人们做的梦都遗忘了，世上既没有声口相传的梦例，也没有纸写笔载的梦例，那么，世上就无梦可言了，梦学也不复存在。汤翁对此十分清醒，对梦遗忘现象也有细致入微的观察。在《紫箫记》中，反复提到"唤醒梦轻难记"（第十三出），"章台梦悄"

（第十七出），"分明残梦有些儿"（第二十四出）；在《紫钗记》中也特别提到"梦浅难飞"（第五十二出）；在《牡丹亭》中提到"梦淹渐暗"（第十八出），"依稀是梦"、"梦境模糊"（第三十五出）；在《南柯记》亦提到"长梦不多时，短梦无碑记"、"春梦无心只似云"（第四十四出）等等。很显然的是，知晓梦易遗忘不是目的，研讨梦遗忘课题的终极目的是如何留住梦，如何将瞬时记忆、短时记忆转化成长时记忆、永久记忆。汤翁别开生面，提出了令人眼前一亮的"寻梦"说。《牡丹亭》杜丽娘游园梦柳（第十出）之后，"忽忽花间起梦情，女儿心性未分明。无眠一夜灯明灭，分煞梅香唤不醒"。杜丽娘一夜未眠，情殊怅恍，"只图旧梦重来"。她在努力回忆"昨日所梦"，而且想到"咱待乘此空闲，背却春香，悄向花园寻看"，恰巧"丫头去了，正好寻梦"（第十二出）。"寻梦"，不是一般的独坐回思，而是"实地"追踪，杜丽娘顺着"湖山石"、"牡丹亭"、"芍药栏"、"秋千"等园中景物，一步一回首，一景一梦情，终于使梦境"好一会分明"，使短时记忆转入了长时记忆，"从此时时春梦里"。汤翁不仅提出了"寻梦说"，而且以杜丽娘缱绻情深、缠绵不尽的鸳梦重温艺术地展示了寻梦的方法和效果，实属理论与实践相结合的独家创新，为中国古代梦学和戏曲学独树一帜。汤翁至此意犹未尽，继杜丽娘寻梦之后，在《南柯记》中又写了淳于棼"寻瘗"一出。淳于棼梦醒之后，趁着梦还热络，向沙二溜三扼要地复述了一遍，这次复述，作用十分重要，加强了对梦境的记忆，汤翁并未满足，又带着沙二溜三拿着锹锄到槐根去"寻原洞穴"，掘到一处，回忆在此处的梦境，发现"步影寻踪，皆如所梦"，使梦境得到了极大的强化，由短时记忆转为长久记忆，一梦不忘，受益终生。汤翁以此浪漫手法，将忆梦之途展现得生趣盎然，寓理法于诙谐笑谈之中。在《邯郸记》中，汤翁又创一忆梦新法，即及时将梦境说出来，请人圆梦。第三十出"合仙"中，张果老说："众仙真，可将他梦中之境，逐位点醒他"。于是，"六仙依次责问"，将卢生六十年历经的"大姻亲"、"大关津"、"大功臣"、"大冤亲"、"大阶勋"、"大恩亲"从头至尾重温了一遍，转成永久记忆，刻骨铭心，令卢生亦感悟"暮年初信梦中长"。汤翁以戏曲艺术形式开出的"寻梦"、"寻瘾"、"园梦"的忆梦良方，堪称古今中外梦学杰作，既可圈可点又可习可为，实为知行合一的经典。

八、关于孵梦

孵梦，似乎是一种很新奇的事儿，像母鸡孵蛋可以孵出小鸡来一样，想做什么梦的人就可以在睡眠中孵出什么样的梦来，不但新鲜，简直有点神奇了。史上最早实践孵梦的人是古希腊的先民，他们前往古希腊传奇医神埃斯科拉庇俄斯的神庙，通过孵梦的方式寻求诊断疾病及治疗之法，据传孵梦者会在所孵出的梦境中得到治病的药方甚至直接得以治愈。在中国古代，亦有笃信佛教的信众，预先诚心诚意在家中斋戒三日，沐浴净身，然后到他们所崇信的寺庙中借宿一夜或数夜，为的是祈梦求梦，希骥通过孵梦解决他们面临的实际问题。后来有人将孵梦穿上封建迷信的神秘外衣，将原本具有一定科研价值的孵梦变成深不可测高不可攀的通神之境。其实，孵梦并不神秘，由于梦具有预测未来的特质，最初的孵梦就是运用这一特质来预测未来，而且随着时代的进步，孵梦的内容在现代已经突破疗病范畴而扩展到一切心理精神领域了。孵梦的方法也不神秘复杂，关键的要点是要带上问题，包括所有的疑问、困扰、痛苦、焦虑、惊惧、期望等等自己格外关心急切面对的问题，并将最急迫的问题归纳成一句浓缩语，在睡眠时聚精会神在浓缩句子上，反复默诵直至入睡，很可能就能收获你所期待的梦境。倘若一个人能如愿以偿地孵出自己所需要的梦境，那该多么美妙呀！正因为憧憬如此美妙，诱惑力如此强大，目前孵梦已经成为现代西方梦实验所中最令人兴奋的热门研究课题。作为中国古代梦学大师，汤显祖早在400年前对孵梦的机理和具体方法已有独特的见解，显然先于现代西方梦学界。在《牡丹亭》第二十八出"幽媾"中，柳梦梅自拾得杜丽娘的自画像之后，将画当作"观世音喜相"，后来发现是"小娘子画像"，"早晚玩之，拜之，叫之，赞之"，如此尚不足，"再把灯剔起细看他一会"，后来干脆"罢了，则索睡掩纱窗去梦他"。整个过程，就是将对杜丽娘的强烈思念聚焦在"去见她"这句浓缩语上，带着这个最急切的意念去孵梦。很显然，柳梦梅强烈的意愿使他的孵梦获得了极大的成功，果然在梦中见到"小娘子到来"，令其"喜出望外"，乃至于向杜丽娘提出"以后准望贤卿逐夜而来。"这是一个完美无瑕的孵梦典范，从理论到实践都演绎得头绪清晰，如行云流水自然顺畅，令人拍案叫绝。汤翁的孵梦理念并非偶此一例，在"四梦"中，时不时点缀其间。如《紫箫记》第十一出中"今宵暖梦游何处？十二楼中玉蝶飞"，第二十四出中"送君南浦恨何如？想今宵相思有梦欢难做"；《紫钗记》第

二十九出"自来帷幄里梦贤豪，万里云霄一羽毛"，第三十四出
"屏风呵，凭路数儿是分明，可引的梦沙场人到"，第三十六
出"心儿记，梦魂中有路透河西"，第四十九出"你蘸住红颜图
后会，也须是进些茶食，稳些睡眠。好在翠围香被。傥然是，梦
中来故人千里"等等。特别值得点赞的是，汤翁不仅指出了孵梦
成功之途，还道出了孵梦失败之因。在《南柯记》第四十四出
结束诗中说："春梦无心只似云，一灵今用戒香熏"；而在《邯
郸记》第三十出结束诗中又说："如今暗与心相约，静对高斋一
炷香"，两句诗，言简意赅，明确指出孵梦成与不成，关键之处
在于有心无心，"无心只似云"，即以失败告终，"暗与心相
约"，即成功有望，言之凿凿，令人信服，敬佩有加。

九、关于"梦应赦免"

西方梦学大师弗洛伊德在划时代巨著《梦的解析》中，
提出了"梦应该被赦免"的命题，很快便成为西方梦学界公认
的名言。这句话的表面意思十分明白，即是说在梦里杀人放火
可以免于追究刑事责任，即使在梦里发生道德层面的性行为，
也可以不上道德法庭接受审判。直言之，就是刑不上梦，亦不
上性梦。这句话的现实意义也是十分明白的，那就是提醒人们
严格分清梦境和现实的区别，不能将虚幻的梦境等同于现实，
更不能用现实的法规去衡量甚至处置梦境里的言谈举止。然
而，不幸的是，现实社会中却实实在在存在梦境与现实纠缠
不清的情况。比如新几内亚的卡伊部落人认为"梦即现实"，
如果一个人梦到与人通奸，这个人必须受到惩罚。危地马拉的
波科曼人认为"梦是离开肉体的灵魂行踪的记录"，如果一

个人在梦中向别人借了钱，梦便"记录"在案，醒来后必须如数归还别人。这当然是十分极端而少见的情况；问题是直到科技十分发达的现代，仍然有不少人将梦中的幻象当成现实的真相来对待，特别是一些涉及道德层面的梦境，常常使人醒来后产生强烈的自疚感甚至产生强烈的罪恶感，郁郁不乐，甚至惶恐不安，比如梦中与同事通奸，次日上班碰见了这个同事，立即面红耳赤，心头撞鹿，恨入地无门，对身心健康产生极大的负面影响。因此说，作为一面心灵解放的旗帜，"梦应被赦免"是具有深刻的社会现实意义的。汤翁对梦境的虚幻性和现实的真实性认知十分清晰，界线十分分明，处置十分得体。在《牡丹亭》中，杜丽娘在梦中与柳梦梅云雨之后，"心内思想梦中之事，何曾放怀？行坐不安，自觉如有所失"，"只图旧梦重来，其奈新愁一般。寻思辗转，竟夜无眠"，"寻来寻去，都不见了。牡丹亭，芍药阑，怎生这般凄凉冷落，杳无人迹？好不伤心也"，"要再见那书生呵"，"爱杀这昼阴便，再得到罗浮梦边"，"待打并香魂一片，阴雨梅天，守的个梅根相见"，"一时间望，一时间望眼连天，忽忽地伤心自怜"，"春梦暗随三月景，晓寒瘦减一分花"，由于极度思念，转为相思之病，"一搦身形，瘦的庞儿没了四星"，及至"魂归冥漠魄归泉"，在中秋月圆之夜死去。自梦至死，尽管杜丽娘"如有所失"、"新愁一段"、"竟夜无眠"、"凄凉冷落"、"好不伤心"、"伤心自怜"等等焦虑情绪，但十分显然的是，她并无一丝一毫地因出现"梦交"而自疚，更无一丝一毫罪恶感，恰恰相反，她思念和期盼的是"只图旧梦重来"，"要再见那书生"、"再得到罗浮梦边"，她思思念念的是"梦交"赐予她的自由和爱情。然而，不幸的是，杜丽娘死后，不仅做了三年孤魂野鬼，还成了冥间的"女犯"，适逢十地阎罗王殿下的胡判官走马到任，不信感伤坏命之说，直道"谎也。岂有一梦而亡之理？"随即作出了判决："花神，俺这里已发落过花间四友，付你收管。这女囚慕色而亡，也贬在燕莺队里去罢。"这样一来，杜丽娘的梦交便成了"慕色"之罪，受到刑法的处罚了。在这"梦交"有罪无罪、该判不该判的关键时刻，花神站出来说话了。花神说："禀老判，此女犯乃梦中之罪，如晓风残月。……可以耽饶。"很显然，此处的"花神"就是汤显祖的置换，花神的抗辩就是汤显祖关于"梦应被赦免"理念的宣言。"如晓风残月"是指明梦境是虚幻的，既不着痕迹，也不可把握，根本不能作为真凭实据据以判罪，而"可以耽饶"是指出应该被赦免，恕其无罪。从本质上而言，就是必须严格区分梦境的虚幻性与现实的真实性，汤翁的这一理念是非常睿智而清晰的。也许冥间也是秉持以事实为依据以法律为准绳的审判原则吧，胡判官接受了梦象不能作为判刑依据的抗辩，改判无罪，还要花神"引他望乡台随喜观玩"，还要功曹"给一纸游魂路引去"，还叮嘱花神"休坏了他的肉身"，"敢守的那破棺星圆梦那人来"。整个审判过程，形成了一个"梦应被赦免"理念完整完美的展现。汤显祖关于梦应该被赦免的这个理念，显然不是从弗洛伊德那儿学来的，从时间上来看，《梦的解析》1900年出版，《牡丹亭》作于1598年，汤翁的理念先于弗洛伊德302年！实为中国古代梦学的先知先觉一代伟人！

十、关于梦与戏的联姻

"因情而梦，因梦而戏"是汤显祖戏曲创作持之以恒的圭臬，通过"四梦"的实践，又凸显了"因戏而情"的显著效果。由此可见，"因情而梦——因梦而戏——因戏而情"是一条完整的汤戏逻辑链，也正是这条极其鲜活无与伦比的金链，成就了汤显祖梦戏的独特魅力和经典地位。汤显祖将对自己坎坷一生的反思和对黑暗腐败社会深刻的观察所聚集的爱恨情仇，幻化成无所不能的迷离梦境，又将梦境以戏曲形式升华为美轮美奂的艺术臻品，尽情抒发内心深处的忧思与呐喊，以伟大的胸怀和历史责任唤醒普罗大众。流水潺潺，岁月悠悠，历经400年淘洗，梦与戏的联姻依然余庆犹新，余音绕梁。梦给了汤显祖一个文化的平台，汤显祖回赠了梦一个艺术的舞台，正是梦文化与戏文化精血交融，诞生了"临川四梦"永葆青春的旺盛生命。完全可以认定，"汤显祖梦戏"不仅是中国古代戏曲史上的伟大经典，同时还是中国古代梦文化一颗硕大的夜明珠，在浩瀚的星空静静地闪烁着人类认知智慧的熠熠光华。梦与戏联姻，珠联璧合，彩翼双飞，成就了梦戏别具一格的样式和鲜活顽强的生命力，历久弥新。

1. 梦的随机性，赋予梦戏极大的创新和发挥空间

夜间大脑兴奋中心变动不居赋予了梦境的随机性特征，这给梦戏创作带来了极大的创新机会和发挥空间。《紫钗记》和《牡丹亭》都是缠缠绵绵的爱情戏，但都没有一缠到底，其间多出穿插"节镇登坛"、"雄番窃霸"、"边愁写意"、"移参孟门"以及"虏踪"、"牝贼"、"淮警"、"折寇"等边

境武戏，而且也满足了观众冷热调剂的需要，而这正好是梦的随机性赋予的空间，换句话说，符合梦境的特征，恰恰是梦戏独享的专利。

2. 梦的隐义性，赋予梦戏深刻的揭示主题功能

梦境是表象，梦思是真谛，梦的这种隐义特性，使梦戏的主题思想深藏不露，完全摆脱了用几句豪言壮语直白主题的浅俗套路，极大地提升了戏剧的思想深度。《南柯记》是一个大梦，《邯郸记》是一个超长梦，梦象分别描述了淳于棼和卢生的人生经历，其间有许多台词，不乏豪言壮语，不缺人生警句，但那就是两记的主题思想吗？作为戏曲伟人，汤翁会这样浅薄地将灵魂深处的胸襟展示于人吗？有一种社会现象明确作出了否定的回答，那就是汤学的兴起，汤学之所以成为中国的汤学世界的汤学，其因之一，就是梦戏中的隐义深邃莫测，纵有千篇万卷，仍似意犹未尽。

3. 梦的灵异性，赋予梦戏无与伦比的能动性

梦境时而天上，时而地下，时而尘世，时而冥界，时而天仙，时而厉鬼，既无时间的延续，又无空间的连绵，恍如天马行空，我行我素，梦的这种灵异怪诞特性，赋予梦戏创作无与伦比的主观能动性，允许甚至可以创作出现实中不可能出现的情节，使梦戏产生像梦境一样迷离灵幻的效果而不遭诟病。《牡丹亭》中，杜丽娘从第十出"惊梦"起，历经"慈戒"、"寻梦"、"写真"、"诘病"、"诊祟"诸出，直至第二十出"闹殇"，都是按现实生活中"春心"、"春困"、"春梦"、"春愁"、"春病"一路写来的，直至"奴命不中孤

月照，残生今夜雨中休"。从梦到病到死，根子全从"君子好述"上来，不仅死因清晰明白，而且时空迁延得体，与现实生活一般无二。问题出在把杜丽娘这个主角写死了，不仅她没戏了，整本《牡丹亭》也会戛然而止。梦在关键时刻给予汤翁灵感，突破现实世界生与死的规律，让杜丽娘变成"鬼魂灵"，在幽冥间继续演出她的生死恋，梦不仅赋予了杜丽娘新的生命，也使《牡丹亭》绝处逢生。人们常常将《白蛇传》、《仙女下凡》、《柳毅传书》等等人间不可能发生的戏曲模式冠之以"神话剧"，直接提示这类戏剧故事是"假的"，即使如包公戏"探阴山"，那也是由于人们对包公的崇敬热爱与期盼，刻意赋予他"日审阳夜审阴"的特异功能，明知是假也情愿是真。唯有梦戏如《牡丹亭》等，既非神话剧，亦非包公戏，真真假假，似真似假，生可以死，死可以生，令人半信半疑，将信将疑，弃之不舍，爱而有加，情浓之时，冠之以"浪漫"美称，皆得益于梦的灵动特性。剧中所有围绕梦境与幽境的折子戏，皆成为历久不衰的经典，既表明汤翁写梦戏的功力，亦表明精彩梦戏的巨大魅力。

4. 梦的迷离性赋予演员舞美无限可塑性

梦的迷离性模糊性或者说游离性不确定性，使它和现实的真实性确定性保持了一定的距离，现实中不可行的事情梦中可行，现实中确定不二的事情梦中可变化无穷，恰恰因为是梦，这些有违现实规矩的变化，人们不但不予以责难苛斥，反而乐于其变，甚至于期盼别开生面的创新，这一特性就赋予演员表演和舞美设计无限的可塑性。像京剧，是一门将歌唱、音乐、舞蹈、美术、文学、雕塑和武打扮丑等等技艺融会贯通，逢动必舞，有声必歌的综合艺术，要求京剧演员唱、念、做、打、舞等各种表演技巧皆需精通，且能通过这些技艺恰如其分地表现角色的言行举止和内心世界，而京剧艺术程式化的特征又不免使人束手束脚，梦正好给予演员放开手脚尽情表演的机会。京剧大师梅兰芳1918年24岁时首演京剧《游园惊梦》，他从唱腔、念白、舞蹈、音乐、服装、化妆等各方面合力塑造了一个窈窕稳重、端庄典雅、情意缠绵、哀婉凄丽的杜丽娘形象，不仅使这一折子戏成为经典，而且也为他成为京剧大师梅派鼻祖奠定了基础。又如著名昆剧表演艺术家张继青，他以"惊梦"、"寻梦"、"痴梦"三个折子戏的出色表演而获得"张三梦"的雅称。演员演活了梦戏，梦戏也成就了演员。在舞美设计方面更有广阔天地。如粤剧《金石牡丹亭》中，场景布置有别于一般戏曲的"程式化"摆设，采取有虚有实虚实结合的全新设计，台上既有实体的园林景致，如湖山石、荼蘼阑、牡丹亭，又有虚幻的湖光水色、缭绕雾气，以及后幕上设置一朵硕大的牡丹花和一轮皎洁的大圆月，营造出了一种如真如幻的景致，既使人感觉是在后花园中，不离故事的具体环境，又使人感觉是在月色朦胧的仙境之中，使梦戏的神秘感沁人心扉，真是"梦随彩笔绽千花"，景由匠心满舞台。

5. 梦的"可赦"性，赋予梦戏免死金牌

梦的虚幻特性，从根本上决定了任何梦象都不能作为现实社会中法律判决的依据，因为"梦中之罪，如晓风残月"，"可以耽饶"。汤翁之所以有此旗帜鲜明的认知和斩钉截铁的断语，是因为他在创作梦戏之初，就遭遇了一场刻骨铭心的

"是非蜂起，讹言四方"的"文字风波"，令"诸君子有危心"。《紫箫记》是汤显祖梦戏的发轫之作，尚处于"诗词言梦"的初始阶段，尽管如此，仍有人认为"曲中乃有讥托，为部长吏抑制不行"（见汤显祖为梅鼎祚《玉合记》所作题词），以戏中杜黄裳影射权相张居正，而遭到汤显祖的上司部长吏直接出面制止而不得不中止创作，甚至影响到两次落第，直到张居正死后次年才中进士。对于"作者未必然，而读者未必不然"并因此而横加干涉陷害的境况，他感到愤怒填膺，干脆一不做二不休，"略取所草，具词梓之，明无所与于时也"（见《紫钗记》题词），其理之直，其魄之雄，可见一斑。基于此，他在随后的梦戏创作中，刻意借花神的说词，强调梦象的虚幻，宣示不能因梦获罪的原委，以据理力争先声夺人的主动攻势，先期领取免死金牌，去却创作梦戏危心，恰似有言在先，勿谓言之不预。汤翁这一篇宣言，利在当代，功在千秋，凡后世写梦戏之人，皆可手持金牌，坦荡而行。

6. 梦的普遍性，赋予梦戏天然亲和力

一切戏曲创作成败的关键点，在于能否获得观众的共鸣，亦即是戏曲的神韵是否进入到了观众的心坎坎里，梦戏在这一点上享有得天独厚的优势，这个优势便是源于梦的普遍性特征。人人做梦，人人有梦，人人追梦，人人祈梦，当舞台上出现梦戏的时候，人们往往会情不自禁地透过戏曲看梦，尤其是不少人会自思自叹我能不能也拥有这样的梦。比如说杜丽娘做梦与柳梦梅幽会，这是多么美妙惬意的梦啊，我是否也能做一个这样的梦呢？甚至于暗自庆幸我也做过类似的幽会梦呢？又

比如卢生做梦平白无故的得了个香水浑家，我是否也能做上一个这样的桃花梦呢？卢生梦中遇到开河的极大困难时，能够在梦中想出"盐蒸醋煮"的妙法破解难题，我是否也能获得潜意识的智慧破解自己眼前的困局呢？如此等等，千人千梦，万人万梦，梦的普遍性为观众提供了极其广泛的交流平台，梦的极其自然的亲和力，使梦戏更易于与观众形成强烈的共鸣，既看了梦中之戏，又看了戏中之梦，既享受了戏的韵味，又获得了梦的神思，欣欣然与梦戏同行，其中的喜怒哀乐，感同身受，其中的跌宕起伏，恍如共济同舟，梦戏所特有的这种艺术魅力在众多戏曲门类中独占鳌头，独树一帜。人们一般不会痴心妄想与仙女相会，与蛇精共舞，但是，人们完全可以像杜丽娘、淳于梦、卢生一样，去做一个自己期盼的梦。汤翁深得梦的普遍性真谛，毅然放弃其他选项，毕其一生之力，留下"临川四梦"，果然余音绕梁，四百年仍在耳边回荡。

2019年3月，长沙月亮岛

附：汤显祖题词

一、《紫钗记》题词

往余所游谢九紫、吴拾芝、曾粤详诸君，度新词与戏，未成，而是非蜂起，讹言四方。诸君子有危心，略取所草，具词梓之，明无所与于时也。《记》初名《紫箫》，实未成。亦不意其行如是。帅惟审云："此案头之书，非台上之曲也。"姜耀先云："不若遂成之。"南都多暇，更为删润，讫，名《紫钗》。中有紫玉钗也。霍小玉能作有情痴，黄衣客能作无名豪，余人微各有致。第如李生者，何足道哉！曲成，恨帅郎多病，九紫、粤详各仕去，耀先、拾芝局为诸生，倅无能歌乐之者。人生荣困，生死何常，为欢苦不足，当奈何！

清远道人汤显祖题

二、《牡丹亭》题词

天下女子有情，宁有如杜丽娘者乎！梦其人即病，病即弥连，至手画形容，传于世而后死。死三年矣，复能溟莫中求得其所梦者而生。如丽娘者，乃可谓之有情人耳。情不知所起，一往而深。生者可以死，死可以生。生而不可与死，死而不可复生者，皆非情之至也。梦中之情，何必非真？天下岂少梦中之人耶！必因荐枕而成亲，待挂冠而为密者，皆形骸之论也。

传杜太守事者，仿佛晋武都守李仲文、广州守冯孝将儿女事。予稍为更而演之。至于杜守收拷柳生，亦如汉睢阳王收拷谈生也。

嗟夫！人世之事，非人世所可尽。自非通人，恒以理相格耳！第云理之所必无，安知情之所必有邪！

万历戊戌秋清远道人题

三、《南柯记》题词

天下忽然而有唐，有淮南郡，槐之中忽然而有国、有南柯。此何异于天下之中有魏，魏之中有王也。李肇赞云："贵极禄位，权倾国都。达人视此，蚁聚何殊！"嗟夫！人之视蚁，细碎营营，去不知所为，行不知所往，意之皆为居食事耳！见其怒而酣斗，岂不决然而笑曰："何为者耶！天上有人焉，其视下而笑也，亦若是而已矣。"白舍人之诗曰："蚁王乞食为臣妾，螺母偷虫作子孙。彼此假名非本物，其间何怨复何恩。"世人妄以眷属富贵影像执为吾想，不知虚空中一大穴也，倏来而去，有何家之可到哉！

吾所微恨者，田子华处士能文，周弁能武，一旦无病而死，其骨肉必下为蝼蚁食无疑矣。又从而役属其魂气以为臣，蝼蚁之威，乃甚于虎狼。此犹死者耳。淳于固俨然人也，靡然而就其征，假以肺腑之亲，藉其枝干之任。昔人云："梦未有乘车入鼠穴者。"此岂不然耶？一往之情，则为所摄，人处六道中，辴笑不可失也。

客曰："人则情耳，玄象何得为彼示儆。"此殆不然。凡所书祲象不应人国者，世儒即疑之，不知其亦为诸虫等国也。盖知因天立地，非偶然者。客曰："所云情摄，微见本传语中，不得有生天成佛之事。"予曰："谓蚁不当上天耶？经云，天中有两足多足等虫。世传活万蚁可得及第，何得度多蚁生天而不作佛。梦为了觉，情为了佛。境有广狭，力有强劣而已。"

清远道人汤显祖题

四、《邯郸记》题词

士方穷苦无聊，倏然而与语出将入相之事，未尝不抚然太息，庶几一遇之也。及夫身都将相，饱厌浓醒之奉，追束形势之务，倏然而语以神仙之道，清微闲旷，又未尝不欣然而叹，倘然若有遗，譬若清泉之活其目，而凉风之拂其躯也。又况乎有不意之忧，难言之事者乎？回首神仙盖亦英雄之大致矣。

《邯郸梦记》卢生遇仙旅舍，授枕而得妇遇主，因人以开元时人物事势，通漕于陕，拓地于番，逸构而流，馋亡而相。于中宠辱得丧生死之情甚具，大率推广"焦湖视枕"事为之耳。世传李邺泌作，不可知。然史传泌少好神仙之学，不屑婚宦，为世主所强，颇有干济之业。观察陕虢，凿山通道，至三门集，以便饷漕。又数经理吐蕃西事。元载疾其宠，天子至不能庇之，以为匿泌于魏少游所。载诛，召泌。懒残所谓"勿多言，领取十年宰相"是也。《枕中》所记，殆泌自谓乎？唐人高泌于鲁连、范蠡、非止其功，亦有其意焉。

独叹《枕中》生于世法影中，沉酣㗅呓，以至于死，一哭而醒。梦死可醒，真死何及？或曰："按《记》，则边功河功，盖古今取奇之二窍矣。谈者殆不必了人，至乃山河影迹，万古历然，未应悉成梦具？"曰既云影迹，何容历然，岸谷沧桑，亦岂常醒之物耶？第概云如梦，则醒复何存？所知者，知梦游醒，必非枕孔中所能辨耳。

丑中秋前一日临川居士提于清远楼

后 记

　　适逢汤显祖（1550—1616）诞辰四百七十周年之际，出版《汤戏梦语》恰逢其时，可算是向汤翁敬献的一枚小小寿果吧！

　　汤学，被推崇为江西的汤学、中国的汤学、世界的汤学，它的内涵像大海一样深邃，400多年来引起无数学者、汤粉追捧研讨。汤显祖的"临川四梦"更是我国乃至世界戏曲史上的杰作，一直是汤学学术研究的重要内容。自他的发轫之作《紫箫记》还在褓褓之中时，便已"是非顿起"，似可当作探讨研究之始，至今四百四十余年，褒贬其中，创跨世纪学术研讨之奇观。

　　"临川四梦"好似深隐大山的巨大宝藏，人们纷纷从政治学、历史学、戏曲学、语言学、至情学、哲学、佛学诸多学科开辟坑道，齐力奋进，探奇寻宝；作为汤粉后学的我也不甘寂寞加入探宝队伍凑个人头，另辟梦学一条坑道，只觉得愈往深处掘进愈见宝光四射，惊叹不已；

　　"临川四梦"又好似迷人的月亮，"戏"是月球的明面，已引无数先哲与嫦娥共舞；"梦"是月球的暗面，我突发奇想，乘上梦学飞船在月球背面着陆，探访嫦娥后宫，寻幽觅异，惊喜发现，原来冥冥幽暗的后宫，另有一番天地！

非常感谢百花洲文艺出版社责任编辑杨旭和社里各级领导，正是他们慧眼识珠的才智和勇于承担的魄力，使我这次月球背面登陆获得初步成功！

梦学和汤学以及红学原本是界线分明的不同学科。我自2001年退休起，潜心修习梦学18年，喜得梦学精髓。梦学最大特性和功能之一是具有极强的穿透力，它像一把万能钥匙，可以打开挂在其他学科大门上的锁，让你跨进其他学科的神圣殿堂。2018年我尝试将梦学与红学联姻，出版《梦解红楼》一书，吃到了跨界研讨的第一只螃蟹；此次又将梦学与汤学联姻，出版《汤戏梦语》一书，使我受到极大的鼓舞，增强了跨界研习的底气和勇气，油然而生梦笔生花的喜悦，这都得益于百花洲出版社编辑和领导的热情扶植和鼎力支持！

在本书即将付梓之际，我还由衷地感谢我的老伴和儿女们，正是他们将我老年生活的方方面面完完全全包揽下来，为我创造了安心清静的学习写作环境，使我心无旁骛地完成了这本书的创作。

我已年届八旬，耳边常闻"准备给后人留下点什么"的询问，我亦常回曰："一不留钱，二不留房，唯留几个文字也！"

惟能如此，吾愿足矣！

2020年元旦
长沙月亮岛